하루하루가 세상의 종말 ❷

하루하루가 세상의 종말 ②

J. L. 본 | 조영학 옮김

DAY BY DAY ARMAGEDDON
BEYOND EXILE

황금가지

BEYOND EXILE: Day by Day Armageddon
by J. L. Bourne

Korean Translation Copyright © 2011 by Minumin

Korean edition is published in agreement with J. L. Bourne.

이 책의 한국어 판 저작권은 J. L. Bourne과 독점 계약한
㈜민음인에 있습니다.

| 차 례 |

작가노트

『하루하루가 세상의 종말』 1편은 생존 장교의 마음 깊숙이 우리를 이끌었다. 주인공은 새해부터 일기를 쓰기로 다짐한 터라, 굳은 각오로 인류의 종말을 기록해 나갔다. 매일 매일. 그리하여 우리는 그가 평범한 일상으로부터 엄청난 좀비들과의 생존투쟁의 장으로 내몰리는 과정을 지켜보았다. 그는 피 흘리고 시행착오를 겪으며 끊임없이 진화하고 있었다.

『하루하루가 세상의 종말』 1편에서 주인공과 이웃 존은 (정부가 주도하는) 텍사스 샌안토니오의 핵 붕괴 현장을 탈출해, 과거 거주자들이 호텔23이라고 지칭한, 전략핵미사일 폐기지에 몸을 숨겼다. 또한 그들은 누군가의 희미한 무선 신호를 받았는데, 어느 건물의 더그매에 생존가족이 숨어 있고, 그 아래 좀비들이 수도 없이 몰려 있다는 구조요청이었다. 윌리엄, 그의 아내 자넷, 어린 딸

로라…… 모두 죽고 생존자는 그 셋뿐이었다. 기적적인 탈출 후에 가족은 주인공과 합류한다. 하지만 죽음의 세계에서 생존은 여전히 요원하다. 수백만의 좀비들은 가벼운 감염만으로 인간을 죽여 다시 그들 편으로 만들어놓았다.

　상황은 최악의 위기로 그들을 내모는데……

　일단의 약탈자들이 호텔23의 생존자들을 무자비하게 공격했다. 그들을 죽이고 호텔의 은신처와 풍부한 식량을 빼앗기 위해서인데, 사전 경고조차 없었다. 소설의 끝에 생존자들은 간신히 악당들을 물리치나, 행여 전력을 재정비해 돌아올까 두려워 한다……. 하지만 그보다 수백만의 가혹한 좀비들이 먼저 그들을 에워싼다.

　이 소설은 1편의 끝에서 시작한다. 상상을 초월한 붕괴에서 살아남은 화자와 소수의 생존자들은 여전히 호텔23에 숨어 있다. 그들의 여행을 통해 묵시록의 세상으로 들어가라. 물론 당신도 그들처럼 될 수 있다.

　환영합니다. 문을 꼭 잠가주세요……

J. L. 본

여진

5월 23일
00시 57분

21일엔 몸 상태가 많이 좋아졌다. 침략자들의 공격으로 거의 만신창이가 되었더랬다. 나는 침대에서 나와 (몇 시간에 걸쳐) 물세 주전자를 마시고 약간의 스트레칭을 했다. 존에게 위쪽 상황이 어떤지 물었으나 워낙에 말을 아끼는 통에 직접 살펴보기 위해 그를 따라 통제실로 올라갔다. 전날 밤 존이 밖으로 나가 카메라를 덮어씌운 자루 하나를 재빨리 벗겨내고 돌아왔다. 주변이 좀비 투성이라 오랫동안 머무를 생각은 그도 없었다.

망가진 철책 부근에 좀비들이 더 많이 몰려들었다. 놈들은 물이 흐르듯 저항이 제일 적은 곳을 따라다녔다. 내 화상도 조금씩

치유되고 있었다. 사실 처음부터 심각한 수준이 아니라, 얼굴을 비롯해 여기저기 수포 몇 개가 고작이었다. 지난 번 약탈자들을 상대로 거둔 승리는 사실 운이 좋았을 뿐이다. 그들이 유조 트럭을 몰고 오지 않았더라면? 우리는 수적 열세를 극복하지 못하고 결국 살해당했을 것이다. 좀비들과의 수적 열세. 우리를 죽이려는 자들과의 수적 열세. 약탈자들은 저 괴물들만큼이나 두려운 존재들이었다. 그들이 머리를 맞대기만 했어도 우리를 강제로 이 단지에서 쫓아낼 방법과 전략들을 얼마든지 짜낼 수 있었을 것이다. 적이 얼마나 남았는지는 모르겠지만 그들로 인해 우리의 희생도 불가피했으리라.

* * *

3번 카메라를 통해, 박살난 디젤트럭과 트레일러 주변을 서성대는 숯덩이 시체들을 볼 수 있었다.

내가 죽인 자들.

그날 밤, 우리는 밖으로 나가 그들을 처리했다. 나는 야간투시경을 쓰고 몰래 뒤로 다가가 총구를 거의 목덜미에 대다시피 방아쇠를 당겼다. 섬광을 피하기 위해서였다. 단 한 방. 방아쇠를 누를 때마다 놈들은 소리에 반응해 뒤를 돌아보려 했다. 귀가 날아가 버렸음에도 놈들은 여전히 듣는 게 가능했다. 나는 그 과정을 열일곱 번 반복해 모두 쓰러뜨렸다.

어젯밤의 연료 폭발에 크게 손상되지 않은 차량은 석 대였다. 까맣게 타버린 잔디 지점에서 100미터쯤 떨어진 곳에, 랜드로버 한 대, 지프 한 대, 그리고 최신형 포드 브롱코가 한 대 보였다. 존과 내가 조심스럽게 다가갔다. 지프는 앞 타이어가 모두 터지고 거미집이 그려진 창유리는 아래쪽으로 푹 꺼져 있었다.

랜드로버와 포드는 50미터쯤 더 바깥쪽이었다. 랜드로버는 상대적으로 상태가 좋았고 안에 주인도 없었다. 보너스. 존과 나는 차문을 열고 안을 점검했다. 소나무 냄새가 났는데 백미러에 매달린 나무 때문일 것이다. 우리는 차에 올라타 조심스럽게 문을 닫았다. 걸쇠 걸리는 소리가 아주 조그맣게 들렸다. 이윽고 운전대에 꽂힌 키를 돌리자 부르릉 하고 시동이 걸렸다. 어차피 열쇠를 빼낼 필요조차 없는 세상이다. 자동차 키의 조잡한 플라스틱 꼬리표에 텍사스 넬름의 랜드로버라고 적혀 있었다.

약탈자들도 이 차를 어딘가 붕괴 지역에서 징발했을 것이다. 연료 탱크는 4분의 3이 차 있고 주행계는 5000킬로미터 정도를 가리켰다. 고장도 전혀 없었다. 나는 기어를 넣고 기지 담장을 향해 속도를 높였다. 우리는 레이더 장착 카메라들 부근에서 내려, 카메라의 덮개를 차례로 벗기고 다른 하나는 덮었다.

철책의 파손 정도는 랜드로버 한 대가 드나들 정도였다. 그렇다고 오늘 밤에 수리를 할 생각은 없었다. 나는 수평주차기술을 이용, 랜드로버를 균열 앞에 세워 놈들이 기지 안으로 들어오지 못하게 만들었다.

존이 먼저 조수석으로 내렸다. 나도 조수석으로 내린 후 잠금 장치를 때리고 힘껏 문을 닫았다. 열쇠는 주머니에 챙겼다. 내가 바본가? 차 안에 열쇠를 놔둘 생각은 추호도 없다.

12시 48분

두 시간 전에 깨어났다. 또다시 고통과 불면의 밤이다. 수포가 터지기 시작하면서 통증이 만만치가 않았다. 방염 장비가 보호하지 못한 눈 주변에도 물집이 몇 개 있고 목덜미의 종기도 욱신거렸다. 유조탱크와 싸운 직후보다 지금이 더 시큰거리는데 좋은 징조다. 낫고 있다는 얘기니까.

인터넷은 완전히 다운되었다. 바깥 상황을 점검하던 웹사이트들, 예를 들어 미국 모서리 네 곳의 군사기지를 포함해 그 어느 곳도 열리지 않았다. 저 밖에서 누군가 인터넷에 로그인한다 해도 신경 쓸 이유가 없다고 생각하면 마음은 편하겠다. 백본망이 박살났거나 아니면 IT 기술자가 한 백 년 동안 점심식사를 하러 나갔을 것이다. 랜드로버에는 내비게이션이 부착되어 있었다. 밖으로 나가 확인해 보니, GPS가 수신하는 위성신호는 세 개뿐인 듯 보였다. 영상촬영용 인공위성을 비롯해, 이런 위성들이 지상통제소의 지원 없이 얼마나 오랫동안 궤도에 머물 수 있을까? 우리는 급속도로 철기시대로 퇴화 중이었다. 나 또한 자기 파괴의 심리적 충동과 끊임없이 싸워야 했는데 물론 그렇다고 팔목을 긋는 식은 아니다. 이런 제한적 상황에 지친 나머지 무조건 저 위험 속으로 뛰쳐나가고 싶은 충동…… 허나 다른 사람들도 같은 심정일 테니 나라도 중심을 잡아야 한다. 잠시 후에 존과 함께 망가진 철책이

12

나 수리하러 가야겠다.

존과 내가 울타리를 수리했다. 약탈자들의 공격으로 비롯된 잔해에서 자투리 금속과 부속들을 수거해 활용했다. 그밖에 포드 브롱코도 회수했는데, 뒤 칸에 연료통이 네 개나 들어 있었다. 나는 후일을 위해 연료통 하나를 랜드로버에 채워 넣었다. 이유는 모르겠지만 그 동안 내내 비행기를 잊고 있었다. 존이 브롱코를 안으로 옮기는 순간 문득 그 생각이 들었다. 그래서 존과 함께 수목한계선에 가서 이상한 점이 있는지, 총격 와중에 고장이라도 났는지 확인해 보았다. 비행기는 그대로였다. 위장용으로 비행기 위에 뿌려놓은 나뭇잎들이 시든 탓에 동체가 다소 드러나기는 했다. 존과 나는 나뭇가지들을 더 모아 위장을 강화한 후 숙소로 돌아왔다.

이 지역의 좀비들은 흩어져 있다. 약탈자들이 기지 여기저기로 끌고 다닌 덕에 대부분 목표를 잊은 것이다. 카메라에는 정문, 그러니까 방폭(防爆) 게이트를 서성대는 몇 놈만이 비쳤다. 돌을 든 놈도 주변을 비슬거렸는데, 벌써 한 달 이상 자체의 리듬에 맞추어 돌아다니며 방폭 게이트를 두드려대는 놈이다. 텅 빈 미사일 격납고는 난장판이지만 존도 나도 그쪽은 신경 쓰고 싶지 않았다. 저 놈들이 죽은 후에 일어나 돌아다니는 이유는 모르겠으나, 괜히 어슬렁대다가 놈들의 치명적인 아가리에 물릴 생각은 없었다. 시멘트 트럭만 있다면 차라리 저 망할 구멍을 메워버리고 새까맣게 잊고 싶다.

5월 28일
18시 51분

이건 완전히 생명보조장치에 의지해 목숨을 부지하는 중환자 꼴이었다. 사형선고를 받고 시한부 삶을 살아가는 신세…… 우리가 바로 그렇다. 결국 우리 역시 다수의 죽음에 편입되면 그럼 진정한 종말이다.

나는 유조 트럭을 더 수배할 생각이다. 물론 이번엔 날려 버리는 게 아니라, 후에 있을 탐사를 위해 연료를 확보할 필요가 있기 때문이다. 트럭을 기지 멀리에 세워둔다면 침략자들의 실수를 반복하지 않아도 될 것이다. 연료 확보는 충분히 도전해 볼 만한 가치가 있다. 유조탱크에 연료가 얼마나 들어 있는지는 모르겠으나 우리 차 두 대가 상당 기간 동안 움직일 양을 확보할 수 있으리라. 유조트럭을 찾는 건 어렵지 않았다. 몇 킬로미터 북쪽 주간도로에서 한 대를 찾아냈다.

21시 05분

무전기에서 다시 암호문이 들려왔다. 이번엔 매분마다 주파수를 바꾸는데 의도된 순서일 것이다. COMSEC[1] 만세.

5월 31일
01시 18분

잠을 잘 수가 없다. 오늘 타라와 몇 시간 동안 얘기했다. 내게 다른 저의가 있다고 믿지는 않으나 적어도 외롭지는 않다. 다들 정상적인 삶을 그리워하고 있다. 출근도장을 찍고 일하는 게 따분했던 시절 말이다. 재앙이 닥치기 전엔 나도 직장이 있고 삶의 목표가 있었다. 이제 내 유일한 목표는 생존이다. 오늘 어른들은 레크리에이션 룸에 모여 럼주를 마시며 모처럼 즐거운 시간을 가졌다. 나 또한 약간의 취기에 현재의 처지를 잠시나마 잊을 수 있었다. 내게도 배출구는 필요했다. 이곳에 도착한 후로 기지 내의 포장식량만 먹으며 지냈다. 뭔가 다른 걸 먹고 싶어도 쇼핑은 나날이 위험해지기만 한다.

한 시간 반 동안 추모행사도 가졌다. 어제 타라와 나는 밖에 나가 텍사스 야생화 약간을 꺾어 우리 곁을 떠난 사람들에게 바쳤다. 개인적인 생각이지만, 추모를 하자면 세상의 꽃을 다 꺾어도

---

1) 비인가자의 통신 정보를 막아 통신의 신뢰성을 확보하려는 대책 또는 제어

모자랄 것이다. 어머니와 아버지가 그 괴물들과 함께 고향의 언덕을 헤맨다고 생각하니 가슴이 미어질 것만 같다. 고향으로 달려가 직접 내 눈으로 확인한 후 그분들을 쉬게 해드리고 싶다. 그게 효도가 아니겠는가.

로라의 교육도 병행하고 있다. 과거 장교로 있을 때 역사를 좋아했다는 얘기를 듣고는 자넷이 로라에게 세계사 얘기를 들려줄 것을 부탁했다. 미국이 어떻게 건국되었고, 사람들이 언제 달나라에 갔는지 등의 얘기에는 로라가 눈을 동그랗게 떴다. 그녀는 스마트 폰, HD 텔레비전, 인터넷 없는 세상을 본 적이 없으며, 너무 어려 「스쿨하우스록」[2]을 볼 수도 없었다. 1980년대 초 토요일 아침, 거실에 앉아 "나는 지폐 한 장, 국회의사당에 앉아 있어요."[3]의 노래를 다시 들을 수만 있다면, 그 어떤 대가라도 치를 것이다. 로라에게 또래가 없다는 게 너무 안타깝다. 그녀의 땋은 머리를 당겨 줄 개구쟁이 급우 아이도 없다.

내일 모레, 존과 함께 약간의 비행을 계획한 터라, 어떻게든 잠을 자둬야 한다. 비행기 연료도 구하고 약간의 정찰도 시도할 참이다. 마타고르다 섬에서 이 지역의 비행장을 기록한 차트를 구했는데, 이번 기회에 비행기 위장에 필요한 인조위장망 비슷한 것도 찾아봐야겠다.

---

2) 1970년대 ABC 방송의 미니 애니메이션으로 아이들에게 정치, 역사, 문법, 과학, 수학 등을 가르쳤다.
3) 「스쿨하우스 록」에 나오는 노래

하비 공항

6월 1일
01시 40분

존, 윌리엄, 그리고 나는 어제 아침 일찍이 서쪽으로 이륙했다. 동 트기 직전 몰래 비행기로 접근해 잡풀 무성한 가설 활주로 위로 끌어냈다. 멀리 어슬렁거리는 좀비 부랑자들의 모습이 보였지만 우리는 곧바로 하늘로 날아올랐다. 윌리엄을 데려가는 건 마지막에 결정되었다. 그가 고집을 부렸기 때문이다. 우리는 세스나의 VHF 무전기로 호텔23과 통화 시스템을 구축하고 여자들에게 문제가 생길 경우 즉시 호출토록 했다. 우리가 찾은 곳은 주요 도심 외곽의 대규모 비행장이었다. 어젯밤 간신히 잠들기 전, 윌리엄 P. 하비 공항을 선정했는데 위치는 휴스턴의 남쪽 인근이었다.

비행거리가 길지는 않았다. 도중에 작은 마을을 수도 없이 지났는데 어느 곳이나 살아있는 시체들이 점점이 거리를 지배하고 있었다. 45분 후 하비 공항이 시야에 들어왔다. 나는 고도를 좀 더 낮추기로 했다. 저 아래 콘크리트 공간에 누구든 총을 쏘려는 사람이 있을 경우 육안으로 식별이 가능해야 하기 때문이다. 그때 넓은 활주로와 유도로에 접근하면서 나는 또 다른 죽음의 상징을 보았다.

보잉 737이 동체가 크게 파손된 채 활주로에 널브러져 있었다. 착륙하면서 그대로 곤두박질쳤다는 얘기다. 소형 비행기들은 몇 대 더 있었으나(중역전용기와 세스나 비슷한 소형기 몇 대 정도) 대형 비행기라고는 그게 전부였는데, 필경 하비 공항의 마지막 여객기였으리라. 우리는 한 번 더 선회하며 상황 분석을 재점검한 후에야 비행기를 착륙시키기로 했다. 멀리 격납고 근처에 연료 트럭도 한 대 보였다. 격납고는 상당히 넓었다. 활주로에 처박힌 보잉기 같은 대형기들을 위한 곳인 모양이었다.

우리는 호기심 때문에라도 대형기 근처에 착륙하기로 했다. 안에 중요 물품이 들어 있을지도 모를 일이었다. 다행이라면, 비행기가 추락한 곳은 주변에 건물이 하나도 없는 탁 트인 공지였다. 누구든 몰래 접근해 우리를 타깃으로 만드는 건 불가능했다. 진입로를 찾는 동안 윌리엄이 비행기 밖에서 망을 보기로 했다. 보잉기의 창문은 모두 닫혀 있었으나 지상에서 5미터 위였기 때문에 어차피 상관은 없었다. 날개 위 비상구는 확보했지만 일그러진 동체의 압력 때문에 문을 여는 데는 실패했다. 그럼 남는 건 조종석 우측의 부조종사 탈출구뿐이었다.

나는 3미터 높이의 조종실 문을 보고 안으로 들어갈 방법을 파악했다. 지난 달 유조탱크 잔해에서 구한 로프와 금속으로 제작한 줄사다리를 타고 창문까지 올라갈 수 있었다. 그 다음에는 존을 어깨에 태웠고, 그가 손으로 비상구를 열어 조종실의 밀폐된 공기를 풀어냈다.

그가 부주의하게 보잉기의 안쪽 바닥에 떨어진 유리조각을 건드리는 통에 나도 하마터면 그를 놓칠 뻔했다. 나는 그의 실수를 깨닫고 나지막이 욕설을 내뱉었다. 가뜩이나 그의 체중에 허덕이던 참이었다. 나는 이를 부드득 갈며 보잉기 내부에서 어떤 반응이 있었는지 물었다. 그는 없다고 대답하고, 내부의 악취가 상상 이상이며 조종실 출입문은 닫혀 있다고 덧붙였다. 존은 동체 외부에 돌출된 파일럿튜브를 이용해 내 어깨에서 내려왔다. 우리는 탐험을 포기하기로 했다.

아쉬울 건 없었다. 비좁은 비상구를 비집고 들어가는 것도 문제지만 균형을 잡으려다가 괜한 위험에 빠질 가능성도 있었다. 이 보잉기는 무덤이다. 건드려 봐야 좋을 게 없다. 그 안에서 벌어지는 광경은 생각만으로 악몽이었다. 안전벨트에 갇힌 승객들이 빠져나오려 바둥거리고 죽은 승무원들은 죽은 뒤에도 비틀비틀 통로를 걸으며 임무를 수행하고 있을 테니 말이다.

우리는 비행기로 돌아와, 연료를 비롯해, 여타의 보급품들을 확보할 계획을 궁리했다. 목표는 격납고였다. 연료 트럭을 우리 비행기까지 끌고 오는 건 불가능했기에 우리는 모두 비행기에 탄 다음 격납고의 연료공급 시스템으로 이동했다. 가까이 다가갈수록 우리는 '현장 정보'의 가치를 실감하게 되었다. 우리는 비행기 창을 통해 터미널 내부의 움직임을 볼 수 있었다. 모두 죽었다. 그리고 때마침 격납고에서 공포가 쏟아져 나오는 통에 그들에 대한 생각도 뇌리에서 밀어내야 했다.

나는 비행기를 세우고 엔진을 켜둔 채 무조건 라이플을 들고 뛰어내렸다. 존도 곧바로 빠져나왔다. 윌리엄이 빠져나오다가 내 옆에 곤두박질치고 말았다. 그가 내 옆을 지나려는 순간 내가 손을 뻗어 막아 세웠다. 차가 급정거를 할 때면 어머니도 늘 그런 식으로 내 가슴 앞쪽을 손으로 막아주셨는데, 그가 괴물들에게 신경 쓰느라 하마터면 급회전중인 프로펠러 안으로 뛰어들 뻔했기 때문이다.

우리는 뒤로 물어나며 살상을 시작했다. 눈에 보이는 놈들만 스물 가량이었지만 연료 트럭 밑에서도 그림자들이 꿈틀거렸다. 나는 동료들에게 프로펠러에 접근하는 놈들부터 처리하라고 소리쳤다. 비행기가 고장이라도 나는 날에는 큰일이다. 우리에겐 연료가 필요했고, 놈들을 모두 처리할 때까지 비행기 엔진을 꺼뜨리지 않아야 했다. 난감한 상황이 아닐 수 없었다. 내가 사격을 시작하자 동료들도 뒤를 이었다. 다섯 놈을 죽였다. 여섯 번째는 만만치가 않아, 머리에 두 발을 맞고도 대책 없이 달려들었다. 나는 머리를 포기하고 다리를 쏘아 쓰러뜨렸다.

존과 윌리엄이 다른 놈들을 처리하는 동안, 나는 연료 트럭 밑에 남은 좀비들을 하나씩 마무리 지었다. 개머리로 연료 탱크를 때려보니 연료는 가득했다. 한 가지 이상하기는 했다. 소형 프로펠러 비행기 연료 트럭이 왜 보잉 격납고 앞에 세워져 있는 거지? 결국 세상이 미쳐 돌아간 후에 이 비행장을 방문한 비행사가 또 있었다는 의미였다. 최근에 이 트럭이 (재)사용된 걸까? 아니면 단순한 신경과민일까?

나는 운전석 창으로 올라가 안을 엿본 후 문을 열었다. 아무것도 없었다. 열쇠는 모두 안에 들어 있고 겉으로는 아무 문제가 없어 보였다. 열쇠를 돌리자 첫 번째 시도에 쿨럭거리며 시동이 걸렸다. 누군가 이 트럭을 관리해 왔거나, 아니면 내가 특별히 운이 좋았을 것이다. 나는 펌프 스위치들을 젖힌 다음 밖으로 나왔다. 그리고 다시 주변을 살펴 맹공의 가능성이 없는지부터 점검한 후 비행기의 엔진을 껐다. 프로펠러가 꺼지며 엔진 소음도 잦아들었다. 200미터쯤 떨어진 곳에서 금속으로 터미널 유리를 때리는 소음이 귀에 거슬렸다. 좀비들이 연료를 훔쳐가는 데 항의라도 하듯, 유리 안쪽에서 내다보며 마구 두드려대고 있었다. 이 먼 곳에서조차 시계, 반지, 팔찌들이 유리를 때리는 소리가 빗소리처럼 요란했다.

나는 연료 뚜껑을 열고 트럭으로 건너갔다. 그리고 제어박스를 열고 스위치를 젖히는데 접어놓은 A4 크기의 종이 한 장이 떨어져 바람에 날려 나뒹굴었다. 나는 종이를 쫓아가 부츠로 밟은 다음 펼쳐보았다.

데이비스 가족, 루이지애나 레이크 찰스 비행장. 5/14

가족…… 생존자들. 쪽지를 외부 연료 펌프 스위치박스 안에 넣어둔 건 기발한 생각이었다. 이 한 수로 데이비스는 자신이 지적인 사람임을 충분히 보여주었다. 스프레이로 활주로 가득 자기 이름과 목적지를 그리지 않고 다른 비행사들만이 찾아낼 수 있는 장소에 감춰두다니. 비행기 연료를 자동차에 쓸 수는 없다. 물론 그 반대도 마찬가지다. 나는 종이를 주머니에 넣었다. 비행기로 돌아가 보니 존과 윌리엄이 안절부절못하고 있었다. 나는 그들을 지켜보며 비행기 연료 탱크를 가득 채웠다. 내가 다음에 무슨 말을 할지에 대한 기대감으로 윌리엄의 피부가 밝아지는 듯 보였다.

격납고를 살펴볼 시간.

그들이 왜 두려워했는지 모르겠다. 격납고 문은 모두 활짝 열린 터라 우리를 노리는 자들이 있다면 이미 모두 나와 덤벼들었을 것이다. 따라서 격납고 안에 더 이상 그런 무리들이 있을 리가 없었다. 내 판단은 옳았다.

하지만 넓은 입구를 가로지르다 하마터면 바지에 오줌을 지릴 뻔했다. 어둠 속에서 뭔가 빠른 속도로 내 머리를 노리고 달려든 것이다. 입구 바로 위에 제비 가족이 여름 둥지를 틀고 있었는데 우리한테 새끼들을 빼앗길까봐 어미가 불안했던 모양이다. 어린 새끼들의 짹짹 소리가 들려왔다. 지난 몇 주 동안 저 어미는 좀비들의 눈을 얼마나 많이 쪼아댔을까? 나는 둥지를 지나 보급실로 향했다. 격납고에는 플렉시글라스 채광창이 많았다. 화창한 여름날, 죽음의 냄새가 허공을 떠돌긴 했으나 부패의 악취는 우리 셋의 손에 희생된 좀비들을 따라 격납고 밖으로 나간 터였다. 대형 보급실의 문을 찾는 건 어렵지 않았다.

나는 창 닦는 데 쓰는 기다란 막대를 이용해 문을 열었다. 방충제 냄새가 먼저 달려와 우리를 반겼다. 방은 깨끗했다. 좀비의 냄새에 익숙해져 있었기에 그들의 냄새가 부재한 것 또한 쉽게 알 수 있었다. 보급실은 거의 소형 창고처럼 보였다. 선반들엔 예비 부속들과 장비들이 가득했다. 이곳은 보잉기의 보급 및 유지를 위한 격납고지만, 어차피 내가 찾는 건 제트엔진 부속이 아니라 생존을 위한 무전기와 장비 따위였다. 그때 도저히 외면할 수 없는 장비가 눈에 들어왔다. 검은 서류가방처럼 보이는 장치들엔 국제해사위성기구(INMARSAT)라는 제목이 붙어 있었다. 엄청난 양의 휴대용 위성 전화기를 찾아낸 것이다. 아직 작동 가능한지는 모르겠지만 선반 오른쪽의 4개는 아직 플라스틱 봉인이 그대로 붙은 채였다. 우리는 그 넷을 챙겨 문 앞에 두었다. 보급실 주변엔 조난용 무전기, 고무보트 같은 장비들도 있었다. 우리는 위성 전화와 휴대용 VHF 무전기만 챙겨 밖으로 나왔다.

연료도 가득 채우고, 새 위성 전화 4대와 휴대용 VHF 무전기들도 확보했다. 그뿐 아니라, 몇 주 전에 한 가족이 루이지애나 비행장으로 떠났다는 놀라운 소식도 확인했다. 이제 떠나야 할 시간. 우리는 모두 비행기에 올라 집으로 돌아왔다. 이번엔 호텔23에 다다를 때까지 고도 2000 이상을 유지했는데, 누군가의 무책임한 총질에 추락하고 싶지 않았어서였다. 나는 기지 근처에서 무전기로 자넷과 타라를 호출해 "네이비 원, 이제 곧 착륙 예정."임을 알렸다. 일부러 대통령 호출부호를 사용했는데 알아듣는 사람은 역시 아무도 없었다. 데이비스라면 이해할 것이다. 우리는 활주로에 착륙해 비행기를 감췄다. 나는 기지에 들어가며 데이비스 가족 생각을 했다. 비행장에 도착하기는 한 걸까?

레이크 찰스 관제탑

6월 4일
22시 21분

지난 3일간 사람들과 격론을 벌였다. 내가 레이크 찰스로 건너가 데이비스 가족을 확인하겠다고 나섰기 때문이다. 차트를 확인한 결과 그렇게 먼 거리는 아니었다. 물론 결정이 난다면 정확한 거리와 여행에 필요한 연료를 계산할 것이다. 다른 사람들은 가치에 비해 위험부담이 너무 크다고 판단했다. 존은 중립이었으나 자넷, 타라, 윌리엄은 곧바로 자살 비행이 될 수 있다며 완강하게 거부했다.

위성 전화기들을 충전할 수는 있지만 불행히도 호출할 사람이 아무도 없었다. 일단 다른 전화에 걸어보니 제대로 작동하는 것 같기는 했다. 작동법은 간단했다. 문제는 어떤 식으로 비용청구가 되는지 모른다는 사실이었다. 전화기는 항공사 재산이며 현재 위성 사용 청구서를 보낼 사람이 없다는 것만은 분명하다. 하지만 통화량이 일정 수준에 다다를 경우 일종의 자동 차단 시스템이 작동할 수도 있지 않겠는가.

그들은 지금 레이크 찰스 비행장에서 뭘 하고 있을까? 누군가 쪽지를 찾아냈다는 사실을 알고는 있을까? 임시 낙하산에 위성 전화기를 매달아 비행기 밖으로 던지는 한이 있다 해도 그들과 연락을 취할 필요는 있었다. 최소한 해볼 가치는 있다. 그들로부터 정보와 아이디어를 얻어낼 수만 있다면…….

6월 8일
02시 26분

오늘 아침 나 혼자 다녀오기로 했다. 누군가를 데려올 경우 비행기에 공석이 필요한데, 불필요한 과부하를 감내할 필요는 없었다. 그들이 레이크 찰스 비행장 근처에 있으면 좋으련만…… 노란 종이를 살펴보니 적어도 한 달은 지난 듯했다. 아직 살아있기는 한 걸까? 그날 관제탑에서의 존과 나처럼 포위라도 당한 건 아닐까? 윌리엄이 함께 가겠다고 고집을 부렸으나, 아까 말한 대로 생존자들을 데리고 돌아올 수도 있다. 아직 모든 게 불확실하기 때문에 가급적 빈자리를 확보해 두는 게 좋을 것이다. 나는 가득 충전한 위성 전화기 두 대, 9밀리 피스톨과 실탄 50발, 그리고 카빈과 실탄 수백 발을 챙겼다. 비행기 격실에 이틀 분의 식량과 물도 확보했다. 이번 글이 마지막 유언이 될지도 모른다는 생각에 뭔가 비장하고 창의적인 말을 써넣을 생각도 했지만, 내가 비장하지도 않고 창의적이지도 못한 탓에 오래 전에 (진짜로) 죽은 사람의 명언 하나를 대신 빌려 오기로 했다.

"마지막까지 붙들고, 지옥의 심장에서 네놈을 찌르리라. 오직 증오를 위해 마지막 호흡을 네놈에게 뱉으리라."

— 멜빌/에이허브

이제 피쿼드호[4]로 떠나노라.

22시 01분

450킬로미터. 레이크 찰스까지의 거리다. 실제 비행은 그보다 더 길어질 것이다. 돌아오는 길에 연료가 부족할 경우 하비 공항으로 우회해 연료 트럭을 이용할 계획이기 때문이다. 500해리가 넘으면 비행기는 서서히 추락할 것이다. 영원히.

600미터 상공에서 하비 공항을 훑어보니 트럭은 우리가 두고 온 그대로였다. 하지만 에어터미널 창문 하나가 깨진 탓에 수많은 좀비들이 자유롭게 드나들었다. 깨진 통로는 지붕과 이어져 있는데, 다행히 그 아래 콘크리트 유도로는 6미터 높이였다.

아직 연료 트럭 근처엔 아무도 없으나, 놈들은 높이에 대한 두

---

4) 소설 『백경』의 포경선 이름

려움이 없기 때문에 먹을거리가 나타났다고 판단되면 얼마든지 지붕에서 떨어질 것이다. 일단은 현재 상태에 만족하고 북동쪽의 레이크 찰스를 향해 기수를 돌렸다. 태양이 벌써 중천이라 2000미터 상공에서 고도를 유지하자 곧바로 내 눈을 찔러댔다. 30분 후, 멀리 버몬트 시의 잔해가 보였다. 어쩌면 생존자를 볼지도 모른다는 생각에 난 고도를 낮추기로 했다. 차트에 따르면 중소도시급 크기다.

고층건물 안팎으로 연기와 화재가 소용돌이치는 모습이 마치 크기가 각기 다른 성냥개비를 보는 듯했다. 각각의 특성에 따라 불과 연기의 모양도 다양했다. 기지의 위성 촬영 시스템이 제대로 작동했어도 이런 식의 여행은 필요 없었을 것이다. 우리는 2주 전 루이지애나 위성수신권을 잃었다. 레이크 찰스의 좌표를 입력해 그 자리에서 곧바로 답을 구할 수 있었다면야 얼마나 좋겠는가.

이 지역도 완전히 정전이었다. 무선송신탑의 충돌방지 조명도 꺼져 재미를 더해 주었다. 나는 저공, 저속비행으로 불붙지 않은 버몬트 거리와 건물들을 훑었으나, 아무리 노려봐도 생존자들은 보이지 않았다. 이 화창한 여름날 산책을 나온 자들은 그들뿐이었다……. 우리와 다른 그들.

도심으로 보이는 지역을 세 번 돌아본 끝에 결국 생존자가 없다고 결론을 내렸다. 적어도 신호를 보낸 사람은 없었다. 레이크 찰스 비행장은 버몬트에서 약 80킬로미터 동쪽이다. 현재의 속도라면 28분이면 도착할 것이나 난 점점 초조해졌다. 새로운 생존자들을 만난다는 사실이 두려웠다. 과연 괜찮을까? 주머니의 쪽지에는 '데이비스 가족'이라고만 적혀 있을 뿐 아군인지 적군인지 알

도리가 없었다. 그것도 지난달 14일…… 과연 아직까지 '살아'는 있는 걸까? '살아서' 살아있기는 한 걸까?

이윽고, 비행기 코끝에 부츠 모양의 호수가 보였다. 차트로 보아 이 호수는 정남향이고 내 목적지에서 서쪽으로 조금 치우쳐 있다. 그들을 찾아야 했다. 비행사를 한 명 더 확보한다면 다른 사람들한테도 크게 도움이 될 것이다. 나한테 어떤 일이 생길 경우에 대비해 데이비스가 일종의 보험이 될 수도 있으니 말이다. 태양은 아직 중천이었다. 비행장 지역에 도착한 건 2시가 다 되어서였다. 도심의 난장판과 연기들 덕분에 비행장을 알아보는 데에는 약간의 아이쇼핑이 필요했다. 나는 고도를 낮추고 속도도 70노트로 줄여 하강을 시도했다. 활주로 근처에 사람들의 모습이 여럿 보이기는 했다.

이 위치에서는 모두가 생존자들처럼 보였다. 좀비의 더럽고 해진 의복과 달리 다들 밝은 색상의 옷차림인데다 심지어 일을 하는 것처럼 보이기까지 했다. 누군가 플래시가 부착된 원뿔형 신호판을 운반하고 있었다. 비행기를 향해 착륙지점을 알려주는 장비다.

나를 착시에 빠뜨린 이유가 뭔지는 모르겠으나, 완전히 속았다는 사실을 인정해야 했다. 비행장은 정복당했다. 비행장 동쪽의 철책은 완파되고 좀비들이 그 지역을 뒤덮었다. 나는 고도를 유지한 채 관제탑을 지나가기로 했다. 어쩌면 생존자들이 안에서 저항하고 있을지 모른다는 생각 때문이지만 보이는 건 오직 그들뿐이었다. 좀비들은 어디에나 있었다. 관제탑도 점령했다. 활주로 동쪽 끝에 소형비행기 한 대가 서 있었는데, 문이 열려 있고 주변에 시체가 즐비했다. 얼마나 많은지 세기도 힘들 정도였다. 몇 구가 프로펠러 주변에 몰려 있는 걸 보니 멋모르고 덤벼들다 돌아가는 프로펠러에 갈가리 찢긴 모양이었다. 비행기 앞쪽에도 신체 부위들이 널브러져 있었는데 주로 팔이었다.

나는 상황을 짐작하고 고도를 올리기 시작했다.

그들을 본 것은 실제로 막 기지로 돌아가려던 순간이었다. 비행장 중앙 물탱크 탑을 두르고 있는 작업통로에서 두 사람이 미친 듯이 손을 흔들어댔다. 어린 소년과 여자였다. 탑 위에는 침낭 하나와 상자 몇 개가 놓여 있었는데 그런 상황에서 그렇게 오랫동안 생존해 있다는 게 비현실적으로 보였다. 빠른 비행 속도 때문에 자세히 볼 수는 없었으나 그들이 살아있는 것만은 분명했다.

물탱크 탑은 망가진 철책 반대편에 위치했다. 탑 아래쪽이 숲으로 둘러싸이지 않았던들, 그 아래 기둥을 긁어대는 좀비 무리들을 보고 더 빨리 찾을 수 있었을 것이다. 비행기가 거의 탑 꼭대기에 이르러서야 탑 위로 올라오려는 좀비들의 아비규환이 비로소 시야에 들어왔다.

비행장에 착륙하는 건 불가능했다. 탑을 에워싼 20여 구의 좀비들이 엔진 소리를 듣는 순간, 뜯긴 철망을 통해 순식간에 나를 공격할 것이다. 더욱 난감한 건 다시 이륙할 때다. 저들 중 하나라도 치는 날엔 그대로 끝장 날 수 있다. 생존자들에게 다시 돌아오겠다고 말할 방법이라도 있으면 좋으련만, 좀비들과 싸워야 한다는 불안감에 아드레날린까지 치솟아 도무지 아무 생각도 나지 않았다.

나는 고도를 높여 비행장을 벗어난 다음 적당한 착륙 장소부터 물색했다. 최대한 저공비행으로 동쪽 방향 15킬로미터 내를 뒤

저볼 참이었다. 차트에 따르면 비행기는 10번 주간도로 바로 위를 날고 있었다. 도로는 육안으로도 확인이 가능했는데, 동쪽 차선이 자동차들로 뒤범벅인 반면 서쪽 차선은 상대적으로 한가했다. 나는 얼마나 오래, 그리고 빠르게 날고 있는지 계속 머릿속으로 계산중이었다. 무엇보다 물탱크까지 도보로 돌아갈 수 있어야 했다.

머릿속으로 셈을 굴리는 동안 지상에서 또 하나의 종말론적 오디세이를 볼 수 있었다. I-10의 상당부분이 입체교차로와 함께 소실되고 폭발 지점 인근에 녹색 군용차가 한 대 주차되어 있었다. 여기저기 '위험' 표시판도 붙어 있었다. 창궐 즈음에 일부러 폭파했거나, 아니면 교차로 붕괴 후 오랜 부식으로 말미암아 나머지 도로마저 함몰되고 말았을 것이다. 어느 쪽이든 내게는 기회였기에 거기에 운명을 걸기로 했다. 나는 주간도로에 비상착륙을 시도했다. 문득 2년 전 이 도로를 달리던 때가 생각났다. 그때는 군사 훈련을 위해 전속 중이었건만 지금은 비행기로 비상착륙을 해야할 팔자였다.

도로는 깨끗했다. 멀리 약간의 잔해가 보이기는 했지만 충분히 비켜날 수 있을 것 같았다. 나는 온갖 변수를 감안하며 조심스럽게 고도를 낮추었다. 바퀴가 도로에 닿은 후에는 브레이크로 속도를 조절했다. 하나, 둘, 넷…… 좀비 넷이 비틀거리며 잡풀 무성한 도로를 벗어나오고 있었다. 생각보다 많지는 않았다. 브레이크를 좀 더 세게 밟자 페달이 덜컹거리더니 비행기가 갑자기 오른쪽으로 돌아가려 했다. 브레이크 하나가 망가진 탓에, 그 상황에선 반대 방향타로 동체를 바로 잡은 다음, 비행기가 공기항력에 멈출 때까지 달려가는 수밖에 없었다.

여기에 대수롭지 않게 생각했던 잔해까지 문제가 되었다. 나는 방향타를 조절해 쏠림을 막는 동시에 브레이크를 있는 대로 밟았다. 도로 오른쪽의 풀숲이 날개에 마구 꺾여나갔다. 나는 붕괴 현장 바로 앞에 간신히 멈췄다. 자칫 목숨과 바꿀 뻔한 착륙이었다. 50미터 전방에서 활주를 막아선 폐허는 다름 아닌 또 하나의 폭발 현장이었다. 그리고 녹색 군용 트럭 한 대와 붕괴된 교차로. 입체교차로 두 개가 이런 식으로 똑같이 붕괴된 게 우연일 리는 없었다. 이건 전문적인 파괴 현장이었다. 덕분에 비행기를 돌려 이륙 위치로 돌려놓는 것 또한 만만치 않아 보였다. 그것도 이곳으로 돌아올 경우의 얘기겠다. 나는 접근 중인 좀비 몇 구를 보며 엔진을 끄고 탐험용 배낭을 챙겼다.

나는 비행기 뒷좌석으로 손을 뻗어 카빈과 탄창을 꺼냈다. 그리고 여분의 탄창은 배낭에 모두 집어넣고 자주 쓰는 탄창 넷은 접근이 용이한 주머니에 넣었다. 비상용 무기는 이미 허리춤에 꽂아두었다. 생수 네 병과 휴대식량 두 봉지도 배낭에 넣었다. 물탱크의 생존자들이 언제까지 살아있을지, 아니면 그때까지 버틸 물은 있는지 알 도리가 없었다.

비행기 문을 닫고 돌아보는데, 갑자기 면전에 괴물의 일그러진 면상이 들이닥쳤다. 나는 황급히 개머리로 놈의 관자놀이를 때리고 무릎을 걷어차 쓰러뜨렸다. 총알도 아깝다. 그래봐야 총소리에 우르르 몰려들 것이다. 내가 비행기에서 멀어지는 동안에도 놈은 꼼짝하지 못했다.

나는 주간도로를 가로질러 숲속으로 들어갔다. 숲길을 통해 도로를 따라갈 생각인데, 놈들의 집요한 감시를 따돌리기 위한 보다 안전한 방법이다. 숲을 지나는 동안 나무들 사이로 놈들의 모습이 보였다. 우왕좌왕하는 좀비들. 흥미로운 물건이 분명 가까이에 있건만 어떻게 대응해야 할지 난감한 모양이었다. 덥고 습한 날씨. 난 계속 움직였다. 선택의 여지가 없었다. 마침내 최초의 파괴가 일어난 지점에 다다랐다. 조금 전 저공비행 때는 좀비 병사를 보지 못했다. 이곳을 지날 때 놈이 트럭 반대편의 사각지대에 있었기 때문이다. 그에게 어떤 일이 일어났는지는 한눈에 알 수 있었다. 놈은 군복이 운전석 문에 끼어 움직일 수가 없었다. 상의 가슴까지 지퍼를 채우고 케블라 헬멧 끈까지 턱에 매고 있었는데, 트럭에서 빠져나가다 상의 등 부분이 문에 걸리는 통에 그만 파국을 맞이한 것이다. 이달의 다윈상[5] 수상자는 이미 정해진 셈이겠다.

그의 눈에 띌 필요는 없었다. 행여 미친 듯이 날뛰며 트럭에 부딪치는 날엔 그 소리에 주변의 괴물들만 꾈 것이다. 놈은 지금 그대로가 더 어울렸다. 사실 전우애를 발휘해 곤경에서 구해주고 싶은 생각도 없지는 않았다. 나는 조용히 대형 트럭의 조수석으로 돌아가 안을 엿보았다. 좌석에 M-9 피스톨이 놓여 있었다. 유리는 닫혀 있고 문은 잠긴 채였다. 나한테 라이플과 피스톨이 있기는 하지만, 구출작전을 위해 생존자들의 무기를 확보해 두는 것도 나쁜 생각 같지는 않았다. 나는 마음을 바꾸어 피스톨과의 교환 조건으로 운전사를 죽이기로 하고, 트럭 디딤판에서 내려 뒤쪽으로 돌아갔다. 캔버스 천으로 지붕을 덮고 바닥을 왜건 타입으로 개조된 운송트럭이다. 트럭 짐칸엔 쓸 만한 게 없는 듯했다. 나무

---

5) 어처구니없는 죽음을 당했거나 스스로를 곤경에 처하게 만든 이들에게 주는 상으로 미국 기자 웬디 노스컷이 제정하였다.

상자들이 있기는 했는데 아무래도 폭발물 같았다. 그건 내 전공 분야와 거리가 멀다.

나는 깨진 아스팔트 조각 하나를 집어 놈의 발 근처에 던졌다. 시선을 다른 방향으로 유인하기 위해서인데 작전은 성공이었다. 나는 재빨리 접근해 헬멧 바로 아래 총구를 대고 한 방을 당겼다. 놈은 축 늘어져 내가 문을 열 때까지 그대로 매달려 있었다. 주머니를 뒤져봤지만 역시 중요한 건 없었다. 나는 M-9을 수습해 재빨리 현장을 떠났다.

물탱크 탑에서 어떻게 생존자들을 빼낼 것인지에 대해 궁리할 시간도 없었다. 해가 지기 전에 이곳을 빠져나가야 한다. 놈들의 처리는 가급적 피할 생각이다. 나한테 두뇌와 화기가 있기는 하나 놈들은 많아도 너무 많았다. 다른 방법이 필요했다. 그냥 비명을 지르고 총을 쏘며 달려가 두 사람을 데리고 내려오는 수밖에 없을 것 같았다. 그리섬 가족을 빼낼 때도 그런 식이었지만 지금처럼 탈출용 자동차가 확보되지 않은 상태라면 너무 위험했다. 이건 뭐 돈키호테도 아니고…… 계획이라곤 레이크 찰스에 착륙해 생존자와 접선하고 가능하면 호텔23으로 데려오는 게 전부였다. 이런 식의 얼빠진 구출작전을 벌이리라곤 상상도 못했다.

물탱크가 보였다. 통로에는 한 사람뿐이었다. 두 손을 저어 신호를 보냈으나 반응은 없었다. 그러고 보니 또 후회가 스멀거렸다. 이렇게 고생했건만 시체 두 구만 구하는 게 아닐까? 아니, 다행히 헛수고 같지는 않았다. 작은 남자 그림자는 난간 너머로 오줌을 누고 있었다. 관목 숲에 가려 보이지는 않았지만 소년이 뭘 하는지는 알만 했다. 짓궂게도 좀비들의 머리를 겨냥한 것이다.

나는 잠시 키득거리곤 곧바로 작업에 착수했다. 물탱크는 철책에서 불과 10미터 거리였다. 꼭대기에 가시철망이 없는 덕에 타넘는 건 어렵지 않을 것이다. 나는 괴물들이 볼 수 없는 지점으로 달려가 울타리를 넘었다. 그리고 땅에 닿자마자 격납고로 달리기 시작했다. 일련의 수화물용 전동 카트들이 격납고 뒤의 충전소에 모여 있었다. 나는 조심스럽게 그쪽으로 접근했다. 이 지역의 정전이 언제부터인지도 모르고 카트들의 작동 여부도 역시 불분명했다. 나는 그 중 하나를 빼내 격납고 옆으로 끌고 가 자세히 살펴보았다. 울타리 반대편의 시체 한 구가 울타리를 뛰어넘는 내 모습을 보았을 것이다.

전동 카트엔 열쇠가 없었다. 열쇠가 유도로에 떨어질 경우, 비행기엔진에 FOD, 즉 외부 이물질에 의한 손상 가능성이 있기 때문이다. 나는 스위치를 작동에 넣고 의자에 앉아 가속기를 밟았다. 전동 엔진이 툴툴거렸으나 움직이지는 않았다. 그 다음 차도 마찬가지였다. 건물 뒤로 그런 카트들이 일렬로 정렬되어 있었는데 세 번째 시도에 성공했다. 카트는 붕붕거리며 시동이 걸렸다. 나는 재빨리 올라타고 물탱크 근처의 끊어진 철망으로 달려갔다. 카트는 시동을 걸어둔 채 활주로 가운데 세웠다. 나는 카트에서 내려 라이플을 어깨에 메고 탑 아래쪽을 향해 사격하기 시작했다. 3킬로미터 반경의 좀비들이 몰려오기 전에 가능한 한 많은 놈을 쓰러뜨려야 했다.

나는 놈들이 울타리 틈으로 쏟아져 들어올 때까지 계속 방아쇠를 당겼다. 놈들은 나를 잡겠다며 두 팔을 벌린 채 몰려들었다. 나는 거리가 50미터 될 때까지 기다렸다가 카트에 올라타고 달아나기 시작했다. 놈들을 탑에서 되도록 멀리 떼어놓아야 했다. 활주로를 달리면서는 라이플을 재장전했다. 놈들은 적어도 200에서 300구 정도는 되는 것 같았다.

활주로 끝. 나는 다시 카트에서 내려 사격을 시작했다. 이번엔 300미터 정도 간격이라 시간은 여유로웠다. 우선 철망 안으로 들어온 놈들부터 처리하고, 그 다음엔 선택적으로 골라 쐈는데 어쨌든 제일 먼 놈들이 타깃이었다. 탑으로 돌아갔을 때 놈들이 따라잡는 시간을 조금이라도 벌기 위해서였다.

놈들은 거의 100미터 앞까지 접근했다. 무리 주변으로 파리 떼들이 어찌나 붕붕거리는지 욕지기가 나올 것만 같았다. 파리 소리는 놈들이 끄억, 끄억거리는 소리보다도 더 컸다. 하지만 아무래도 제일 역겨운 건 바짝 마른 채 썩어가는 얼굴들일 것이다. 입술은 찢어져 들개처럼 으르렁거리고 앞으로 내민 손엔 뼈가 그대로 노출되었다. 이제 달아날 시간이다. 나는 카트에 뛰어올라 무리를 에두른 다음 가속기를 최대로 밟았다. 안전을 위해 최대속도를 제한한 기계라 시속 15~25킬로미터가 고작이었다. 나는 탑으로 달아나며 그들에게 준비하라고 소리쳤다. 그들이 내 소리를 들었는지는 알 수 없었다. 대규모 무리가 거의 1킬로미터까지 접근한 터였다. 아직 시간은 있지만 탑 아래에 남아 있는 십여 구의 괴물들은 처리해야 했다. 카트의 배터리도 바닥이라는 신호가 들어왔다.

나는 철책이 파손된 지점으로 갔다. 나뭇잎 때문에 뭐가 숨어 있을지 알 수는 없지만 머리 비슷한 게 보이면 무조건 총질부터 했다. 잠시 후 사격을 멈추고 조심스레 탑 아래 숲 속으로 들어갔다. 남겨진 좀비들은 부패 정도가 심해 귀까지 완전히 먹은 모양이었다. 총소리도 듣지 못했을 것이다. 대부분이 눈이 하나였고 둘 다 없는 놈들도 있었는데, 너무 쉬운 상대들이라 탑 아래는 금세 소거되었다. 난 생존자들을 향해 최대한 빨리 내려오라고 외쳤다.

여자의 목소리가 먼저 들렸다.

"대니, 저 분 말씀대로 해라."

소년의 초조한 목소리도 들려왔다.

"응, 할머니."

소년이 먼저 내려왔다. 갈색 머리, 암갈색 눈, 밝은 안색을 지닌 열두 살 정도의 어린아이였다. 뒤를 이어 내려온 여자는 50대 후반에서 60대 초반으로 보였다. 붉은 곱슬머리였고 약간 통통한 편이었다. 둘 다 작은 봇짐을 들고 바닥에 내려섰다. 두 사람은 나를 보며 다음 지시를 기다렸다. 괴물들의 쇄도에 카트의 배터리 방전까지 겹친 터라 맥이 빠지긴 했지만, 젖 먹던 힘까지 다해 두 사람에게 나를 따르라고 큰소리로 외쳐주었다. 떠나기 전에 우선 배낭에서 케이블 타이 하나를 꺼내 카트로 건너갔다.

놈들은 600미터 거리에서 빠른 속도로 접근 중이었다. 나는 전동 카트를 반대로 돌려놓았다. 경고음이 삑삑거리며 울었다. 나는 케이블 타이로 페달을 묶어버렸다. 이제 카트는 뭔가에 부딪거나 배터리가 완전히 방전될 때까지 달릴 것이다. 나는 달리는 카트에서 뛰어내려 바닥을 한 바퀴 굴렀다. 카트가 삑삑거리며 좀비 무리를 향해 달려갔다. 우리는 내가 왔던 길로 해서 비행기로 돌아가기 시작했다. 이번에도 10번 주간도로와 평행으로 숲을 헤쳤으며 놈들에게 들키지 않기 위해 최대한 주의를 기울였다. 등 뒤로 놈들이 끄억거리며 공항 쪽으로 이동하는 소리가 들려왔다. 우리와는 반대 방향이었다. 놈들이 정말로 숨을 쉬는지 확인한 적도 없고 또 그럴 생각도 없지만, 그래도 냄새를 맡는 것만은 분명해 보였다. 우리는 열심히 비행기가 있음직한 방향으로 이동했다. 할머니한테는 수송 트럭에서 빼내온 M-9을 건네주었다. 그녀는 자기 이름은 딘이고, 아이는 대니라고 소개했다. 대니는 그녀의 손자였다. 나는 두 사람과 악수하고 하비 공항의 연료 트럭에서 찾아낸 노란 쪽지를 꺼냈다.

쪽지를 보더니 딘의 충혈된 눈에 눈물이 고였다. 그녀는 그 자리에 멈춰 서서 내 눈을 들여다보더니 이윽고 나를 끌어안고 울기 시작했다. 내 머릿속에 떠오른 생각은, 데이비스 씨가 가까운 친구나 가족이며 그 쪽지로 인해 억울하게 죽은 사람을 떠올렸다는 시나리오였다.

"당연히 슬프시겠지만 이제 떠나야 합니다. 사방에 놈들이 우글거립니다. 전동 카트로 오랫동안 속이지는 못할 거예요."

내가 그녀에게 말했다.

그녀는 잠시만 기다려 달라고 부탁했다. 내가 무슨 말을 하겠는가? 연장자에게 무례하게 굴었다는 얘기가 어머니 귀에 들어가는 날엔 당장 불벼락이 떨어지고 말 것이다.

내가 그녀에게 데이비스 씨와 그의 가족이 어찌 되었는지 물었다.

"대니와 내가 데이비스 가족이랍니다. 하비 공항에 메모를 남겨둔 건 나였어요."

그녀의 대답이었다.

나는 내 자신의 뿌리 깊은 성차별의식에 당혹스러워하며, 조심스럽게 누가 비행기를 몰았는지부터 물었다.

　　그녀가 미소를 지었는데 그 모습이 훨씬 젊어 보였다.

　　"내가 했어요. 이래봬도 공인조종사인 걸요. 아니, 지금은 과거지사겠군요. 자격증이 더 이상 의미가 없을 테니."

　　나는 얼빠진 표정을 거두고 딘이라는 여인과 계속 대화를 이어갔다. 대니는 그녀의 다리 근처에 앉아 있었는데, 초조한지 연신 주변을 돌아보았다.

　　여인과 얘기하다보니 어쩐지 마음이 편안해졌다. 이 혹성에 남은 최후의 할머니라도 만난 기분이었다. 난 여인의 얘기를 계속 듣고 싶었다.

　　……하지만 지금은 그럴 때가 아니다.

　　내가 지체를 허락한 이유는, 두 사람이 물탱크의 공포로부터 정서적 안정을 회복케 하려는 배려에서였다. 딘이 상상 외로 의지가 강하기는 했지만 아무리 그렇다 해도 나이 든 여자였다. 당연히 짧은 휴식이나마 안정이 필요할 것이다. 게다가 딘은 영양부족 징후까지 뚜렷했다. 팔과 다리의 늘어진 피부는 손자에 대한 사랑의 증거이겠다. 대니도 그다지 좋아보이지는 않았으나, 온전히 그의 생존을 위해 식량을 배분한 것만은 분명했다.

　　나는 죄의식과 안타까움을 애써 감춘 채, 가능한 한 빨리 비행기로 돌아가기로 했다. 야간 비행을 할 경우 하비 공항의 연료 트럭을 찾는 것도 쉽지는 않을 것이다. 나는 걷는 도중에도 그녀의 마음을 진정시키기 위해 자꾸 얘기를 걸었다. 비행술을 배운 이유에 대해서도 물었다. 그녀는 기꺼이 얘기를 들려주었다. 그녀가 나지막한 목소리로 얘기하는 동안에도 이따금 나무들 사이로 주간 도로를 살폈다. 여기저기 놈들의 모습이 보였다.

그녀는 목소리를 낮추어, 과거 뉴올리언스 소방국 파일럿이 된 경위에 대해 얘기해 주었다. 지금도 비행을 하면서 어려움에 처한 사람을 도와주고 싶다고 했다. 대화중에 나이도 밝혔는데, 10년 전 은퇴했을 때가 55세였다. 어린 손자까지 데리고 이렇게 오랫동안 생존해 있다는 사실이 놀랍기만 했다. 분명 상상을 초월한 생존의지였다.

좀비 몇이 비행기 쪽으로 어슬렁거리며 접근하는 게 보였다. 이면 거리에서조차 놈들의 끙끙거리는 소리가 들리는 것만 같았다. 나는 딘에게 착륙 당시 왼쪽 브레이크를 잃었으며, 주간도로 끝에 대형 군용 트럭이 한 대 있는데 어쩌면 그 때문에 이륙이 어려울지 모른다고 실토했다. 그녀는 걱정하는 것 같지 않았다. 내가 어디에서 비행술을 배웠는지조차 묻지 않았다. 그저 살아있다는 것만으로도 감사하다는 식이었다. 비행기에 다다라 문을 열면서, 대니의 눈을 가려 죽은 시체들을 보지 못하게 하려다 그만 두었다. 그게 무슨 소용이겠는가? 좀비들에게 오줌을 갈겨준 게 어디 한두 번뿐이겠는가?

비행기를 조사하고 벨트를 맨 다음 이륙절차에 착수했다. 딘과 내가 내부 통신 헤드셋을 착용했다. 그녀가 이륙절차를 도와주었는데 이미 200시간 이상 이런 모델의 비행기를 몰았다고 했다. 나보다 경험이 훨씬 많다는 얘기다. 엔진은 아무 문제없었다. 나는 파워를 넣고 비행기를 움직였다. 브레이크를 실험할 여유는 없다. 시야는 깨끗했다. 나는 활주 속도를 50노트로 유지했다. 좀비

한 구가 동서를 가로지르는 중앙분리대를 넘어 비행기로 접근하고 있었다. 이륙이 가능한지는 아직 분명치 않았다.

그때 갑자기 조종륜(操縱輪)이 내 쪽으로 당겨지고 있었다. 그리고 헤드셋을 통해 딘의 목소리가 들렸다. "이륙할 수 있어요!" 그건 기적이었다. 샌안토니오가 핵폭발로 지도에서 지워지기 전, 존과 함께 더러운 트랙을 빠져나올 때보다 더 급격한 상승이었다. 나를 의자에 붙들어 맨 것도 엔진의 힘이 아니라 중력이었다. 우리는 좀비를 피해 300미터 가까이 이륙했다. 그녀가 나보다 노련한 조종사라는 사실을 인정해야 했다. 적어도 이 비행기만이라도.

트럭과 분화구와 붕괴된 교차로를 지나자 공항이 다시 시야에 들어왔다. 난 순전한 호기심으로 딘에게 비행장을 가로지르자고 부탁했다. 비행장 반대편에서 전동 카트 주변에 몰려 있는 시체들이 보였다. 카트는 철책에 처박혀 있었는데 놈들의 관심이 지대한 것으로 보아 여전히 뻑뻑거리는 모양이었다. 냄새나 소음 때문일 수도 있겠지만 어쨌든 놈들은 열심히 기계를 뜯어내고 있을 것이다.

그녀가 어디로 가는지 물었다. 난 연료 트럭으로 가자고 했고 그녀는 그렇게 했다.

창공에 오르자, 물탱크 탑 위에 올라가게 된 경위 등 궁금했던 일들을 묻기 시작했다. 그들은 5월 14일 밤 레이크 찰스에 착륙했다. 비행기 시동도 끄지 못한 채 놈들을 피해 죽을힘을 다해 탑을 향해 달렸다는 얘기를 할 땐 조종륜를 잡은 그녀의 손이 떨리기까지 했다. 소지품이라고는 그때 들고 있던 물건이 전부였다. 그녀는 자세한 얘기는 피하려고 했다. 왜 비행기로 탈출하지 않았는지 물었을 때도 다른 방식으로 대답했다.

"프로펠러 주변의 시체들 못 봤어요?"

그 얘기는 하고 싶지 않다는 대답인 셈이다.

침낭을 이용해 마실 물을 얻기도 했다. 6일 째 되는 날 비축해 둔 물이 고갈되었다. 그녀는 타워 꼭대기에 올라가 수질검사용 마개를 간신히 열고는 담요 끝을 물속에 15센티미터쯤 잠기게 했다. 그리고 덕분에 시체들의 신음소리를 건디면서도, '신선한 루이지애나 담요수'로 거의 한 달을 연명할 수 있었다. 그녀는 이런 얘기들을 이어가면서 딱 한 번 울음을 터뜨렸다.

하비에 다다를 쯤엔 연료가 시급했다. 잘 하면 호텔 23까지 돌아갈 수도 있겠으나 굳이 모험을 할 필요는 없었다. 최근에 경험이 있기 때문에, 연료 트럭이 작동한다는 것도 또 연료가 가득 들어 있다는 것도 알고 있다. 상황 파악을 위해 상공을 선회할 때쯤 태양은 서쪽 지평선으로 떨어지고 있었다. 터미널의 깨진 창문 밖 지붕에 좀비들이 모여 있었다. 지붕 아래쪽에도 몇 구가 보였는데 그 중 일부는 추락의 충격으로 기동력을 완전히 잃은 상태였다. 동역학이 빚어낸 참사인 셈이다.

나는 비행기를 착륙한 후 조심스럽게 연료 트럭에 접근했다. 딘에게는 조종석 안에 남아 있으라고 했다. 그녀는 돕겠다고 나섰으나 내 말이 옳다는 것 정도는 그녀도 알고 있었다. 무엇보다 탑 위에서 한 달간 익고 얼고를 반복한 후라 몸 상태가 말이 아니었다. 오랜 비행 경력에도 불구하고, 그녀가 조종하는 내내 내가 제어장치를 통제하거나 신경 쓴 이유도 그 때문이었다. 조종간을 다루는데 능통할지는 몰라도 지금은 뼛속까지 지쳐 있었다.

이번에도 엔진을 끄지 않았다. 그것도 거의 일반적인 습관이 되었다. 난 혼자 연료 탱크로 접근했다. 탱크를 가득 채우고 비행기를 다시 이륙 위치로 돌려놓는 데까지 시간은 많이 걸리지 않았다. 활주로 대기선에 도달했을 때쯤, 거의 10시간 가까이 호텔23과 교신이 없었으며 헤드셋을 VHF 무선기에 맞춰두지도 않았다는 사실을 깨달았다. 딘과 내가 하비로 우회하기로 한 데다 어차피 호텔23과의 교신거리를 벗어나기도 했기에, 주간도로를 이륙한 후엔 잡음을 피하기 위해 VHF를 꺼두었다. 딘은 부조종사의 제어장치들을 통해 비행기를 이륙시켰다. 먼젓번에 시체를 피하기 위해 입력했던 것과 똑같은 방식이었다. 나는 조종사 제어판에 손을 얹고 그녀의 지시를 따랐다.

비행기를 이륙하고 무전기를 호텔23에 연결하는데, 보잉기의 조종석 유리에 매달려 있는 시체 하나가 보였다. 몇 주 전, 존, 윌리엄과 함께 탐험을 시도했던 바로 그 비행기였다. 놈은 허리가 걸린 채, 활주로에 떨어지려 발버둥을 쳤으나 소용은 없었다. 최근 비행장에서 발생한 일련의 사건들로 이 수백만 달러의 대형석관에 묻힌 좀비들이 자극받은 모양이었다.

나는 마이크 버튼을 눌렀다.

"H23. 여기는 네이비 원, 오버."

존의 대답이 들렸다. 거의 패닉 상태였으나 그래도 무선규칙을 정확히 지켜 이름이나 장소를 누설하지는 않았다.

"네이비 원, 여기는 H23. 벌써 몇 시간째 접선을 시도 중이다. 이 시각 현재 H23 착륙은 안전하지 못하다."

나는 무슨 일인지 물었다. 시체들보다 더 위험한 적이 반격을 시도한 건가 하는 생각도 들었다.

존의 대답은, 최근 대규모의 좀비들이 착륙 지역과 뒤쪽 울타리 부근으로 쇄도해, 내가 착륙하려는 지점에만도 100구 정도가 어슬렁거린다는 얘기였다. 나는 비행기에 모두 세 명이 타고 있다고 보고하고, 놈들을 청소할 방법이 없는지 되물었다. 그는 20분 안에 어두워지기 때문에 현재로서는 방법이 없다고 대답했다. 그건 사실이었다. 밤에 밖으로 나가 놈들을 쓸어버리려는 건 자살행위지만, 실제 효력이 있을지도 미지수였다. 80노트 속도의 비행기에 치명적인 피해를 입히고 탑승자 모두를 즉사시키기 위해선, 놈들 중 하나가 부딪치기만 하면 그만이었다. 지금은 하룻밤을 묵을 장소를 물색하는 게 최선이었다. 그것도 최대한 빨리.

이글레이크 비행장은 당연히 불가능했다. 그렇다고 정체모를 들판에 비행기를 착륙할 수는 없었다. 활주로를 찾아야 했다. 차트를 살펴보니, 호텔23에서 남서쪽으로 23킬로미터 지점에 스토발이라는 소공항이 있는데 그곳이 제일 적합해 보였다. 우리가 도착했을 때는 이미 해가 졌기 때문에 또다시 야간투시경을 이용한 착륙을 시도해야 했다. 이번엔 엔진을 끌 생각은 없었다. 비상시 피신할 은신처가 확보되지 않은 탓에 엔진 소음의 모험은 불가피했다. 딘이 어떻게 반응할지 모르겠지만, 나는 대니한테 내 가방에서 딱딱한 녹색 플라스틱 상자를 꺼내라고 부탁했다. 그가 시키는 대로 했다. 지금은 딘이 조종을 맡고 있었다. 나는 그녀에게 상황 설명을 하고 지금은 선택의 여지가 없음을 강조했다. 그리고 그녀에게 외부 충돌 방지등을 모두 끄게 한 후 너무 어두워 지상이 잘 보이지 않으면 내게 조종대를 맡길 준비를 하라고 지시했다. 그리고 목표 비행장을 가리키자 그녀가 기수를 조금 바꾸었다.

나는 상자에서 야간투시경을 꺼내 머리에 찼다. 만일을 위해 눈이 적응할 시간을 확보할 필요가 있기에 우선 조도를 크게 낮춰 투시용보다는 눈가리개용으로 만들었다. 밖은 빠른 속도로 어두워지고 있었다. 나는 딘에게 조종륜을 넘기고 야간투시경의 조도를 조절하였다. 지상의 풍경이 익숙한 녹색으로 살아나기 시작했다.

그런데…… 공항이 없었다! 나는 계속해서 차트와 목적지를 점검했다. 분명히 관제탑이 있어야 할 텐데…… 우리가 비행장 위를 여러 번 선회 중임을 깨달은 건 그러고도 20분이나 지나서였다. 비행장은 폐허였다. 활주로 또한 잡풀들이 프로펠러에 잘려나갈 만큼 엉망이었다. 다행히 콘크리트 활주로를 식별해 낼 수는 있었다. 활주로에는 달랑 기다란 격납고 하나뿐이었다. 나는 열린 문이 있는지 확인하기 위해 그 근처로 날아갔다. 안전해 보이기는 했다. 나는 비행기를 착륙 위치로 돌렸다. 야간투시경의 심도 인식문제는 이미 경험이 있는 터라 착륙은 어느 때보다 안정적이었다. 나는 내일의 이륙을 위해 적당한 위치를 잡은 다음 엔진을 끄고 주변 상황을 살폈다.

지금은 두 사람 모두 잠들었다. 우리가 착륙한 시간은 21시였다. 나는 존과 접선해 좌표를 불러주었다. 그는 내일 윌리엄과 함께 랜드로버를 타고 나가 놈들을 처리할 테니 걱정 말라고 했다. 그가 웃으며 아침에 무전기를 꼭 켜둘 것을 주문했다. 그도 밤새도록 무전기를 모니터할 것이다. 타라가 어떻게 지내는지 묻자 그녀가 바로 옆에 앉아 있으며 나를 보고 싶어 한다고 전해주었다.

6월 9일
02시 18분

멀리 활주로 바깥에서 뭔가 움직였는데 뭔지는 모르겠다. 조종석 문은 잠겨 있다. 나도 졸리지만 애써 참고 있다. 딘은 깨어 있다. 하지만 내가 본 것을 말하지는 않았다.

03시 54분

조금 전의 동요는 사슴가족이었다. 투시경에 눈이 거울처럼 반사되는 것으로 보아 살아 있는 짐승이 분명했다. 좀비들한테는 그런 바람직한 특성이 없다.

06시 22분

존이 무전으로 활주로 청소가 끝났다고 보고했다. 이제 곧 이륙할 것이다.

6월 11일
09시 40분

9일 아침 무사히 호텔23에 도착했다. 자넷은 VHF 무전기를 켜두고 존과 윌리엄이 좀비 무리들을 착륙지점에서 몰아내는 과정을 실시간으로 중계했다. 호텔23에 착륙하기 전, 나는 딘에게 대단한 은신처를 기대하지 말 것을 당부하고 인력도 우리까지 더해 (애너벨리를 포함해) 아홉뿐이라고 얘기해 주었다. 대니는 뒷좌석에서 헤드셋을 쓰고 있었다. 헤드셋이 너무 큰 탓에 자꾸만 흘러내리는 게 무척이나 우스웠다.

"애너벨리가 누구예요?"

아이가 물었다. 나는 호텔23의 강아지 이름이고 남자아이를 좋아한다고 대답해 주었다. 대니는 이제 '흉한 인간'들을 보는 대신 예쁜 강아지를 만질 수 있다는 기대감에 기뻐서 어쩔 줄을 몰라 했다. 그는 좀비들을 '흉한 인간'이라고 불렀다.

로라 얘기는 일부러 빠뜨렸다. 아이를 놀래게 해주기 위해서였다. 여자애이긴 하지만 같이 놀 상대가 있다는 걸 알면 대니가 얼마나 기뻐할지 상상이 가지 않았다. 비록 낡은 삼목 상자에 담긴 유품 냄새처럼 순식간에 스쳐지나가긴 했어도 난 여전히 열두 살이 어떤 나이인지 기억하고 있다.

정유공장

오늘은 모임을 가졌다. 아홉 모두 참석했다. 물론 우리가 대화하는 동안, 따분해진 로라, 대니, 애너벨리는 모퉁이에서 조용히 놀고 있었다. 딘은 훨씬 좋아보였다. 나는 동료들에 대한 간략한 소개 및 어떻게 만났는지에 대한 설명을 마치고 최근의 약탈 사건들 얘기도 들려주었다.

그녀 역시 '찰스 타워'에 갇히기 전까지 몇 개월 동안의 생존담 몇 가지를 들려주었다. 어린 대니를 데리고 뉴올리언스에서 지냈는데, 빅이지가 타깃이 되었다는 경고를 듣고 비행기를 타고 떠났다. 처음에는 인근의 안전지역을 찾을 생각이었지만 결국 실패하

47

고, 그 후에는 음식과 물과 연료를 찾아 이 공항, 저 공항을 떠다니다가 결국 타워에 갇혔다는 얘기였다.

딘은 이제 우리 모두의 할머니가 되어, 아이들을 돌보고 조언을 해주었다. 어제는 몰래 다가와 타라가 나를 좋아하는 게 분명하다며 놀려댔다. 나도 모르는 바는 아니었으나 생존문제가 시급한 터라 그 문제에 대해선 여전히 속수무책이었다. 딘은 사랑할 사람도 사랑해 줄 사람도 없다면 생존이 다 무슨 소용이냐며 나무랐다. 나는 대답하지 않았다. 지금 연애타령이나 할 팔자가 못 되었다. 이런 심각한 곤경에, 사랑이나 로맨스를 들먹일 여유가 어디 있다는 말인가.

공항을 전전하는 동안 생존자를 만난 적이 있는지 묻자, 그녀는 들판에서 신호를 보내는 생존자 둘을 구하려 했던 끔찍한 얘기를 들려주었다. 그들은 수백 구의 좀비에게 에워싸였지만 인근의 언덕에 가려 전혀 눈치를 못 채고 있었다. 딘은 시체들이 접근 중인 지역 위를 선회하며 경고를 보냈으나 이미 때가 늦었다. 그들이 상황을 깨달았을 땐 좀비들이 언덕을 넘어 아프리카 병정개미들처럼 그들을 덮치고 있었다.

딘은 그 사건에 죄의식을 갖고 있었다. 생존자들이 들판으로 나왔던 이유가 그녀와 대니한테 신호를 보내기 위해서였을 수도 있기 때문이다. 나는 그들이 그곳에 도착했을 때, 때마침 비행기가 지나갔을 뿐이라는 말로 그녀를 위로해 주었다. 물론 신호를 위해 공터로 나왔을 개연성이 크기야 하지만, 그걸 곱씹는다고 좋을 일이 어디 있겠는가.

나는 거의 매일 운동을 했다. 약탈자들의 공격 이후 기지 주변의 좀비 숫자는 부쩍 줄었다. 관제탑 안에 철봉도 설치했다. 폐품을 꼬아 머리 위 들보에 부착하는 식이었다.

존은 계속해서 무선을 확인했으나 암호송신이나 호출부호 따위는 없었다. 딘은 우리가 주변을 잘 살피는 한 안전하다고 생각한 모양이다. 나는 그녀에게 기지를 드나드는 길이 여러 곳임을 경고해 주었다. 조만간 호텔23 전체를 구경시켜 줘야겠다. 화기를 다뤄본 경험도 있으니, 필요하다면 직접 처단에 나설 수도 있을 것이다. 남편은 좀비들이 일어나기 전 병으로 잃었다고 했다. 어쨌거나 죽음에도 익숙하다는 얘기다. 낯선 건 걸어 다니는 죽음이다.

6월 17일
21시 06분

GPS도 꺼졌다. 위성이야 여전히 저 위에 있겠지만 지상 관제탑에서 주기적으로 재조정해 주지 않는데 송수신이 제대로 될 리가 없다. 결국 신호가 잡히지 않아 랜드로버의 DVD/GPS 내비게이션 시스템도 무용지물이 되고 말았다. GPS를 잃은 후 나는 위성전화의 실험에 열을 올렸다. 모두 정상 작동되었다. 존과 나는 전화기들을 들고 옥상으로 올라가 존의 전화기 옆면에 적힌 바코드 숫자로 다이얼을 돌려보았다. 신호가 울렸다. 존도 같은 방식으로 내 전화기에 전화를 걸었다. 기막힌 통신수단임에는 분명하지만 여전히 신뢰도는 낮을 수밖에 없었다. 제3의 메커니즘에 의존하는 통신수단이 매한가지다. 나는 숙소를 딘과 대니한테 넘기고 환경통제실로 이사했다.

새 숙소는 좀 더 시원하다. 다른 숙소도 선택이 가능했다. 라커에 접이식 침상이 달린 넓은 방도 있었으나 무엇보다 사람들 근처에서 지내고 싶었다. 환경통제실은 핵 투하 시기를 중심으로 이곳을 찾은 민간인 생존자들이 쓰던 방으로 보였다. 단순한 생존이 아닌, 뭔가 유용하고 긍정적인 목적이 있으면 좋으련만.

오늘은 개인소지품에서 지갑을 꺼내 장교신분증을 확인했다. 신분증에 있는 사내는 나와 달라보였다. 물론 내 얼굴이고 이름이고 사회보장번호였다. 하지만 저 두 눈…… 전혀 내 것이 아니었다. 신분증 사진의 눈은 지금 거울 속에서 내다보고 있는 사내의 시선과 달라도 너무 달랐다. 신분증은 갖고 다닐 생각이다. 과거의 나에 대한 추억으로 삼을 생각이다. 보다 거대한 운명의 수레바퀴의 톱니 하나. 저들 중 한 명과 직접 맞닥뜨린 이후로 6개월이 흘렀건만, 끔찍하기는 지금도 마찬가지다. 앞으로도 영원히 그럴 것 같다.

6월 20일
23시 09분

지금 폭우가 내리고 있다. 날씨는 폐쇄회로 TV에도 영향을 미쳐 잡음을 일으키고 화면이 깜빡거렸다. 좀비들은 여기저기 흩어져 있지만 강렬한 번갯불 덕분에 모습을 식별할 수는 있었다. 무선에서는 여전히 아무 소식도 없다. 나는 폭우 속 소일거리로 경비원의 일기를 뒤적이고 있다. 호텔23에서의 일련의 사건 때문에 깜빡 잊고 있던 물건이다.

어젯밤 옛 숙소에 가서 마지막 사물을 챙기는데 일기장이 다시 나타났다. 딘이 마분지 상자를 싸주며 숙소를 양보해 줘 고맙다고 인사하고는, 내 일기장을 찾았는데 예의상 보지 않았다고 덧붙였다. 나는 과거 이곳에 주둔한 사람의 일기장이만 그 사람 대신 내가 보관하기로 했다고 설명해 주었다. 그녀가 이해한다며 일기장을 건넸는데, 행여 실언을 한 건 아닌지 불안해하는 표정이었다.

나는 미소로 그녀를 안심시킨 후 일기장을 박스 안에 넣고 환경통제실 숙소로 돌아갔다. 그리고 오늘 밤 베이커 기장의 개인기록을 다시 펼쳐들었다. 1월 10일이 접혀 있는 것을 보니 전에 읽었던 기억도 났다. 나는 일기를 펼쳐 1월 11일을 읽기 시작했다.

최근의 닷새 메세지 트래픽에 따르면, 예상대로 떠나는 건 당분간 불가능한 모양이다. 임시주거로 더할 나위 없는 이 시설이지만, 이대로 지하에 갇혀 지내다간 스트레스가 장난이 아닐 것이다. 나와 달리 그는 기혼자다. 지하에 머물러 있으라는 지시가 계속될 경우 언제까지 제 정신으로 버틸지 나도 모르겠다. 그는 지속적으로 악몽을 꾸고 꼭 자기아내한테 끊임없이 편지를 쓴다. 최고사령부가 지침을 철회해 주지 않는 한 언제 보내게 될지도 모를 편지들.
아시아 상황과 관련된 공식통신을 수신했지만 이 일기의 비밀등함을 초월하므로 기록하지는 않겠다.
어떤 일이 있든 이곳 지하는 안전하다. 미국의 전략자원 억제에 중요한 문제다.

이 페이지에는 미국으로 보이는 지역의 상공을 날아가는 미사일 그림이 낙서처럼 그려져 있었다.

6월 23일
21시 50분

나한테 간헐적인 두통이 있다. 평소라면 충분한 수분 섭취로 탈수를 예방하겠지만 오늘은 물을 마실 시간조차 없었다. 탈수 두통인 탓에 이제 와서 물을 아무리 마셔도 소용은 없다. 어쨌거나 가라앉을 때까지 기다릴밖에. 21일 아침, 존, 윌리엄과 함께 척후활동에 나섰다. 오늘은 평소의 십자가 무덤 쪽이 아니라 서쪽의 작은 마을 할렛츠빌이 목표였다. 시선을 끌고 싶지 않다는 이유로 랜드로버는 포기했다. 여전히 약탈자들이 남아 있음을 알기 때문이다.

우리는 들판과 미개간 농지를 통과했다. 땅을 가꿀 사람들이 사라진 것도 벌써 6개월이라 그들의 시체와 마주친다 해도 놀랄 일은 아니었다. 울타리를 넘어 버려진 농지에 들어갔을 때 미국의 탐욕과 권력의 대표적 상징을 만났다. 대규모의 정유공장들과 거대한 그라운드 펌프의 골격이 작동을 멈춘 채 서 있었던 것이다. 사방에 잔디가 무성한 걸 보아 벌써 몇 개월째 죽어 있었으리라.

생존 인류가 없다는 데 좋은 점이 있다면 기름 보유고가 앞으로 천 년은 더 갈 거라는 것뿐이다. 물론 단점이라면 원유정제 기술을 아는 사람이 하나도 남아 있지 않기에 결국 하드론 가속기만큼이나 쓸모가 없다는 사실이겠다. 존과 나는 오래 전부터 농업에서 의약조제, 원유정제까지 모든 기술 매뉴얼을 확보해야 할 필요에 대해 논의했다. 그런 정보는 미국 전역에 무수히 버려진 도서관에 얼마든지 있을 것이다. 문제는 정보에 접근한 후 호텔23으로 운반하기까지 목숨을 걸어야 한다는 데 있었다.

두 번째 원유펌프를 지나며 또다시 섬뜩한 광경을 목격했다. 세상이 끝난 정월 이후에도 펌프들이 한동안 돌아갔던 모양이다. 펌프의 진자에 박살난 좀비의 상체 아랫부분이 기계에 걸려 있었는데 놈이 아직 움직이는지는 모르겠다. 애써 못 본 척 재빨리 지나쳤기 때문이지만, 어쨌든 새들이 썩어가는 육신을 실컷 포식하고 난 후였다.

윌리엄도 애써 눈을 돌렸다. 우리는 계속 걸었으나 생명의 흔적은 어디에도 없었다. 우리의 기본전략은 도피였다. 소염기도 소음기도 없기 때문이다. 총을 쏜다면 우리 목숨이 경각에 달했을 때뿐일 것이다. 우리는 걸어 다니는 시체 셋을 우회해 집으로 돌아왔다. 놈들은 움직이기는 했으나 너무 느린 탓에 우리를 따라잡지는 못했다. 계속 따라오기야 하겠으나 이곳 정류소에서 우리 기지까지 놓여 있는 수많은 울타리를 넘는 일이 가능할 것 같지는 않았다. 존과 나는 매뉴얼을 수집할 필요에 대해 좀 더 논의 한 끝에, 조만간 작전을 세우고 실행하기로 합의했다.

셈퍼 파이[6]

6월 26일
18시 53분

평소처럼 기지주차장을 모니터링 하다가 그 너머 도로의 움직임을 감지했다. 미해병 8륜 경갑 정찰차(LAV) 비슷한 차량 한 대가 무척이나 빠른 속도로 기지를 따라 북동쪽으로 질주하고 있었다. 현장을 녹화할 수 있다면 확대 영상으로 사수를 확인하겠으나 현재 상황으로는 불가능했다. 내 판단으로는 단순한 정찰업무로서, 지금은 책임자에게 상황 보고를 하기 위해 돌아가는 중이었다. 물론 완전히 빗나간 판단일 수도 있었다. LAV 장갑차를 타고 전

---

6) 죽을 때까지 충성한다는 뜻의 미국 해병대 표어

국을 돌아다니며 총질이나 해대는 단순 조폭들일 가능성도 있다. 저런 종류의 차량에 대해선 나도 잘 모른다. 실제로 본 것도 단 한 번뿐으로, 웬만한 소형 화기에는 끄떡도 않는 수륙양용차라는 정도다.

어쩌면 이 지역 해병의 마지막 생존자들일 가능성도 있다. 군의 대의명분에 충실한 집단이 아직 남아있는지 어찌 알겠는가? 내가 그랬다면 이 글을 쓰지도 않았을 것이다.

장갑차를 목격한 후, 딘과 나는 아이들을 지상으로 데려가 몇 시간 놀게 해주었다. 주요 기술 매뉴얼을 구해오는 계획에 대해 얘기하자 그녀는 좋은 생각이지만, 그 계획에 대해서는 이미 들은 바 있다고 덧붙였다. 타라가 존의 얘기를 그녀에게 전해주었는데, 정작 타라 자신은 미친 계획이라며 화를 내더란다. 나에 대한 감정까지는 아니더라도, 딘에게 무슨 말이든 하는 모양이다. 딘은 내가 책같이 하찮은 물건을 구하겠다며 기지를 떠난다면 타라가 가만 있지 않을 거라며 경고했다. 오늘 아침에 군용차량을 본 터라 아직은 어떻게 해야 할지 모르겠다. 두 아이와 나이 든 부인이 기지에 있기 때문에 특정한 의료 교본들이 필요한 것만은 분명하다. 나는 의사가 아니다. 그런 일에 경험이 있는 것도 자넷뿐이다.

6월 29일
19시 13분

모든 일의 시작은 어젯밤이었다. 그것도 간단한 무전 호출 때문에. 어젯밤, 무전기 소음이 점점 커지더니 기어이 절박한 비명소리까지 들려왔다. 자동화기 소리에 간간히 끊어지던 소음은 해질녘에야 겨우 멈췄지만, 그날 밤에 또다시 들려왔다. 그때가 23시였고 존이 계속 모니터링을 하던 차였다. 총성은 많이 잦아들어 기껏 막바지 단계에 이른 팝콘 소리 정도였다. 목소리는 자신이 미해병 23연대 1대대 라미레즈 상병으로 부하 다섯과 함께 차 안에 갇혀 있다고 했다. 차가 고장 나는 바람에 좀비의 바다에 좌초해 있다는 얘기였다. 무전기에서 비명소리가 섞여 나오는 것으로 보아 누군가 부상을 당했거나 적어도 공포에 질린 모양이었다. 어제 우리 기지를 지나가던 팀일 것이다.

존이 관제실로 나를 찾아온 건 이때쯤이었다. 나는 해병과 대화를 시도해 보기로 했다. 내가 마이크 버튼을 눌러 차분하고 차가운 목소리로 말했다.

"위급 호출을 보낸 해병대원들에게······. 위도와 경도를 전송하라, 오버."

몇 초간 잡음이 이어지다가 대답이 들렸다.

"미확인 기지, 도움과 구출이 절실하다. 메시지를 반복하라, 오버."

내가 요구사항을 네 번 반복한 후에야 무전병이 위도와 경도를 일러주었다.

"미확인 기지, 위치는 북위29-52, 서경097-02로 보인다. 감도가 40퍼센트 수준이라 잘 들리지 않는다. 현재 실탄이 떨어져 차량 해치를 닫은 상태다. 위중한 상황. 구조대를 보내 달라."

선택의 여지는 없었다. 해병대원들을 그냥 죽게 둘 수는 없었다. 놈들이 장갑차 안으로 들어갈 수야 없겠지만 해병대원들이 나오는 것도 불가능하다. 나는 지도에 위치를 표시하고 존, 윌리엄과 함께 준비를 시작했다. 그날 밤 되도록 일찍 떠나 야음을 이용할 생각이었다. 나는 휴대용 HF 단파 무전기 하나, M-203 척탄통(擲彈筒)을 장착한 M-16과 글록, 야간투시경을 챙겼다. 지도의 목표를 가리키자 윌리엄이 가이거 계수기[7]를 가져가자고 해 나도 동의했다. 떠나기 전 존에게 내 어깨 계급장을 떼어달라고 부탁했다. 내가 군인이었다는 사실을 저들에게 알리고 싶지 않았다. 마지막으로 그들을 이리로 데려올 경우에 대비해 베갯잇도 몇 개 챙겼다.

야간투시경의 도움으로 비행기 야간착륙이 가능하다 해도 랜드로버를 가져갔을 것이다. 유일한 문제라면, 도랑에 처박히지 않기 위해서라도 포장도로를 고수해야 한다. 오프로드 형이라고는 하나 장갑차와 달리 해병들처럼 갇혔을 경우 수백의 좀비들을 뿌리칠 방법은 없다.

우리는 00시 30분에 북서쪽의 목표를 향해 출발했다. 기지를 나서면서는 왼쪽 어깨의 벨크로 성조기마저 떼어냈다. 세상의 붕괴가 시작된 후 군복에 부착했던 기장이지만, 무의미한 명령에 복종해야 하거나, 영창에 보내질 가능성을 완전히 배제할 수는 없었다. 생존을 위해 소속부대를 떠나면서 이미 군대와 등졌다. 아무래도 내가 최후의 생존자일 것이다. 놈들을 무찌를 방법은 없다. 그저 지나가기를 기다리는 게 최선이었다. 차트를 보니, 우리가 통과해야 할 위험 지역은 무려 50킬로미터에 달했다.

---

7) 알파선, 베타선, 감마선 등의 방사능을 검출하거나 그 양을 측정하는 기구

정보에 따르면 그들은 텍사스, 라그랑주 서쪽 13킬로 지점에 있었다. 이곳 역시 아주 작은 마을로, 해병대원들은 콜로라도 강 남서쪽으로 불과 500미터 거리다. 기술적으로 방사선 지역으로, 그리섬 가족을 구출한 이후 이렇게 위험지대 깊숙이 들어가는 것도 처음이다. 지난 3월 루이지애나 의원의 무전을 떠올리면서 난 조금씩 불안해졌다. 어쩌면 호랑이굴로 들어가는 중인지도 모르겠다. 루이지애나의 방송이 끊겼는데 그곳에 무슨 일이 일어난 걸까? 의원이 보낸 척후병들이 방사성 좀비 군단을 결국 자기들 위치로 끌어들이고 만 걸까?

I-10에 다다를 때까지는 아무 문제 없었다. 물론 주간도로는 교전 지대였다. 동서 차로 사이에 잡풀들이 무성했는데, 그 장막 뒤로 놈들이 떼를 지어 있을지 모르는 일이다. 그런 상황들이 문득 초자연 분위기를 자아내 온 세상이 얼마나 순식간에 붕괴되었는지 실감나게 만들어주었다. 우리는 I-71 북향로로 가기 위해 상향 램프로 접근하다가 4중 충돌 현장과 마주쳤다. 높다란 콘크리트 벽이 현장을 덮쳤기 때문에 돌아갈 길도 막막했다. 우리는 랜드로버로 자동차 한 대를 끌어내기로 했다. 2주 전 미등과 브레이크 등의 전구를 빼낸 덕에, 아무리 브레이크를 밟아도 조명이 켜지지 않았다. 실수로 방향지시등을 켤지 모른다는 생각에 깜빡이등도 빼냈다.

물론…… 인재는 늘 있기 마련이다. 존과 윌리엄이 차에서 내려 파손 자동차 한 대에 체인을 걸었다. 나는 야간 투시등을 통해 윌리엄의 후진 지시를 확인했다. 녹색의 거친 해상도 탓에 존과 윌리엄 뒤쪽의 어두운 램프를 볼 수 없었다. 나는 기어를 후진으로

놓았다……. 그 순간 백미러와 사이드미러가 내 투시경에 백시를 만들어냈다. 그렇게 조심했건만, 후진 조명을 잊고 만 것이다. 조명은 불사조처럼 빛을 뿜어냈다. 나는 황급히 머리에서 투시경을 벗고 거울을 재차 확인했다. 친구들 뒤쪽에서 무언가 움직였다.

나는 다시 자세를 잡고 자동차를 중립에 놓고 주차 브레이크를 당긴 후, 존과 윌리엄에게 체인을 포기하고 돌아오라고 소리쳤다. 어둠 속을 볼 수 있는 건 나뿐이었다. 따라서 조명에 움직이는 게 무엇이든, 상대해야 할 책임 또한 나한테 있었다. 더듬더듬 야간투시경을 찾아 착용하는 동안 존과 윌리엄이 체인을 던지는 소리와 쿵쿵거리는 발자국 소리가 들려왔다. 좀 더 먼 곳에서 전혀 다른 소리도 하나 들려왔다.

나는 차에서 내려 걸쇠가 간신히 걸릴 정도로 조용히 문을 닫았다. 나는 살아있는 동물의 눈빛을 기대하며 발걸음을 옮겼다. 파손 차량 뒤로 돌아가자 좀비 한 구가 보였다. 건축가나 노무자였던지 연장벨트엔 아직 망치가 매달려 있었다. 다른 연장들은 모두 떨어져나간 모양이었다. 부패 상태가 심하지는 않았다. 그는 나를 볼 수도, 사고 현장을 지나올 수도 없기에, 그냥 그 자리에 서서 내가 어디 있는지 느끼려고만 하는 듯 보였다.

전직 노무자의 머리는 길지 않았다. 수염도 길지 않았다. 사람들이 죽어도 털과 수염은 계속 자란다는 게 통념이었으나 그건 사실이 아니다. 죽으면 아무것도 자라지 않는다…….

단, 좀비의 허기는 예외다.

단정은 못하겠지만, 연장벨트, 짧은 머리와 수염 등으로 보건대, 이 자는 여섯 달 전 처음 변한 부류였을 것 같다.

어깨의 살점이 뭉툭하게 잘려나간 것만 아니라면 보존 상태는 매우 양호했다. 가까이 다가가 보니 망치 발톱에 약간의 살점과 털이 붙어 있었다. 벨트에 매달린 연장으로 자신을 문 괴물을 죽였을 가능성이 컸다. 놈이 꿈쩍도 않고 특별한 위협으로 보이지도 않았기에 나는 자동차로 돌아가 가이거 계수기를 집어 들었다. 새로 고른 숙소가 호텔23의 환경통제실이라, 틈만 나면 매뉴얼을 읽었고, 덕분에 MCU-2P 방독면의 주의사항은 물론, 화학적, 생물학적, 방사선학적 보호 장구의 한계까지 모두 숙지했다. 가이거 계수기의 작동법을 익히기 위해 밤을 새운 적도 있었다.

가이거 계수기의 스위치를 넣고 이어폰을 귀에 끼웠다. 충분히 워밍업을 시킨 후 존에게 적용해 보니 정상수치였다. 딸깍거리는 잡음도 낮은 수준이었다. 하지만 파손차량에 다가갈수록 잡음이 강해졌다. 이들 차량이 핫존 안에 들어가 방사능을 흡수한 게 분명했다. 그래도 저 안에 오랫동안 앉아 있는 게 아니라면 아직은 별 문제 없었다.

나는 망가진 후드 너머로 손을 뻗어 시체의 수치를 확인했다. 옛날 다이얼식 모뎀 같은 소음이 들렸다. 시체가 안전 수준을 훨씬 넘게 구워졌다는 얘기다. 수치 400R. 물론 저 놈한테 안기고 싶은 생각이 딱 떨어졌다. 손을 거두어들이는데 시체가 냄새를 맡은 모양이었다. 놈이 미친 듯이 돌진해 들어오다 부딪는 바람에 그 충격으로 자동차가 크게 흔들렸다. 그런데 전신을 심하게 씰룩이는 행동이 지금껏 보았던 시체들과는 달라보였다. 자동차를 따라 옆으로 돌아오다가 언뜻 놈의 발을 보았는데, 부츠가 거의 닳아 없어진 상태였다. 몇 개월간 그 신으로 쉬지 않고 걸었을 것이다. 구두 바닥은 없어지고, 발목에 매달린 가죽 조각과 끈 아래로 망가진 맨발이 그대로 드러나 보였다.

나 때문인지 시체는 크게 흥분해 장난감 로봇처럼 오락가락했다. 앞으로 가다 고장 난 차량에 부딪치면 다시 반대 방향을 타진해 보는 식이었다. 이런 식으로라면 결국 사고 현장을 돌아 나올 수도 있을 것이다. 방사능에 흠뻑 절은 놈과 맞닥뜨릴 생각은 당연히 없었다. 나는 시체 로봇에서 눈을 떼지 않은 채 폐차의 차축에 체인을 걸고 조용히 랜드로버로 돌아왔다. 존과 윌리엄에게도 저 밖에 있는 놈이 방사성 시체라고 알려 주었다. 우선 차를 빼낸 다음 체인을 벗기고 빠져나갈 계획이었다. 시체와 드잡이하고 싶지는 않았다. 나는 기어를 넣고 천천히 움직였다. 체인의 긴장이 전해지더니 이윽고 완전히 팽팽해졌다. 가속기를 조금 더 밟자 차가 다시 움직였다. 나는 그런 식으로 50미터를 나간 다음 차에서 내렸다.

투시경을 조절해 사고 현장을 돌아보니 놈이 따라오고 있었다. 달려오고 싶은 눈치였으나 역시 몸이 말을 듣지 않는 모양이었다. 놈은 넘어지고 일어나기를 반복했는데, 어디로 가야 하는지 모를 텐데도 운 좋게 곧바로 랜드로버를 향했다. 나는 서둘러 체인을 벗긴 후 뒷문을 열고 곧바로 집어던졌다. 윌리엄이 비명을 질렀다. 25킬로그램짜리 사슬이 발을 때린 것이다. 다시 자동차에 올라타 문을 잠그는 순간 시체가 뒤창에 부딪는 소리가 들렸다. 나는 가속페달을 있는 힘껏 밟아 랜드로버를 한 바퀴 돌린 후, 폐차 바리케이드의 틈새를 뚫고 빠져나왔다. 백미러를 통해 시체가 자동차 소리를 쫓아 엉거주춤 쫓아오는 게 보였다.

솔직히 말해, 이번 임무를 포기하고 돌아갈까 하는 생각도 들었다. 우리 셋이 중독된 시체 군단을 상대로 뭘 어쩌겠다는 얘긴가? 조금만 더 가면 목적지였다. 윌리엄이 무전 연락을 시도했다. 마이크 버튼을 누르고 호출했으나 아무 대답도 없었다. 이 기계는 호텔23의 무전 시스템만큼 강력하지는 않다. 물론 그들은 살아있을 것이다. 나는 그들의 기분이 어떨까 생각하면서 마음속의 불안감을 밀쳐냈다.

윌리엄이 처음 무전을 시도한 지 몇 분 후, 다시 목소리가 들렸다. 상병은 자신과 부대원의 신분을 밝혔다. 나는 자동차를 세운 후, 윌리엄의 무전기를 가로채 좌표에 변화가 있는지, 장갑차 내에 소형무기가 얼마나 있는지 물었다. 그는 여전히 같은 위치이며 모두 무장했고 소형화기 실탄도 충분하다고 대답했다. 문제는 해치를 열고 놈들에게 사격할 방법이 없다는 얘기였다. 나는 그 위치에 좀비가 얼마나 되는지 물었다. 그는 잠시 머뭇거린 후에(아마도 대답하기 싫었을 것이다.) 해병들은 그렇게 많은 수를 헤아리지 못한다고 너스레를 떨었다.

"수백 정도인가, 해병?" 내가 물었다.

"예, 그렇습니다." 해병의 대답이었다.

존과 윌리엄이 큰 소리로 저주를 내뱉으며 고개를 저었다. 앞으로 어떻게 될지 빤하다는 반응이었다. 이건 장난이 아니었다.

남은 거리는 I-10으로 3킬로미터 정도였다. 우리는 71번 도로 북쪽으로 나와 해병대원들을 향해 속도를 높였다. 아무래도 유일한 전술이라면 그리섬 가족을 구할 때와 같은 방식이겠다. 약탈자들도 같은 방식을 쓰지 않았던가. 우선 놈들부터 고장 난 장갑차로부터 멀리 떼어놓아야 했다. 나는 해병들이 현 상황에 너무 얽매이지 않도록 무선으로 계속 잡담을 유도했다. 상병의 얘기로는, 간선도로를 빠져나와 강으로 향한 이유도 도로의 좀비들이 너무 많기 때문인데, 장갑차의 수륙양용 기능을 이용해 강을 건너 탈출을 시도하다 그만 강 근처에서 기계고장을 일으킨 것이다. 내가 그들을 찾아낸 건 장갑차의 비상등이 아니라 좀비들의 엄청난 신음소리 덕분이었다.

나는 자동차 소음과 경적으로 놈들을 유도해 보겠다고 해병들에게 알려주었다. 우리는 접선 지점을 정한 다음 해병대원들에게는 장갑차를 빠져나와 71번 도로, 그러니까 그들이 애초에 빠져나온 지점으로 피하라고 지시했다. 그리고 머릿속으로 짧은 기도를 올린 후 존과 윌리엄에게 준비되었는지 물었다. 물론 그들에게 대답할 기회를 줄 생각은 없었다. 나는 페달을 있는 힘껏 밟고 좌초한 해병대를 에워싼 좀비 군단을 향해 질주했다.

바닥은 장갑차 부대원들의 일제사격에 쓰러진 시체들이 즐비했다. 나는 무리의 외곽 100미터까지 접근했다가, 창문을 내리고 사격을 개시했다. 존과 윌리엄은 장전 의무를 맡았다. 소염기 덕분에 투시경이 부담되지는 않았으나, 연사의 경우에는 야간투시경 없이 총구 섬광을 이용해 사격하는 게 더 유리했다.

나는 스무 놈쯤 처리하고 트랙을 따라 다시 100미터 정도 자리를 이동한 다음, 탄창을 마저 비워 존에게 넘기고 재빨리 다른 총을 받침대에 걸었다. 좀비들은 섬광과 시끄러운 총성에 끌려 빠른 속도로 접근하고 있었다. 조금 전의 건축노무자처럼 불규칙적으로 경련을 일으키는 좀비들이 많았다. 놈들은 흡사 시신을 수색하는 경찰들처럼 넓게 퍼진 대형으로 밀고 들어왔는데, 우습게도 지금은 죽은 시체들이 살아있는 나를 쫓는 격이다.

나는 계속해서 사격을 하고 차를 이동했으며, 존과 윌리엄은 무기를 장전했다. 차량을 네 번쯤 이동했을 때 장갑차 꼭대기에서 변화가 감지되었다. 나는 잠시 사격을 중지하고 그쪽을 확인했다. 해병대원들이 탈출 기회를 잡고 접선 지점을 향해 일제히 이동을 시작했다. 정확히 계획대로였다. 나는 여섯 번째 탄창을 비우고 뜨겁게 달궈진 무기를 윌리엄에게 넘겼다. 그리고 경적을 울려 좀비들을 좀 더 해병대원들에게서 떼어놓은 다음 약속장소를 향해 속도를 올렸다. 여섯 해병도 방어 태세를 취해 어둠 속을 겨누었다. 모두 정복 차림에 방탄조끼, 케블라 헬멧을 착용했다.

나는 창문을 내리고 그들을 태웠다. 그들을 위해 차내등을 켜 우리를 확인하게 해주기도 했다. 물론 나는 눈을 감아야 했다. 해병들이 랜드로버에 올라탔다. 그 중 셋은 맨 뒤에 앉아야 했으나 개의치 않을 것이다. 해병대원들이 목숨을 구해줘 감사하다며 우리 각자에게 인사했다.

돌아가는 중, 나는 존에게 대원들을 가이거 계수기로 검사하게 했다. 시체무리가 발산한 방사선이 계기에 기록되기는 했으나 의미 있는 수준은 못 되었다. 방사선량계를 부착하지 않았기 때문에 그들이 얼마나 많은 방사능을 흡수했는지는 알 도리가 없었다. 우리가 측정한 건 발산량에 불과했다.

나는 4중 충돌 현장 바로 앞에서 차를 세우고 책임자가 누군지 물었다. 상병이 현재는 자신이 지휘를 맡고 있다고 대답했다. 이런 식의 원거리 정찰 임무를 책임지기엔 계급이 너무 낮다고 지적하자, 그가 얼굴을 붉히며 대답했다.

"그건 사령관 각하를 만나 따지시죠."

병사 하나가 팔꿈치로 그를 찔렀다. 규칙을 정해줄 호기가 바로 이 순간이었다.

"해병, 자네들을 물과 식량과 숙소가 있는 안전한 곳으로 데려다주겠네. 단, 내 규칙을 따라야 해. 죄수는 아니니까 원한다면 언제든 떠나도 좋아."

백미러를 보니 그가 고갯짓으로 기꺼이 따르겠다는 의사를 표했다.

"우선 무기를 반납하고 상황이 정리될 때까지 머리에 후드를 써줬으면 좋겠군."

상병은 머뭇거리다가 부하들에게 시키는 대로 하라는 지시를 내렸다. 존이 무기를 모두 압류해 우리 앞쪽에 보관했다. 윌리엄이 피스톨을 확인했다. 나이프는 그냥 두기로 했다. 그리고 여섯 해병에게 베갯잇을 씌운 다음 나는 차를 출발했다. 파손현장을 지날 때 방사성 노무자 시체는 보이지 않았다.

호텔23으로 돌아가는 건 그리 오래지 않았다. 기지에 접근하자 카메라 적외선이 우리 쪽을 비추었다. 여자들이 우리를 지켜보고 있었다. 우리는 주차를 마치고 해병들을 계단 아래의 숙소로 데려가 두건을 벗게 했다. 그들의 M-16은 탄창을 제거한 채 돌려주고 뒷문의 빗장도 걸었다. 대원들한테는 떠날 때가 되면 언제든 탄창을 돌려주겠다고 말해두었다. 이미 늦은 시간이었다. 난 그들에게 침상과 여분의 담요가 있는 곳을 가르쳐주며, 지하 벙커는 안전하니 우선 푹 쉬고 남은 얘기는 다음 날 하자고 말했다.

그리고 오늘 아침 일찍, 상병이 내 방을 찾아와 대화를 청했다. 그는 부대 위치는 노출하지 않고 생존자는 많지 않다고 했다. 나는 우리 무전기로 사령관과 접선해도 좋다고 했다. 나 역시 그들에게 기지 위치를 알려주고 싶은 생각은 없었다. 나는 그에게 하룻밤 더 머물며 식사도 하고 생각도 정리한 다음 떠나도 늦지 않을 거라고 제안했다. 군복 명찰을 모두 떼었기에 다른 해병의 이름은 모르겠다. 지금은 숙소에서 카드놀이를 하는 중인데, 누군가 이곳이 기지보다 훨씬 좋다는 얘기를 했다. 이런 상황에서 군대에 남은 게 뭐가 있을까? 마음 한구석에선 신분을 밝히고 싶은 생각도 들었다.

7월 1일
22시 24분

라미레즈 상병과 5인의 해병은 아침에 떠났다. 어젯밤 그들과 몇 시간 얘기했다. 다들 젊었으며, 성은 각각 라미레즈, 윌리엄스, 부르보네, 콜린즈, 에이커스, 멀이었다. 굳이 이름까지 알고 싶지는 않았다. 사령관과 기지 위치에 대해 물었지만 대답을 듣지는 못했다. 라미레즈도 우리가 이곳 요새의 위치를 알려주고 싶은 생각이 없을 거라는 점을 지적해, 나도 인정했다. 그게 공평하기 때문이다.

정부의 형태가 남아 있는지의 질문에 라미레즈는 상부의 명령을 마지막으로 수신한 게 2월 초라고만 대답했다. 그의 판단은 어떤 형태의 민간정부도 존재하지 않는다는 쪽이며, 대통령의 지하

피난처가 내부에서 감염되었다는 소문도 있었다고 덧붙여주었다. 그로써 대통령의 사망 후 있었던 영부인의 최종 송신 미스터리는 해결되었다.

나는 대규모 부대가 어떻게 오랫동안 지상에 생존할 수 있었는지 물었다. 라미레즈는 씩 쪼개며, "우리는 해병입니다. 까라면 깝니다."라고 대답했다. 그 질문을 통해 군사력을 가늠해 볼 생각이었는데 그도 눈치를 챈 것이다. 어리지만 똑똑한 친구였다. 오늘 아침 10시 30분쯤 존과 내가 차 두 대에 해병들을 나눠 태우고 랜드로버로 출발했다. 이번에도 베갯잇을 씌운 채였다. 존은 브롱코를 타고 따라왔다. 우리는 승객들을 현혹시키기 위해 주변을 몇 바퀴 돌았는데, 정직한 청년들이라고 믿기는 하지만 사령관이 어떤 인물인지 알 도리가 없기 때문이다.

서로 합의한 지점까지 데려다주는 건 오래 걸리지 않았다. 그들도 그곳이면 돌아가는 길을 찾을 수 있다고 했다. 우리는 약속 장소에 도착해 후드를 벗기고 탄창도 돌려주었다. 존은 브롱코의 엔진을 켜두었다. 병사들은 작별인사를 하고 모두 브롱코에 올라탔다.

나이 어린 해병 하나가 창문을 내리고 인사를 했다.

"친절에 감사합니다, 충성!"

문제는 충성을 강조하는 말투였다. 뭔가 눈치 챘다는 뜻이다. 아니면, 내 과대망상증이나 죄의식 때문일 것이다. 다른 병사들도 모두 그런 식으로 인사를 했다. 라미레즈 역시 경례를 하곤 가속 페달을 밟아 좀비의 공허한 황무지를 향해 떠났다.

아크등

7월 5일
22시 19분

호텔23은 분주했다. 해병들이 떠난 후 우리는 UHF 극초단파 무선신호를 잡았다. 세 번째 날에는 장갑차와 험비 수송대가 며칠 전 라미레즈 팀과 동일한 방향으로 향하고 있음을 파악했다.

그게 정확히 어떤 뜻인지는 모르겠지만 아마도 두고 온 장갑차를 회수하려는 것이리라. 이런 세계에서 장갑차는 둘도 없이 귀하신 몸이 아닌가. 나도 직접 회수할 생각을 한두 번 해보았으나, 문자 그대로 수 톤의 무게에 체인을 걸어 기지까지 끌고 오는 건 불가능한 노릇이었다. 해병대는 가능했다. 수송대 규모를 보아하니 장갑차를 끌고 다닐 정도의 힘 좋은 차량이 많았다.

무전기도 바쁘게 돌아가긴 했지만, 음성 신호는 없고 전부 접선을 노리는 다이얼식 모뎀 같은 소리뿐이다. 암호를 이용하는 게 분명하다. 가능하다면 나도 그렇게 했을 것이다.

7월 6일
10시 11분

수송대 일부가 기지 앞을 지나갔다. 아무래도 이 지역을 수색하는 모양이다. 해병들은 기지로 돌아갔겠지? 그 장면에서 두 가지 중 하나는 분명해졌다. 해병들을 찾거나, 아니면 우리를 찾는 것.

7월 7일
20시 38분

군대에서 전송한 무선 호출을 잡았다. 해병을 구출해 준 지하 기지의 민간인들을 부르는 내용이었다. 해병들이 돌아간 것만은 분명해졌다. 사령관이 녹색 작업복의 남자와 회합을 원한다는 애기였는데 우리는 대답하지 않았다. 틀림없이 우리가 신호를 잡는지 확인하기 위해 몇 킬로미터마다 랜덤으로 전송하고 있을 것이다. 해병의 의도가 의심스러운 건 사실이다. 내가 정보를 캐려했을 때 그들이 모호한 대답으로 일관했기 때문이다. 우리가 이곳에서 어느 상대와 싸워야 할지는 모르겠지만 조만간 이곳 철책 지역을 확인해 볼 것임은 분명하다. 지금껏 수도 없이 지나쳐간 바로 그곳…… 호텔23.

7월 11일
21시 21분

군대는 여전히 이 근방에 있다. 무전 정보에 따르면 우리를 찾기 위해 전진기지를 구축한 것으로 보인다. 그들은 아예 메시지까지 녹음해 조난신호를 포함한 거의 모든 주파수로 계속 송출했다. 우리도 이틀 전 회의를 소집해 군대의 눈에 띄지 않는 게 최선이라고 결정했다. 그들은 우리를 쉽게 찾아낼 것이다. 그리고 이번엔 민간인 약탈자들과 달리 절단기가 아니라 고성능폭탄을 들고 달려들 것이다.

정문의 좀비 숫자들도 조금씩 늘어간다. 일주일 전만 해도 열에서 열다섯에 불과했건만 지금은 수십 구가 육중한 철제 방폭 게이트 주변에 몰려 있다. 밤이면 암시의 자외선 모드를 꺼두어, 그들이 야간투시 장비로 우리 카메라의 자외선 광선을 찾지 못하게 했다. 우리는 열감지모드로 생명체의 움직임을 감시해야 했다. 기지 400미터 반경을 지나는 해병 소부대를 목격한 것도 그 모드였다. 해병대는 점점 가까워지고 있으나 무슨 이유인지 철책 안으로 들어오지도, 그리하여 호텔23이 표시된 미사일 격납고를 열지도 않았다. 문득 그들도 이곳의 정체를 알고 있으며 때문에 약점을 파악하기 위해 조사 중이라는 생각이 들었다.

야간에 고주파 채널을 감시하는 건 존의 몫이다. 그는 불규칙적으로 주파수를 순회해 자칫 놓칠 수 있는 전송신호를 잡아낸다. 어젯밤에도 그랬다. 잡음이 심하긴 했으나 분명 '앤드루스 공군기지'라는 단어를 들었다는 것이다. 앤드루스 기지는 워싱턴 근처로 내가 알기론 뉴욕과 함께 핵폭발에 날아갔다.

군인들한테 발각되기까지 얼마나 오래 버틸지는 모르겠다. 그들이 포기할 가능성은 희박하다. 또 하나 걸리는 문제는, 녹음 메시지를 송출하면서도 끝내 지휘관의 이름과 계급을 밝히지 않는다는 사실이다. 그도 나처럼 익명으로 남기를 바라는 모양이다.

포위

7월 14일
19시 40분

　결국 해병대원들에게 발각되고 말았다. 군용차량 15대가 부근
에 차를 세우더니 호텔23의 좀비들한테 총을 발사했다. 카메라를
망가뜨리지는 않은 덕에 우리는 조심스럽게 그들을 지켜보았다.
그 중 여섯 대가 장갑차이며 허머 몇 대와 ATV[8]도 한 대 있다.
15라는 수는 ATV와 올리브색의 더러운 오토바이를 제외한 계산
이다. 모두들 해병대 위장복을 입고 있는 걸 보면, 부대 내에 여전
히 일정한 명령체계가 남아있다는 얘기다. 무전기는 동일한 명령

---

8) 전지형 만능차

을 반복하고 있다. 좀비들이 몰려들고 있는 탓에 정확한 수를 셀수는 없다.

해병대가 처리 중인 시체들은 지난번 구조임무 때 피한 놈과는 다르다. 만일 엄청난 수의 방사성 좀비들과 맞닥뜨린다면 나 또한 놈들의 빨라진 몸놀림에 잡히거나 치명적인 방사능에 노출되고 말 것이다. 하나 지금 이 순간 밖에 있는 소수의 좀비는 그들을 몰살하는 남자들한테 전혀 상대가 될 수 없다.

군인들이 우리 편인지 모르는 한 지금 당장 (다른 출구를 통해) 호텔23을 탈출할 수도 있다. 아니면 이곳을 사수한 채 저항하거나 대화를 시도할 것이다. 우리는 무선침묵[9]을 유지하고 있는데 꼭 필요할 경우가 아니면 아직 해제할 생각은 없다.

그들도 들어오려는 시도는 않고 카메라들을 향해 어떤 조치를 취하지도 않는다. 두 시간 정도면 해가 질 것이다. 강제로 침입할 생각이라면 그건 어두운 밤이 될 것이다.

한 가지는 분명하다. 소수의 비열하고 어리석은 약탈자들과 무장한 해병대 20~30명은 완전히 차원이 다른 문제다.

7월 17일
22시 36분

협상의 출발은 부드러웠으나 이내 협박과 폭력으로 이어졌다.

---

9) 통신보안을 위해 장비의 전부 또는 일부를 중지한 상태

그들은 '벙커 내 사람들'에게 무전 연락을 취했다. 그 다음은 폭발물을 설치했다. 아직 터뜨리지는 않았다. 그들은 저항 없이 진입하기를 원했다. 폭발물을 카트에 실어 격납고 구멍에 투입하면서는 결국 우리도 무선침묵을 깰 수밖에 없었다.

내가 마이크 버튼을 눌렀다.

"무력으로 시설을 취하려는 분들께…… 부디 적대행위를 중지하십시오. 아니면 우리도 대응할 수밖에 없습니다."

무전기에서 웃음소리가 나올 거라고 생각했으나 그들은 전문가였다.

"아무도 적대행위를 원치 않습니다. 우리가 원하는 건 기지입니다. 이곳은 미국 정부 소유로서 연방법과 시행령에 따라 우리에겐 당연한 권리가 있습니다. 접근 허락을 요청합니다. 그럼 아무도 다치지 않을 것입니다."

이번엔 내가 무전기에 대고 웃어주고 싶었다. 대화는 교착될 수밖에 없었다. 일단 지휘자와 대화해야 했다. 내가 그러고 싶다고 요청했지만 상대는 립서비스로 둘러댔다.

"사령관께서는 사령부에 계시기 때문에 불가능합니다."

상대의 관등성명을 요구했으나 그것도 거절당했다.

"도대체 무슨 권한으로 이 시설을 요구하는 거요?" 내가 물었다.

"해군 참모총장의 권한입니다."

"해병사령관이 아니고?"

처음엔 아무 대답도 없었다. 이윽고 자신 없는 목소리가 돌아왔다.

"사령관께서는 작전 중 실종되셨습니다. 저희 판단으로는 합참

의장단과 함께 피신하신 후 대부분의 국가지도자들과 마찬가지로…… 전사하신 듯합니다."

"그래서 당신들이 지금 해군 참모총장 휘하에 있다는 겁니까?"

"우리는 해군성 소속 해병대입니다."

이번엔 무전기 너머에서 웃음소리가 들려왔다.

이제 와서 라미레즈 팀을 구한 장본인이 우리임을 숨길 이유는 없었다.

해병들도 그 정도는 알 것이다.

"라미레즈와 병사들은 잘 지냅니까? 고장 난 장갑차에서 구해줬습니다만."

"다들 잘 있습니다. 지금 우리와 함께 있죠. 라미레즈는 경계근무를 마치고 돌아왔는데 직접 만나 얘기를 하고 싶다더군요."

나는 최대한의 위엄을 다해 마이크에 대고 소리쳤다.

"장교와 얘기하고 싶소, 해병!"

"불가능합니다."

"이유는?"

"장교가 한 분도…… 음, 그러니까 이곳에 한 분도 없습니다."

해병의 말실수였다. 이들을 지휘하는 인간은 도대체 누구지? 그런 식의 도발이 오가다가 나는 기어이 해병을 설득해 상급하사관을 연결하게 했다. 핸들리 중사가 무전기를 건네받았다.

중사는 고함부터 질렀다.

"이봐요, 똑똑히 들어요. 이 기지를 전진사령부로 활용할 겁니다. 희망이 아주 없는 건 아니니까. 현재 잔류 군인들이 집결해 괴물들로부터 미국을 탈환할 작전을 수행 중입니다."

나는 해군 참모총장과 얼마나 자주 연락하는지 물었다.

"잡음이 많기는 하지만, 제독의 모함과 정기적으로 고주파통신을 유지하고 있습니다. 그분들은 항공모함을 기지로 매우 제한된 수의 정찰비행을 시행 중입니다. 지상에 생존해 있는 사람들로부터 정확한 정보를 얻으려는 노력입니다. 우리가 난관에 빠졌을 때 한두 번 무기를 낙하해 준 적도 있었죠."

"그러니까 상당수의 해군이 역병을 이겨냈다는 얘긴가요?"

내가 다시 물었다.

"처음엔 수많은 선박들이 떠다니는 관 신세였죠. 붕괴가 시작될 당시, 작전 중인 모함 10대 중 시체들한테 감염되거나 정복되지 않은 건 네 대뿐이었으니까. 아, 탄도탄 미사일을 탑재한 잠수함이 7개월째 잠수 중이라는 사실도 모르겠군요. 다들 계란분말과 마른 야채, 육포 따위로 연명하고 있지만, 적어도 지구 최후의 정상적 생명 환경입니다……. 사람들이 평화롭게 죽고 다시 돌아오는 일도 없는 곳이니까요."

나는 중사에게 그게 무슨 뜻인지 물었다.

"잠수함은 종말이 시작되기 전부터 물속에 있었기에 시체를 일어나게 만드는 괴질에 영향을 받지 않았습니다. 초장파무전으로 전해온 바에 따르면, 2월 중 자연사가 하나 있었지만 시체는 일어나지 않았다더군요. 24시간 관찰 후 선의가 시신을 삭구로 묶어 냉동고에 보관했고 그 후로 지금껏 꼼짝 않고 있다고 들었습니다. 조만간 수면으로 떠오르기는 할 겁니다. 식량도 한계가 있을 테니까. 어쨌든 지금은 지구의 감염에서 가장 자유로운 존재들입니다. 다른 탄도탄 잠수함과 고속전투 잠수함들은 해치를 늦게 닫은 탓에 노출을 피할 수가 없었죠. 제가 보기엔, 어떤 형태로든 우리 모두 뱃속에 괴질을 보균하고 있습니다……. 우리가 심장박동을 멈추기를 기다리는 거죠. 모든 게 엉망입니다."

잠시 섬뜩한 정적이 흘렀다. 정적을 깬 건 괴물들을 죽이는 5.56밀리의 산발적인 총소리였다.

"이봐요, 우리도 당신 놀이터에 구멍까지 내고 싶은 생각은 없습니다. 어떻게든 평화조약을 맺어야 하지 않겠습니까? 우리 기지에도 민간인들이 있고 또 다들 행복하게 지내고 있어요."

"우린 행복하지 못할 겁니다. 중사, 우린 소가 아니요. 처음부터 도피생활을 하면서 생존한 사람들이요. 그것도 대부분 이곳을 찾아내기 이전이죠."

"물론 감동적이긴 해도 이 기지가 군대 재산이라는 사실은 변하지 않습니다."

"중사, 당신네들이 정부의 지휘를 받고 있는지, 아니면 그냥 생존 군인들로 구성된 강도단인지 어떻게 믿죠? 아직 증거도 보여주지 않았는데?"

"선생, 정부의 오판과 우유부단 때문에 세상이 이렇게 개차반이 된 거요."

"중사, 당신 말이 옳을지도 모르겠소. 하지만 이곳을 찾아낸 건 우리고 철권통치를 받고 싶지는 않아요. 그건 여러분들이 미군이라 해도 마찬가지입니다."

그는 간단히, "알았소."라고만 대답했다. 이윽고 다시 무선침묵이 이어졌다. 열여섯 번째 밤이었다. 두 시간 후 격납고에 첫 번째 폭발물이 터졌다는 무선보고가 있었으나, 피해라고 해 봐야 방폭 게이트의 8인치 두께 유리에 금이 간 정도였다. 그리고 또다시 폭발. 또다시…… 고장 난 격납고 카메라가 완전히 작동불능이 되어 모든 형태의 영상신호가 끊겼다. 폭발은 아무 영향이 없었다.

그러고 보면, 민간인 약탈자들을 죽이지 않았어도 절단기만으로 침입 자체가 불가능했을지 모르겠다는 생각이 들었다. 합금과 섬유유리를 혼합한 콘크리트는 상상 이상으로 강했다. 필경 핵폭발까지 견디도록 설계되었을 것이다. 그러고 보니 개죽음을 당한 약탈자들에게 가벼운 죄의식까지 느껴졌다. 절단기가 소용없다는 걸 알면 포기했을 테고, 그러면 불에 탄 시체가 되어 걸어 다니는 꼴을 보지 않아도 되었을 텐데. 군이 핑계를 대자면 벌 받아 마땅한 자들이기는 했지만…….

처참한 지옥의 고통이라도…….

또 다른 폭음에 난 퍼뜩 정신을 차렸다. 가벼운 기압의 변화를 느꼈던 것이다. 코를 잡고 입을 막은 다음 코를 풀어 두 귀의 압력을 맞춰야 할 정도의 위력이었다. 기지의 구조에 영향을 주지는 못해도, 내부기압을 흔들 정도의 충격이 있었다는 얘기다. 자넷과 타라는 군인들이 통제하는 기지로 잡혀간다는 생각에 잔뜩 겁을 먹었다. 출산 용도로 쓰이리라는 불안감 때문이지만 내가 있는 한절대 그런 일은 없다. 아무튼 연이은 폭발에 상황은 나빠지기만 했다. 로라는 울고 애너벨리는 폭음이 들릴 때마다 꼬리를 감추며 낑낑거렸다. 이런 식으로 30분이 지난 후 폭음이 그쳤다. 플라스틱 폭탄이 다 떨어진 모양이다.

전기가 다시 딸깍거렸다.

"아직 부족합니까? 그냥 얌전히 문을 열고 나오지 그래요? 절대 피해가 없도록 하겠습니다."

나는 동틀 녘까지 기다리면 짐을 챙기고 문을 열겠다고 말했다. 중사도 동의했다.

나는 어른들을 모아 이 상황에 어떤 카드를 쓸지 대책을 짜기 시작했다. 대안은 극히 제한적이었다. 다시 도망길에 올라 다른 은신처를 찾을 수는 있겠지만 호텔23만 한 곳이 있을 리가 없다. 지속적이고 안전한 장소를 구축한다 해도 몇 년은 걸릴 것이다.

자넷이 비행기로 달아나자는 제안을 내놓았다. 나는 세스나로는 장비는커녕 인력도 모두 태울 수 없다고 설명했다. 그 제안은 폐기되었다. 더욱이 비행기 상태도 좋지 않았다. 한쪽 브레이크가 고장 난 데다 착륙 장소를 찾는 데만도 여섯 시간은 족히 비행해야 할 것이다. 나는 존을 돌아보았다. 논리적인 대답이란 존재하지 않는다며 늘 의외의 답변을 내놓던 친구다.

저들이 비상탈출구의 존재까지 아는지는 모르겠으나 철책 인근지역에 차량들이 주차되어 있는 걸 보면 가능성은 충분했다. 정문도 괜찮은 대안이지만 지금은 좀비들이 점점 늘어 문을 두드려대고 있다. 또 다른 대안은 해병을 믿는 것이다. 약속을 지킨다면 그들은 기지를 장악한 후 우리가 떠나도록 도와줄 것이다.

노인 한 분, 아이 둘, 개 한 마리를 데리고 또다시 도피생활을 하고 싶은 생각은 없다. 한 달도 채 못 되어 놈들의 손톱과 이빨에 끝장나고 말 것이다. 도대체 방법이 없었다. 나는 숙소에 틀어박힌 채 이 난관을 헤쳐 나갈 묘안을 궁리하기 시작했다. 내게 기적의 능력이라도 있다면 좋으련만…….

딘에게 숙소를 넘긴 후 지금껏 짐을 풀지 않고 있었다. 내 소유

물을 담은 작은 상자는 방구석에서 처박힌 채 내가 구경하다가 지칠 날만 기다리고 있었다. 이제 그 날은 영원히 오지 않을 것이다. 나는 몇 분 동안 상자를 보다가 이 모든 짐을 무슨 수로 대륙 반대편으로 옮기나 하는 생각을 했다. 마침내 나는 상자로 다가가 내용을 살펴보기 시작했다. 여분의 비행복 두 벌, 장갑, 니보드,[10] 글록17, 작은 가족사진 세 장, 9밀리 실탄 여섯 박스, 내 이름, 계급, 비행단이 수놓인 벨크로 명찰. 문명이 붕괴된 후 명찰을 부착한 적은 한 번도 없었다. 그럴 이유가 없지 않은가. 나는 마지막으로 지갑을 꺼냈다.

지갑 안에는 카드가 여러 장 있었다. 전에는 전미총기협회 회원이기도 했다. 별로 오래 전 일도 아니지만. 그밖에 비디오 대여체인점 카드도 있었다. 사회가 재건되면 밀린 대여료도 내야 하는 건가? 행여 전력망이 회복된다 해도, 내 외상데이터가 담긴 서버는 이미 오래 전에 녹슬어버리고 말았으리라.

그때 모든 것을 바꿔놓을 물건이 등장했다. 지난달엔 군신분증을 보며 향수 비슷한 감정을 느꼈다. 아직 만료가 되려면 2년이나 남은 신분증이다. 나는 멍하니 신분증을 바라보다가 정면에 심어놓은 마이크로칩을 엄지로 문질러보았다. 내 데이터는 그 칩에 담겨 있으나, 오른쪽 바코드에도 역시 데이터들이 포함되어 있다. 내 사진도 있었다. 깨끗하게 면도한 얼굴. 시체들이 걸어 다니리라고는 상상도 해본 적 없던 순수한 버전의 나.

저들이 여전히 미해병이고 군형법의 계급규칙을 준수한다면 나

---

10) 조종사의 다리에 부착되어 있으며, 지도와 스티어포인트의 목록 그리고 미션 브리핑이 표시된다.

는 여전히 장교이자 그들의 상관이다. 지금 이 상황에 행여 군대의 계급체계를 따르는 조직이 있다면 당연히 해병일 것이다. 군 복무 당시 해병대원들을 만난 적은 거의 없으나 내가 얘기할 때면 그들은 항상 차렷 자세로 대답을 했었다. 중사는 분명 상급 장교가 없으며 자신이 현재 최고계급이라고 했다.

그건 사실이 아니다. 다만 그가 모를 뿐이다.

이론적으로 보자면 내가 현존 최고 상관이 아닌가.

문을 등진 채 신분증을 내려다보고 있는데 어느새 딘이 다가와 빼앗아갔다. 그녀가 군신분증을 찬찬히 살피다가 내 얼굴을 보았다.

"당신하고 닮았군요, 비행사 양반."

"예, 과거엔 그렇게 생겼었죠." 내가 미소로 답했다.

"지금도 똑같아요. 군기가 빠진 것 같고 수염을 깎았을 때가 더 미남이라는 점만 빼면."

어쩌면 그 말이 맞을 수도 있겠다. 정월 이후 몇 가지 나쁜 일을 했지만 그렇다고 아직 군대가 존재하며 내가 장교라는 사실이 바뀌지는 않는다. 소속부대는 붕괴되었고 생존자는 없을 것이다. 그 정도는 나도 안다. 비행기로 기지를 돌며 눈으로 확인한 사실이 아닌가. 기지는 정복된 후 핵폭탄으로 청소까지 마쳤다. 게임오버. 내가 유일한 생존자다.

나는 사람들을 모아 계획을 설명했다. 다들 아연했으나 결국 이 상황을 타개할 방법이 그뿐이라는 사실에 동의해야 했다.

잠에서 깨어 불을 모두 밝힌 건 오늘 새벽 5시였다. 나는 목욕

도구를 챙긴 다음 본모습을 회복하는 고된 작업에 착수했다. 내가 옛 숙소를 지나는데 문이 활짝 열리더니 딘이 상황실에 있던 가위를 들고 나왔다.

"이발도 안 하고 저 위에 올라갈 순 없잖우?"

내가 웃었다. 그녀 앞에서 타월이 떨어질까 봐 무척 신경이 쓰였다.

"그럼 안 되겠죠?"

전에도 대니의 머리카락을 여러 번 깎았지만 한 번도 불평하지 않았다고 했다. 지난 몇 달간 머리가 자랄 대로 자라 어쨌든 복무규칙을 한참이나 벗어난 터였다. 3개월 전에 한 번 머리를 깎은 후로는 한 번도 건드려보지 못했다. 사실 이런 식의 방치는 나답지 않았다. 딘도 문명세계의 붕괴라는 좋은 핑계를 무시해 버렸다. 그녀는 전문 이발사처럼 사병보다 조금 더 긴 정도로 내 머리를 회복해 주었다. 정확히는 불문법으로 된 공군장교 복무규칙 수준이었다.

나는 샤워를 하고 두터운 수염까지 깎아냈다. 거울을 보니 작전에 딱 적합한 인물이었다. 정장군복이나 장교용 검은 없어도 이정도면 충분하다. 나는 타월로 몸을 감싸고 숙소로 돌아왔다. 문밖에 군화가 놓여 있었는데 기가 막히게 번쩍거렸다. 아이 필체로 된 쪽지도 한 장 붙어 있었다. *맘에 드세요? 전에 아빠 구두 닦은 적 있어요······ 대니.*

내가 잠든 동안 몰래 구두를 가져간 모양이다. 복도에 무슨 일이 있을 경우에 대비해 문을 열어두는데 내가 긴장이 풀렸거나 아니면 아이가 무척이나 신중했으리라. 문득 물탱크에서 대니가 좀비들에게 오줌을 갈기던 모습이 떠올랐다. 기가 막힌 광경이었는데.

나는 깨끗한 비행복으로 갈아입고, 계급장은 양어깨에 명찰은 가슴에 달았다. 바지주머니에 6개월 동안 처박혀 있던 약모(略帽)11)도 꺼내 썼다. 이제 해병들을 만날 준비가 끝났다. 시간은 05시 40분. 카메라를 통해 해가 떠오르며 동쪽 하늘의 구름을 불길한 오렌지 빛으로 물들이는 게 보였다.

나는 무전기를 켰다.

"중사, 듣고 있습니까? 오버……."

잠시 침묵 후에 피곤하고 혼란스러운 목소리가 들려왔다.

"예, 여기 있어요. 밤새도록 있었던 걸요."

"좋아요. 이제 격납고 입구에서 부하들을 물려요. 올라갈 테니."

"지상에서 기다리겠습니다……. 오버."

나는 보조화기만 들고 곧바로 격납고로 통하는 출입 해치로 향했다. 존과 윌리엄이 엄호해 주었다. 해치를 돌려 여는 데에는 우리 셋 모두의 힘이 필요했다. 열기와 폭발에 합금이 팽창하고 왜곡되었기 때문이다. 한동안 미사일 격납고 내부에 들어와 본 적이 없었다. 바닥에 다 타 버린 뼈와 의복이 즐비하고 데크에도 이빨이 잔뜩 흩어져 있었다. 약탈자들이 불을 지르기 시작했을 때, 이 아래에 시체들이 많이 있었던 모양이다. 벽은 지난 24시간 동안의 폭발에 까맣게 그슬린 터였다.

---

11) 챙이 없는 종이배 모양의 모자

바닥의 방화벽에 붙어 있기 때문에 위쪽의 군인들은 아직 나를 볼 수가 없었다. 나는 모호한 기대감으로 어둠을 빠져나가 사다리를 타고 오르기 시작했다. 사다리는 재로 뒤덮였다. 어느 즈음엔가 "맙소사!" 하는 탄성이 들려왔다. 드디어 나를 목격했다는 얘기다. 마침내 옥상에 다다랐다. 미해병 중사가 장갑 낀 손으로 나를 잡아 격납고 덮개 문을 넘어오도록 도와주었다. 나는 그 자리에서 일어나 그의 눈을 들여다보았다. 그가 차렷 자세를 취하고 깍듯이 경례를 올렸다. 나도 경례로 답례했다. 그가 손을 내렸다. 그리고 즉시 나를 자신의 텐트로 안내했다. 하사 몇이 그 뒤를 쫓았다.

"대위님, 몰랐습니다. 전……"

"그럴 필요 없소, 중사. 그리고 상황이 이렇지 않았다면 끝까지 신분을 밝히지 않았을 거요."

질의응답이 이어졌다. 나는 그들에게 첫날부터의 상황을 들려주었다. 기지에 보고하라는 참모의 지시 부분은 생략했지만, 내가 소속전대의 마지막 생존자일 것이며, 가능한 한 많은 사람들을 구하려 애썼다는 등의 얘기였다. 그가 하사들에게 나가 있으라고 지시한 건 그때였다.

그가 상체를 숙이곤 아주 조용하고 초조한 목소리로 속삭였다.

"대위님, 장교를 뵌 건 몇 달 만에 처음입니다. 수개월 전 우리 땅개들 모두 노출되지 않은 어느 지점에 집결시키라는 지시를 받았습니다만 그 후로는 장교를 본 적도 통신한 적도 없습니다. 기본적으로 우리를 이곳 허허벌판에서 죽게 내버려둔 셈이죠. 부하들한테는 부대장이 살아 있으며 비밀무전을 통해 직접 지시를 내리고 있다고 말해왔습니다. 기함 조지워싱턴의 고틀먼 제독의 지시를 받고 있으니 전적으로 거짓말은 아닙니다만 지금쯤은 애들도 내 말을 의심하고 있을 겁니다. 지금은 사기가 필요할 때입니다. 상관들이 그들을 벌판에서 죽게 내버려두었다는 사실을 알면 어떻게 함께 일하고 싸우겠습니까? 목숨을 건 전쟁터에서 말입니다."

나는 그 말뜻을 곰곰이 생각했지만 좀비들을 쏘는 총소리 때문에 집중이 쉽지 않았다.

"중사, 나한테 원하는 게 뭐요?"

"대위님은 오랜만에 뵙는 장교십니다. 대위님이 필요합니다. 그냥 얼굴마담이라도 좋습니다. 지휘관이든 아니든, 대위님께서 제 역할을 해주시길 부탁드립니다. 그렇지 않으면 이 빌어먹을 세상이 기어이 저 아이들 면전에서 터져버리고 말 겁니다."

"중사, 그 경우 이곳 호텔23은 내 소관이 될 것이오. 당신은 남고, 부하들 대부분은 당신이 제일 신뢰하는 하사를 딸려 돌려보내요."

그가 동의했다. 그가 누구를 남기고 누구를 돌려보낼지 결정하는 동안 난 병사들에게 연설을 하기로 했다.

나는 30분 이상 탄약상자에 서서 나를 우러러보며 귀를 기울이는 젊은 애국자들의 얼굴들을 지켜보았다.

"나는 이 요새의 지휘관이다. 지금은 정예요원 몇 명이 필요하다."

병사들이 환호로 답했다.

"6개월 보름 전, 무엇인가 우리 세상을 덮쳤다. 정확한 상황을 아는 사람은 아무도 없으나 그게 뭐든 이젠 그마저 의미가 없어졌다."

대단한 말을 한 것도 아니건만 병사들은 휘파람과 손뼉으로 동의를 표했다.

"실탄이 떨어져도 상관없다. 우리한테는 뾰족한 말뚝만 있으면 충분하기 때문이다! 시간이 더 많이 걸릴지는 몰라도 결코 포기하지 않는다. 이제부터 우리는 최대한 많은 사람을 구하고 저 괴물들을 처단할 것이다.

제군들이 미군임을 절대 잊지 말도록. 미국을 대표하지 않는 그 어떤 말도 듣고 싶지 않다. 모두 개소리이기 때문이다. 국가가 아직 워싱턴에 남아 있을 수도 있고 모두 타버렸을 수도 있으나, 그렇다고 결코 저 밖의 놈들처럼 죽지는 않는다. 우리는 끝까지 국가를 지지하고 지켜낼 것이다!"

병사들은 환호와 박수를 보냈을 뿐 아니라 중사 주변으로 몰려 호텔23에 머물겠다며 자원하기도 했다. 여름 아침의 태양이 수목한계선 위로 떠오르고 있었다. 비록 짧은 연설이나마 병사들의 사기가 눈에 띄게 좋아졌음을 느낄 수 있었다. 기지는 애국심으로 들끓었다.

"하나 더 있습니다. 라미레즈가 전해달라더군요."

중사가 튼튼한 가죽 칼집이 있는 일체형 나이프를 건넸다. 칼집엔 숫돌을 담는 소형주머니까지 있었다. 나이프를 빼보니 검은색 미카르타 손잡이가 달린 고성능 대검이었다. 검신은 스테인리스로 보였는데 손잡이 근처에 '플로리다 올랜도의 랜달 제작'이라고 새겨 있었다. 나는 혼자서 씩 웃었다.

"그곳에서도 더 이상 이런 칼은 만들지 않겠지?"

빌어먹을, 지금이야 누가 뭔들 만들겠는가?

마침내 모든 것이 결정되고, 장갑차 세 대와 보급 트럭 한 대, 그리고 중사를 비롯한 22명의 병사가 이곳에 머물기로 했다. 우리는 지상에서 하사와 병사들이, 함께 싸울 장교를 찾아냈다는 소식과 함께 베이스캠프로 떠나는 모습을 지켜보았다. KYK13 암호 입력기가 부착된 군용 무전기 두 대는 기지 내로 가져가 상황실에 설치했다. 해병들은 아래층에 숙소를 만들었다.

오후 대부분은 호텔23을 작전본부를 겸비한 작전부대로 전환하는데 투자했다.

C41

7월 18일
16시 05분

우리는 기함 조지워싱턴과 통신 시스템을 구축했다. 임시 해군 참모총장은 현재 모함을 떠나 소형 선박에서 함대사령관 한 명과 함께 작전 수립 중이었다. 앞으로 해야 할 일이 더 많아질 것이다. 다음 보급품 지급시기에 그쪽 사람을 여기로 보내, 내 군 신분카드의 정보칩을 재프로그램하겠다고 했으나 그게 무슨 소용이 있는지는 모르겠다.

7월 22일
17시 20분

결국 판도라의 상자였다. 이제 난 능력 이상의 책임을 떠맡게
되었다. 22인의 해병들이 경계에 군사 장비를 설치하고 보초를 서
느라 분주했다. 전속 무전병도 배속되고 항모타격전단 직통라인도
개설해, 멕시코만과 동해안의 전황이 쏟아져 들어왔다. 좀비들이
군집한 일부 지역의 위협 평가 보고서들도 접수되고 있다. 3000명
이상의 모함 기간병들 식량을 어떻게 조달하는지 신기했다. 젊은
해병의 설명에 의하면, 해군 타격대가 해안의 정부지원센터들을
침투해 상황을 장악하고 그 다음에 수송기가 들어가 식량을 확
보, 항공 조달한다고 했다.

오늘 몇 시간 동안 전투군 무전을 듣고 해군 항공팀의 비행 통
신, 특히 동해안을 비행하는 U-2 정찰기의 음성 통신을 모니터링
했다. 도대체 어떻게 드래곤레이디[12]를 띄우는 걸까? 유지도 힘들
고 비행장도 길어야 할 텐데?

육군은 그다지 잘 돌아가는 편이 못 되는 듯했다. 이틀 전 보고
에 따르면 본토의 지상군 70퍼센트 이상이 희생되었다. 그들 모두
배에 태울 수는 없었기 때문이다. 어쨌든 선박은 해군과 해병에
우선권이 있으므로, 육군부대들은 육지를 사수해야 했다. 물론 핵
공격에 대한 경고를 듣기는 했으나, 상당수가 핵공격 이후 방사능
지역에서 쏟아져 나온 방사성 좀비들에게 희생되었다.

---

12) 전술정찰기 U-2의 별명

음성통신에 의하면 지상의 생존 군인을 수색하는 수색팀이 존재했다. 버지니아를 비행하는 정찰기는 실종된 탱크 수송대를 찾는다고 했다. 선두 탱크의 과도한 무게에 입체교차로가 붕괴하면서 순식간에 탱크 네 대가 희생되었다. 수송대는 방사성 좀비 수천의 추격을 받고 있었는데 놈들이 그들을 따라잡는 데는 두 시간이 채 걸리지 않았다. 탱크 세 대는 추락과 동시에 고장 나고 병사들은 철제무덤 안에서 죽음을 맞이해야 했다. 시체들은 흡사 구더기 떼가 차에 치어죽은 동물을 덮치듯 몰려들어, 탱크를 두드리고 포탑과 바퀴를 덮쳤다.

남은 탱크들은 죽어라 달아났으나 행방이 묘연했다.

비행기 무선에 따르면, 고장 난 탱크의 병사들은 이미 엄청난 시체들의 쇄도에 따른 치명적 방사선에 노출되었을 것이다. 비행기 센서 역시 지상의 시체 떼가 가공할 수준의 방사선을 발산하고 있음을 보여주었다. 비행기는 현장을 정찰한 후 비상연료를 이용해 기지로 복귀했다.

한 가지는 분명했다. 새로운 인구 유입으로 결국 물 부족 현상이 초래되었다. 가능한 한 빨리 외부 물탱크를 찾아내 호텔23의 탱크들을 채워야 할 것이다. 오늘 라이플로 탱크를 두드려보니 8분의 1 수준에 불과했다. 우리는 이미 용수를 배급 시스템으로 돌리고 비상시기에 대비해 기지 주변에도 빗물통을 무수히 설치해 두었다.

오늘 사령부의 기술자 하나가 비행기를 타고 도착했다. 내 신분증을 재프로그램하기 위해서다. 카드엔 칩이 내장되어 있다. 기술자가 내 카드를 노트북의 리더/라이터에 삽입하고 내게 핀넘버를 입력할 것을 요청했다. 나로서는 절대 잊지 못할 여섯 개의 숫자다. 기술자는 카드를 이용해 기지 내의 비밀 시스템을 모두 통제할 수 있으며, 지휘본부의 컴퓨터 터미널에도 접속이 가능하다고 일러주었다. 그의 말에 의하면, 해임될 때까지는 내가 이런 고급의 접근권한을 갖는 유일한 사람이다. 이런 게 왜 필요한지 묻자, 그건 자기도 모른다면서, 다만 미사일 기지의 장교에게 최고 수준의 접근 권한을 부여하라는 지시를 받았을 뿐이라고 대답했다. 제3자를 지명하려면 카드를 지참하고 사령부에 올라가 고위층이 지정한 장교에게 권한이양을 허가하는 방법뿐이다. 카드와 핀넘버를 분실하거나 파괴할 경우 다른 카드를 재프로그램하는 데에는 90일의 유보기간을 거쳐야 한다. 무자격자의 권한이양을 막기 위해 시간제한을 두고 있기 때문이다.

기술자가 문을 나서면서 아무렇지도 않게 말했다.

"이 권한엔 핵폭탄 사용 권한까지 포함되어 있습니다. 저야 원치 않습니다만."

7월 26일
14시 22분

지상에서 보초를 서는 게 좋은 생각인지 잘 모르겠다. 보초들은 매 24시간마다 50발을 발사하는데 그건 무의미한 낭비와 위험의 악순환이 될 수도 있다. 어젯밤 나는 보초들을 안으로 들이고, 그 지역의 좀비 활동에 변화가 있는지 지켜보았다. 오히려 더 좋아 보였다. 오늘 아침 철책엔 좀비 열이 있었는데 당연히 쉳을 쏘는 것보다는 훨씬 나았다. 병사들은 총검으로 철책의 좀비들을 건드리고 ATV를 이용해 50미터 거리의 수목한계선으로 유인한 후 시체의 가슴을 그물로 묶어버렸다. 실수로나마 시체에게 긁힐 위험을 애초에 방지하기 위해서다.

항공모함의 통신은 산발적이다. 여타 부대가 처리하는 업무량에 비하면 우리 지상군은 상대적으로 무의미한 존재이기 때문이다. (무선통신에 따르면) 앤드루스와 워싱턴은 핵공격을 받지 않은 듯 보였으며, 컬럼비아 지구의 재탈환을 위해 정보를 수집하는 수색대도 현재 운영 중이다. 다른 대안은 수도를 서쪽으로 이전하는 것이지만 그 지역에 대해 아는 바가 거의 없었다. 다른 해병과의 통신은 지속적이고 안정적이다. 하사가 매시 정각에 확인한 덕분이다.

베이스캠프의 병사들과 민간인들을 인근으로 데려오는 것도 나쁜 생각은 아닐 듯싶어 중사에게도 그렇게 말해주었다. 오늘 다시 인터넷 백본서버에 접속을 시도했다. 다운. 인터넷만 가능하다면 다른 국가와 부대의 장거리 통신으로는 최고의 방법이 될 것이다. 우리의 주적은 글을 읽지도 컴퓨터를 사용하지도 못하니 말이다.

물 비축량은 위험수준으로 떨어졌다. 팀을 꾸려 내일 오전 수색하기로 하고 간단한 브리핑을 했다. 나도 동행할 생각이다.

7월 30일
19시 34분

27일 아침, 소규모 팀과 함께 물을 찾아 떠났다. 존은 호텔23의 규율을 관장하는 임시 문관으로 임명되었다. 우리가 H_2O를 찾아 떠나는 동안 식구들을 돌볼 것이다. 장갑차 석 대에 병사 열셋, 목표는 북쪽. 부대는 방사선 지역의 한계선을 따라 이동했다. 계획은 간단했다. 주간도로에 접근해 살수차 또는 물을 담을 만한 트럭을 찾아내는 것이다. 호텔23의 물은 거의 고갈상태라 용량을 모두 채우려면 1000갤런은 필요할 것이다. 며칠 전 원래의 해병기지에 대한 지역정보를 듣기는 했다. 65킬로미터 이내까지 접근은 하겠지만 그것만으로도 곧 왕복 130킬로미터를 뜻하기 때문에 당장 그곳을 찾는 건 불가능했다.

한 시간에 걸쳐 도로의 파손차량들과 쓰레기들을 끌어낸 후 우리 장갑차 부대는 마침내 I-100의 잔해에 다다랐다. 이번 일은 시작도 하기 전에 지겨워졌다. 천 개의 태양이 뿜어대는 강렬한 백열을 상대로 할 만한 일이 못 되었다. 놈들은 버려진 차 안에 갇혀 있거나 주변을 헤집고 다녔다. 기껏 400미터 거리. 상상력만 조금 발동한다면 놈들이 죽지 않았다고 믿을 정도였다. 우리 냄새가(정말 냄새를 맡는 걸까?) 바람을 타고 날아가면 놈들은 느리지만 단호한 걸음걸이로 산 자들을 향해 접근할 것이다.

그건 저울의 균형을 잡는 행위와도 같았다. 이따금 산 자와 죽은 자를 염색체에 비유해 본다. 차이가 있다면 죽은 자가 우성염색체라는 사실인데, 무슨 짓을 하더라도 이 세상에 남는 존재는 갈색 눈의 시체들뿐이다. 숫자만으로 본다면 그들이 지배자다. 요즘 같으면 정말로 그런 것 같다.

딘도 함께 오고 싶어 했다. 스스로를 지킬 능력은 있다지만 난 말리는 대신 부랴부랴 그녀가 해야 할 중요한 임무를 하나 만들어주었다. 타라와 나는 커플로 여겨지는 분위기다. 나 역시 암묵적으로 받아들이고는 있으나 그건 그 자체로 다른 이야기다. 언젠가는 그 얘기도 할지 모르겠다. 자넷, 윌리엄, 존, 그리고 타라는 호텔23의 해병들에게 시설의 기본 작동법과 최악의 경우에 대비한 탈출로를 안내해 주었다.

주간도로에 접근하면서 타라 생각을 했다……. 200미터쯤 접근할 때 포위된 차량을 보았는데 그 바람에 그녀가 떠오른 것이다. 그날 선착장에서 봤을 때 난 그녀가 정말로 죽은 줄 알았었다. 어쨌든 좀 더 접근해 차 안을 확인해 볼 필요는 있겠다. 좀비 하나가 이쪽 차창 안으로 팔을 밀어 넣었는데 다행히 틈새에 관절이 걸린 모양이다.

우선 장갑차로 놈을 유인해 냈다. 작전은 먹혀 들어갔다. 장갑차의 방사선 측정기는 이 지역의 방사선 수준이 최저임을 보여주었다. 그래도 잔류방사선은 남아 있으며 또 향후 제거작업이 없을 경우 수백 년 동안 그 상태일 것이다. 우리는 자동차로 접근한 후, 병사들의 엄호 아래 나와 해병 둘이 뛰어내려 자동차로 향했다.

신기하게도 자동차 뒷좌석에 어미새와 짹짹거리는 아기들이 둥지를 틀고 있었다. 차를 빠져나와 먹을 걸 구하기가 쉽지 않았을 텐데도 어미새는 용케 그 일을 해낸 듯 보였다. 나는 창문을 좀 더 올려 시체들이 괴롭히지 못하게 해주고 싶었으나, 실망스럽게도 창문은 전기로 작동되었고 배터리는 오래 전에 죽은 터였다. 아무래도 저 새들의 운명도 '비자연 선택'에 맡겨둘 수밖에 없겠다.

유인장갑차에 무전을 넣어 현위치 1.5킬로미터 동쪽에서 합류하자고 알렸다. 간선도로는 좀비들로 가득했지만 만능장갑차에 타고 있자니 묘한 안도감이 들었다. 무기도, 실탄도 풍부했다. 어쨌든 이런 상황에선 만사가 불여튼튼이다. 우리는 주간도로를 따라 동쪽을 수색하다가 휴스턴 경계까지 접근했다. 위험한 곳이다. 수개월 전 폭격에서 제외된 곳이라 휴스턴 도심엔 좀비들이 넘쳐날 것이다. 휘발유가 가득할 듯한 18륜 유조 트럭은 얼마든지 있었다. 기름을 마시지 못하는 건 정말 유감이다. 문득 종말이 있기 전, 물 한 병이 기름 한 병보다 훨씬 더 비쌌던 때가 떠올랐다. 결국 물이 가득 담긴 트럭을 찾아내긴 했으나 그 간단한 사실을 진작 생각해 내지 못한 건 솔직히 창피했다.

소방서만 찾으면 끝나는 일이건만 목숨을 걸고 주간도로를 헤집고 다녔으니……. 병사들 앞에서 이런 생각을 드러내지는 않았으나 조금만 영리했어도 훨씬 안전했을 것이다. 우리 앞에는 멋진 (더러운) 소방차가 서 있었다. '산펠리페 소방서.' 대형이긴 해도 그보다 큰 트럭도 여러 번 봤다. 트럭을 움직여 보았지만 쉽지는 않았다. 트럭을 돌려 장갑차에 거는 일이다. 덕분에 몇 년은 더 늙는 기분이었다.

다음에 계속.

* * *

　소방차는 무덤이었다. 안에는 소방관 둘이 죽어 있는데 진짜로 죽어 움직이지는 않았다. 그들이 어떻게 자살을 기도해 부활을 피했는지 모르겠지만 적어도 성공한 듯 보였다. 주간도로는 시체들로 가득했다. 다행히 서쪽 핫존 인근의 치명적인 변종들과는 달랐다. 견인 이외의 대안은 장갑차 배터리로 소방차의 세류(細流)충전을 시도하는 것이다. 우선 부근의 위험요소들부터 제거해야 했다. 최대한 조용히. 나는 2번 장갑차에 앉아 공용화기를 잡고 좀비의 수를 세어보았다. 모두 서른여덟. 무전으로 중사에게 확인해 보니 서른아홉이라고 했다.

　호텔23을 떠났을 때 해병들은 공인 M-4와 M-16 카빈을 소지했다. 몇 달 전 처음 호텔 무기고를 열었을 때 보았던 종류와는 달랐다. 원래의 멤버로 구성된 팀이 아닌 탓이다.

　이들이 기지에 들어오고 며칠 후, 무선신호를 쫓아 텍사스로 들어온 몇몇 부대의 생존 해병들로 조직된 팀이라는 얘기를 중사한테 들은 바 있다. 항상 이런 식으로 생존 해병 조직을 찾아낸 건 아니었다. 정예팀이 보급품 수배를 위한 임무 중에 찾은 생존자들도 있었다. 생존자들은 대부분 군인이거나 예비군이었으며, 1번 장갑차의 해병들이 소지한 무기들이 제각각인 이유는 그 때문이다. 과거 다이버 기장과 낙하산부대 기장을 달았던 네 명의 해병들은 소음 H&K MP5를 집었다. 종말 후 처음 몇 개월 동안은 무척이나 유용했을 무기다.

　나는 주먹을 들어 사격대기를 지시하고, 다시 중사에게 무전을 넣어 수색팀에 소음총이 얼마나 있는지 물었다. 그는 정찰 해병들이 도망 나오기 전, 만약의 게릴라전에 대비해 소속부대 무기고를 약탈, 최대한 많은 소음총을 챙겼다고 보고했다.

나는 1번 장갑차에 무전을 걸어, 소음총으로 소방차 주변의 좀비들을 청소하라는 지시를 내렸다. 무선을 끊기도 전에 소음 기관단총의 기이한 총소리가 들렸다. 좀비들이 하나씩 쓰러졌다. 빗나간 사격도 적지 않았다. 총살이 진행되는 동안, 중사가 내 생각을 읽고는 9밀리 소음총이 M-16만큼 정확하지는 못해도, 조용하기 때문에 불필요한 관심을 끌어들이지 않는다고 일러주었다.

M-16의 장전 손잡이를 여러 차례 빠른 속도로 잡아당기는 것처럼 철컥철컥 하는 소리였다. 소방차 주변의 청소에는 4분 정도가 걸렸다. 우리는 소방차 주변에 장갑차를 세우고 모두 밖으로 나갔다. 해병들은 소음총들을 다시 집어넣었다. (그들의 말에 의하면) 사격이 오래 지속되면 결국 소음효과가 없어질 수밖에 없다. 나는 해병 여덟을 장갑차 사이마다 경계를 세우고 소방 트럭에 다가가 문을 열었다. 잠겨 있었다. 언제나 그렇지만 양쪽 문에 좀비들의 유혈 흔적들이 묻어 있었다. 죽은 소방관들이 버려진 트럭 안에 있다가 스스로 목숨을 끊은 것이다.

장갑차의 연장가방에서 꺼낸 대형렌치와 기다란 박스테이프를 이용해 조용히 유리를 깬 다음 운전석 문을 열었다. 그때 안으로 손을 넣어 잠긴 문을 여는데 소방관 하나가 내 손목을 잡는 게 아닌가! 나는 있는 힘을 다해 손을 잡아당겼다. 놈에게 거의 물릴 뻔했으나 고맙게도 해병 하나가 괴물의 머리를 날려버렸다. 우리 둘다 놈이 죽었다고 오판한 덕분이다. 그 소리에 어딘가 좀비 군락지의 시체들이 깨어났을 것이다.

조수석의 소방관은 정말로 죽어 있었다. 사라진 상체 대부분과 머리는 필경 동료의 목과 뱃속에서 썩고 있을 것이다. 나는 문을 열어 운전석의 좀비를 바닥으로 끌어낸 다음 라이플 총구로 조수석의 시체를 찔러보았다. 움직이지 않았다. 손에는 피 묻은 도끼가 들려 있었다.

다양한 기술과 능력의 병사들을 지휘하는 이점은, 대형 엔진의 트럭을 다루면서 분명하게 드러났다. 문외한인 나로서야 대책이 있을 리가 없었다. 정비병 하나가 오더니 엔진 칸을 열고 작동 가능성을 확인했다. 오일 부족. 배터리 방전. 연료 없음. 그의 진단이었다. 연료는 문제가 아니다. 장갑차 여유분으로 탱크를 조금 채우면 그만이다. 오일은 나중 얘기다. 매뉴얼을 읽어야 어떤 오일이 필요한지 알 터인데, 지금은 그럴 여유가 없었다. 그때 경계지역에서 총소리가 들렸다. 소방관의 총살 소리에 시체 몇이 몰려드는 통에 경계병들이 사격을 시작한 것이다.

마지막 문제는 배터리 충전이었다. 해병도 배터리 상황에 대해서는 확신하지 못했다. 6개월 동안 아무렇게나 방치된 트럭이다. 우리는 배터리 충전을 시도했는데 그건 기다림의 싸움이었다. 죽은 엔진을 돌리기 위해 적어도 저 대형 배터리를 30분 이상 충전해야 하기 때문이다. 그동안 정비병을 제외하고 모두 방어 임무에 투입되었다. 그는 또한 배터리 충전이 불가능할 경우에 대비해 견인 체인을 설치하는 임무까지 떠맡았다. 좀비들은 말 그대로 끝도 없이 몰려나왔다. 수평선에 도시가 보였는데 아직 꺼지지 않는 연기가 하늘 위로 치솟고 있었다. 이 소방차가 어느 불을 끄려고 했는지는 모르겠지만 이미 오래 전에 타버렸을 것이다. 총성…… 또다시 총성…….

그들이 몰려들고 있었다……. 더 두텁고……. 더 빠르게……. 10분……. 소리는 점점 더 커가기만 했다. 바람에 실려 온 신음소리. 금속이 부딪고 떨어지는 소리……. 놈들이 도로의 잔해들에 이리 걸리고 저리 치이는 소리겠다. 어깨 너머를 돌아보니 정비병이 소방차 앞 범퍼 고리에 체인을 칭칭 감고 있었다. 그리고 막 장갑차로 이동하는데 엔진이 쿨럭거리더니 툴툴거리고 돌아가며 갖가지 해묵은 소음을 뱉어냈다. 뒤를 돌아보니 배기관에서 연기가 치솟았다. 드디어 붉은색의 거인이 깨어나고 있었다. 과거에 알았던 세계와 전혀 다른 공간에서…….

정비병이 씩 웃었다. 나는 눈빛으로 그를 치하하고 병사들에게 소속 장갑차로 돌아갈 것을 지시했다. 나도 병사들에게 손을 저으며 2번 장갑차로 뛰어올랐다.

"전원 탑승!"

소방차의 상태에 대해선 자신이 없었기에 정비병에게 전화해 수색대 세 번째 자리에 대기할 것을 지시했다. 제1장갑차, 제2장갑차(내가 탄 곳), 소방차, 그리고 마지막 제3장갑차가 대형을 이루었다. 행여 대형 트럭이 고장 날 경우 애꿎은 병사를 매장하게 될 수도 있기 때문이다. 트럭은 무사할 것이다. 그저 연료가 떨어져 주간도로에 퍼질러 앉았고 불쌍한 소방관들이 갇힌 것뿐이다. 나머지는 모두 추측에 불과하다.

우리는 호텔23을 향해 이동했다. 돌아오는 도중 중사와 나는 여기저기 널브러진 유조 트럭들을 지도에 표기했다. 언제든 디젤 연료가 크게 필요할 때가 있을 것이다. 물론 나중의 일이다. 최근 기지의 인구가 폭발적으로 증가했다고 해도 연료가 고갈될 정도는 아니다. 발전기는 하루에 몇 시간만 가동해, 전력, 공기정화, 물 순환, 그리고 제한된 요리를 위한 배터리들을 충전한다. 우리는 처음부터 전투식량과 약간의 건량으로 연명했다. 덕분에 입에서 군내가 날 정도지만, 이 해병들이야 말로 더 오래 전부터 그런 식량을 일상처럼 배급 받은 군인들이다.

우리는 주간도로의 최초 진입 지점으로 돌아왔다. 해가 저물고 있었다. 석양은 늘 불운의 전조였는데 이번에도 마찬가지였다. 결국 소방차가 퍼지고 만 것이다. 나는 병사 둘을 보내 내 장갑차에 체인을 걸게 했다. 힘에 관한한 타의 추종을 불허하는 괴물이다. 내가 장갑차에 대해 아는 건 하나뿐이다……. 거칠다는 것.

대형 강철 체인이 철컹하더니 대형 소방차의 무게와 균형이 어긋날 때마다 한 번씩 비틀렸다. 장갑차의 바퀴가 헛돌면 독립기어가 곧바로 치고 들어와 바퀴에 견인력을 뿌려주었다. 이곳의 좀비들도 공격적이었다. 미처 다섯을 헤아리기도 전에 무언가 쿵 하고 부딪는 소리가 연신 들려왔다.

강화 유리창 밖으로 장갑차에 맞고 튕겨나가는 놈들이 보였다. 잡풀 무성한 도로변 도랑까지 6~7미터를 날아가는 놈도 있었다. 이제 호텔23까지는 30분 거리였다. 정비병에게 소방 트럭의 수량을 확인해 보라고 지시했으나 그는 제어판 전력이 꺼진 탓에 계기를 읽을 수 없다고 대답했다. 트럭을 고치고 새로운 수원을 찾아낼 때까지 버틸 만큼의 물이 들어 있으면 좋으련만. 기지의 물은 당장이라도 고갈될 위기였다.

장갑차의 야간투시 기능으로 호텔23의 카메라 신호를 잡을 수 있었다. 다행히 경로를 이탈하지는 않았다. 우리는 소방 트럭을 끌고 기지에 도착했다. 5000갤런의 물탱크엔 4분의 1정도가 차 있었는데 그 정도면 다른 수원을 찾을 때까지 충분한 수량이다. 물은 호텔23과 해병들의 구급상자에 든 이오딘으로 정화할 수 있다. 조만간 인근 폐가를 뒤져 가정용 표백제를 징발하는 것도 생각해 봐야겠다.

사령부에선 지속적으로 메시지가 들어오고 있다. 대부분 우리 정보의 요청이고 특별한 작전명령은 없었다. 나는 텍사스 오스틴과 관련한 현황 보고를 보냈다. 항공모함의 고급장교들도 현황판을 업데이트할 데이터가 필요하기 때문에, 같은 유형의 현황 정보를 얻기 위해 방사능 지역에 파견 나갈지도 모르겠다. 그리고 그 다리를 건너는 순간 돌아오지 못할 다리가 될 거라는 생각도 들었다.

해안 감시정

8월 8일
13시 50분

나는 호텔23 안에 있다. 갇힌 채. 죽은 해병들이 환경통제실 문을 두드린다. 금속 감시창을 옆으로 밀치면 그녀의 모습도 보인다…… 타라. 나를 갈망하는 피투성이 시체. 존은 그녀의 뒤에서 문을 차고 있다. 어떻게 여기 들어왔는지는 기억나지 않으나 어쨌든 나는 이곳에 있다. 낯익은 얼굴들 주변으로 온통 해병들이며 대부분이 치명적 총상을 입고 있다. 무전병의 얼굴도 보인다. 아직 헤드셋을 머리에 쓰고 있는데…… 그때, 그가 말을 한다. 좀비 무전병이 말을 하다니!

"부대장님 일어나세요…… 중요한 정보가 있습니다!"

어젯밤 자고 있을 때 수신한 무전 메시지의 성격을 아직도 잘 모르겠다. 나는 무전병이 문을 두드리는 소리에 잠에서 깼다. 해변에 구조팀을 파견해 난파된 해안 감시정을 구출하라는 지시였다. 텍사스 연안에 정박 중인데 아직 직접적인 위험에 처한 건 아니라고 했다. 위치는 바하마마마 호가 정박해 있던 곳에서 불과 13킬로미터 위쪽이었다. 메시지를 읽고 중사와 상의한 후 오늘밤에 떠나기로 했다.

나는 타라를 찾아가 뒤숭숭한 꿈 얘기를 했다. 이제 친구 이상의 관계라 난 뭐든 그녀에게 얘기했다. 딘도 좋은 버팀목이었다. 그녀의 지혜로 내 영혼을 괴롭히는 악마들을 떨쳐낸 것도 여러 번이었다.

오랜 휴가 끝에 돌아왔더니 산더미 같은 일이 기다리는 기분이었다. 이 글을 쓰는 동안, 서열 3위의 하사가 조난 감시정에 접근하기 위한 육상 경로를 짜고 있다. 다른 상황이라면 이미 떠났을 터이나 선상의 병사들이 상대적으로 안전하다는 얘기에, 우리는 보다 안전한 구출을 위한 계획과 준비에 만전을 기하기로 했다.

우리는 이번 외유를 최대 48시간 내에 완수할 참이다. 두 개의 기지를 통합하기 위해 해야 할 일이 많았다. 호텔23에 모든 인원을 수용할 수는 없지만, 주간도로에서 콘크리트 중앙분리대를 뜯어와 철책 바깥에 옹벽을 두를 수는 있다. 필요한 장벽을 모으는 데만도 수개월이 걸리겠지만 가치는 충분했다.

또 다른 소식. 오늘 대니가 로라와 놀다가 다쳤다. 애너벨리를 잡으려다가 작은 웅덩이에 발이 걸려 왼쪽 발목을 삔 것이다. 요즈음 아이들이 자주 바깥으로 올라가지만, 그 경우 해병들에게 아이들의 안전에 만전을 기하라는 엄명을 내렸었다. 나는 제2장갑차에 장비를 실었다. 나는 이 장갑차에 (몰래) '범블비'라는 애칭을 붙였다. 이유는 모르겠으나 그 별명이 어울려 보였다.

오늘 밖은 무척이나 덥다. 우리는 탈수를 막기 위해 여분의 물을 가져가기로 했다. 현재 물 상황은 그다지 좋지 못하다. 연료도 마찬가지지만, 두 경우 모두 공식 임무 외에 해결해야 할 문제다. 한편으로는 호텔23이 대형 군사작전에 포함된 게 다행이라는 생각도 든다. 이번 임무엔 지난번에 함께 작전을 수행한 해병들을 데려갈 참이다. 당시에 큰 문제가 있는 병사가 없었기 때문에 굳이 교체할 이유가 없었다. 다음 작전엔 (그런 게 있다면) 일부를 교체할지도 모르겠다.

8월 11일
22시 28분

호텔23에서의 출발은 순조로웠다. 매우 습한 날이라 기지에서 지상으로 이어지는 해치를 열었을 때 정말로 사우나에라도 들어가는 기분이었다. 장갑차들은 연료를 채워두었다.

도로는 당장이라도 보수가 필요한 지경이었다. 콘크리트가 온통 갈라졌는데 이렇게 형편없는 도로는 아시아 파견 근무 이후로 처음이다.

우리는 동해 방향으로 전진해 옛 주도로와 만났다. 들판과 인접한 도로인데 동쪽 차선으로 파손된 차들이 엉망으로 얽혀 있었다. 아무리 봐도 익숙해지지 않는 풍경이다. 잡풀에 가려 도로의 방향과 굽이를 드러내는 건 오직 녹슨 차체뿐인 곳.

우리는 대충 방향을 정하고 도로의 난파선들을 헤집고 나아갔다. 놈들과는 가급적 안전거리를 유지했다. 좀비들에게 지능은 없지만 이곳은 잘 알려진 방사능 지역이 아니다. 텍사스의 울퉁불퉁한 언덕지대라면 놈들은 계곡 어디에나 숨어 있을 수 있다.

또 하나 께름칙한 건 그림이 다르다는 데 있다. 옛세계에서라면 인간을 물어 치명상을 입히는 건 독사 같은 소수의 동물들뿐이었다. 이제 취약한 인간과 치명적인 동물 간의 저울추는 대격변을 일으켰다. 치명적 독사에게 물려도 생존 가능성은 얼마든지 있지만, 해병들한테 들은 바로는, 전세계를 휩쓴 이 괴물들은 해독제가 전무하다. 중사의 보고로도, 건강한 사내들조차 물리거나 할퀸 후 서른여섯 시간 내에 무너지는데 그런 경우를 본 것만도 수백 건이라고 했다. 심지어 우연히 상처에 닿은 침으로 감염된 사례들도 보고서에 기록되어 있었다.

좀비들에 대해선 여전히 풀리지 않는 수수께끼가 있다. 도대체 어디서 힘이 솟는 거지? 마치 죽음과 동시에 무한한 힘의 원천이 생기는 것 같지 않는가? 어느 기발한 천재라도 나타나 놈들의 강점과 약점을 정확히 파악해 주면 좋으련만. 이미 미국에만도 우리보다 수백만은 더 많고 전 세계로는 수십억 수준이 될 것이다. 이런 생각들이 감시정 '릴라이언스'의 구출 임무 중 내내 머릿속을 헤집고 다녔다. 목적지에서 수 킬로미터 지점에 다다랐을 때 야간투시경을 통해 놈들의 첫 번째 무리가 보였다.

나는 부대의 교전 규칙을 간단히 설명했다. 위급할 때가 아니면 병사들의 화기 사용은 불허되었다. 장갑차의 엔진 소리에 좀비들이 방향을 돌려 따라왔다. 그들에게 소음은 대부분 먹을 것을 의미했고 또 그에 따라 반응했다. 나는 포탑에 앉아 그들과 어두운 밤을 살폈다. 투시경의 성능은 훌륭했으나 멀리까지 볼 수는 없다. 당연히 대낮에 맨눈으로 보는 것과는 달랐다. 그러니까 한밤중에 녹색 대형횃불로 700미터 인근을 밝히는 셈이라고 해야겠다.

시체들이 사망 지역 근방을 떠돌아다니는 것도 역시 같았다. 8륜 장갑차는 나름대로 이점이 있었다. 우리는 거침없이 오프로드를 누비다가 교각이나 입체도로가 나오면 속도를 줄였다. 그런 구조물에 접근하려면 망가진 차량들을 빼내 꽉 막힌 도로의 혈관을 뚫거나 아니면 하상(河床) 깊숙이 내려가야 했다. 때로는 입체로 밑에 숨어 있는 게 강바닥이 아니라 교차로거나 좁은 간선도로가 되기도 했는데, 그날 밤 감시정으로 향하던 길도 그런 식이었다.

제1장갑차가 입체로 200미터 앞에서 무선연락을 취해왔다. 무전병의 목소리가 잡음에 섞여 나오는 동안에도 그들은 멈추지 않고 느린 속도로 전진 중이었다.

"부대장님, 앞에 입체로가 있고 도로는 막혀 있습니다. 어떻게 하죠?"

"어떤 차종들이지?" 내가 되물었다.

"예, 18륜이 두 대 보입니다."

결국 제방을 통해 교차로 아래로 내려갈 수밖에 없었다. 대각선으로 내려가되 절대 멈추지 말아야 한다. 생각만으로도 끔찍한 노릇이지만, 이 기계들은 창급정비, 즉 민간 전문가의 정비가 필요한 수준이다. 급정거를 할 경우 그대로 죽어버린 경우가 한두 번이 아니었다.

50미터 전방의 제1장갑차가 아래쪽으로 사라지고 곧바로 무전기가 켜지더니 잡음이 들려왔다.

나는 마이크를 열고 전송 반복을 지시했다.

마침내 목소리가 들려왔다.

"부대장님, 속도를 올려서 우회하셔야겠습니다. 스쿨버스가 한 대 있는데 안팎으로 놈들이 가득합니다."

나는 경고해 주어 고맙다고 한 후 계속 보고할 것을 지시했다. 둔덕 위에 오르자 그들이 시야에 들어왔다.

무전기가 다시 삑삑거렸다.

"부대장님, 여기 가이거 수치가……"

당혹스러웠다. 방사능 지역에서 호텔23보다도 멀리 떨어져 있건만 가이거 수치가 왜 이렇게 높은 거지?

제2장갑차의 코가 둔덕을 넘어 계곡 아래의 간선도로로 내려가면서 스쿨버스가 시야에 들어왔다. 가까이서 보니 뭔가 특별한 버스 같기는 했다.

버스는 전투용으로 개조되었다. 창문 양쪽에 철망을 용접하고 범퍼 앞으로 임시제설기를 달았는데 가까이 다가가자 가이거 계수기가 거의 폭발할 지경이었다. 버스는 다량의 방사선을 뿜어대고 있었다. 버스는 좀비 승객들로 가득했는데, 더욱 당혹스러운 건 버스 옥상에 놓인 십여 구의 시체가 모두 영구 사망이라는 사실이었다.

지금은 의문을 해결할 시간이 없었다. 버스는 방사능에 절었지만 주변의 좀비들은 그 수준까지는 아니었다. 버스는 장기노출의 경우 치명적인 수준이었다. 버스 승객들은 대부분 심각한 외상을 입은 것으로 보였으나 일부는 완전히 깨끗했다. 그들은 장갑차가 지나는 소리에 크게 흥분했다. 내가 본 마지막 장면은 오른쪽 뒤에서 두 번째 창문이었다. 한 소년의 오른쪽 다리가 창문에 걸려 있는데 왼쪽 다리는 뼈뿐이었다. 얼굴 또한 상처와 수포로 가득했다. 어쩐지 영구 시체 같지도, 좀비 같지도 않은 모습이었다.

우리는 무전을 주고받으며 버스를 우회하고 좀비들을 피해 다시 언덕에 오른 다음 동쪽 차선으로 복귀했다. 버스는 여전히 께름칙했다. 아마도 방사능 지역에서 안전지역으로 탈출하던 생존자들이었을 것이다.

그런데 지붕의 시체들은 어떻게 빠져나왔지? 총 같은 건 보이지 않았다. 나는 그 뒤로도 몇 시간 동안 그 생각에서 벗어나지 못했다. 우리는 밤새도록 견인하고 우회하고 회피하면서 이동했다. 마지막으로 멈춰 선 곳은 연료 트럭을 만났을 때였다. 트럭은 파손 차량들이나 정체 현장으로부터 상당히 떨어진 위치에 있었다.

우리한테는 디젤 잔류량을 계산할 방법도, 되살릴 방법도 없었다. 병사 하나가 체인을 트럭의 밸브에 걸어 뜯어내버렸다. 디젤이 바닥으로 흘러내리기 시작했다. 디젤의 휘발성이 높지 않은 탓에, 다루는 법만 안다면 전혀 위험하지 않다는 정도는 누구나 알고 있다. 우리는 다목적 나이프로 유조차의 고무호스를 뜯어낸 다음 끊어진 밸브를 박스테이프로 감았다. 방수도 되지 않는 조잡한 밸브지만 그래도 쓸 만은 했다. 우리는 장갑차 둘을 채우고 외부탱크도 모두 채웠다. 정비병이 연료를 확인하더니 아직은 괜찮지만 아무 조치 없이 1년 이상 방치할 경우 못 쓰게 될 거라고 했다.

우리는 운전석에서 찢어낸 천, 120온스용 대형 컵, 그리고 로프 조각으로 찢어진 밸브를 틀어막았다.

조금씩 새기는 해도 완전히 고갈되려면 앞으로 몇 년은 걸릴 것이다. 돌아오는 길에 연료가 필요할 경우에 대비해 차트에 표시해 두었다. 연료 기지를 확보했다는 생각에 다소 안심은 됐으나 장갑차의 정비상태가 나쁜 데다 의심스러운 연료 품질에 불안감은 여전했다.

해가 떠오를 때쯤 우리는 텍사스, 리치우드에 도착했다. 인구와 지명을 적어둔 이정표가 그래피티에 부분적으로 지워져 있었다. 바다 냄새가 났다. 만에서 멀지 않다는 얘기다. 밤새도록 감시정과 무선연락을 시도했으나 소용이 없었다. 병사들은 지쳤고 주간 이동은 위험했다. 다행히 공장지대인 덕에 어렵지 않게 은신 가능한 공장을 찾아냈다. 철조망으로 둘러싸인 공장이다.

PLP라는 이름의 공장은 본관 밖의 장비로 보아 산업용 도관을 만드는 곳 같았다. 3호 장갑차의 해병 하나가 도끼로 자물쇠를 부수었다. 우리는 장갑차를 몰고 들어간 후, 대문을 닫고 테이프와 여분의 텐트 말뚝을 이용해 체인을 다시 엮어놓았다. 그리고는 장갑차들을 뒷마당에 감추고 교대로 보초를 세우고 여기저기 흩어진 도관들을 이용해 바리케이드도 설치했다.

그날 우리는 거의 잠을 자지 못했다. 공장 내에서 끊임없이 두드려대는 소리 때문이다. 좀비 노동자들이 우리가 밖에 있음을 알고 같이 놀자며 울어댔던 것이다. 우리가 일어나 두껍게 쌓아둔 도관들을 치울 때쯤 근처 철망에 청중들까지 모여들었다. 많은 수는 아니었으나 사실 한 놈이라도 많다고 할 수 있다. 문득 드는 생각…… 좀비 하나가 얼마나 많은 사람을 감염시킬 수 있는 거지? 얼마든지? 아니면 50명 정도?

나는 네 명을 내보내 좀비 청중들을 따돌리고 나머지를 이끌고 공장을 빠져나갔다. 태양이 낮게 걸려 있었다. 이곳에 머문 지 13시간이 지났다. 교대 취침이기 때문에 그 이상의 시간이 필요했었다. 모두가 동시에 취침했으면 4시간은 줄일 수 있었으나 역시 무모한 짓이었으리라. 우리는 재빨리 공장지대를 빠져나와 다시 해안으로 향했다. 바다는 무척이나 오랜만이다. 낯익은 냄새가 기억을 자극했다. 의료함 깊숙한 곳에서 찾아낸 오랜 향수 같은 냄새.

우리는 다시 한 번 감시정과 연락을 취했다. 고주파 무전기는 주파수만 잘 맞으면 호텔23과도 통화가 가능하기 때문에 감시정은 문제도 아니었다. 연락두절의 이유가 있다면 아마도 신호 변동일 것이다. 무전 상대가 너무 가깝거나 멀 경우 신호가 수신 안테나 너머 튀어버리는 경우가 있는데 무전병들에게는 익숙한 현상이다. 신호 변동은 날씨가 흐린 경우에도 일어난다. 지금은 그 때문이겠다.

우리는 존에게 연락해 호텔23 가족들의 안부를 묻고 스쿨버스와 연료 트럭과 공장 얘기를 해주었다. 타라는 방에 없었다. 나는 그녀에게 스쿨버스 얘기는 하지 말고 걱정할 필요 없다고만 전해달라고 부탁했다. 무전을 건 이유는 감시정의 정확한 위치를 얻기 위해서였다. 존은 기함과 연락 후 한 시간 내에 연락하겠다고 했다.

너른 바다가 눈앞에 펼쳐졌다. 저 아름다운 코발트빛이라니. 병사의 반응을 보니 그들도 광활한 바다에 감동하는 눈치였다. 계류장에 접근할 때쯤 존이 무전을 걸어 모함의 대답을 전해주었다. 항공모함이 30분 전에 수신한 링크11에 따르면 감시정은 북위 29-50, 서경 095-16.4에 있었다. 해변에서 6.5킬로미터 떨어진 해상이었다.

계류장에 오르자 바다가 좀 더 자세히 보였다. 바다엔 소형 범선들뿐이었다. 문득 시드리프트가 떠올랐다. 왜 아니겠는가? 이곳에서 멀지도 않으니 말이다. 양파 피클이 아직 마마 호 갑판에 놓여 있는지 궁금했다. 그 배 역시 가까운 곳에 있다.

이 수륙양용 작전은 짧 시간이 필요했기에 장갑차 세 대를 페어윈드 계류장 주차장으로 이동했다. 그리고 존에게 다시 무전을 걸어, 감시정의 위치가 1킬로미터 이상 바뀌었는지 사령부에 확인해 줄 것을 요청했다. 그는 내게 몸조심하고 이틀 후에 돌아와 만나자는 인사를 전했다.

수색대와 감시정의 통신이 두절된 상태라, 이 작전이 인명구조인지 선박구조인지 알 길이 없었다. 그때 갑자기 카빈 총 소리가 들렸다. 나는 속으로 어떤 놈이 교전 규칙을 어겼냐고 중얼거리며 마이크를 들어 누가 어떤 이유로 사격했는지 물었다. 3호 장갑차의 고참병이 다가와 6시 방향을 확인해 보라고 했다.

도심 방향에서 놈들이 쏟아져 나오고 있었다. 400미터 거리에 50구 정도였다. 더 열악한 상황에서 5000구를 상대한 적도 있기 때문에 별로 걱정은 되지 않았다. 하사는 건 50미터 거리의 좀비가 아니라 그의 뒤쪽 문에서 쏟아져 나오는 놈들을 겨냥했다. 이유는 몰라도 3호 장갑차 뒤의 시체 네 구는 어딘가 낯익어 보였다. 누구지? 하지만 걸어 다니는 시체를 본 것만도 이미 수천 구였다. 아마도 단순한 신경과민일 것이다.

나는 병사들에게 장갑차를 해상용으로 전환하라고 지시했다. 이 해병 장갑차들은 소형 선박만큼이나 항해에 적합했다. 크고 무겁고 느리긴 해도 후미에 달린 두 개의 작은 스크루로 10노트까지 속도를 올릴 수도 있다. 나는 바다 쪽으로 나타난 놈들을 처리해 통로를 열었다. 장갑차도 준비가 끝나 우리는 멕시코만으로 들어갔다. 좀비 무리들이 쫓아왔다.

얼굴에 닿는 바닷물이 따뜻했다. 물이 차 내로 밀려 들어왔다. 내가 걱정스러운 눈으로 바라보자 중사는 걱정할 것 없으며, 정말로 물이 찬다면 자기가 처리할 수 있다며 안심을 시켜주었다. 나는 그의 말을 믿기로 하고 해변으로 시선을 돌렸다. 그리고 다른 장갑차들에게 항해를 멈추고 계류장에서 100미터 거리에 일렬횡대를 맞출 것을 지시했다. 장갑차에 물이 5센티미터가량 찼지만 가라앉을 것 같지는 않았다.

나는 장갑차 위로 올라가 해안선에 개미떼처럼 몰려든 시체들을 보았다. 그때 다시 무전기가 울렸다. 옛날 컴퓨터 모뎀과 비슷한 암호동기화 신호가 끝나고 존의 음성이 들렸다. 감시정에 대한 새로운 소식이 있다는 얘기인데, 500미터 이상의 변동이 있을 경우에만 알려달라고 했으나, 사령부에서는 감시정 위치가 전혀 변동이 없다는 소식도 가치가 있다고 생각했다는 얘기다. 맞는 말이었다. 선박 마스트의 안테나를 통해 자동화된 메시지를 보낸 이후 배는 거의 움직임이 없었다.

시체들의 신음소리가 물을 건너와 이곳까지 들렸다. 그때 타라

목소리가 들리더니, 마이크를 잡고 아무 일 없는지 물었다. 나는 현재 상황을 설명하고 아직 특별한 위험은 없다고 대답해 주었다. 존을 바꾸라고 하자 그녀가 머뭇거리며 마이크를 넘겼다. 존에게는 배를 찾기 위해 바다로 들어왔다고 알려주었다. 안개가 일기 시작했다. 달빛이 밤의 냉기와 함께 병사들의 두려움을 키워주었다.

우리는 꽥꽥거리는 좀비들을 떠나 항공모함이 알려준 좌표를 향해 이동했다. 장갑차가 육지와 멀어지면서 시체들의 신음소리도 잦아들었다. 당분간 놈들은 신경 쓸 필요가 없었다. 바다 밑에 숨어 있다가 부력으로 수면 바로 밑에까지 떠오르는 놈들도 있지만 난 애써 머릿속에서 밀어냈다. 제일 두려운 것도 그런 놈들이다. 빌어먹을 시체들!

나는 구멍으로 들어가 장갑차의 내장 광학 장치를 작동시켰다. 내 고글보다 훨씬 성능이 좋은 센서를 지닌 장치다. 해안선엔 여전히 좀비들이 개미떼 같았다. 나는 투시경을 장갑차 앞으로 돌렸다. 차 내로 새어 들어온 소금물에 두 발이 흠뻑 젖었다.

해변에서 2킬로미터쯤 멀어지자 수평선으로 작은 물체가 잡혔다. 아직은 촛불처럼 보이는 정도였다. 3킬로미터 지점에 다다랐을 때 존이 다시 위치 정보를 알려주었다. 해안 감시정이 여전히 꼼짝도 하지 않았다. 상관없다. 광활한 해상에서 찾는 게 더 편하다.

나는 구명상자에서 조명 막대를 꺼내 하역망(荷役網) 위로 올라가 꺾었다. 승선을 시도하기 전, 승무원들이 살아있다는 징후를 어떻게든 끌어내고 싶었다. 해안에서 5킬로미터 지점. 감시정의 실루엣은 아직 보이지 않았으나 불빛은 더욱 커졌다. 석유 굴착용 플랫폼의 불꽃인데, 감시정은 그 아래에 있었다. 플랫폼의 남쪽 기둥에 정박한 듯 보였다. 아직은 생명징후가 감지되지 않았다.

플랫폼에 다가가자 멀리 배 위에서 사람들 목소리가 들려왔다. 고함을 치는 것을 보니 조명 막대를 본 모양이다. 소리는 배가 아니라 플랫폼에서 들려왔다. 나는 다시 안으로 들어와 장갑차의 투시경을 이용했다. 플랫폼 위에서 녹색 그림자들이 손을 흔들고 있었다. 지금은 목소리가 들릴 정도로 가까워졌다. 그들은 배에 오르지 말라고 소리쳤다.

배가 감염되었다.

기계 오작동이 어떻게 함정을 감염시킬 수 있는지 이해가 가지 않았다. 중사와 내가 제일 먼저 플랫폼 사다리에 올랐다. 플랫폼 위로 올라가는 도중 선박의 그림자들도 볼 수 있었다. 상판까지는 무척이나 길었다. 호텔23의 미사일 격납고 사다리보다 훨씬 길었다. 사다리 끝에 다다르자 수병 하나가 끌어올려주었다. 플랫폼 위엔 서른 명 정도가 있었는데 모두 건강해 보였다.

"이곳 지휘관이 누군가?"

"반스 중위님이십니다, 대위님."

내가 중위와 얘기하겠다고 하자 병사들은 그가 현재 빠져나오지 못하고 객실 안에 숨어 있다고 보고했다. 다음 질문은 뻔했다. 저 벌어먹을 시체들이 어떻게 배에 탄 건가? 병사들이 하나하나 상황을 설명해 나갔다.

나는 하사관과 얘기했다. 그는 자신이 정보 시스템 기술팀 소속이며 감시정의 자동 장치와 네트워크를 다룬다고 소개했다. 상황을 전체적으로 파악하는 것도 그 때문이다. 그들은 석유탐사 플랫폼 주변을 돌고 있었다. 상황은 나쁘지 않았으나 갑자기 모래톱에 걸려 스크루가 고장 나고 말았다. 최신 정보가 없는 탓에 이 지역 수심이 어느 정도인지 알 수 없었기 때문이다. 감시정의 작동은 가능했으나 스크루가 100퍼센트 기능하지 못할 경우 엔진과 샤프트에 무리가 갈 수도 있었다.

감시정을 재탈환하기 위해선 밤이 좋다. 보통 사람들과 마찬가지로 놈들도 어둠 속에선 잘 보지 못한다.

하사관의 설명에도 불구하고 아직 좀비들에 대한 의문은 남아 있다. 어떻게 선원들을 쫓아낼 만큼 많은 시체들이 감시정에 있을 수 있는 거지? 하사관이 머뭇거렸다. 그래서 내가 누구이며 어떤 권한으로 작전을 수행중인지 그에게 설명해 주었다.

그는 고개를 숙여 모자로 눈을 가린 다음에야 대답했다.

"놈들의 견본을 채집하라는 지시가 상부에서 내려왔습니다. 항모에서 쓸 연구용이라고 했죠."

이런 미친…… 아무리 연구가 중요하다 해도 어떻게 저것들을 지휘함에 실을 생각을 한 거지? 놈들을 감시정으로 수송하는 것과 미국군을 총괄하는 모선에 태우는 건 완전히 다른 문제다.

모함에 의료진과 최첨단 연구장비가 있다는 사실은 나도 알고 있다. 하지만 이런 연구는 다른 곳에서 해야 한다. 지휘함에서 멀리 떨어진 곳. 그렇잖아도 현역 군인들의 수가 줄어들고 있는 상황이 아닌가?

"왜 하필 멕시코만이지?" 내가 물었다.

"사령부에서 방사선에 감염된 놈들을 원했습니다."

그의 대답이었다.

세상에, 그런 지시에 따르다니! 난 하사관을 그 자리에서 두들

겨 패주고 싶었다. 그의 설명에 따르면 연구 견본을 채집하기 위한 소형 선박들은 훨씬 더 많으며 모두 전국의 방사능 지역으로 파견되었다. 의도는 어쨌든 놈들을 다루는 방법도 억류하겠다는 착상도 맘에 들지 않았다. 그런데 왜 서로 다른 지역의 놈들을 채집하려는 거지? 하사관도 그 이유는 알지 못했다. 대답을 아는 인물은 모함에 타고 있을 것이다. 감시정 내에 방사성 좀비들이 얼마나 되는지 묻자, 뉴올리언스의 오염지역에서 채집한 놈들이 모두 다섯이라고 대답했다.

나는 다시 좀비 다섯이 감시정을 어떻게 그렇게 효과적으로 장악할 수 있었는지 물었다. 그는 대답하지 않고 멍하니 밤하늘만 바라보았다. 그의 면전에서 손가락 관절을 꺾어 그를 몽환지경에서 끌어냈다. 마지못해 실토한 사실은 그동안 의심하고 두려워했던 바로 그 내용이었다.

"대위님, 저 놈들은 다른 놈들과 같지 않습니다. 썩지도 않고 더 강하고 움직임도 빠르죠. 지능이 있다는 사람들도 있을 정도니까요. 이유는 모르겠지만, 방사선이 놈들을 보호해 주고 있습니다. 모선 선의들 생각으로는, 방사선이 일종의 촉매가 되어 운동기능을 회복해 주고 죽은 세포를 재생하는 것 같답니다. 기이한 건 재생된 세포 역시 죽어 있는데, 그들도 그건 이해 못합니다. 아무도 못하죠. 인정하고 싶지 않겠지만 핵폭탄을 떨어뜨린 건 큰 실수가 분명합니다."

"배 안의 괴물들은 묶어놓은 밧줄을 끊고 경비병 셋을 죽여 좀비로 만들었죠. 우리가 할 수 있는 일이라곤, 잡혀 먹히기 전에 선교를 확보하고 플랫폼 옆에 정박하는 것뿐이었습니다."

배 안에는 좀비가 열다섯 정도였다.

이제 움직일 때가 되었다. 나는 하사에게 저 배의 견본들은 영원히 모함에 오르지 못할 거라고 얘기해 주었다. 모두 죽일 생각이기 때문이다.

감시정을 탈환하는 데에는 총 45분이 걸렸고 해병 하나를 잃었다. 어둡기 때문에 구조팀이 모두 승선하는 건 자살행위였다. 나는 중사와 노련한 하사 한 명만 데려갔다. 하사는 함께 가겠다며 고집을 부렸다. 얼마 전, 해병 베이스캠프에 그의 배우자가 있다는 얘기를 들은 적이 있는데 그는 분명 용감하게 싸웠다. 어쩌면 그 덕분에 중사와 내가 살 수 있었을지도 모를 일이다.

우리는 계류삭을 넘어 곧바로 노천갑판으로 뛰어내렸다. '맥' 하사가 유일하게 소음총을 소지했다. 다른 총들은 모두 플랫폼의 병사들에게 맡겼다. 그들도 싸우게 될 경우에 대비한 조치였다.

나는 소음총을 다루는 데 익숙하지 않기 때문에 해병한테 맡기기로 했다. 투시경은 더 가져가고 싶었으나 우리한테는 세 세트가 전부였다. 맥이 노천갑판에서 두 놈을 처리했다. 두 놈 모두 수병이었다. 우리는 둘을 앞 갑판에 쌓아놓고 계속 전진했다. 선박의 21MC를 이용해 우리는 취사실에 갇혀 있는 승무원 여섯과 통신했다. 스피커를 통해 좀비들의 소음도 들렸다. 취사실의 철제 덧문을 무자비하게 두드려대는 소리였다.

취사병들과 지휘관이 아직 먹히지 않은 건 오로지 그 덧문 덕분이었다.

그들의 보고에 의하면, 소화기와 소화용 도끼로 방사성 좀비 하나를 무찔렀으나 놈을 잡은 병사는 현재 기력이 없고 심한 구토 증세를 보인다고 했다. 아무래도 방사선 노출 때문이리라. 뉴올리언스 지역의 표본을 채집하기 위해 보호복을 착용한 상태였지만, 놈들의 방사능이 너무 강해 가까이 접근하는 건 무척이나 위험했다. 중위는 두 놈이 취사실 밖에서 셔터를 두드리고 있다고 했다. 좀비 수병 대부분이 함께 있는 건 분명하지만 그게 전부인지는 중위도 확신하지 못했다. 우리는 복도를 통과하고 가파른 사다리를 내려갔다. 취사실은 수선 아래, 배의 중앙에 위치했다. 주갑판에 접근하는 도중, 맥이 복도 조명 하나를 쏘아 깨뜨렸다. 시각적 우위를 점하기 위한 전술이다. 그때 갑작스러운 환경 변화에 좀비 한 놈이 맥 앞에 모습을 드러냈다.

맥은 두 발로 놈을 잡았다. 첫 발은 왼쪽 어깨를 때렸으나 더러운 피만 벽에 뿌렸을 뿐이다. 두 번째는 코 오른쪽이었다. 그 정도면 뇌가 곤죽이 되었을 것이다. 놈은 더 이상 움직이지 못했다.

우리는 놈을 복도 귀퉁이로 끌어내 케이블 타이로 두 팔과 다리를 묶은 다음, 어둠 속을 계속 탐색해 들어갔다. 모든 소리가 우레 같고 깜빡이는 신호등은 번개 같았다. 배에서는 방충제와 죽음의 냄새가 났다. 우리는 해치로 향했다. 공격 등의 비상사태가 발생할 경우, 인접 구역으로의 범람을 차단하는 대형철문이다. 문에는 겨우 커피캔 크기의 두껍고 둥근 유리창이 있었다. 안을 들여다보니 작은 방이 비상등의 기이한 붉은 빛으로 가득했다. 나는 문의 핸들을 잡고 최대한 조용히, 한 번에 1센티미터씩만 비틀었다. 해치가 삐걱거리는 소리에 우리 모두 오금이 저렸다. 손잡이를 잡은 채 다시 감시창을 들여다보았다. 그때 반대편 구획에서 뭔가 움직이더니, 순간 해치를 세게 들이받으며 쾅 하는 굉음이 터져 나왔다. 그 바람에 해치가 열릴 뻔 했지만 다행히 문고리가 완전히 돌아가지는 않은 상태였다.

방 안의 괴물이 붉은 조명을 가렸다. 놈은 얼굴을 유리창에 대고 쾅쾅 들이받기 시작했다. 우리를 잡으려는 발악이지만 소용 없었다. 내 몸의 세포가 모두 일어나 절대 철문을 열지 말라고 아우성을 질렀다. 그래, 지금 플랫폼으로 달아나면 목숨은 건질 수 있다! 하지만 저 아래 병사들이 있다. 방사성 괴물들과 있는 시간이 길어질수록 생명은 급격히 줄어들 것이다. 나는 하사에게 문고리를 완전히 돌릴 테니 문에 걸어놓은 밧줄을 당겨 활짝 열어젖히라고 지시했다.

더 이상 조용할 필요는 없었다. 나는 과감하게 문고리를 돌리고 맥이 줄을 당겼다. 문이 활짝 열리며 좀비가 뛰쳐나왔다. 다행히, 괴물은 선상 생활에 익숙하지 않은 놈이라, 높은 문지방에 곧바로 발이 걸려 얼굴부터 고꾸라지고 말았다. 나는 놈이 일어나는 데 시간이 걸릴 거라고 예상하고 무기를 정조준했으나 원하는 바를 얻지는 못했다. 뉴올리언스의 오염지역에서 잡은 놈이라 동작이 너무도 빨랐다. 놈이 비틀거리며 접근하면서 고글이 마치 애국가가 끝난 TV 화면처럼 뿌옇게 변했다. 내가 마지막으로 본 건 뼈만 남은 손과 강렬한 빛이었다. 맥의 소음총 H&K의 격발음도 들었다.

순간 선내의 공기가 변하더니 무언가 쇠갑판에 쿵 하고 무너지는 소리가 들렸다. 나는 투시경을 벗었다. 잠시 후 눈이 밝은 빛에 적응하자 맥이 플래시로 방을 살피는 모습이 보였다. 맥과 나는 양동이의 걸레 두 자루를 이용해 놈을 구석으로 몰아넣고 최대한 무거운 물체를 위에 올려놓았다. '만약에 대비해서' 조금 전 괴물처럼 무력화해야 했으나 방사선이 치명적 수준이라 케이블 타이를 사용할 수는 없었다. 우리는 지체 없이 다음 방으로 들어갔다. 놈이 있던 곳이면 어디든 안전하지 못했다. 벼룩 얘기를 들으면 온몸이 간지러운 법이기는 하지만 벌써부터 얼굴과 목에 방사선의 열기를 느낄 수 있었다.

다음 방은 깨끗했다. 이제 취사실 지역과는 철문 하나 사이였다. 우리한테는 두 가지 문제가 있었다. 첫째, 전자장 또는 방사선의 간섭으로 투시경이 모두 하얗게 꺼져버렸다. 두 번째, 육중한 철문이 약간 열린 상태였다. 그러니까 취사실의 좀비 무리와 우리 사이엔 길고 어두운 복도와 반쯤 열린 철문이 있다는 게 정확한 표현이겠다. 문틈으로 놈들의 서성대는 그림자도 보였다. 문과는 불과 10미터 거리였다.

최선의 방법은 무작정 쳐들어가 닥치는 대로 쏘는 것이다. 맘에 들지는 않지만 사실 이 상황에선 특별한 작전도 쌈박한 방법도 없다. 나는 문으로 접근한 후 중사와 하사를 멈춰 세우고 무기부터 점검하게 했다. 안전장치도 금제도 없다. 모두 여든일곱 발. 재장전을 한다면 그 이상도 가능하겠지만 그럴 상황이면 어차피 모두 죽은 목숨이라는 정도는 알고 있었다.

옷도 단단히 여며 피부노출을 최소화했다. 짐작컨대 저 안에 적어도 10구가 있고 최소한 그 중 하나는 변종이다. 해치는 안쪽으로 열리게 되어 있었다. 내가 신호를 하자 중사가 발로 걸어 차 문을 활짝 열었다. 문은 쾅하고 방화벽에 맞고 그대로 고정되었다.

좀비는 모두 열한 구였다. 놈들은 철제 덧문을 두드리느라 우리를 의식하지 못했다. 놈들이 눈치 챈 건 내가 선제공격으로 셋을 죽인 다음이었다. 내가 죽인 놈 중에 뉴올리언스 출신이 있기를 바랐다. 한 번에 세 발씩. 팔다리, 턱, 어깨, 이빨이 사방으로 날아갔다. 되도록 덧문 쪽의 사격은 피했다. 수병들이 가까이 있을 수 있기 때문이다. 셋밖에 남지 않았을 때 오른쪽 어깨 너머에서 커다란 비명이 들렸다. 맥이었다. 얼굴에서 피를 흘리고 있는데 괴물 하나가 뒤에서 그를 물고 있었다.

다시 보니…… 해치에서 처리한 놈이었다. 방사선 때문에 손을 대지 못했건만 완전히 무력화하지 못했던 모양이다. 나는 남은 탄창 모두를 놈의 머리에 쏟아 부었다. 놈은 머리를 대부분 날리고 나서야 쓰러졌다. 남은 놈들이 나를 공격하려 했지만 중사가 처리해 주었다. 난 맥의 상처부터 살폈다.

상처는 심하지 않았다. 물어뜯긴 부위도 얼굴이 아니라 귀 일부였다. 맥은 거칠게 숨을 몰아쉬었는데 쇼크상태에 빠진 것이다. 나는 그를 중사에게 맡기고 취사실의 생존자들을 확인하러 갔다. 시간이 촉박했다. 배는 안전하지 못했다. 정상으로 복귀하려면 무엇보다 먼저 박박 문질러 닦아내야 할 것이다. 나는 덧문을 두드려 병사들의 무사 여부부터 물었다. 이윽고 끽끽거리는 기계음이 이어지더니 덧문 옆 쪽문이 열리고 수병들이 쏟아져 나왔다. 살아남은 사람들. 그중 하나는 매우 위급해 보였다. 뉴올리언스 좀비와 드잡이를 한 병사였다.

감시정 지휘관도 있었다. 나는 그에게 상황 설명을 했다. 그도 알고는 있었다. 받아들이고 싶지야 않겠지만, 배는 버리고 모함의 지원을 받을 때까지 플랫폼에서 기다릴 수밖에 없었다. 우리는 재빨리 배를 빠져나왔다. 맥과 병든 수병이 제일 먼저였다. 맥은 죽은 것이나 다름없었다. 더 이상 물린 사람은 없지만 그래도 오염제거 처치는 필요했다. 어쩌면 너무 늦었을지도 모르겠다. 빠져나오는 길에 나는 화장실에 들러 물비누통을 뜯어내고 종이타월 한 롤을 챙겼다. 마침내 갑판으로 빠져나왔다. 새벽 3시, 밖은 아직 어두웠다. 맥과 수병은 플랫폼을 오를 형편이 못 되는 탓에, 임시 들것을 만들어 한 번에 한 명씩 끌어올렸다. 잘 아는 해병은 아니나 그렇다고 슬픔이 가시는 것도 아니었다. 임시 지휘관으로서 그의 배우자가 살고 있는 기지에 찾아가 소식을 전하는 것 또한 내 의무였다. 가족에게 건네줄 깃발은 없지만 그렇다고 맥에 대한 의무를 외면할 수는 없었다. 그는 영원히 미국 해병이 될 것이다.

플랫폼에 돌아온 지 두 시간, 중사가 맥의 뒤통수에 총을 쐈다. 이미 감염으로 숨이 끊어져 변이를 기다리고 있을 때였다.

다음날 모함 전투군과 무전 교신이 이루어짐으로써 임무도 끝이 났다. 나는 무전기를 통해 호텔23에 메시지를 전하고 이곳 상황과 생존자 위치를 알려주었다. 우리는 멕시코만의 소금물과 비누와 종이타월을 이용해 톰포스트 하사의 오염을 씻어주었다. 그리고 식량과 물을 모두 넘겨주고 구조대가 오는 중임을 재차 확인한 다음에야 석유탐사 플랫폼을 떠났다. 구조대가 나타나지 않을 경우에 대비해 성능 좋은 무전기도 하나 남겨두었다. 우리한테 남은 거라곤 디젤 연료통 몇 개와 차트에 표시해 둔 연료 보급지가 전부였다. 이틀간의 귀향길이다. 나는 맥을 캔바스 천으로 감싸 2호 장갑차 바깥에 묶어 데려가기로 했다. 돌아올 가능성은 없지만 그의 아내를 위해서라도 걸프만에 내던져버릴 수는 없었다. 그에겐 버젓한 장례를 치러줄 자격이 있다.

8월 19일
23시 50분

어제 해병 베이스캠프에 다녀왔다. 부대장이라는 현실이 맘에 들지 않는 이유는 얼마든지 있지만 이 일도 마찬가지다. 나는 장갑차에 중사를 포함해 넷을 태웠다. 아니, 다섯이다. 맥도 관에 넣고 성조기로 덮어 데려갔으니. 성조기는 어렵사리 구했다. 실탄 40발을 쓴 데다 십년은 감수했는데 정말로 끔찍한 경험이었다. 타라도 미망인을 위로하고 싶다 했지만 내가 허락하지 않았다. 세상은 죽음과 폐허뿐이다.

맥 부인이 가족을 잃은 유일한 사람은 아니지만 난 그래도 그녀가 불쌍했다. 여기 묵시록의 세계에선 선재(先在) 관계가 별로 남아 있지 못하다.

내게는 정복이 없고 인근의 군복상점은 문을 닫았다. 아무튼 중요한 문제도 아니었다. 적어도 미망인에게 한 면만 그려진 누더기 깃발을 건넬 때는 엄숙했다.

어떤 반응을 기대한 건 아니었다. 이런 일을 해본 적도 없었다. 영화에서 보면 언제나 미망인들이 깃발을 전하는 군인을 끌어안고 함께 우울한 시간도 보내건만…… 내가 얻은 거라곤, 차가운 시선과 증오뿐이었다. 어찌 그녀를 탓하겠는가. 내가 감정을 받아

줄 수 있다면 오히려 고마워 할 일이겠다. 그에게 닥친 비극은 나도 유감이다. 좋은 군인이었는데……

　맥 하사, 편히 잠들지어다.

엑소더스

8월 21일

20시 57분

RTTUZYUW RUHPNQR0234 TTTT-UUUU

ZNY TTTT

17342 22 AUG

발신: 나다 미사일본부 부대장

수신: USS 조지워싱턴 // 해군 참모총장 //

BT

보안번호 // 002028U

주제:// 상황 보고

내용:// 수신자의 지시에 따라 해당지역에 구조팀 파견. 3구의 방
사성을 포함한 좀비들에 포획된 감시정 발견. 좀비 소탕. 감시정 탈
출. 구조 당국 접촉. 모든 해군 선박에 방사성 좀비 억류계획 포기 요
망. 시설 부족 우려. 구조팀은 모함의 방사성 좀비 격납에 반대함. 메
시지 및 권고 수신 확인 요망.

BT

AR

#N0234

8월 22일

사령부는 메시지에 답하지 않았다. 나는 베이스캠프에 철군 준
비를 하라는 무전연락을 보냈다. 지난 서른여섯 시간 동안 그 지
역 좀비가 급속히 증가한 데 따른 조치다. 여성들과 아이들을 이
곳으로 수송하는 데에는 이틀이 소요될 것이다. 호텔23도 병참과
안전지대를 확대해 그들을 수용할 준비로 바빴으나 시설 내에 모
두를 수용할 수는 없다. 설계 목적 자체가 수용소와 다르기 때문
이다. 베이스캠프에 부대 이전 명령을 내린 후 벌써 여덟 명이 희
생되었다. 당연히 반감이 존재할 것이다. 지난 주 민간인 사내가
사슴사냥을 나갔다가 사슴 대신 좀비한테 물린 상처만 갖고 돌
아왔다. 사내는 격리나 즉결처형이 두려워 사실을 감추었고 3일

째 되는 날 취침 중에 변이되어 민간인 둘의 목숨을 빼앗았다. 아니, 물린 후 처형된 어린 소녀를 더 하면 셋이다. 그렇다고 짐승처럼 처치한 것은 아니다. 그들은 우선 모르핀을 과다 처방해 심장을 멎게 하고, 왼쪽 귀 바로 위에 작은 구멍을 뚫어 재생의 기회를 차단했다.

이런 일이 일어나면 난 잠을 이루지 못한다. 지난 수개월 동안 이보다 훨씬 더 참혹하게 죽은 이가 수백만에 달하지만 이런 몹쓸 병에 걸린 대상이 어린 생명일 때는 더욱 마음이 아팠다. 질병의 정체에 대해선 여전히 오리무중이다. 원인을 밝혔다고 주장하는 이들도 있는 모양이지만…….

구식 도트 프린터로 출력되는 일일무전에서 안타까운 메시지 하나를 확인했다. 창궐 이전부터 물 속에 있다던 탄도미사일 잠수함이 어제 결국 수면으로 떠올랐단다. 오염되지 않은 죽음의 마지막 성전이었건만.

평화롭게 죽을 수 있었던 혹성 최후의 성지…… 결국 더 이상 버티지 못한 것이다.

자연사 후 냉동실에 저장해 두었던 사람도 노출 두 시간 만에 돌아왔다. 다행히 저온 맥주 상자에 묶어두기는 했다. 요리사가 마지막 식량 저장분을 가지러 갔다가 발견했는데, 무심코 냉동실 안을 지나다가 시체 머리가 그를 따라 돌며 이를 부드득 가는 것을 보고 심장이 멎는 줄 알았단다.

잠수함은 장기간의 잠수에 필요한 군량을 확보할 때까지 전투군을 따라다닐 계획이다. 잠수함의 임무는 해안 지역을 정찰하고 공해상의 공격을 차단하는 데 있다. 주간 상황 보고에 따르면, 대부분의 핵잠수함은 향후 20년간 연료공급이 필요치 않다고 한다. 사실 그 때가 되면 모든 게 끝났으리라. 그 다음엔 백 년이 더 지난다 해도 잠수함에 연료를 공급할 인력을 확보하기 어려울 것이다.

내일은 장갑차를 모두 내보내 베이스캠프의 생존자들을 중간지점에서 접선하고 이곳까지 안전하게 호위할 계획이다. 그때부터는 여자와 아이들까지 전 인력을 투입해 안전지역 확대에 박차를 가해야겠다. 기지 강화에 필요한 콘크리트 장벽을 확보하기 위해 인근 주간도로들까지 생사를 건 소풍을 나갈 수밖에 없다.

멕시코만에서 돌아온 후 나는 타라와 함께 많은 시간을 보냈다. 딘은 기지의 정식교사로 임명되었다. 지금은 가르칠 애가 둘뿐이지만 조만간 더 많아질 것이다. 애너벨리도 수업 참관을 허락받았지만 수업 중에 짖거나 방해하지 않는다는 유보조항을 달았다. 어젯밤에는 나도 수업을 참관했다. 로라는 구구단에 능해 지금은 7단을 외우는 중이다. 대니는 나눗셈과 분수를 잘한다.

자넷은 여전히 전문간호사로서 융기, 찰과상, 타박상 등을 치료한다. 최근엔 존과 자주 만나지 못했다. 처음엔 그가 내 모든 것이 있건만…… 그 사실만은 영원히 잊지 못할 것이다. 이따금 백일몽을 꿀 때면 여전히 보온병과 대형 요가밴드를 들고 그의 집 지붕에 있던 존이 보이지만, 마치 수년 전의 일처럼 아련하기만 하다.

지금쯤 모함에서도 감시정의 괴물들을 처치했다는 사실을 알고 있을 것이다. 내가 궁금한 건 모함의 반응이다.

9월 5일
20시 36분

60퍼센트. 베이스캠프에서 이곳까지 오는 동안 살아남은 사람들의 수다. 상당수가 민간인이라, 후송과정은 지난한 전투의 과정일 수밖에 없었다. 격납고 부근은 임시 막사와 생존자들로 붐볐으며 호텔23 역시 수용불가를 넘어 과부하 수준이었다. 열흘 전 그들이 도착했을 때 점호를 취한 결과 총인원은 113명으로 파악되었다. 호위를 위해 중간지점으로 파견한 해병들은 극단적인 난관에 부딪쳐야 했다. 도보로 이동하는 민간인들과 보조를 맞추느라 속도는 너무도 더디기만 했다. 길거리에서 자전거를 주워 여자와 아이들에게 주기도 했다. 사고는 주로 행렬의 양쪽에서 발생했다.

좀비들은 숲에서 빠져나와 손톱과 이빨로 무수히 많은 생명을 앗아갔다. 놈들에게 물릴 경우 사형으로 처단됨에도 불구하고 남자들은 호송단 경비에 최선을 다했다. 관목 숲으로 걸어 들어가 개죽음을 당한 사람들도 있었다. 호송단이 호텔23에 들어올 때쯤엔 탄알도 거의 바닥이었다. 해병들은 호송 작전 내내 방아쇠를 당겨야 했다. 놈들은 장갑차 난간 위로 끊임없이 차가운 손을 내밀었다. 호송단은 주변을 맴도는 식으로 좀비들을 떼어놓은 다음에 호텔23 기지로 진입했다. 전술은 먹히는 듯했으나 그들이 도착한 후 놈들의 활동은 분명 더 기민해졌다. 나는 '철망부대'를 내보내 철책 부근을 청소했다. 숫자가 많아질 경우 철책을 뒤틀 수도 있기 때문이다. 주간도로 팀을 구성한 이유도 그래서다. 콘크리트 장벽은 우리의 잠정적 생존에 중요한 열쇠가 되어줄 것이다. 새로운 생존자들이 철책 안에서 안전하게 생활하려면 장벽이 수백 개는 있어야 한다.

가장 어려운 부분은 장벽을 운반할 장비를 확보하는 일이다. 트랙터-트레일러와 지게차도 필요했지만 기지 내에 중장비기술자가 턱없이 부족했다. 주간도로 인근의 저목장에서 프로판으로 작동하는 지게차 넉 대를 찾아냈다. 장벽을 운반할 트랙터-트레일러도 두 대를 구해 수리까지 마쳤다. 작전 개시 후 지금까지 두 트럭분의 장벽을 운반했는데, 무척이나 느린 속도지만 그래도 꾸준히 이어졌다. 철망이 버틸 수 있는 한계는 좀비 다섯이다. 그 이상이 덤벼들 경우 철책은 붕괴되고 정착민들은 전멸할 수밖에 없다. 내 숙소도 여자들과 아이들한테 내주었다. 여자들이라도 원한다면 지상에 남게 해주었다. 타라는 나와 함께 지내겠다고 고집했는데 그건 좋다. 여성 자원자들을 이곳에 머물게 하며 그녀를 냉대하게 만들 수는 없었다.

지난 주, 대인무기를 장착한 헬기 한 대와 조종사를 기지에 파견해 달라고 정식으로 요청했다. 철책 너머의 대규모 좀비들을 정리할 필요가 있다고 판단했기 때문이다. 나는 요구를 관철시키기 위해 상황을 약간 과장해서 보고했다. 이 지역의 보안과 정찰을 위해 공군력이 필요한데 아무래도 고정익 비행기는 곤란하다. 유지, 보수가 어려운 데다 1500미터에 달하는 활주로를 확보하는 것도 문제다. 어떻게 될지 두고 봐야겠다.

드래 곤플라이

오늘 아침 메시지 한 장을 받았다. 헬기 한 대, 조종사, 정비공
의 운용 권한을 호텔23에 전속한다는 내용이었다. 메시지엔 모델
에 대한 언급 없이 내일 아침 도착 예정이라고만 밝혔다. 비행기는
경계 보안 강화는 물론 생필품 확보에도 큰 도움이 되어줄 것이다.
헬기의 비행거리를 감안해 방사선에 오염되지 않은 북쪽 도시들
까지 정찰할 계획이다. 우선 지상과 지하의 대자보에 공고를 붙여
사람들한테 필요한 물건의 리스트를 만들어야겠다.

의약품 일부, 안경, 여성용품 따위가 먼저 머릿속에 떠올랐다.
다시 하늘을 날 생각에 흥분이 되기도 했다. 오랫동안 비행을 해

보지 못했지만 기지 구석에 감춰둔 세스나는 아무래도 안전을 장담할 수가 없었다. 한쪽 바퀴가 제대로 작동하지 않고 엔진 정밀 검사도 필요하지만 기회는 영원히 없을 것이다.

헬리콥터의 활용 방안을 궁리하다가 문득 피식 하고 웃음이 나왔다. 헬기는 아직 도착도 하지 않았건만.

오늘 존과 나는 관제실에서 체스 명승부를 기록했다. 딘은 이제 어린 남녀 학생으로 구성진 꽤 그럴 듯한 학교를 운영했다. 원래의 둘을 포함해 학생은 모두 열네 명이었다. 애너벨리는 딘의 신입생들에 대한 선호도를 나누는 것처럼 보였다. 딘도 차츰 수준별 학습을 고민해야 할 것이다. 나이 많은 아이들한테 ABC는 너무 쉬울 테니 말이다. 오늘 학교에 들렀더니 모차르트가 흘러나왔다.

아이들은 열심히 귀를 기울였다. 누가 생각이나 했겠는가? 1년 전만 해도 교실 전체가 반발했을 일이다. 끔찍한 일들을 수도 없이 겪은 아이들이건만 지금은 아름다운 음악을 들으며 미소까지 짓고 있었다. 마지막으로 모차르트를 들은 게 언제였더라? ……하지만 하염없이 상념에 빠져 있을 수만은 없다.

기지 내에서도 안전지역은 노른자위다. 자넷은 의료 텐트를 지상에 설치했지만 중환자들은 안전한 지하 보호구역 내에 수용했다. 괜찮은 시스템이다. 최근에 그녀가 다룬 환자들은 가벼운 자상이나 찰과상 정도였다. 상처는 정도를 막론하고 즉시 영내 의료진에 보고하라는 엄명을 내린 터였다. 호텔23의 원주인들에게는 규정집 초안을 마련하라는 임무를 맡겼다. 통일 군사 재판법을 따를 수도 있으나 기지 환경에 맞는 규정들이 필요했다. 이런 무법의 시대에 규칙이라니. 비록 우스꽝스럽기는 하지만 솔직히 기지 내에 정부라도 재건하고 싶은 심정이다. 물론 어떤 규칙이든 엄격히 미국 헌법에 기초할 것이다.

9월 8일
18시 00분

오늘 MH-60R 시호크 헬기 한 대가 관련 인력과 함께 도착했다. 토머스 바함이라는 이름의 퇴역 해군 중령이 주조종사였다. 정비 담당인 해군 하사는 더 많은 부속과 인력이 유입될 때까지 헬기의 유지 보수를 책임지기로 했다.

내 최초의 행동은 헬기의 상태에 대한 질문이었다. 다음주부터 공중 정찰을 시행하기로 계획 중이었다. 바함 (퇴역) 중령은 자원자였다. 안전한 모함 전투군을 사양하고 텍사스 남동부의 호텔23의 상급장교로 재배속되어 우리와 함께 일하기로 한 것이다. 비록 50대 후반의 노년이었지만 두 눈엔 아직도 힘과 불꽃이 힘차게 타올랐다. 마음속으로는 그가 현역 영관으로 호텔23을 지휘해 주었으면 하는 심정이다. 시호크는 대형급에 속한다. 하사 말에 의하면 가항(可航) 범위도 600킬로미터나 되었다. 기지로 오는 도중 군용 공항을 여러 곳 지났는데 그 정도 규모라면 JP-5를 구할 것 같다는 말도 덧붙였다. 가장 보편적인 군용 비행기 연료다.

이런 타입의 연료는 그 자체의 장점이 있다. 재래식 가솔린과 달리 쉽게 부패하지 않는 덕에 연료 트럭에 실려 있다 해도 여전히 사용이 가능하다. 조종사의 보고를 받자마자 나는 사령부에 메시지를 보냈다. 헬기에 대한 감사와 더불어, 헬기의 유지에 필요한 추가 부속과 인력을 요청하기 위해서다. 내일은 바람과 정비병과 함께 주변 지역을 돌며 정보를 수집할 생각이다.

9월 11일
23시 54분

오늘은 또다시 최악의 날로 기록되어야겠다. 이럴 때면 정말로 공포 따위가 존재하지도 않았던 애초의 세상으로 돌아가고만 싶어진다. 주변 지역의 좀비 움직임도 점점 더 커가고 있다. 이 시점에서 어느 대도시든 생존자가 남아 있을 가능성은 제로에 가깝다. 물론 핵이 터진 도시엔 완전히 불가능하다. 내 이론은 간단하다. 주요 지역의 좀비들은 대규모 기동대형으로 전환해 부채꼴처럼 퍼져나가고 있다. 폭격을 피한 지역에는 여전히 좀비들이 몰려 있지만 두 달 정도면 먹을거리가 떨어지리라. 그렇게 되면 놈들 또한 먹이를 찾아 떠나야 할 것이다. 물론 이 이론은 완전히 틀릴 수 있다. 바람이 정찰비행 준비가 끝났다고 보고했다. 우리는 정찰 후보지들을 논의했다. 폭격 지역을 배제하다보니 결국 북동북 방향이었다. 목적지는 텍사캐나가 될 것이다. 좀비와 방사선 지대를 피해 가장 안전한 정찰지역이다. 차트에 따르면 텍사캐나는 인구밀집 지대가 아니었다. 핵공격을 받은 최인접 도시는 텍사스 댈러스로, 그곳에서 족히 200킬로미터는 떨어져 있다.

거리 때문에 연료를 찾아야 한다는 불편은 있다. 이곳에서 텍사캐나까지는 편도 450킬로미터의 장거리다.

9월 15일
22시 19분

헬기는 정찰 임무를 충실히 수행했다. 북쪽 텍사캐나까지 가지
는 못했지만 연료를 재충전할 적합한 장소를 찾아냈다. 우리가 착
륙한 곳은 루이지애나 슈리브포트였다. 길을 안내할 방법은 관성
항법장치(INS) 뿐이었다. INS는 외부정보에 의존하지 않는 자립형
자이로센서 내비게이션이다. 이륙하기 전 정확한 위도와 경도를
입력하면 INS는 비행 내내 정확한 자이로스코프 위치를 유지해
줄 것이다. 오래 전 GPS 위성이 작동을 멈춘 후로 INS 없이 슈리
브포트의 박스데일 공군기지를 찾아내는 건 거의 불가능했을 것
이다. 기지 위를 비행할 때 연료는 겨우 45분 분량이 남아 있었다.
몇몇 지역의 철책이 훼손되긴 했으나 그래도 무너진 곳은 없었
다. 좀비는 북쪽 철망 인근에 잔뜩 모여 있었다. 상륙지점에 다다
르자 격납고 바깥에 깔끔하게 정렬한 B-52 폭격기들이 보였다.
그 중엔 동체 아래 폭탄을 적재한 카트들도 보였다. 확신은 없지
만 재래식 폭탄이 아니라는 느낌이 들었다. 파일럿들에게는 이륙
할 기회도, 폭격 임무를 수행할 기회도 돌아오지 않았다. 현 상황
에서라면 결국 아무 의미 없는 고철에 불과하다. 폭격기들을 되살
리기엔 너무 많은 연료와 유지 노력이 필요하다. 조종사도 없지만,
행여 특별한 임무를 띠고 바다를 건넌다 해도 그건 돌아오지 못

할 항해가 되고 말 것이다. 장기 비행 끝에는 반드시 전문적인 정비가 필요하기 때문이다. 나는 폭격기들의 영락을 보며 일말의 애국심 같은 걸 느꼈다. 폭격기 한 대 만이라도 하노이 힐튼[13]으로 날아간다면 그곳 포로 투숙객들한테 조금이나마 위안을 주었을 텐데. 우리는 미국 외교사의 잊힌 역사 위를 날고 있었다. 이른바 B-52 '창공의 요새'는 썩어가는 박물관 전시장이었다.

비행장 내에서 27구의 시체를 확인했다. 연료 트럭은 두 대였다. 하나는 JP-5, 다른 하나는 JP-8인데 둘 다 활주로와 유도로 사이의 정중앙에 서 있었다. 연료를 아끼기 위해 헬기에는 조종사, 정비병, 중사, 그리고 나만 탑승했다. 중사와 내가 헬기에 연료를 주입하는 정비병을 엄호해야 했다. 헬기의 지속적인 비행을 위해 반드시 필요한 작전이다. 물론 정상적인 절차는 아니나 그렇다고 모험을 걸 수도 없다. 연료를 주입하는 동안 10여 구의 좀비들이 프로펠러 소리를 듣고 접근했다.

프로펠러 소리가 워낙에 큰 탓에 놈들은 육안으로만 감지해 처리해야 했다. 나는 후미 회전익에서 충분히 떨어진 위치에 서고 중사가 전방을 지켰다. 총성은 터빈엔진과 프로펠러 소리에 먹혀 거의 들리지 않았다. 나는 헬멧을 쓰고 고글을 내렸는데 헬기에 타거나 내렸을 때 여러 가지로 소용이 닿는 물건이다. 우선 끔찍한 소음에서 귀를 보호해 주고 미친 듯이 들끓는 쓰레기들로부터 눈을 지켜준다. 나는 대부분 단발로 좀비들을 무력화시켰다. 이곳 좀비들은 방사성 동료만큼 빠르지 못했다. 중사는 MP5 SD를 사용

---

13) 하노이 힐튼은 교도소이며 베트남 전쟁 중에는 미군 포로들의 수용소로 쓰였다.

중이다. 나는 무자비한 정확성과 제어/관통력의 결여를 이유로 그 무기를 회피했으나 그래도 소음요소만큼은 너무도 훌륭한 총이다. 다른 이점이라면 중사가 소지한 또 다른 피스톨 M-9와 실탄 호환이 가능하다는 점이겠다.

헬기 끝으로 접근하는 마지막 좀비를 처리한 후 나도 앞으로 이동했다. 그쪽으로 수가 더 많아지고 있었다. 내 총은 사정거리가 더 좋았다. 나는 그 이점을 이용해 100미터 밖에서 접근하는 놈들부터 처리했다. 정비병이 엄지를 추켜올렸다. 연료주입을 끝냈다는 신호다. 어떻게 연료 트럭의 시동을 걸었는지 궁금했는데, 나중에 들은 바로는 그는 항상 휴대용 시동장치를 들고 다녔다. 전에도 비슷한 상황을 겪었기 때문이라고 했다.

정비병이 안전하게 헬기에 탑승한 후 나는 헬멧을 헬기의 통신 시스템에 연결했다. 그리고 조종사한테 중사와 함께 인근 지역을 순찰해 필요한 장비나 정보를 찾아보겠으니, 돌아올 때까지 시동을 걸어두고 있으라고 일렀다. 조종사가 마이크를 켜고 그동안 그와 정비공이 안전을 유지할 수 있으며, 한 시간 내에 돌아오지 않을 경우엔 비상연료만 남을 때까지 비행장을 선회하겠다고 대답했다.

나는 옆문을 닫아주고 손짓으로 작별인사를 한 다음 중사와 함께 인근의 대형건물을 향해 출발했다. 외부표시나 용도를 말해주는 특징 하나 없는 밋밋한 정부청사였다. 하지만 건물에 근접할수록 탐험 자체가 자살 행위라는 걸 느낄 수 있었다. 거의 모든 창문의 차양이 뜯겨 안쪽에 거주하는 주민들이 드러났다. 창문들은 모두 지난 몇 달 간의 고문으로 거미집처럼 깨져 있었다. 건물 안에 셀 수 없을 정도로 좀비들이 많다는 반증이다.

더 이상 소음이 문제될 바가 아니기에 나는 꼭대기 층의 한 놈을 겨냥해 방아쇠를 당겼다. 두 주먹으로 창문을 두드리던 놈인데, 총알은 유리창을 뚫었으나 놈을 맞추지는 못했다. 놈은 흡사 레이저포인트를 바라보는 고양이처럼 유리창에 새로 생긴 구멍을 보았다. 나는 실소를 머금으며 중사와 함께 헬기로 돌아왔다. 헬기에서도 총소리가 들려왔다. 정비병이 측면에 장착한 기관총으로 좀비 그룹을 쓰러뜨리는 중이었다. 접근전엔 더할 나위 없는 무기다.

돌아오는 길은 평이했다. 하늘에서 보내는 시간은 언제나 기분 좋다. 심지어 부조종사석에서 조종간을 잡아보기도 했다. 헬기를 조작할 정도가 되려면 훨씬 더 많은 시간이 필요할 것이다. 지금껏 조종해 본 중에선 가장 어려운 종류였다. 내가 낑낑 매는 모습이 불안했던지 바람이 매번 조종을 넘겨받았다.

9월 25일
19시 00분

결국 그렇게 되고 말았다. 그 일을 기록하면 정말로 싸구려 사건이 될 것 같아 사양하기로 한다. 너무도 좋은 밤이었고 나 또한 전보다 훨씬 사람다워진 기분이다. 망가진 차 안에서 발견한 순간부터 어쩌면 늘 이렇게 그녀를 생각했을 것이다. 차 안에서의 생존이 아름다운 일은 못 되지만 그래도 그녀는 너무도 예뻤다.

9월 29일
22시 39분

시간이 확정되었다. 내일 아침, 나는 중사, 정비병, 바함과 함께 헬기를 타고 다시 한 번 슈리브포트 방향으로 떠날 것이다. 이번 에는 박스데일 공군기지 주변을 수색할 계획이다. 기지가 헬기 연료의 보고이기 때문이다. 텍사캐나는 탐사 목표가 아니다. 존도 함께 가겠다고 애원했다. 이틀 정도 기지에서 벗어나고 싶어서겠지만, 관제실뿐 아니라 기초적인 민간인 조직을 맡을 사람이 꼭 필요하다며 그를 말려야 했다. 군인은 아니나, 기지 체제에 대한 폭넓은 지식 때문에라도 다들 그를 존중하고 또 감사해했다. 저녁 식사 후, 그는 내게 일련의 암호를 외우게 만들었다. 철자와 숫자 조합을 이용할 경우 위치를 좀 더 정확하게 전달할 수 있단다.

애너벨리는 이제 새로 들어온 아이들 모두와 친하게 지낸다. 중사와 나는 최고참 하사에게 부대 지휘를, 그리고 존에게 민간인 통솔을 맡길 생각이다. 기지에는 누가 어떤 권한을 갖는지 결정하는 규정이 있으며, 군인들은 자신들의 임무가 여전히 민간인 보호에 있음을 분명히 알고 있다. 화력을 소지했다는 이유로 민간인들을 학대할 자는 없다.

방벽 작업을 하는 팀도 있다. 트럭들이 매일 오가며 I-10의 콘크리트 중앙분리대를 실어온다. 작전이 정식으로 개시된 후 사고는 한 번도 없었다. 작업팀들도 차량 대형 요령은 물론, 좀비들의 위험이 가장 적은 통로도 잘 알고 있다. 대부분이 이라크와 아프가니스탄을 한두 번 경험한 고참들인데, 그들조차 지금의 수송작전이 전시보다 훨씬 더 위험하다는 사실을 인정해야 했다. 중사는 여전히 H&K를 고집했다. 나는 카빈을 잡았다. 연료를 절약하기 위해 하중을 줄여야 했기에 식량은 3일치만 신기로 한다.

이카루스

최악의 상황…… 24시간 생존 가능성 희박 전무. 기록을 포기하지는 않겠다. 수색은 어떻게 된 거지? 기억이 가물거린다. 머리가 퉁퉁 붓고, 귀에서는 피가…… 피 묻은 손……

9월 30

죽을 때를 대비해서라도 정확한 기록을 해두자. 상황이 좋아지면 다시 쓰더라도…… 중요한 일이다.

142

우리는 슈리브포트 상공에서 조금 더 북쪽으로 가보기로 했다.
연료도 있고, 연료보급원도 알고 있다. 바함이 조종을 하고 있기
에 장비를 지켜보지도 않았다. 주경고 패널에 불이 들어왔다. 회로
등. 바함은 단순한 계기반 쇼트일 거라며 조명을 껐다가 다시 켜보
았다. 이번에도 경고등이 켜졌다. 헬기 연료통에 금속조각이 감지
되었다는 표시였다. 정상적인 절차라면 즉시 헬기를 착륙시켜야겠
지만 악명 높은 적대구역에 착륙을 원하는 사람은 아무도 없었다.

잠시 후 회전익에 필요한 전력을 잃고 바함이 자전강하
(autorotation)를 시도했다. 중사와 하사는 뒷좌석에 나란히 벨트
를 맸다. 나는 부조종석에 앉아 있었다. 마지막으로 기억나는 건
귀를 찢는 소음과 금속이 찢어지는 소리, 내 얼굴 위로 쏟아지는
물과 먼지였다.

얼마나 시간이 지났는지 모르겠다. 꿈을 꾸었는데…… 기가 막
힌 낙원. 타라와 함께 있었지만 분명 기지는 아니었다. 너무도 진
짜 같았다. 그리고 누군가 가볍게 어깨를 두드리고 소매를 잡아당
겼다. 몽환에서 깨우려는 것이다. 머리에 감각이 돌아오며, 끔찍한
통증이 관자놀이를 꿰뚫었다. 심장이 뛸 때마다 예리한 고통과 함
께 피가 머리 위로 역류했다. 눈은 잘 보이지 않았다. 다시 헬리콥
터. 꿈과는 거리가 먼 곳이다.

나는 뿌연 시선으로 왼쪽 조종석을 보았다. 바함이 오른손으로
내 어깨를 흔들며 무슨 얘긴가를 했다. 왜 나를 끌어내리려는 거지?
어깨 너머를 보니 중사와 정비병도 손을 내밀었는데 나를 도와주

려는 것처럼 보였다. 마치 물속에서 그들을 내다보는 기분이었다. 이윽고 다시 통증이 일더니 천천히 초점이 잡히기 시작했다.

나는 바함을 건너다보았다. 그리고 다시 그의 가슴을 보고 아연하고 말았다. 프로펠러 조각이 그의 가슴받이를 꿰뚫고 나온 것이다. 죽어가는 게 아니라…… 이미 죽어 있었다. 나를 두드리고 건드리고 대화를 하려는 건 깨우기 위해서가 아니라…… 죽이려는 시도였다. 다만 벨트에 갇힌 터라 접근할 수가 없었을 뿐이다. 나는 잠시 멍하니 있다가 다시 어깨 너머 중사와 정비병을 돌아보았다. 헬기에 살아남은 사람은 나뿐이었다. 이마에 손을 대니 따끔거렸다. 회전축 파편이 헬멧을 뚫고 머리에 박혀 있었다. 상처가 얼마나 깊은지는 모르겠다. 내가 아는 건 아직 살아있으며 의식도 남아 있다는 사실뿐이다.

나는 카빈을 향해 손을 내밀었다. 동료들을 처리하고 무덤을 빠져나갈 생각이었다. 카빈 총구는 거의 90도 각도로 꺾인 채 조종 시스템에 걸려 있었다. 나는 무기를 계기반에 내던지고 쓸 만한 게 있는지 주변을 둘러보았다. 중사의 MP5가 의자 뒤 바닥에 놓여 있었다.

나는 나이프를 꺼내 권총 방아쇠에 걸어 조금 더 가까이 끌어당겼다. 무기를 장전하고 처음 겨눈 건 바함이다. 그의 으르렁거리는 이와 축 늘어진 피부가 현재의 상태로 인해 더 심해 보였다. 지금은 나를 알아보지도 못했다. 그건 뒷좌석의 둘도 마찬가지다. 중사는 마지막에 보낼 생각이다.

내가 소음총을 들자 바함이 무기를 마구 때리기 시작했다. 마치 무슨 일을 하려는지 아는 듯했다. 잠시 후 나는 정비병의 머리를 쏘았다. 그의 두 팔은 재생된 사실도 모르는지 프랑켄슈타인처럼 축 늘어져 있었다. 나는 모두에게 애도의 말을 전했으며, 중사는 이마를 쏨으로써 마지막 예를 갖춰주었다. 그 역시 내게 같은 일을 했을 것이다. 창밖을 보니 적어도 두 시간은 그렇게 갇혀 있었던 모양이다. 태양이 중천에 떠올랐다. 헬기가 추락한 곳은 허리 깊이의 작은 연못 한가운데였다. 생존 기회를 높이기 위해 이곳에 착륙했을 바람을 생각하니 다시 한 번 죄의식이 가슴을 찔러왔다. 그런 그에게 치명적인 납탄으로 보복하다니.

불시착으로서는 좋은 곳이다. 헬기는 문이 떨어져나간 좌현을 통해 바깥 세계와 연결되었다. 좀비들이 궁금한지 호수를 에워싸고 있었다. 이유는 모르지만 놈들은 물을 싫어했다. 주변을 살펴보니 놈들 사이로 틈이 보였다. 나는 총을 포함해 운반 가능한 장비들을 챙긴 후, 왼쪽 어깨의 벨크로 기장을 뜯어 중사의 죽은 손 안에 던졌다.

헬기에서 벗어나자 허리까지 물에 잠겼다. 덕분에 좀비들의 틈새로 탈출하는 것도 여의치가 않았다. 나는 일단 헤엄치다시피 연못가에 상륙했다가 무조건 달리기 시작했다. 한참 후, 잠깐 의식을 잃었다가 깨어났는데, 그러고도 벌써 네 시간 정도가 지났다. 지금은 고등학교 축구장 꼭대기의 중계실 같은 곳이다. 해질녘이었고, 배도 고프고 목도 말랐다. 한 시간쯤 전, 만능공구를 이용해 이마의 파편을 빼내고 위장 페인트 상자의 거울과 바느질 도구를 이용해 직접 상처를 꿰맸다. 왼쪽 관자놀이 위, 3.5센티미터 정도의 상처인데 생명에 위협이 될 수준인지는 알 수 없다. 약간의 식량과 물은 있지만 생존을 위해 가능한 한 아낄 생각이다. 이게 마지막 식량일 수도 있기 때문이다. 아래쪽 철제 관중석에서 발자국 소리가 들린다.

10월 1일
시간 미상

기억이 단편적이다. 어렴풋이 놈들 셋과 싸운 기억은 난다. 내가 관중석 꼭대기로 올라가는 걸 보고 쫓아온 모양이다. 의식을 차렸을 때는 중계석 바닥 한가운데 피와 깨진 유리의 웅덩이에 누워 있었다. 고개를 들어 문을 보니 비산방지 유리창이 보였다. 상태로 보아하건데 놈들을 죽이기 위해 총을 쐈지만 빗맞은 듯했다. 유리의 총알구멍이 더 커다랗게 뜯기고 구멍 가장자리마다 살점과 천이 붙어 있는 점으로 보아, 놈들이 안으로 들어오려고 한 모양이다. 문고리에서 바닥까지 수직으로 난 총알구멍들도 보였다. 모두 열다섯에서 스무 발 정도였다.

나는 힘겹게 일어나 비틀비틀 문으로 걸어갔다. 깨진 유리 너머 관중석 여기저기 널브러진 네 구의 시체가 보였다. 멀리 골대 너머에도 좀비 둘이 먹이를 찾아 어슬렁거렸다. 기억은 여전히 산발적이나, 유리 너머 직사정으로 한 놈을 즉사시킨 기억은 있다.

10월 2일
16시경

오늘 아침은 개 짖는 소리에 일어났다. 늑대일 수도 있겠지만 북미에 생존자가 없기 때문에 집에서 기르던 개들도 모두 야생으로 돌아갔을 것이다. 개들은 나를 살아 있는 사람으로 기억할까? 아니면 좀비들에게 하듯 보자마자 덤벼들까? 개들이 좀비를 싫어하는 건 알고 있다. 마치 군복을 싫어하는 개들처럼. 애너벨리도 놈들의 냄새를 맡는 순간 갈기를 온통 세우곤 한다. 나는 얼굴의 피를 닦아냈다. 당분간은 잡풀 무성한 축구장 위쪽의, 이 까마귀 둥지를 점유해야겠다. 이곳이 경기장임을 보여주는 유일한 흔적은 골대와 양쪽의 관중석뿐이다.

온몸이 쓰라리고 욱신거렸다. 불시착의 충격이 그만큼 컸다는 얘기다. 신장 부근이 크게 당겨 오랫동안 서 있을 수가 없다. 헬기에서 집어온 꾸러미들에서 9밀리 탄환 300발과 전투식량 3봉지, 찌그러진 삭구용 테이프 한 롤을 꺼냈다. 다행히 보따리까지 챙겨왔는데 그 때문에 기운이 조금 나기도 했다. 그 안엔 만능공구, 물 2갤런, 야간투시경과 더불어 여러 가지 생존 도구들이 들어있었다.

하루에 물 섭취는 4분의 1 정도로 제한할 것이다. 무리만 하지 않는다면 그 정도면 움직이는데 지장은 없다. 또한 불시착시 조끼 멜빵 아래 묶어두었던 장비들도 있었다. 피스톨, 서바이벌나이프, 조명탄, 나침반들이다. 꿰맨 머리 상처가 무척이나 불편하다. 하지만 가진 게 바느질실뿐이었으니 어찌 하겠는가? 이럴 때 보드카

같은 독주가 있으면 큰 도움이 되겠건만…… 휴대용 구명무전기 PRC-90의 주파수 2828과 243으로 호텔23과 통신을 시도했으나 소용이 없었다. 통신권역을 벗어났거나 무전기가 고장 난 모양이다. 존이 우리의 비행궤적을 알고 있지만, 해병 모두에게 무기를 지급해 장갑차로 급파한다 해도 이곳까지 오는 건 불가능하다. 도중에 좀비가 너무나 많다. 물론 내가 돌아가는 것도 어불성설이다.

10월 3일
19시경

이제 계획을 마련해야겠다. 물도 1.5갤런밖에 남지 않았고 운동장 주변의 좀비들도 늘어나는 것 같다. 나는 계속해서 기본으로 돌아가야 한다고 조아렸다. 식량과 물, 은신처가 필요하다. 이 상황에서 이곳으로는 부족하다.

지금 이 순간, 이 지점에서 보이는 놈은 모두 여섯이다. 내가 있는 걸 모르는지 관중석으로 오르려는 놈들은 없다. MP5의 사정거리와 정확성을 고려해 볼 때 놈들을 잡을 시도는 하지 않는 게 좋겠다. 더군다나 야간 투시경의 거친 녹색 화면으로는 아니다. 머리 통증 때문에 미칠 지경이다. 무조건 운동장으로 뛰어 내려가 놈들 모두를 등 뒤에서 나이프로 찔러죽이겠다는 충동도 두어 번 있었으나, 머리 통증이 잦아들자 현실 감각도 돌아왔다. 도대체 웬 개뚱 같은 작전이라는 말인가? 오줌에서 피가 약간씩 섞여 나온다. 오늘 실수로 손 위에 오줌이 튀면서 알아낸 사실이다. 헬기가 불시착할 때 신장을 크게 다친 모양이다.

　우선 위치를 정확히 알 필요가 있다. 그리고 더 나은 장비를 구하고 호텔23과의 통신이 가능한 곳도 찾아야 한다. 지금쯤 그들도 헬기가 추락했다는 사실을 알았을 것이다. 우선은 물이 반 갤런으로 줄 때까지 휴식을 취하며 회복을 시도할 것이다. 그 후에 이곳에 있는 건 자살행위다. 밤이면 기온이 크게 떨어진다. 더군다나 옷은 달랑 두 겹에 문은 예기치 않게 통풍이 심하다. 그동안 다른 사람들과의 생활에 익숙해진 것도 이유였다.

　시계는 박살나 죽은 시침과 분침 아래 날짜만 겨우 보인다. 놈들 중 하나를 죽여 시계를 빼앗을 생각이다. 정확한 시간을 알아야 일출과 일몰을 측정할 수 있다. 이왕이면 다홍치마라고, 시간 측정과 동시에 타이머와 정밀시계 기능이 있는 디지털이 좋겠다. 세상에, 이 상황에 이런 생각이나 하다니.

10월 4일
02시경

　정오쯤 한 놈이 관중석 위로 올라오기 시작했다. 나는 야간투시경을 쓰고 녹색 빛이 주변시계를 막지 않도록 주의하며 스위치를 넣었다. 그 후 5분 동안 시체를 감시했다. 놈은 관중석 위, 중계석 문 앞에 가만히 서 있었는데…… 그때 투시경이 천천히 흐려지기 시작했다. 배터리 방전. AA 배터리 여분도 없건만! 덕분에 놈이 손을 넣어 깨진 유리 안쪽을 휘젓는 동안 나는 구석에 쪼그리고 앉아 두려움에 떨 수밖에 없었다.

바닥을 때리는 유리조각이 마치 천둥소리처럼 들렸다. 플래시라도 켜고 싶었으나 물론 그럴 수는 없었다. 그래봐야 놈들의 시선을 더 많이 끌 뿐이다. 문득 어느 공룡 영화의 장면이 떠올랐다. 티라노사우루스에게 먹히지 않기 위해 플래시를 꺼야 하는데 손이 말을 듣지 않는 순간이었다. 차이가 있다면 난 조명을 켜지 못하는 데 있다.

멸종되는 게 내 종족이라는 사실하고.

놈은 약 30분간 정신적 고문을 가한 후 계단 아래로 내려가 다시는 올라오지 않았다. 놈이 내려가는 소리에 다른 시체들이 올라올 거라 생각했지만 그것도 아니었다. 다음에 쇼핑할 때면 꼭 배터리를 챙겨야겠다. 당장은 비행복 지퍼에 작고 붉은 LED조명을 매달아 이용할 것이다. 붉은 조명은 투시경에 영향을 주지도 않고 또 놈들을 끌어들이지도 않는 장점이 있다. 괴물들이 반응하기엔 LED의 조도가 너무 낮기 때문이다.

06시경

아침 해가 숲 위로 삐죽 얼굴을 내밀고 있다. 찬란한 햇빛이 경기장의 중앙인 50야드 지점에서 어슬렁대는 놈들을 드러내주었다. 골대의 풍향계가 아침바람에 펄럭인다. 세 시간 전에야 간신히 잠들었건만 그 후에도 사소한 소리는 물론, 아침 해에 달궈진 관중석이 팽창하고 수축하는 소리마다 놀라 깨어나야 했다.

　중계석에서도 악취가 나기 시작한다. 모퉁이의 양동이가 뿜어내는 악취에 미칠 지경이다. 오줌의 핏기는 어느새 사라졌다. 신장 부위의 통증도 이틀 전보다는 훨씬 수월하다. 집에 가고 싶다. 그런데 내 집이 어디지? 불과 연기로 질식해 버린 샌안토니오? 아칸소? 아니면 호텔23? 지금은 모든 게 모호하다. 그저 집에 가고 싶을 뿐…… 어디든 행복하고 죽음과 파괴에서 자유로운 곳. 행복한 꿈을 꾸고 싶다. 이곳에서 탈출하는 방법은 그뿐이 아닌가?

방문객

물도 거의 동나고 8분의 1 갤런쯤 남은 모양이다. 헬기가 추락
했을 때 슈리브포트에서 북쪽으로 향하고 있었다. 정확한 위치는
모르겠지만, 호텔23으로 돌아가는 길은 남서쪽이 분명할 것이다.
머리 부상을 소독하기 위해서라도 깨끗한 물이 필요하다. 찢어진
상처에서 고름이 생겨 몇 시간마다 한 번씩 짜내는 형국이다. 열
창 주변이 미치도록 뜨거운 걸 보면 몸이 감염과 싸우고 있는 것
같기는 하다. 밤에 떠나면 좋겠지만 물 때문에 더 이상은 버틸 도
리가 없다. 저 아래에 10여 구의 시체가 있다. 중계석을 떠나자마
자 분명 나를 보거나 기척을 느낄 것이다. 그렇다고 관중석 담을

넘다가 발을 부러뜨리고 싶지는 않다.

지금까지의 상황을 기록할지 여부에 대해 고민했다. 기지로 돌아가는 동안만큼은 기록을 포기할 생각도 해보았다. 이런 상황에서의 기록은 건강하지 못할 뿐 아니라 치명적이기까지 하다. 하지만 그 생각은 오래 가지 못했다. 글을 쓰는 것만으로도 기분이 좋아지기 때문이다. 글이 산만해지거나 때때로 권태가 묻어날 수도 있겠지만 그 모든 난관을 종이에 적음으로써 적어도 미치지 않고 버틸 수 있다.

이글을 쓰는 동안 은행의 인증번호들과 이메일 비밀번호를 기억해 내려 애쓴다. 지난 10년간 동일한 번호로 신용조합과 거래했건만, 기억이 나지 않다니! 이메일 비밀번호도 떠올려 보았다. 세상이 난장판이 되기 전 몇 년간 매일 접속했던 번호다.

pin: 4609 4897 4609
e-mail pword: n@s@1Radi@t0r

나는 MP5를 장전하고, 신속한 대응을 위해 자주 사용하는 물건들을 제일 위에 정리하는 방식으로 비상 배낭을 챙겼다. 서바이벌나이프와 칼집은 손잡이를 아래로 한 채, 테이프를 이용해 배낭의 왼쪽 어깨끈에 매달았다. 놈들과 백병전을 치를 경우 빠르고 쉽게 취할 수 있어야 한다. 휴식은 충분했다. 운이 좋다면 한동안 휴식 없이 버틸 수도 있다. 한 시간 후 출발할 것이다.

늦은 오후

오늘 축구장에서 전투를 벌였다. 나는 마지막 물을 마신 후 중계석에서 내려왔다. 배낭은 가득 채워 등에 바짝 붙인 터라 허리춤이 약간 아팠다. '골통 날리기'의 첫 번째 상대는 젊은 남자로 스니커즈 한쪽과 다 헤진 세븐업 티셔츠 차림이었다. 놈은 내가 나오는 걸 보고는 곧바로 계단 위로 어그적어그적 올라왔다. 아직 무기에 자신이 없었기에 아주 가까이 접근한 다음에야 약실을 젖히고 놈의 정수리를 쿠키 단지처럼 열어버렸다. 놈은 뒤로 벌렁 자빠졌는데 다리뼈 꺾이는 소리가 총성보다 더 크게 들렸다. 그 장면을 목격한 좀비들이 덤벼들기 시작했다.

이번에도 어김없이 지도자급 좀비가 있었다. 두 보이스[14]만큼이나 선동적이나 차원은 물론 완전히 다른 부류들이다. 최근의 여행과 경험을 통해 좀비 열 구 중 하나는 다른 동료들보다 더 똑똑하거나 더 빠르며, 종종 둘 다일 경우도 있다는 사실을 깨달았다. 나는 즉시 여자를 골라냈다. 여자는 동료들보다 신중하고 몸짓도 유연했다. 다른 놈들이 어기적거리는 반면 허리도 곧추 세우고 발걸음도 경쾌했다. 나는 인정사정없이 목과 머리를 쏘았다. 다른 놈들처럼 쉽게 무너지기는 했으나 어쩌면 오염지역에서 왔을지도 모르지 않는가. 해안 경비정의 부류들처럼 감염되지는 않았다 해도, 방사선이 놈들에게 미치는 기이한 영향은 나도 알고 있다. 방사선은 놈들을 보다 유리한 고지에 올려놓았다.

---

14) 20세기 초 미국의 흑인 인권 운동가

운동장 놈들 모두 처리할 필요는 없었다. 위협을 감당할 수준으로 떨어뜨릴 정도면 충분했다. 때문에 필요한 놈들만 죽이고 운동장 맨 끝으로 물러났다가 후퇴할 생각이었다. 나는 넷을 죽이고 나머지 여덟을 감시했다. 시계를 빼앗을 수 있다면 제2차 순례도 감행하고 싶었으나 놈들의 손목을 확인하기가 생각보다 쉽지 않았다. 솔직히 운동장을 어슬렁거리는 일이 겁나기도 했다.

나는 운동장을 한 바퀴 돌아 빠져나온 후 나침반을 보며 남서쪽으로 향했다. 도중에 '오일 시 15킬로미터'라는 표지판이 나왔다. 지방도로와 2차선 간선도로의 교차로였다. 나는 지방도로 쪽으로 10미터 정도 치우쳐 걷기로 했다. 경험으로 미루어 가장 위험한 적은 시체들이 아니다. 간선도로의 남향노선에 낡은 방책이 놓여 있고 북쪽으로 자동차 40대를 쌓아두었다. 도로 옆 배수관에선 물줄기가 조르르 흘러내렸다. 물의 필요가 간절했기에 나는 모험을 걸고 물소리를 향해 돌아섰다.

드럼통 굵기의 배수관으로 접근하는데 멀리 방책 근처에서 정체 모를 기척이 느껴졌다. 나는 상황을 파악하기 위해 1분 이상 꼼짝도 않고 서 있었다. 뭔지는 몰라도 상대 역시 더 이상 움직이지 않았다. 이윽고 허리를 굽혀 물을 마시는데 이번엔 소리가 신경을 긁었다. 황급히 머리를 드느라 그만 배수관에 뒤통수를 부딪고 별을 보고 말았다. 나는 머리를 흔들며 다시 귀를 기울였다. 엔진 소리. 파도를 타듯 부르릉부르릉거리는 소리. 잔디깎기는 물론 아니나 아무리 새우 눈을 해도 상대는 보이지 않았다. 엔진 소리도 순식간에 사라졌다. 나는 잠시 정체가 뭘지 생각해 보았다. 오토바이? 아니, 그것과는 분명히 달랐다. 좀 더 익숙한 소리였다.

나는 해갈이 멎을 때까지 물을 마시고 배낭의 물통까지 가득
채운 후, 계속 벽면을 따라 이동했다. 그 길엔 사람이 결코 보지
말아야 할 온갖 참상 투성이었다. 썩어가는 시체들이 방책 안과
주변으로 즐비했는데 모두 넓은 청동판에 누워 있는 것처럼 보였
다. 수개월 전 이곳에서 군대가 일소하기라도 한 광경이다. 간선도
로에 죽은 사람들이 허수아비처럼 서 있었다. 움직이는 사람이 없
기 때문이겠지만 어쩌면 그런 식으로 에너지를 회복하는지도 모
르겠다. 멀리 개떼가 들판을 가로지르는 게 보였다. 바람을 등지고
있기 때문에 놈들도 내가 있는 건 모를 것이다. 어디에도 살아있
는 인간의 흔적은 없었다.

하늘의 해는 점점 기울었다. 은신처를 찾아내어, 신경을 추스르
고 생각을 정리할 때가 되었다는 얘기다. 교차로에서 3~4킬로미
터쯤 벗어났을 때 멀리 수목한계선 뒤로 집 한 채가 보였다. 나는
필요 이상으로 주변과 어깨 너머를 살피며 신중에 신중을 기해 접
근했다. 무척이나 조용했다. 오늘 하루의 사건들로 여전히 흥분상
태인 데다 방광에 오줌까지 가득했는데, 어릴 적 숨바꼭질을 하던
중에 오줌을 눌 때마다 술래한테 잡혔던 기억이 났다. 1950년대
지은 낡은 2층집은 말 그대로 눈앞에서 페인트칠이 벗겨지는 것처
럼 보였다.

나는 그 자리에 앉아 오랫동안 집을 지켜보았다. 집 옆에 다 타
버린 최신 모델의 시보레가 서 있었다. 후드와 짐칸에 총구멍이
송송했다. 건물의 1층 창문은 널빤지를 덧댔고 노인들의 잔해가
창문 바로 밑 마당에 뿌려져 있었다. 우선은 저물어가는 태양이
선택을 종용할 때까지 귀를 기울이고 상황을 지켜보았다. 집은 빈

집 같았다. 나는 입구를 찾기 위해 건물을 돌아갔다. 현관과 뒷문도 널빤지로 막힌 채였다. 지붕으로 기어 올라가 덧대지 않은 위층 창문을 통하는 수밖에 없을 것 같다.

나는 용기를 짜내어 욱신거리는 몸을 이끌고 현관 기둥을 타고 오른 후, 2층 창으로 이어진 발코니로 올라갔다. 기지에서 해병들과 매일 턱걸이를 하지 않았다면 시도도 못 했을 일이다. 그러고는 그곳에 앉아 주변에 귀를 기울이며 경치를 감상했다. 창문 안쪽은 어두웠다. 그 안에 들어가느니 차라리 여기서 그냥 죽는 게 낫겠다는 생각도 들었다. 약 15센티미터 정도 들린 창문 너머로 흰색의 얇은 커튼이 흔들렸다. 아니, 커튼을 흔든 게 내 호흡일 수도 있겠다. 나는 한참을 그대로 있었다. 들어가고 싶지 않았다. 그렇다고 밖에서 잠을 청하다가 아래쪽의 좀비 품 안으로 굴러 떨어지고 싶은 생각도 추호도 없었다. 햇빛이 서쪽 하늘에서 붉은 빛을 발하며 작별인사를 고했다. 이윽고 나는 배낭에 손을 넣어 플래시를 꺼냈다.

창문을 건드리는 순간 감전이라도 된 듯 온몸이 짜릿했다. 한 손으로 들어 올리려 했지만 오랫동안 고정된 탓에 꿈쩍도 하지 않았다. 나는 두 팔에 다리까지 가세해 기어들어 갈 정도의 높이까지 들어올렸다. 그리고 커튼을 가른 다음 플래시 바닥을 비틀어 조명을 고정시켰다. 방은 여느 빈집처럼 평범해 보였다. 문은 닫혀 있고 침대는 잘 정돈되었으며 바닥엔 새똥과 나뭇잎이 가득했다.

창문 안으로 고개를 조금 디밀어 사방을 확인했으나 아무것도 없었다. 나는 안으로 기어들어 갔다. 제일 먼저 문이 잠겨 있는지부터 확인해야 한다. 천천히 문을 향해 다가가는데 마룻바닥이 체중에 눌려 삐걱거렸다. 나는 소리가 날 때마다 자리에 멈춰 서서 복도나 아래층의 반응을 살폈다. 아무 소리도 없었다. 자물쇠는 안으로 잠겨 있었다. 그 다음부터는 벽장, 침대 밑, 도깨비가 숨어 있을 만한 곳은 어디든 확인했다. 경대 위에 다 타버린 양초와 반쯤 남은 성냥갑이 놓여 있었다.

촛불을 켜 플래시 배터리를 절약할지에 대해 고민했다. 잠시 후 침실 창의 커튼을 닫고 벽장에서 꺼낸 여분의 담요들을 그 위에 조심스레 걸친 다음 촛불에 불을 붙였다. 난 두 손을 불꽃에 대고 녹였다. 눈이 촛불에 적응하자 갑자기 의식이 몽롱해졌다. 긴장이 풀린 탓이다.

얼마나 졸았을까? 갑작스러운 천둥소리에 깜짝 놀라 정신을 차렸다. 양초를 보니 시간이 많이 지난 건 아닌 듯했다. 나는 창가로 다가가 담요를 옆으로 걷고 마당을 내려다보았다. 그때 마침 번개가 치며 멀리 누군가의 그림자를 드러내주었다. 그림자의 상태나 의도에 대해선 알 도리가 없었다. 나는 계속 어둠 속을 노려보며 번개가 다시 치기를 기다렸다. 그림자는 더 이상 보이지 않았다. 사실 애초에 정확히 본 건지도 자신이 없다.

지금도 비가 내리고 있다. 나는 침대를 사용하기로 했다. 문밖에서는 아무 소리도 들리지 않았지만 오늘 밤엔 무기를 안고 잠을 잘 것이다. 어쩌면 죽을 때까지 그래야 할 수도……

10월 6일

아침에 깨어났을 때 밖은 바람소리뿐이었다. 배가 고팠다. 불시착한 헬기에서 전투 식량 세 봉지를 챙겼는데, 그 이후로 조금씩밖에 먹지 않았다. 오늘은 뱃속에 좀 더 많은 음식을 넣어도 좋을 듯하다. 머리의 통증도 많이 잦아들었다. 꿰맨 곳이 가렵긴 했지만 곪을 생각 따위는 없다. 창밖 멀리까지 좀비들의 흔적은 보이지 않는다. 또다시 폭풍이 몰아칠 것만 같은 날씨다.

나는 기지개를 켜고 오늘의 일과에 대비하기 시작했다. 지금 당장은 그 무엇보다 중요한 일, 즉 건물 아래층을 수색해야 한다. 나는 잠시 긴장을 풀기로 했다. 무척이나 오랜만의 일이다. 이곳이 어딘지 생각하지도 않았다. 벌써 며칠을 지낸 것 같지만 기껏 하룻밤에 불과했다. 마음 한구석에선 이 집이 안전하며 또 온전히 내것이라는 생각도 들었으나 물론 그것도 사실과 달랐다. 저 아래 십여 구의 좀비들이 내가 있는 줄 모르고 몽환에 빠진 채 서 있을 수도 있다. 자극이 없을 경우 놈들은 기이한 형태의 동면에 빠지는 것 같다. 어쩌면 저 아래층에서 온가족이 꾸벅꾸벅 졸면서 그들을 인간사냥꾼 모드로 깨워줄 인기척을 기다릴 수도 있다.

나는 아래층에 대한 생각을 애써 밀어놓고 배낭에서 스펀지 케이크를 꺼내 먹었다. 식사 후에는 물도 꿀꺽꿀꺽 들이마셨다. 어떻게든 아래층을 수색하지 않을 핑계를 만들어내는 것이다. 사실 피할 수 없는 일이라는 것쯤은 알고 있다. 이집에 생존에 필요한 물건들이 있을 것이기 때문이다. 아래층으로 내려가기로 결심을 굳힌 건, 해가 구름을 헤집고 중천에 올랐을 때였다.

나는 무기를 거듭 점검하고, 배낭에서 박스테이프를 꺼내 MP5 소음기에 LED조명을 묶었다. 글록의 슬라이드를 당겨 총구의 총알도 확인했다. 그리고 신체 부위를 최대한 은폐하며 문고리를 향해 왼손을 내밀었다. 문은 걸려 있었다. 몇 달 동안 닫혀 있었기 때문일 것이다. 나는 손을 문에 댄 채 귀를 기울였다. 놈들이 소리를 듣고 몰려온다면 이대로 언덕을 향해 줄행랑을 칠 것이다.

적어도 5분은 기다린 모양이다. 머릿속으로야 좀비의 신음에서 잔디깎기, 무적(霧笛)까지 듣지 않은 소리가 없었다. 이윽고 문에서 손을 떼고 문고리를 잡은 후 천천히 돌리기 시작했다. 도대체 얼마 만에 열리는 문일까? 문고리를 돌리는 동안에도 오른손은 무엇이든 처치할 태세를 갖추었다. 테이프를 두른 소음기가 제일 먼저 문을 빠져나갔다. 무기를 사방으로 흔들자 LED의 여린 빛이 위층 공용공간을 마구 뛰어다녔다.

탄창을 실제로 점검했는지 아니면 착각인지도 헷갈리기 시작했다. 나는 애써 그 생각을 떨치고 밖으로 나섰다. 침실문 밖으로 오래된 핏자국이 남아 있었다. 무언가 한참동안 문을 두드린 모양이다. 이유는 핏자국만이 알리라.

다시 앞을 돌아보는데 뭔가 기이한 장면이 있었다. 벽의 흰 자국들은 분명 액자가 걸려 있던 자리일 것이다. 그렇다면 집주인이 액자를 모두 거둬갔다는 얘긴데 이 상황에 그림이나 액자가 무슨 소용이라고? ……바닥엔 죽은 파리들이 먼지처럼 깔려 있었다. 위층 바닥에 파리와 먼지가 두텁게 쌓인 것으로 보아 최근엔 아무도 발을 디딘 적이 없는 게 분명했다. 이 집에 죽거나 살아있는 존재가 있는지는 모르겠지만 적어도 위층을 돌아다니지는 않았다. 이유를 알아낸 건 바로 그 순간이었다. 계단 끝으로 다가가 발을 내디디려 하다가 황급히 멈춰 서야 했다. 층계가 단 두 단을 남기고 모두 사라진 것이다. 누군가 떼어낸 게 분명했다. 그 아래로 좀비의 시체가 여섯 구가 있었는데 모두 머리에 총을 맞았다. 비로소 그림이 그려지기 시작했다. 주인이 누구든 간에, 위층으로 올라와 계단을 제거하고 좀비들을 쏜 다음 침실 창문으로 달아났을 것이다. 내 짐작은 거기까지였다. 침실문의 핏자국은 물론, 놈들이 집 안에 들어온 경위에 대해서는 설명되지 않았다. 하기야 아직 2층을 전부 수색한 것도 아니다.

나는 뜯겨나간 층계에서 방향을 돌려 복도 반대편 끝에 있는 두 개의 닫힌 문으로 이동했다. 걸을 때마다 마룻바닥이 삐걱거렸지만 신경 쓰지 않기로 했다. 뭐든 있을 것 같지는 않았다. 첫 번째 문은 화장실이었다. 전깃불이 들어온다면 시체들이 살아 돌아오기 전의 보통화장실과 완전히 같았을 것이다. 모든 게 가지런했다. 수건들도 먼지를 뒤집어 쓴 채 걸이에 걸려 있고 싱크대 옆의 비누곽엔 새 비누가 놓여 있었다. 나는 비누를 훔쳐 바지주머니에 집어넣었다. 변기 주변으로는 특별한 게 없었다. 변기통 위에 흰색의 기인한 석회가 변기 의자 형태로 놓여 있었는데 그 위에 이렇게 적혀 있었다.

"쉬야 하다 쉬야 튀면 쉬야 끊고 쉬야 닦기!"

나는 어떤 이유로 인해 그 자리에 서서 1~2분 동안 키득거렸다. 화장실을 빠져나오기 전, 싱크 밑에서 다양한 약품이 가득 들어 있는 플라스틱 상자를 찾아냈다. 나는 유효기간이 지난 삼중 항생 연고와 화장지 한 롤을 챙겨 옆방으로 건너갔다.

안은 칠흑같이 어둡고 창문 위로 두꺼운 커튼이 쳐 있었다. 조명을 비춰보니 방 안이 난장판이었다. 침대 매트리스는 뒤집어지고 더러운 옷과 쓰레기가 바닥에 흩어져있었다. 작은 쥐똥들도 많아 방 안의 퀴퀴한 냄새를 더해 주었다. 미지의 방 안에 들어갈 때마다 상상력이 제멋대로 뛰어 뭔가 끔찍하고 이질적인 괴물을 만날 것 같지만, 다행히 서까래에 목을 매달았다가 자살에 실패한 노파는 없었다. 목이 보랏빛으로 멍든 채 좌우로 몸을 흔들며, "쉬야 하다 쉬야 튀면……"이라고 마녀처럼 중얼거리는 노파 말이다. 다행히, 오늘은 아니었다.

아래층은 아직 건들지 못했다. 섣불리 내려갔다가 교활한 좀비에게 엉덩이를 물리고 싶은 마음은 전혀 없었다. 놈들이 있을 것 같지는 않으나 재생된 후로 점점 이상해지는 것만은 분명해 보였다. 솔직히 그 자체만으로도 무서웠다.

나는 궁리 끝에 위층 화장실에서 작은 손거울을 가져다가, 벽장에서 꺼낸 빗자루 손잡이에 테이프로 둘둘 감아 부착했다. 엉덩이를 물릴 염려 없이 아래층을 좀 더 자세히 관찰하기 위해서였다. 그 후 뜯긴 계단 위에 배를 깔고 엎드려 20여 분간 빗자루 거울로 확인한 결과 안전하다는 결론을 내렸다. 께름칙한 게 있다면 바닥의 죽은 시체들, 그리고 지하실로 향하는 바닥 문이 열려 있다는 사실 정도였다.

아래층 좀비 시체들 위로 떨어질까 봐 위층 난간에 다리를 묶어두고 있었다. 저 열린 문에서 시체들이 쏟아져 나오는데 위층으로 달아날 방법조차 없다면 그보다 난감한 일도 없을 것이다. 나는 다리의 천을 이용해 임시 로프 사다리를 만든 다음, 재빨리 내려가 먼저 열린 문부터 닫았다. 초등학교 입학식 참석보다 훨씬 무서운 작전이었다.

문에 다가가 보니 분명 어두운 심연으로 내려가는 계단이 있었다. 그 계단 아래 M-16 무기고가 있든, 1년 치 식량 창고가 있든 상관없다. 절대로 내려가지 않을 것이다. 지금껏 겪은 마음고생으로도 충분하지 않은가. 나는 문을 닫고는 최대한 조용히 대형 카우치를 밀어 그 위에 올려놓았다. 지하실 문을 봉쇄한 후엔 체계적으로 1층의 잠재적인 위험요소들을 제거해 나가기 시작했다. 벽장, 모퉁이, 틈새…… 그게 누구든 좀비와 한 공간에 있을 생각은 없다. 나는 구석구석 빠짐없이 뒤졌다. 테이블 아래나 샤워장에서 어떤 놈의 잘린 상체가 기어 나올지 어찌 알겠는가?

건물의 안전을 확인한 다음엔 필요한 물건들을 뒤졌다. 부엌 서랍부터 시작해, 방수 성냥과 AA 배터리 세 팩을 구했다. 드디어 야간투시경 작동이 가능해졌다. 대형 쥐덫 두 개가 담긴 낡은 상자도 찾아냈다. 식량이 동날 경우 작은 토끼나 다람쥐 정도는 잡을 수 있을 것이다. 사실, 유효기간이 긴 식량들을 보존하기 위해서라도 사냥의 필요는 절실했다. 건강이 회복 되는대로 시행해 볼 생각이다.

아래층 벽장에서 금색 글자로 '아크테릭스 보라 95'가 새겨진, 회색 등산배낭을 찾아냈다. 현재 사용 중인 배낭보다 고급이고 편안한데다 용량도 두 배는 되어보였다. 나는 시체들을 피해 끊어진 계단으로 걸어가, 배낭을 2층에 걸쳐놓고 수색을 재개했다.

널빤지를 덧댄 창문과 강화문도 점검했다. 현관 옆 창문에 끝에 아이스피크를 매단 기다란 걸레 자루가 세워져 있었다. 아이스피크는 매우 정교한 패턴의 매듭으로 단단히 묶였는데 그 끝은 마른 갈색 피로 덮여 있었다. 짐승을 사냥하는 데에는 별 쓸모가 없겠으나 놈들의 눈이나 썩어가는 두개골의 여린 부분을 공략한다면 총을 쏘지 않고 쓰러뜨릴 것도 같았다. 나는 임시 창을 집어 부엌 카운터에 올려놓았다. 그리고 임시 로프가 있는 중앙홀로 돌아왔는데 갑자기 삐걱거리는 소리가 들렸다. 나는 조용히 자리에 앉았다. 소리가 다시 들렸다. 두려운 건 소리가 지하실에서 들려왔다는 사실이다. 덧댄 문으로 접근해 밖을 내다보았지만 현관 앞에는 아무도 보이지 않았다.

감시창을 내다보는데, 죽은 남자의 그림자가 갑자기 나타났다. 나는 잠시 아연해 놈을 바라보기만 했다. 시선을 돌릴 수가 없었다. 해골 면상은 현관 밖에 불과 30센티미터 거리였다. 감시창을 통해 놈을 쏘고 싶었으나 행여 빗맞기라도 하는 날엔 소음 때문에라도 상황은 더욱 꼬이고 말 것이다. 난 멍하니 놈을 바라보았다. 얼굴은 썩어문드러지고 백내장의 눈은 달아났으며 입술도 떨어져 나갔다. 놈도 문을 사이에 두고 미동도 않은 채 나를 바라보기만 했다. 키가 180쯤 되는 듯했다. 나는 까치발로 서서 놈의 썩은 손에 들린 물건이 뭔지 보려 했으나 실패했다. 나는 문에서 기다렸다. 눈을 깜빡거리기는 했지만 시선을 떼지도 않았다. 놈은 그마저도 하지 않았다.

선택은 많지 않았다.

천 조각을 타고 위층으로 몰래 달아나 모른 척하거나 아니면 그 자리에서 끝장낸다. 나는 2층으로 달아나기 전에 더 챙길 물건이 없는지 다시 한 번 확인하기로 하고, 고양이처럼 조용히 부엌으로 돌아와 선반을 뒤졌다. 부엌 문지방을 넘는데 발밑에서 삐걱거리는 소리가 들렸다. 나는 잠시 멈춰 서서 귀를 기울였다……. 삐걱…… 삐걱……. 문밖에서 나는 소리였다. 나는 긴장을 풀었다. 문득 놈이 고개를 좌우로 갸웃하는 모습이 떠올랐다. 그러니까 그 소음이 자기가 낸 소리인지, 아니면 저 집 안에 있는 맛난 먹이가 낸 소리인지 궁금해 하면서 말이다.

찬장 선반에서 칠리 요리 여섯 캔과, 야채 비프 스튜 두 캔, 그리고 부패 정도가 심한 각종 식량들이 나왔다. 나는 깡통요리들을 배낭에 넣고 싱크대 아래를 뒤져보았다. 그곳엔 조금 전에 찾아낸 것과 똑같은 쥐덫이 있었는데, 오래 전에 죽은 쥐의 해골과 갈가리 찢긴 꼬리가 걸려 있었다. 나는 찾아낸 물건에 흡족해 하며, 아이스피크 창을 집고 임시 로프 사다리로 향했다. 감시창을 다시 확인하고 싶었지만 참기로 했다.

우선 걸레 자루에 배낭을 걸어 2층 바닥에 올려놓기로 했다. 그래야 오를 때 용이하기 때문이다. 그런데 배낭이 너무 무거운 탓에 결국 균형을 잡는데 실패했고 칠리 캔 하나가 바닥에 떨어지고 말았다. 소리가 마치 총이라도 쏜 것 같았다. 나는 기겁을 하며 배낭을 얼른 2층에 올려놓았다. 그리고 허리를 굽혀 캔을 집어 드는데 쾅쾅 하고 현관문을 두드리는 소리가 들렸다. 소리가 크고 딱딱한 걸 보면 손에 든 물건으로 때리는 게 분명했다. 나는 캔을 조끼 주머니에 넣고 2층으로 뛰어오르다시피 했다.

배낭을 배게 삼아 누워 천장을 올려다보는 도중에도 괴물은 연신 문을 두드려댔다. 무자비하게…… 잠시 후 문이 쪼개지는 소리가 들렸고 결국 나도 거울을 이용해 확인할 수밖에 없었다. 놈이 문을 때릴 때마다 깜짝깜짝 놀라는 통에 손에 쥔 거울이 크게 흔들렸다. 문고리 60센티미터 위쪽에 생긴 구멍으로 햇살이 비집고 들어오고 있었다. 뭉툭한 둔기로는 불가능한 흔적이다. 문은 세 곳이나 널빤지로 덧댔고 내 기억으로 바깥쪽도 마찬가지다.

나는 미리 확보해 둔 침실로 돌아와 문을 걸었다. 태양이 지평선으로 떨어지고 있다. 이제 곧 어두워질 것이다. 만능공구로 칠리캔을 따고 플라스틱 전투식량 스푼을 꺼냈다. 해가 저무는 동안 아래층의 쿵쿵 소리를 세었는데, 칠리를 모두 먹을 때까지 무려 353번이었다.

야반도주

10월 6일
늦은 오후

아래층의 소리로 미루어 놈이 들어오는 건 시간문제다. 널빤지가 바닥에 떨어지는 소리를 들은 것도 30분 전이다. 사실 30분이라는 게 무슨 의미가 있겠는가? 나는 점점 커가는 두려움을 느끼며, 결국 야음을 틈타 빠져나가기로 마음을 정했다. 저녁 내내 아래층에서 가져온 새 배낭을 채웠다. 물건들을 모두 재배치해 가장 필요한 물건이 위쪽이나 양 옆 주머니에 오도록 했다. 그래도 남는 공간이 많아 벽장에 있는 녹색 울담요를 챙겼다.

배터리를 확인해 보니 기간이 아직 6년이나 남았다. 나는 투시경에 약을 넣고 스위치를 넣었다. 기계의 녹색조명이 손바닥 위에 뿌려졌다. 다행이다. 촛불을 켜둔 상태에서까지 써볼 필요는 없다. 휴대용 무전기는 여전히 잡음뿐이다. 사람 소리를 들은 것도 같았으나 그마저 간절한 바람이 빚어낸 환청에 불과했다. 어쨌든 상황을 설명하고 대충의 위치도 일러주었다. 남쪽으로 더 내려간 후에 존이 일러준 암호를 사용할 것이다. 꿰맨 자리가 다시 따끔거려 항생연고를 발랐다. 감염을 막을 수 있으면 좋으련만. 며칠 후에 실을 잘라낼 것이다.

이제 촛불을 끌 시간이다.

10월 7일
이른 오전

놈들이 왜 저렇게 되고 또 왜 조금씩 달라지는지 모르겠다.

보다 공격적이고 집요하고……

어젯밤 처음에 들어갔던 창을 통해 집을 빠져나왔다. 침대도 정리했다. 그게 맘이 편할 듯싶어서였지만 불가피한 도주를 최대한 미루고 싶은 건지도 모르겠다. 침대를 정리한 후엔 촛불을 끄고 투시경을 썼다. 조도를 맞추자 두려움은 곧바로 현실이 되었다. 아래층 시체가 만들어낸 소리에 10여 구의 시체들이 몰려들었다. 창문에서 셀 수 있는 숫자가 그 정도이니 집 주변으로 대충 30구 정도의 시체들이 몰려 있을 것이다.

지붕으로 빠져나가는데 놈들이 잡초를 헤치고 나뭇가지를 밟는 소리가 들렸다. 어둠 속에서 소음의 위치를 파악하려는 것이다.

오랜 습관은 버리기가 어렵다. 각각의 탄창에 실탄이 스물아홉 발씩 들어 있다는 것도 알고 있지만, 두려움이 도대체 무기하고 무슨 상관이겠는가? 나는 조심스럽게 가장자리로 이동해 아래를 내려다보았다. 두 놈. 두 발을 쏘았고 한 놈의 머리는 빗맞았다. 다행히 맞은 놈이 다른 놈에게로 넘어져 다시 기회를 얻었다. 나는 두 번째 놈을 마저 처리하고 올라올 때와 같은 방법으로 건물을 내려갔다. 탈출로로 이동하면서 셋을 더 처리했다. 방아쇠를 당길 때마다 녹색 섬광이 주변을 비추었다. 야간투시경이 소음기 끝의 불빛을 확대해 주었다.

너무 지친 탓에 질주는 불가능했다. 나는 가급적 놈들을 피해 다녔다. 도로에 이르러 건물을 돌아보니 한 놈이 달리다시피 내 쪽으로 오고 있었다. 정말로 나를 보는 줄 알고 식겁했지만 다행히 놈은 옆길로 새더니 잠시 후 그 자리에 멈춰 섰다. 허공에 대고 코를 킁킁거리며 고개를 좌우로 돌리는 모습이 내 냄새를 쫓는 것처럼 보였다. 손에 뭔가 들고 있는 것으로 보아 감시창의 그 놈이 분명했다.

나는 놈에게서 벗어나 도로 쪽으로 방향을 꺾었다. 어디로 가는지는 몰랐다. 망가진 하이웨이를 따라 무작정 몇 킬로미터 남쪽으로 이동했는데, 불운을 피하기 위해 가급적 갈라진 틈은 피해 다녔다. 미신인 줄은 알지만 어쩔 수가 없다. 이정표에 의하면 오일 시가 멀지 않았다. 이 길로 가면 슈리브포트로 이어질 것도 같으나 그곳에 들어갈 생각은 없다. 오늘 밤 머물 곳도 필요했다. 나는 지평선에 빛이 보일 때까지 걸었다. 곧 태양이 떠오를 것이다. 길 위에 스쿨버스 한 대가 놓여 있었다.

짐작으로는 04시 30분쯤 된 듯싶다. 한기도 견디기 힘들 정도였지만, 새 날을 맞이하기 위해서라도 최소 두 시간은 잠을 자야 했다. 나는 주변을 살피며 버스에 접근했다. 문제는 없는 듯해도 언제나 의외의 상황은 있는 법이다. 도로 가엔 버스 말고도 승용차와 트럭 몇 대가 널브러져 있고 썩은 해골도 여럿 보였다. 좀비와 새들이 깨끗이 쪼아 먹은 시체들.

다행히 버스 문은 열려 있었다. 적어도 안에 갇혀 빠져나오지 못한 놈은 없을 것이다. 나는 조심조심 앞쪽으로 다가가 범퍼를 밟고 후드 위로 올라갔다. 아침이슬에 무척이나 미끄러웠다. 차창을 통해 실내 좌석을 살펴보니 역시 텅 빈 채였다. 나는 버스 위로 올라가 주변을 360도로 살펴보았다. 도랑의 작은 토끼 두 마리 외에는 아무런 움직임이 없었다.

토끼 사냥도 생각해 봤지만 소음을 내기엔 아직 너무 어두웠다. 나는 배낭에서 울담요를 꺼내들고 다시 후드 쪽으로 내려와 버스 문으로 들어갔다. 그리고 운전석 위에 담요를 펼친 후, 무릎을 꿇고 세미 기관단총은 좌석 밑을 향하게 했다. 그 아래는 종이봉투뿐이었다. 나는 소음을 최소화하기 위해 천천히 수동크랭크를 돌려 문을 닫았다. 슬픈 현실이나 버스에서 잠든 게 이번이 처음은 아니다.

배낭을 지붕에 두었기 때문에 어느 창문으로든 재빨리 지붕 위로 빠져나갈 수 있을 것이다. 안에 둘 경우엔 자칫 식량과 생존 장비들을 모두 잃을 수 있다. 나는 버스 시트의 비닐을 찢어내 조잡한 로프를 땋아 문손잡이에 묶었다. 누구든 안으로 들어오려 하면 먼저 시끄러운 소음을 내야 할 것이다. 이제 잘 시간이다. 그걸

잠이라고 부를 수 있다면 말이다.

늦은 오전

아침 해가 중천이다. 나는 버스 오른쪽 뒤에서 네 번째 좌석에 앉아 있다. 네 시간 정도는 푹 잔 모양이다. 배낭은 아직 지붕 위에 있고 주변에도 전혀 움직임이 없다. 안전을 확인하고 나면, 버스 위로 올라가 물건을 챙겨 떠날 것이다. 호텔23의 가족을 생각할수록 그곳으로 돌아가는 일은 더욱 더 소중하게 여겨진다. 부모님이 살아있다는 생각을 완전히 떨치지는 못했으나 그렇다고 그분들에게 희망을 품는 것도 아니다. 내 집은 벙커가 아니다. 지난 50년 간 미국에 지어진 여느 집들과 마찬가지로 부모님의 집도 포위를 버텨낼 수준은 못 된다. 그런 집에서 어떻게 목숨을 부지할 수 있겠는가?

오후
아직 7일

오늘 아침 배낭을 챙기러 버스 위에 올라가다가 아주 소름끼치는 장면과 맞닥뜨렸다. 어떻게인지 모르겠지만, 그 집의 개자식이 여기까지 쫓아온 것이다. 쇠와 쇠가 부딪는 소리에 놀라 하마터면 후드에서 거꾸로 떨어질 뻔할 정도였다. 간신히 차창 쪽으로 뛰어

균형을 잡기는 했지만 유리에 금이 갔다. 뒤를 돌아보는 순간 난 이미 그놈임을 알았다. 낡은 집 감시창을 통해 뚫어져라 바라보던 놈. 도대체 누군가 미행하겠다는 생각을 어떻게 한 거지? 아니, 그보다 더 중요한 질문…… 어떻게 손도끼를 휘두르는 방법을 터득한 거야?

나는 버스 지붕으로 뛰어올라가 경이로운 시선으로 놈을 지켜보았다. 놈은 정말로 버스에까지 기어오르려 했다. 같은 실수를 되풀이할 생각은 없다. 좀비의 10분의 1에 해당하는 돌연변이 놈들은 사라져야 했다. 나는 방아쇠를 당겨 놈의 얼굴을 날려버렸다. 놈은 그대로 쓰러졌다. 죽기 전에 어차피 잔뜩 소음을 일으킨 터라 신속히 이곳을 떠나야 했다.

떠나기 전, 놈에게 뭐든 가치 있는 물건이 있나 살펴보았다. 그런데 보라! 낡은 지삭 손목시계를 차고 있는 것이 아닌가! 나는 시계를 집어 디스플레이를 보고 손도끼와 함께 배낭에 집어넣었다. 디스플레이엔 10-7, 12:23 P.M.이라고 찍혀 나왔다.

나는 계속 남쪽과 서쪽의 부패 현장들을 지나갔다. 저들을 처음 본 후로 얼마나 지난 거지? 다시 누군가와 얘기를 하게 되면 과연 기분이 어떨까? 불현듯 외로움이 치고 들어왔다. 지금까지의 생존 경험으로 미루어 가장 위험한 감정이 고독이다. 사람마다 다르겠으나, 적어도 내게 있어서 고독과 연결된 감정은 공포이기 때문이다.

애써 좀비 생각을 의식에서 내몰았으나 무슨 생각을 해야 할지까지 결정할 수는 없었다. 그리고 '백주의 악몽'에서 깨어났을 땐, 숲이 우거진 지역으로 향하는 들판 한가운데였다. 그리고 마치 전쟁 영화의 한 장면처럼, 들판 한가운데 들어섰을 때 방사성 저 언덕 위에 좀비 군단이 모습을 드러냈다. 그들은 지체 없이 나를 향해 달려왔다. 다행히 그들의 썩은 눈을 보기 전에, 정신을 차릴 수 있었다. 나는 계속 걸었다. 소리는 없었다. 다만 얼굴을 간질이는 산들바람이 내가 현실로 돌아왔음을 말해주었다.

카도 호수

어제 호수에 다다랐다. 이정표엔 '카도 호수 선……'이라고 되어 있었는데 오래전 샷건에 '선착장'이 잘려나간 듯 보였다. 오후 2시쯤에 도착했기에 무엇보다 하룻밤을 묵을 안가부터 마련해야 했다. 나는 조심스레 선착장에 접근하며 마타고르다의 상황을 떠올렸다. 아직 많은 보트들이 계류 중이었는데 일부는 침몰하면서 선착장 일부를 물속으로 끌고 들어갔다. 적당한 크기의 돛배 중 떠 있는 건 두 척뿐이었다. 하나는 풍파에 대비해 돛을 갑판에 내려놓은 탓에 쓸 수가 없었으나, 6미터급 보트는 돛도 붙어 있고 작동도 가능해 보였다. 닻과 사슬은 핸드크랭크와 함께 앞 갑판 난간에 기대 놓았다.

나는 보트와 30미터 정도 거리에 서서 주변을 둘러보았다. 갖고 있는 식량과 물 정도면 보트를 탈취해 오늘밤은 호수 한가운데로 들어가 편안히 잘 수 있으리라.

나는 호텔23이 있는 남서쪽으로 이동 중이다. 호수의 모양만 도와준다면 안전한 물길로 상당 거리를 앞당길 수도 있겠다. 특별한 위험은 없는 듯 보였으나 어쨌든 모험은 사절이다. 나는 사방을 훑으며 보트에 접근했다. 손도끼를 든 좀비는 나보다도 한 발 빨랐다. 행여 그때 운이 다했다면 난 스쿨버스 후드에서 죽었거나 죽어가고 있을 것이다.

초조한 순간. 나는 약실에 탄환을 쟀다. 9밀리 하나가 바닥에 떨어졌다.

나는 탄환을 집어 주머니에 넣었다. 보트가 점점 가까워졌다.

그런데…… 약실에 총알을 쟀던가?

이런, 맙소사…… 나는 불안과 공포를 밀쳐내고 계속 움직였다. 평지인 탓에 누구든, 무엇이든 나를 볼 수 있었다. 드디어 보트에 다다랐다. 버려진 배인 듯, 갑판의 나일론 줄이 먼지와 새똥으로 덮여 있었다. 선실 커튼이 닫힌 탓에 배 안을 볼 수는 없었다.

나는 다시 한 번 주변을 확인하고 우현의 통로로 건너뛰었다. 선미에 접근하면서 보니 피 묻은 맨발자국이 온통 선미 쪽으로 이어져 있었다. 나는 총으로 사방의 맹점들을 겨누며 이동했다. 발자국은 선미에서 끊겼는데 그 밖은 물속이었다.

이제 아래 선실에 위험요소가 있는지 확인하는 일이 남았다. 나는 무기에 매단 플래시를 켜고 문을 열었다. 냄새는 없었다. 나는 돛배의 내장 속으로 점점 깊이 들어갔다. 천장에 매달린 구조물에 머리를 부딪지 않기 위해 고개를 잔뜩 숙여야 했다. 익숙한 냄새. 그뿐이었다. 배에는 아무도 없었다. 나는 돛과 닻, 삭구 등을 점검해 카도의 횡단 여행에 문제가 없는지 점검했다.

돛에는 약간의 곰팡이가 슬었지만 사용에 지장은 없었다. 모터는 작동 불능으로 고쳐볼 엄두도 내지 못할 정도였다. 어쨌거나 제 자리에 붙어 있지도 않은 터라 상관은 없었다. 진짜 중요한 건 돛, 닻, 그리고 방향타였다. 저장실엔 다 썩은 쇠고기육포와 뿌옇게 변질된 생수병 두 개, 그리고 비누 한 개가 전부였다. 나는 CO_2 팽창식 소형 구명보트가 들어 있는 격납칸을 확인했다. 격벽에 매달린 저장망엔 슈타이너 마련 쌍안경이 들어 있었다. 육지에 닿을 때와 남쪽 길을 미리 확인할 때 큰 도움이 되어줄 물건이다.

현창을 통해 주변을 재차 확인한 후 출항 준비를 서둘렀다. 호수 안으로 들어가 약간의 휴식과 여유를 즐길 참이었다. 에베레스트 산 정상이나 국제 우주 정거장을 제외한다면(불쌍한 친구들!) 이 시점에 가능한 가장 안전한 휴식이 될 것이다. 항해 교육을 받은 지 오래 전이나 그래도 밧줄을 흔들어 돛을 오르내리는 방법 정도는 기억하고 있다. 바람도 나를 도와주었는데 지난 48시간 동안 벌써 두 번째 행운인 셈이다. 아무래도 하늘이 나를 돕는 모양이다.

뱃머리에서 계선장을 걷어차는 것으로 남서쪽으로의 항해를 시작했다. 돛은 순풍을 잡고 3노트의 속도로 배를 목적지로 이끌고 갔다. 더 할 나위 없이 평화로운 시간이다. 나는 현재의 곤경을 머릿속에서 밀어내고 모든 비극이 일어나기 전의 비버 호수로 여행 중이라고 상상했다. 휴가를 맞아 가족을 방문하는 길…… 이제 곧 할머니의 콩요리도 맛볼 수 있으리라.

호숫가에도 좀비의 흔적은 없었다. 배는 상당한 속도로 육지와 멀어지고 있었다. 나는 가급적 좁은 수로의 중앙을 벗어나지 않으려 했다. 어귀에 다다른 후엔 방향타를 고정한 다음 달려 올라가 돛을 내렸다. 육지에서 어느 정도는 떨어져야 하지만, 동시에 헤엄으로 어렵지 않게 상륙할 정도의 거리여야 했다. 이 작은 방주에 무슨 일이 생길지 어떻게 알겠는가.

보트가 나름대로의 안전지대로 흘러갈 때쯤 태양도 낮게 가라앉기 시작했다. 닻을 내리니 수심이 20미터쯤 되는 듯했다. 나는 장비를 모두 풀어 젖은 물건을 걸어두고, 다시 한 번 화장실과 취사실을 뒤졌다. 쓸 만한 먹을거리는 없으나 깨끗이 닦은 걸레통과 그릴석쇠를 찾아냈다. 화장실엔 잡지 한 다발이 있었다. 나는 화장지가 떨어질 경우에 대비해 일부를 챙겼다.

햇빛은 한 시간 반 정도 남았다. 나는 걸레통으로 호수 물을 퍼내고 석쇠를 빨래판으로 이용해 더러운 장비들을 세탁했다. 전기 세탁기보다는 못해도 하지 않는 것보다는 훨씬 낫다. 속옷과 양말은 악취를 풍기고 겨드랑이와 샅 주변은 발진이 일기 시작했다. 나는 남은 시간을 세탁하고 탈수하는 데 투자했다. 이물의 짐칸에서 찾아낸 나일론 끈으로는 빨랫줄을 만들었다. 바람에 빨래가 날아갈 때를 대비해 줄은 난간 아래쪽에 매달았다.

해가 수목한계선 아래로 저문 후에는 특별실로 들어가 농장에서 징발한 녹색담요를 덮었다. 물론 알몸으로 총질할 일이 없기를 바라기는 했지만, 그래도 오랜만에 긴장을 풀고 숙면을 취할 수 있었다.

10월 9일

8시 반까지 잤다. 부드러운 동풍이 보트를 가볍게 흔들어주었다. 꿰맨 자리가 간지러운 걸 보니 실을 제거할 때가 된 모양이다. 나는 화장실 거울과 상처를 꿰맬 때 썼던 바늘을 이용해 실밥을 하나씩 빼내기 시작했다. 5분쯤 후 작업을 멈추고는, 물을 끓여 상처 부위를 소독해야겠다는 생각을 했지만 금세 마음을 바꾸었다. 장비를 온통 늘어놓은 채 호수 한가운데에서 불을 피운다는 게 말이 되지 않았다. 이글거리는 봉화에 30킬로미터 내의 온갖 좀비와 악당들이 몰려들 것이다. 실밥 제거는 10분밖에 걸리지 않았다. 나는 유효기간이 지난 항생연고로 최대한 성의껏 소독을 했다.

정오쯤엔 옷도 모두 말랐다. 서쪽 수평선으로 몰리는 구름을 보니 아무래도 비가 내릴 것 같았다. 나는 마른 옷들을 모두 선실로 옮기고, 최대한 가지런히 개켜 필요하다고 생각되는 순서대로 배낭에 넣었다. 그리고 옷을 입기 전 다시 호숫물을 퍼내 깨끗한 양말을 목욕타월로 삼아 간단한 비누 목욕을 시도했다. 온수 목욕까지는 아니더라도 더러운 몸으로 다니는 것에 비할 바가 아니다. 울담요를 털고 옷을 입기 시작할 때 멀리서 놈들의 소리가 들렸다. 바람이 실어다준 신음소리들은, 지금 내가 애팔래치아 산맥에 캠핑이나 트래킹 여행을 떠나온 것이 아님을 일깨워주었다. 이건 생존을 건 싸움이다.

놈들이 얼마나 멀리 있는지는 모르겠지만 상관은 없었다. 새로 얻은 쌍안경으로 호숫가를 검색해 보니 북서쪽으로 뭔가가 움직이고 있었다. 어쩌면 사슴일 수도 있었다. 그때 비가 내리기 시작해 나는 선실로 내려가 장비들을 점검하고 또 점검했다. 마침 싱크대 부근에서 모터 오일을 찾아내 무기의 주요 부속들에 기름칠을 했다. 엔진에 좋으니 무기에도 좋을 것이다. 지난 며칠간 큰 도움이 되어 준 총들이 이제 와서 고장 날 것 같지는 않았다.

기관단총을 닦아 내려놓는데 다시 희미하게 윙윙거리는 소리가 들렸다. 며칠 전 연못에 추락했을 때가 떠올랐다. 그건 기본적으로 기계음이었다. 나는 충분히 시간을 두고 보트 안에 앉아 생각하고 계획을 구상했다. 호텔23은 분명 이곳에서 남/남서향이고 거리는 어림짐작으로 300킬로미터 정도일 것이다. 300킬로미터라면, 걸어서 매일 10킬로미터씩 걸었을 때 대충 한 달이 걸린다는 얘기다. 그게 내 계획이다. 나는 카도 호수에서 텍사스 나다의 기지에 닿을 때까지 방향을 유지할 것이다. 최우선으로 해야 할 일은, 주유소를 습격해 도로지도와 작동 가능한 차를 확보하는 것이다.

지도를 손에 넣고 나면 확실한 경로를 계산할 수 있다. 멋모르고 놈들의 소굴로 들어가는 대신 마을과 도시를 우회할 수도 있을 것이다. 가급적 밤에 이동하고 식량도 징발해야겠다. 보급품의 중요도는, 물, 식량, 의약품, 배터리, 그리고 실탄 순이다. 중요도의 변화에 피식 실소가 흘렀다. 처음엔 목록 제일 꼭대기에 실탄이 있었건만.

16시 23분

이 호수는 이상한 특성을 지녔다. 마치 돛배 마스트 위에 접시 안테나라도 달린 듯, 좀비의 신음소리와 울부짖음을 끌어들였다. 끔찍한 상상. 다시 조난용 무전기를 시도해 봤으나 여전히 반응이 없다. 나는 다시 쌍안경을 들고 먼 곳을 살펴보았다. 사방에 놈들이었다. 호숫가도 마찬가지다. 흡사 바다갈매기처럼 호숫가 주변에 몰려들었다. 호숫가 주변에선 그 외엔 아직 아무 움직임이 없다.

western group   50+

            moving north

이제 곧 상륙을 하고 남쪽으로의 여행을 이어갈 것이다. 설마 30킬로그램짜리 배낭을 메고 죽음에 감염된 300킬로미터 거리를 모두 도보로 건너게 되지는 않을 것이다. 이따금 이런 상황이 실제로 일어나는 현실에 DNA까지 소름이 돋기도 한다. 모르긴 몰라도, 지난 10개월 동안 생존자들의 자살률이 천정부지로 치솟았을 것이다. 나 또한 지금 당장 모든 것을 끝내겠다는 생각을 수도 없이 하지 않았던가. 더 이상 휴일은 없다. 쉴 수도 없고 긴장을 놓을 수도 없다. 이 배에서조차 저들한테 당하는 악몽에 시달려야 한다. 오늘밤은 칠리캔을 해치울 생각이다. 장비를 한가운데 모은 다음엔 저녁식사를 위해 호숫물도 조금 끓일 참이다. 이제 할 수 있는 일이라고는 가만히 앉아 석양을 즐기는 것밖에 없다. 저 불길한 울부짖음을 애써 외면하면서.

180

10월 10일
06시 30분

심신이 개운하다. 기력도 크게 회복했다. 일단 장비를 삼중으로 점검하고 돛을 올려 해안으로 접근할 생각이다. 호수의 지독한 고즈넉함에 외로움도 증폭되었다. 문득 2년 전 호주 브리즈번의 호스텔에 묵던 생각이 떠오른다. 물건을 도난당하지 않겠다는 생각에, 3일간 독방에 처박혀 지냈는데 그 중 이틀은 숙취에 시달렸다. 차원은 다르지만 브리즈번 시절의 고독은 어쩐지 지금의 고독과 닮았다. 혼자 여행하는 데다 중요한 물건이라곤 지금도 짐과 무기뿐이기 때문일 것이다.

22시 00분

한 시간 정도 돛을 만지작거리고 닻을 끌어올린 후 아주 천천히 남서쪽을 향해 출발했다. 놈들도 돛을 볼 것이다. 돛이 호수를 가로지르는 광경이 어떤 식으로 놈들의 추적에 영향을 줄지는 알 수 없었다. 일단은 보트를 선회하며 시간을 벌기로 했다. 배를 정박하고 계류할 여유가 있을 리 없다. 이건 이른바 편도여행이다. 보트가 일단 지상에 오르게 되면 호수로 되돌려놓기 위해 또 다른 모터보트가 있어야 하기 때문이다. 나는 쌍안경으로 시체들이 어떤 움직임이나 변화를 보이는지 살폈다.

매듭선을 뱃머리에 묶어 때가 되었을 때 재빨리 하선할 수 있게 만들었다. 활대 사이에는 MP5 9밀리 탄창들을 두어 언제든 쓸 수 있게 했고 총에도 29발을 가득 장전해 두었다. 실수는 곧바로 죽음이다. 40년대의 노르망디 해안까지는 아니더라도 이곳 카도 호수엔 독일 병사보다 더 많은 좀비들이 진을 치고 있다. 더군다나 혼자서 그들 모두와 상대해야 한다.

나는 배가 5노트 이하로 달리기를 바랐다. 그렇지 않을 경우 충격을 이겨낼지 자신이 없었다. 두 시간 동안 이리저리 조종한 후 마침내 적당한 상륙 지점을 찾아냈다. 대충 세어보니 시체 10여 구가 얼음 같은 눈으로 나를 노려보고 있었다. 나는 군에서 배운 마인드컨트롤 기술을 응용해 배가 산산조각 나는 상상을 머릿속에서 밀어냈다.

흘수가 최소 1.8미터는 되는 배라, 돛에 밀려 저 바위투성이 호 숫가에서 뒤집어지면 그 충격이 장난이 아니리라. 상륙 직전 돛 줄을 묶고, 갑판에 등을 대고 누워 두 발로 선두 난간을 단단히 얽어맸다. 나는 마스트와 하늘의 구름을 올려다보며 시체들의 모습을 머릿속에서 몰아냈다. 이윽고 충격이…….

나는 간신히 일어나 무거운 배낭을 메고 기관단총을 겨누었다. 대충 20구 정도가 접근 중이지만 서두르지 않을 경우 금세 수천 으로 늘어날 것이다. 나는 최대한 정확한 조준으로 다섯을 잡은 후, 그 틈을 이용해 로프를 붙잡고 호숫가로 내려섰다. 순식간에 열아홉 발을 쏘기는 했으나 20미터 거리의 기관단총은 머리 명중 률이 50퍼센트에 불과했다. 글록도 장전해 두었으니 예비 무기로 쓰면 될 것이다. 일단 물속에 내려선 다음엔 남아 있는 십여 구 사 이의 틈을 찾아내, 공격태세를 갖추고 그쪽을 향해 죽어라 달리기 시작했다.

놈들을 벗어나지 못하면 열은 곧 백이 된다. 나는 최대한 보조를 맞추어 놈들이 따라오도록 유인하기로 했다. 1.5킬로미터쯤 달리자 배낭 때문에라도 더 이상의 조깅은 무리였다. 나는 90도 각도로 꺾어 놈들의 눈이 닿지 않는 숲 속으로 들어가, 약 한 시간 동안 스무 걸음은 걷고 스무 걸음은 경보로 이동하는 체제를 유지했다. 시체들은 성공적으로 따돌린 듯 보였다. 마침내 안전한 들판으로 빠져나왔을 때, 분명 텍사스로 보였다. 도로지도를 확보할 때까지는 서쪽으로 향할 생각이다. 이윽고 남북으로 이어진 2차선 간선도로가 보이고, 댈러스로 향하는 동서 방향의 주간도로도 나왔다. 댈러스에 들어갈 생각은 없다. 절대로. 측지항법에 의존해 주간도로를 따라 호텔23을 향해 이동하는 게 계획이라면 계획이겠다.

태양을 등진 채 서쪽을 향해 걷는데 발바닥 물집에도 불구하고 갑자기 힘이 솟았다. 발바닥 반창고를 구할 수만 있다면 뭐든 할 것 같았다. 정 안되면 삭구용 테이프라도 쓸 수밖에. 오후 늦게 2차선 간선도로를 발견하고 조심스레 동쪽에서부터 접근했다. 카멜백의 물이 절반으로 준 탓에 가까운 개울에라도 들러 마저 채울 생각이었다. 도로를 따라 다시 1.5킬로미터쯤 걷자 도로 아래로 물이 흐르는 철제 배농관(排膿管)이 보였다.

물을 찾아준 것만으로도 슈타이너 쌍안경은 충분히 무게 값은 했다 하겠다. 북서쪽에서부터 조심스럽게 접근하는데 죽은 소 십여 구가 보였다. 더 정확히는 죽은 소의 잔해다. 실제로 소들은 팔다리가 모두 뽑혀 사방에 뿌려져 있었다. 좀비들의 공격을 받았다는 뜻이다. 마음속으로야 야생견이나 코요테들의 짓이라고 우기고 싶지만, 그 옆에 오래 전 죽은 좀비 시체 머리에 커다란 발굽 자국이 나 있고 입엔 흰털로 덮인 소가죽이 물려 있었다. 소가 운 좋게 좀비 하나를 쓰러뜨리고 발로 짓밟은 것이리라. 좀비들은 아마존 피라냐처럼 소들에게 몰려들었을 것이다. 머릿속으로 그 장면을 상상할 수도 있었다. 최초의 수개월 동안 벌어진 모든 사건들을……

난 들판을 빠져나가 수원으로 접근했다. 배농관에서 도로 위로 떨어지는 물소리가 들렸다. 도관은 직경이 거의 55갤런짜리 드럼통만 했다. 물통을 꺼내 물을 받는데 도관 안에서 바스락거리는 소리가 들렸다. 어둠 속으로 인간의 그림자가 드러나 보였다. 아무래도 놈들 중 하나일 것이다. 플래시를 비춰보니, 부분적으로 부패된 시체가 도관 파편에 걸려 오도가도 못하고 있었다.

괴물의 머리가 걸려 있는 통에 보지는 못해도, 내가 이곳에 있다는 정도는 알고 있을 것이다. 나는 오염된 물을 버리고 여분의 속옷으로 플라스틱 물통 안쪽을 최대한 깨끗이 닦아냈다. 놈은 철제 도관 무덤에서 썩게 놔두고 다시 물을 찾아 움직였다. 남은 물까지 모두 버리자 갈증이 더 심해지는 기분이다. 2차선 도로를 따라 남쪽으로 이동하다가 쌍안경으로 확인해 보니 59간선도로였다. 몇 분간 일기장에 상황을 기록한 후, 다음 도시까지의 거리를 알려줄 녹색 표지판을 찾아 행군을 계속했다.

HWY 59

그때쯤 해가 저물기 시작했다. 갈증이 심하기는 했지만 그래도 햇빛이 남아 있을 때 묵을 곳을 찾아야 했다. 도로 주변에도 집들이 있지만 해가 지기 전에 침투해 샅샅이 조사할 여유가 없었다. 쌍안경으로 확인하며 이동한 끝에 적합한 잠자리 하나를 찾아냈다. 상대적으로 접근이 용이한 옥상이었다. 나는 도로 건너의 목표 건물로 돌진하기 전 먼저 들판에 멈춰 서서 배낭의 물건들이 제 자리에 있는지부터 확인했다. 울담요는 꺼내기 쉽게 배낭 위에 얹고 여분의 9밀리 탄환은 배낭 뚜껑의 지퍼주머니에 넣었다. MP5와 글록의 탄창을 빼내 장전 상태도 확인했다. 글록은 14+1, MP5는 29+1이었다. 무기를 확인하고 MP5를 수동에 세팅하고 배낭을 재 정돈한 후, 목표를 향해 움직였다. 작은 동네 변두리에 있는 2층집 건물이다.

태양이 낮게 가라앉고 기온도 떨어지고 있었다. 나는 가능한 한 신속히 울타리에 접근해 배낭을 3선의 가시철망 너머로 던지고 조심조심 철망을 타넘었다. 배낭을 다시 짊어지고 도로 양쪽을 살펴보니 멀리 길가에 좀비들의 움직임이 보였다. 나는 낡은 차를 엄폐물로 이용, 천천히, 조심스럽게 도로를 건넌 다음 길 반대편에서 무릎을 꿇고 쌍안경으로 앞쪽을 살폈다. 빛이 점점 흐려지고 있었다. 상대적으로 안전해 보이기는 했으나, 난 아주 느린 속도로 건물에 접근했다. 이 집을 고른 이유는 400미터 앞에서 확인해 둔 사다리 때문이었다. 현관 난간에 기대놓은 사다리.

사다리는 옥상에 오를 수 있는 위치로 옮겼다. 오늘 밤은 그곳에서 잠을 잘 것이다. 사다리에 오르기 전, 우선 건물 외부부터 훑어보았다. 현관문은 밖에서부터 박살나 있고, 총알구멍이 앞마

당과 현관의 나무기둥을 뒤덮었다. 최후의 항전에서 실패한 또 다른 가족. 집 전체에 유혈 흔적이 잔뜩 엉겨 붙은 채였다. 시체들이 침투를 위해 며칠 동안 닥치는 대로 부쉈으리라.

아래층 창마다 널빤지를 못 박아 임시 바리케이드를 만들었으나 대부분의 널빤지들은 뜯기고 창문도 산산이 깨졌다. 건물 안쪽은 최악이 될 수도 있지만 위쪽은 그나마 쓸 만한 선택이다. 이미 약탈당한 집이라 애써 조사해 볼 필요가 없다는 점도 마음에 들었다. 나는 천천히 사다리를 타고 옥상으로 올라갔다. 1층 돌출부에 오른 후 사다리를 끌어올려 다시 2층으로 오르는 방식이다. 잠을 자다가 2층 창문을 깨고 나온 놈들한테 먹이가 될 생각은 없었다. 지붕에 오른 다음 사다리를 끌어올렸다.

옥상은 감시에 용이했다. 아직 캠프를 구축할 시간도 있었다. 나는 담요를 꺼내고 가방은 지붕 배수관에 묶었다. 그리고 배낭의 허리끈을 팔에 걸어, 자다가 굴러 떨어지지 않게 조처했다. 배낭은 베개로도 활용이 가능했다. 옷을 단단히 입고 두터운 울담요까지 뒤집어쓰자 상황은 훨씬 더 여유로워 보였다. 굿나이트.

죄수 부대

오늘 아침 얼굴을 때리는 차가운 비에 잠이 깼다. 시계를 보니 새벽 5시 20분. 체온이 급격히 떨어지는지 이가 달그락거렸다. 나는 목마른 개새끼처럼 배낭을 뒤져 며칠 전에 비운 비닐 전투식량 주머니를 꺼냈다. 그리고 추운 몸을 울담요로 감싸고 발은 배낭끈에 걸친 다음, 주머니를 1층 돌출부 가장자리로 늘어뜨렸다. 물이 지속적으로 흘러내리는 곳이다.

나는 봉지에 가득 찬 물을 벌컥벌컥 들이켜고 다시 채웠다. 물에서 지붕널 냄새가 났다. 추위에 얼어붙은 몸이 지붕에서 떨어질 것 같았지만 그래도 포기할 수는 없었다. 이윽고 배낭을 챙겨 이동준비를 했다. 물통의 흡입튜브는 배낭 밖으로 빼내 언제든 입을 갖다 댈 수 있게 했다. 이곳에서는 시체들이 하나도 보이지 않았다. 나는 나이프로 울담요 가운데 구멍을 뚫고 그 사이에 머리를 집어넣었다. 이른바 임시 판초우의다. 젖은 울담요까지 챙길 필요는 없지만 대책 없이 젖는 것보다는 나을 듯싶었다.

아래로 내려가기 위해 사다리를 1층 돌출부에 기대놓는데, 순간 손이 조금 미끄러지면서 사다리 끝이 바닥에 부딪쳐 쾅 하고 큰소리를 내고 말았다. 어쨌든 원하는 지점으로 사다리를 이동한 후 배낭을 메고 내려가기 시작했다. 그 동안에도 빗물은 점점 거세졌다. 그리고 사다리 끝까지 내려왔을 때 나는 너무 놀라 하마터면 지붕에서 떨어질 뻔했다. 괴물 한 놈이 2층 창에 얼굴을 대고 있지 않은가! 사다리 소음 때문이었다.

나도 놈을 보고 놈도 나를 봤다. 사다리를 재빨리 지상에 내려놓고 내려가는데, 놈이 나를 잡겠다며 창문을 두드리기 시작했다. 소리로 보아 창을 부술 정도로 힘이 있지는 않았다. 좀비의 상태까지 고민할 생각은 없으나, 땅에 내려서고 난 후 머릿속에 퍼뜩 떠오르는 게 있었다. 놈은 어른이 아니라 아이 시체였다.

나는 사다리를 그대로 두고 도로를 향해 걸음을 재촉했다. 어젯밤 잠자리를 마련하기 위해 건넜던 그 도로다. 비 때문에 심경은 더욱 더 비참하기만 했다. 어디든 불을 피우고 옷을 말릴 수 있다면 여한이 없으련만…… 중앙난방과 냉방을 생각하노라니, 사회의 유지를 위해 얼마나 많은 부분을 전기에 의존했는지 새삼 깨달았다. 단순한 여름 혹서로 수천의 노인들이 숨을 거둔 적도 있지 않은가. 잠시 후 다시 한 번 미리 세팅된 조난주파수를 내보냈다. 세 번의 시도 모두 대답이 없었다. 나는 무전기를 신호모드에 놓고 잠시 그대로 두기로 했다. 비는 계속 퍼부었다. 어제 기억에 의하면 이 길은 59번 간선도로 남향이었다.

비의 강도가 잦아들면서 다시 엔진 소리가 들려왔다. 헬리콥터가 불시착하고 호수를 떠난 이후로 여러 번 듣는 소리다. 어쩌면 머리 부상과 감염에 따른 환청일 수도 있다는 생각에 며칠 전 실을 뽑아낸 상처를 만져보았다. 따끔거리거나 쓰라린 느낌은 거의 사라졌다. 나는 도로와 거의 평행을 이루며 수 킬로미터를 더 걸어갔다. 8시쯤 되자 기온이 오르기 시작했고 비도 가랑비 수준으로 약해졌다. 안개가 짙었다. 습도가 높은 데다 해가 떠오르며 기온도 상승했기 때문이다. 발이 진창에 푹푹 빠졌다. 59번 도로와는 어느 정도의 거리를 유지했는데 도로 역시 텅 빈 느낌이었다.

몇 백 미터 앞에서는 결국 도로 쪽으로 90도 꺾어들어야 했다. 문득 진창이 비 때문만은 아니라는 생각에 둘러보니 분명 늪 같은 곳이었다. 도로는 오르막 초입이었다. 안개가 잠시 바람에 걷히면서 500미터 앞에 기다란 다리가 보였다. 도로는 다리를 통해 늪지를 건너도록 되어 있었다. 늪은 그런 식으로 하염없이 이어지는 듯했다. 질병을 우습게 볼 수는 없다. 이 추위에 허리까지 빠질 경우 늪 박테리아나 저체온증으로 얼마든지 무너질 수 있다. 더군다나 불시착과 도피 생활로 인해 내 몸 여기 저기 찢어진 상처가 장난이 아니다. 상처에 딱지가 앉기는 했어도 늪 속에 들어가면 얼마 안 되어 모두 떨어져나가고 말 것이다.

선택의 여지는 없었다. 결국 안개 자욱한 도로를 통해 늪지를 건너야 한다는 얘기다. 시계도 형편없어 100미터 앞을 분간하기가 힘들었다. 이따금 바람에 안개가 걷히면 원경이 스냅사진처럼 드러났으나 그것도 금세 사라지고 말았다. 20분 정도 걸었을까? 양쪽 어디로도 마른 땅은 나타나지 않았다. 그리고 또다시…… 어딘가에서 엔진 소리가 들렸다. 이번에도 환청일까? 소리의 방향은 확실치 않았다. 그때 앞쪽에서 금속성이 들려와 신경을 흩뜨려 놓았다. 콘크리트를 끄는 사슬 소리. 귀를 쫑긋거리며 체인 소리와 윙윙거리는 엔진음을 구분해 내려 했으나 실패했다.

그리고 누군가 낡은 차의 범퍼를 건드리는 소리에 엔진과 사슬 모두 뇌리에서 밀어내야 했다. 내가 걸어온 방향이었다. 나는 좀비 놈한테 다가가 기관단총으로 뒤통수를 갈겼다. 고개를 들어보니 안개 속으로 더 많은 그림자가 드러났다. 좀비 스토커들한테 걸린 모양이었다. 아직 2분 정도의 거리가 있기에 나는 그대로 돌아서서 금속성이 들리는 방향을 향해 걸음을 재촉했다.

스토커들을 등 뒤에 둔 터라, 나는 열 발짝 속보에 열 발짝 완보의 방식을 이어갔다. 그때 또다시 들리는 사슬 소리에 걸음을 늦추었다. 뒤쪽의 좀비들은 이제 10분쯤 간격이 벌어졌을 것이다. 내가 아는 한 놈들이 들어찬 자동차도 없었다. 어느 차를 막론하고 유혈 흔적이 낭자하기는 했다. 나는 조금 더 나아갔다. 점점 커지는 금속성에 미칠 것만 같았다.

마치 기계음과 금속음이 번갈아 강도를 더해가며 신경을 긁어대는 잔인한 게임에라도 말려든 기분이었다. 시계의 한계도 고문의 농도를 크게 더했다. 200~300미터 거리에서 들리는 듯하지만 도로가 교각에 걸쳐 있고 양쪽에 장벽이 설치된 상황을 고려하면 훨씬 더 먼 곳일 수도 있었다.

나는 후방 스토커들에 대한 불안감을 애써 무시하고(물론 불가
능한 일이다.) 잔뜩 몸을 웅크린 자세로 전진을 이어갔다. 이제 좀
비들이 움직이는 소리까지 들릴 정도였다. 드디어 선택의 순간이
었다. 돌아서서 스토커들과 상대할 것이냐? 아니면 그대로 밀고
나가 앞쪽의 시끄러운 놈과 맞설 것이냐? 다른 선택이 있다면 차
가운 늪지로 뛰어들어 반대편으로 달아나는 것뿐이다. 이 경우 반
대편까지의 거리가 가깝고 도중에 늪의 좀비들과 마주치지 않아
야 한다는 전제가 따라붙는다. 어쨌거나 북쪽은 내 목적지도 아
니고 엉덩이를 물릴 생각도 없다. 결국 59번 도로의 금속성을 향
해 밀고 들어가는 편을 택했다.

안개는 여전히 짙었지만 어디로 가고 있는지는 충분히 알고 있
다. 지금까지의 속도에 비추어 스토커들은 5~7분 정도 거리일 것
이다. 이윽고 밝은 오렌지색 작업복 차림의 좀비들이 시야에 들어
왔다. 최소 서른. 작업복 뒤에 야광으로 'COUNTY'라는 글자가
박혀 있고 대부분 족쇄와 사슬로 묶여 있었다.

수감자들은 셋에서 다섯까지 조를 이루었고 그 중에는 이미 작
동 불능인 자들도 보였다. 한 놈은 옆으로 걸어 다녔는데, 갈가리
찢기고 잔뜩 오그라든 다리가 사슬과 함께 질질 끌려왔다. 놈들
은 아직 나를 보지 못했다. 나는 스토커들이 접근하기 전까지 5분
의 시간을 죄수 부대를 돌파할 방법을 궁리하는 데 투자했다. 보
이는 건 아직까지 서른 정도였다. 자동차 위로 뛰어 돌파하는 방
법을 구상해 냈을 때 뒤쪽 안개 속에서 최초의 스토커가 보였다.
나는 놈의 얼굴을 쏘았다. 이제 생각은 금물이다. 무조건 돌파하
는 일만 남았다.

나는 왼쪽을 골랐다. 그쪽의 좀비들이 장애나 구속이 더 많아 보였기 때문이다. 전략은 간단했다. 사슬조 양 끝의 좀비를 쏘아 남은 놈들에게 말 그대로 치명적인 장애를 선물한다. 작전을 성공하기 위해 다섯 놈을 쏘는데 탄창을 모두 비워야 했다.

나를 초조하게 만든 게, 좋지 않은 시계인지 아니면 양쪽으로 포위된 상황인지는 모르겠다. 어쩌면 오렌지색 죄수복을 입은 대규모 수감자들이 접근하기 때문일 수도 있겠다. 나는 완전히 혼이 나간 채 마구잡이로 방아쇠를 당겼고, 죄수 부대를 헤쳐 나오며 탄창까지 교환했다. 빈 탄창은 빼내 주머니에 넣었다.

다섯 조원 중 셋이 방해가 된다 해도 놈들은 포기하지 않고 쫓아왔다. 거치적거리지 않는 팀은 그들보다 먼저 다가왔다. 59번 도로를 긁어대는 사슬 소리에 겁이 나 죽을 것 같았건만, 간신히 놈들을 돌파하고 나서도 위협은 끝나지 않았다. 이윽고 또 다른 좀비 무리 50구를 더 뿌리치고 다시 속보와 완보 체계로 돌아왔을 땐 배낭이 천근보다도 무거웠다. 저 앞으로 안개가 걷히기 시작했다…….

나는 계속 움직였다. 뒤를 돌아보니 500미터 안쪽에서 100에 가까운 무리들이 쫓아오고 있었다. 말 그대로 좀비 눈덩이 효과였다. 놈들은 연쇄반응을 일으킬 정도로 시끄러웠다. 늑대들이 동료를 향해 울부짖고 있었다.

좀비들이 따라오는 동안 또다시 엔진 소리가 들렸다. 이런 속도를 영원히 이어갈 수는 없었다. 100구의 좀비를 떨쳐내는 일이 하루 이틀 내에 해결될 것 같지도 않았다. 59번 도로의 각주(角柱) 지역 끝에 다다랐을 땐 100구보다 훨씬 많아 보였다.

시계는 9시 50분을 가리켰다. 벌써 몇 시간 째 이런 식으로 도망 다녔다. 그리고 막 고개를 드는데, 좀비 무리 한가운데에서 엄청난 폭발이 일어났다. 난 본능적으로 두 귀를 막고 그대로 바닥에 주저 앉았다. 하지만 엉덩이가 땅에 닿는 순간 엄청난 폭음이 가슴을 때리는 통에 벌러덩 자빠지고 말았다. 다시 일어났을 땐 폭발이 추적자들에게 치명적인 피해를 입힌 후였다. 폭발물이 어디에서 날아왔는지, 내가 왜 이 빌어먹을 죄수 언데드들과 맞닥뜨려야 했는지 궁리할 여유 따위는 없었다. 그저 현실을 받아들이고 죽어라 달아날 수밖에. 낡은 자동차 후드 아래에서 비를 피하며 잠깐 점심식사와 휴식을 취했다. 다시 간선도로를 따라 남쪽으로 이동할 생각이다. 지겨운 늪, 마구잡이의 고성능 폭발, 아니면 좀비 죄수단이 쫓아올지 모를 곳을 향해.

21시 48분

오늘밤엔 낡은 제련소에 휴식처를 정했다. 사각의 높은 철망으로 둘러싸인 공간이 사방에 즐비했는데 대부분 잡풀로 덮인 채 새들의 보금자리가 되어 있었다. 내가 투숙한 공간은 강화 철망에 맹꽁이 자물쇠까지 완비된 터라 철망을 타고 넘어야 했다. 나는 가방을 울타리 너머로 던져 넣고 몸무게를 지탱할 만한 지점을 골라 그 위에 울담요를 드리웠다.

꼭대기에 가시철망은 없으나 날카로운 가장자리를 피하기 위해 담요를 덮는 건 습관 반, 조심성 반의 행동이었다. 파상풍 주사를 뉘줄 곳도 없는데 굳이 감염의 위험을 무릅쓸 이유는 없었다. 철망 안으로 들어간 후 천천히, 조심스레 주변을 살폈다. 야생견이나 좀비가 들어올 만한 개구멍 때문인데 다행히 그런 건 없었다. 나는 제련펌프 한 곳을 골라 근처에 캠프를 치기로 했다. 오후 3시쯤 비가 멈춘 덕에 옷이 어느 정도 마르기는 했다.

나는 젖은 장비를 꺼내 금속 파이프 위에 펼쳐놓았다. 아까 비가 그친 직후에도 춥기는 했지만 지금처럼 심하지는 않았다. 나는 오늘의 사건과 기이한 폭발에 대해 생각했다. 체인에 묶인 죄수들 생각도 했다. 과거 시대의 범법자들이다. 사회가 무너지면서 수감자들을 다룰 간수들이 부족했을 것이므로 함께 사슬로 묶어 놓는 건 충분히 이해가 간다. 불쌍한 친구들. 얼마나 두려웠을까? 그 중 한 명이 감염되면 다른 사람들이 그와 싸워야 했을 터이니. 아니, 넷이 감염되고 한 명만 남아 싸웠을 수도 있겠다. 어차피 모두 변이할 수밖에 없었겠지만 말이다.

2층의 어린 좀비는 지금도 창을 두드리고 있을까? 아직 놈의 사정거리 안에 있는 기분이었다. 죄수 부대와 아이에 대한 생각만큼이나 끔찍한 건 폭발이다. 교각에 중량 감지 센서라도 남아 있었던 걸까?

머리가 복잡했다. 해가 저물면서 뭔가 쓸 만한 것을 찾아 부근을 순찰했으나, 오염된 땅에 반쯤 묻힌 필립스 스크루 드라이버가 고작이었다. 비상식량이라도 구해볼 양으로 대형 쥐덫 하나를 설치한 다음 남은 빛을 이용해 실탄을 확인했다. 9밀리 210발. 죄수 부대 때문에 서른 발이나 축났다.

나는 쥐덫을 피하며 다시 한 번 지역을 순찰했다. 해가 막 지평선 너머로 기울었다. 멀리 59번 도로에 움직임이 보였는데 늪지대의 스토커 잔당일 것이다. 이곳은 상대적으로 안전했다. 놈들이 여기까지 올 리는 없다. 이제 한 눈을 뜨고 손가락을 방아쇠를 걸고, 귀에 보안장치를 매단 채 잠이 들 것이다. 잠이 들기 전에 야간 투시경도 쓸 생각이다. 긴급상황이 발생했을 때 투시경을 찾느라 버벅댈 수는 없다. 필요하다면 밤새도록 스위치를 켜둘 수도 있다.

군화

또다시 얼굴을 때리는 빗줄기에 잠을 깼다. 이미 몇 시간 동안이나 비몽사몽의 악몽에 시달린 끝이다. 날씨가 어찌나 추운지 뼛속까지 어는 것 같았다. 메인 랭글리[15]의 극한훈련 이후로 처음이다. 몽롱한 의식은 또다시 포로수용소의 스트레스 면역 훈련으로 흘러들어갔다.

추위는 또 루디야드 키플링을 떠올리게 했다. 작은 감방에서 키플링의 시 「군화」가 반복해서 플레이 되었다. 걸쭉한 러시아 억양

---

15) CIA 본부

의 사내 목소리…… *착-착-착-착-아프리카로 넘어가네 / 군화가 / 착-착-착-착- 위아래로 오르내리네.*

몇 시간 후 난 그 시를 완전히 암기했었다. 훈련과 훈련 사이마다 끊임없이 반복되던 목소리가 지금도 귓가에 메아리친다. 나는 추위에 떨며 일어나 「군화」를 읊조리고 또 읊조렸다.

나는 오일펌프에서 흘러내리는 빗물로 물통을 채우고 마시고 다시 채웠다. 어찌나 미친 듯이 마셔댔던지 구토증이 일 정도였다. 잠시 후엔 소변도 보고 쥐덫도 확인했다. 덫은 아무것도 잡지 못했다. 멍청한 놈. 말인즉슨, 소중한 영구 보존 식량을 탕진해야 한다는 얘기다. 비가 잦아들기 시작해 약간의 불을 피워 칠리캔을 데우기로 했다.

철망 바깥에서 죽은 나무들을 긁어모아 손도끼로 적당한 크기로 잘라낸 후, 오일펌프와의 충분한 거리에 구멍을 파고 잘 마른 나무들을 이용해 불을 피웠다. 불을 피우는 일은 어렵지 않았다. 나는 만능공구로 칠리캔 뚜껑에 구멍을 뚫어 불 위에 걸었다. 칠리를 데우는 동안에는 쌍안경으로 주변을 관찰했다. 멀리 도로는 물론 울타리 삼면 어디에도 움직임은 없었다.

나는 아무나 불러보기 위해 구명무전기를 집었다. 불시착 이후로 무전기 배터리를 아끼기 위해 최선을 다했다. 안테나를 뽑고 송수화기 채널을 282.8에 맞추는데, 멍청하게 무전기를 신호모드로 바꿔놓았다는 사실을 잊고 있었다. 빌어먹을! 이제 배터리는 죽고 여분은 없다. 나는 기계에서 배터리를 빼냈다. 특수형이라 대체 배터리를 찾는 것도 불가능에 가까웠다. 나는 출력볼트와 배터리 종류를 일기에 적고 배터리를 철망 밖으로 집어던졌다. 조금이라도 무게를 줄여야 했다. 배낭을 메고 장거리여행을 해본 사람은 1그램의 무게도 중요하다는 사실을 안다.

무전기는 후일에 대비해 간직하기로 했지만 지금은 조난신호를 모니터하고 있을 그 누구와도 단절되어 있는 형편이다.

오늘 아침 문득 극기 훈련을 떠올린 후부터 생존의 큰 그림을 짜기 시작했다. 미국 정부가 일부나마 남아 있다는 사실은 알고 있다. 항공모함, 연료 수송팀, 군용활주로 그리고 호텔23. 이곳에도 어쩌면 나를 구해줄 누군가가 있을 것이다. 모함과의 통신은 헬리콥터 불시착 이전에 끊어졌다. 거기에 방사성 좀비들을 모선으로 모시겠다는 멍청한 생각을 더하면 지금쯤 모함도 정복당했을지 모를 일이다.

저 하늘의 위성도 의미 없이 돌거나 궤도를 벗어났을 것이다. GPS위성이 꺼졌다는 건 알고 있다. 불시착 이후로 꽤나 먼 거리를 지났건만 아직 살아있는 사람을 보지 못했다. 지나온 거리가 남은 여행을 대변한다면 너무도 심각한 상황이라는 얘기다. 인류의 1퍼센트만 살아 있다 해도 지금쯤 누군가를 만나야 했다. 내일부터는 신호를 남겨 지속적으로 목적지를 알릴 참이다.

무엇이든 구해 땅바닥에 거대한 화살표로 만들면 누군가 비행기를 타고 가다가 보지 않겠는가. 물론 목격자가 옛날 신호라고 판단하면 그만이겠지만, 그렇다해도 조금이나마 구조 가능성을 높일 수 있다면 가능한 모든 수단을 강구할 것이다.

교각의 폭발이 계속해서 마음을 괴롭혔다. 당시엔 단순한 행운이라고 기록했지만 생각할수록 옛날의 폭발물이 하필 그 순간에 터진다는 게 말이 되지 않았다. 윙윙거리는 엔진음은 폭발 직후에도 들려왔었다.

이곳에도 사슴들이 뛰어다녔겠지만 좀비들을 오랫동안 피할 수는 없었을 것이다. 나도 한 마리 잡을 생각이다. 그럴 수만 있다면 장기보존 식량들을 비축하고 호텔23으로 돌아가는 데에도 큰 도움이 될 것이다. 비는 그쳤지만 하늘엔 구름이 가득했다. 이제 울담요 판초우의를 입고 59번 도로를 따라 남쪽으로의 여행을 계속할 것이다.

너무 늦기 전에 찾아야 할 물건들이 몇 개 있다. 우선 도로지도를 찾아 지금의 행로가 정도에서 얼마나 벗어났는지 확인해야 한다. 요오드정제 등 물을 정수할 방법도 필요하다. 현재의 행로에 관해서라면, 이 길이 중간 크기의 도시로 곧바로 이어질지, 아니면 주간도로 교차로가 나올지 알 방법이 없다. 망원경을 쉽게 꺼낼 수 있도록 배낭의 정리 순서도 바꿔야겠다. 출발 한 시간 전에는 돛배에서 얻은 기름과 걸레로 무기도 소제할 생각이다. 마지막으로 무기손질 한 때가 까마득하기만 하다.

"전쟁엔 열외가 없다!" - 루디야드 키플링

사슴 사냥꾼

　오늘 아침 출발 후, 남쪽으로의 장거리 행군을 위해 옷을 입고 배낭을 챙겼다. 2주 전에 비해 옷이 다소 헐렁해진 느낌이다. 끊임 없이 배가 고픈 것도 내내 걷기 때문이다. 다행이 이 지역은 상대 적으로 평지에 속한다. 이런 빈약한 식량으로 로키산맥을 횡단했 다면 난 이미 끝장났을 것이다. 한 시간 정도 남하하다가 망원경 으로 100미터 거리의 수사슴을 보았다.

　나는 한쪽 무릎을 꿇고 눈에 쉽게 띄도록 나뭇등걸 옆에 배낭 을 내려놓았다. 문득 지독한 허기가 치고 들어왔다. 나는 눈앞의 사슴을 쫓기 시작했다. 수목한계선 바짝 붙어 접근했는데 100미터를 9밀리 기관단총으로 잡는 건 불가능에 가깝다. 사슴은 까맣게 모르고 있었다. 나는 50미터쯤에서 쌍안경으로 다시 놈을 확인했다. 건강한 놈이어야 했다. 거듭 살펴보아도 괴물들에게 물린 흔적 따위는 없는 듯 보였다. 쏠 만한 놈이었다. 너무 마르거나 늙지도 않고 풀을 뜯어먹는 동안 씰룩이는 근육도 믿음직스러웠다. 나뭇잎들에 가린 탓에 뿔의 수는 알 수 없었다. 뒤쪽도 확인했다. 좀비들한테 감지당할 수도 있기 때문이다. 배낭은 그루터기에 그대로 있었다. 나는 조금 더 접근했다. 약 30미터 앞에서 사슴이 뭔가 낌새를 챘는지 두 귀를 쫑긋거렸다. 살아있는 인간의 냄새를 맡았거나 아니면 나도 모르게 소리를 냈을 가능성도 있다.

나는 무기를 들어 사슴을 겨냥하고 엄지로 레버가 수동에 있는지 확인했다. 표적에 실탄을 낭비하고 싶지는 않다. 지금 아니면 아무것도 없다. 몇 초 후면 사슴이 놀라 달아나고 말 것이다.

나는 두 발을 쏘아 사슴의 목과 뒤통수를 맞추었다. 짐승은 옆으로 쓰러졌다가 다시 일어나 달아나기 시작했다. 나는 사슴을 쫓으며 자신을 원망했다. 탐욕과 굶주림에 눈까지 멀다니! 애초부터 사냥을 싫어했다. 굶주림만 아니라면 사슴을 쏘지도 않았을 것이다. 그런데 보라. 대책 없이 짐승을 쏴놓고 이제 그마저 잃어버릴 판이 아닌가! 나는 거의 한 시간 동안이나 핏자국을 쫓았다. 길을 잃지 않기 위해 배낭과 도로와의 거리를 재두기는 했다.

핏자국은 작은 계곡으로 내려갔다가 다시 작은 바위 뒤로 돌아갔다. 나는 작은 덤불숲을 헤치며 꾸르륵거리는 위장만 생각했다. 그런데 바로 앞에 10여 구의 좀비들이 내 사냥감을 뜯어먹고 있는 것이 아닌가! 무릎까지 꿇은 채 사슴의 옆구리를 찢고 물어뜯고 있는 좀비 무리들! 나는 놈들에게 뜯기고 먹히는 짐승을 보며 죄의식과 분노가 치밀었다. 좀비 사이로 눈을 뜨고 있는 짐승이 보였다. 문득 저 짐승이 내게 이렇게 묻는 것처럼 보였다.

"그래, 이러려고 날 쏜 거니?"

시체들과는 불과 3미터 거리였다. 막 뒷걸음으로 협곡을 빠져나갈 생각을 하는데, 썩은 턱에 피 묻은 살점을 물고 있는 놈 하나가 고개를 돌리더니 나를 잡겠다며 두 팔을 뻗었다. 놈이 신음을 토하자 다른 두 놈도 고개를 들고 따라 했다. 나는 뒤로 돌아서서 핏자국을 따라 달리기 시작했다. 좀비들과의 거리를 벌려놓아야 했다. 순간 나무 위에서 앙상한 집고양이 한 마리가 뛰어나와 근처 벌판으로 달아나기 시작했다.

놈들을 보며, 내가 얼마나 죽음과 가까이 있는지 새삼 깨달아야 했다. 지금껏 지겨울 만큼 마주쳤으니 이제 둔감해질 때도 되었건만! 놈들은 공포를 그려내는 화가다. 때문에 모두 썩어 땅으로 돌아갈 때까지 결코 전쟁은 끝나지 않을 것이다.

나는 열심히 달아나면서도 5초마다 뒤를 돌아보았다. 그 거리에서 이런 무기로 사냥을 시도한 내가 원망스럽기만 했다. 그런데 배낭을 숨겨둔 등걸이 보일 때쯤 웡웡 소리가 다시 들렸다. 나는 사방을 둘러보며 소리의 진원지를 찾았다. 구름이 짙은 탓에 숲 위로는 아무것도 보이지 않았다. 멀리 숲속에서 나뭇가지 꺾는 소리도 들렸다. 사슴 사냥꾼들이 뭔가 새로운 목표를 쫓고 있었다. 나는 배낭을 메고 끈을 조정했다. 그나마 살아 있는 건 고맙지만 또 다른 생명을 빌어먹을 괴물들에게 먹이로 줘버린 사실이 뼈저릴 만큼 억울했다. 이거야 자살골을 먹은 격이 아닌가. 살아있는 생명체의 먹이가 되는 건 좋다. 하지만 절대 저런 괴물들에게 유린당하게 해서는 안 된다.

나는 도로 맞은편으로 건너가 도로를 따라 이동하기로 했다. 이쪽은 수 킬로미터까지 너른 들판이라 엄폐물 찾기가 어려웠다. 하루 종일 보슬비가 내리는 통에, 처참하기가 그지없지만 사실 해가 쨍쨍하다고 덜 처참해지는 것도 아니다. 오늘은 엔진 소리를 세 번 들었다. 일정한 간격도 없기에, 일단 소리가 나는 시간과 길이를 머릿속에 기록해 두기로 했다.

시계를 보며 햇빛이 얼마나 남았는지 계산해 보았다. 은신처 확보를 고민해야 할 때가 되었다. 13시쯤 멀리 마을의 윤곽이 보이기 시작했다. 그 마을에 들어가기 위해서라도 이정표부터 찾아야 했다. 만일 이정표의 인구가 3만을 상회한다면 그쪽은 포기해야 할 것이다. 결국 나한테 필요한 건, 약간의 식량, 도로지도, 여분의 실탄 정도다. 50만 좀비를 무릅쓸 가치가 있는 건 아니다. 한 번 물리면 끝장인 건 마찬가지이나 그래도 수가 적을수록 피하기도 쉽지 않겠는가. 과학적인 근거는 없지만 그래도 모래에 선을 하나 긋는 게 마음은 편하다.

두 시간 정도면 어두워지기 시작하기 때문에 나도 조금씩 불안해졌다. 땅바닥에서 자는 건 말도 안 된다. 어두워지기 전엔 쉴 곳을 찾지 못한다면 차라리 밤새 행군하는 편이 낫다. 불시착 이후, 처음엔 밤에만 움직일 생각을 했었다. 하지만 투시경의 배터리가 부족한 데다 놈들이 눈을 희번덕이는 대낮에 잠을 잔다는 게 께름칙해 마음을 바꾸었다. 농가에서도 확인했듯 놈들도 어둠 속 시력은 빵점이었다. 소리에 반응은 해도 나를 보지는 못했다.

선택의 여지는 시간과 더불어 좁아졌다. 그래서 나는 도로 상에서 자동화기를 걸어둘 만한 장소를 찾기로 했다. 몇 가지 선택은 가능했다. 위네바고 캠핑카가 있었으나 포위될 경우 탈출로가 없다. 다음 대안은 옆으로 쓰러진 UPS 트럭이었다. 하지만 너무 좁은 데다 역시 포위당하기가 쉬웠다. 내가 고른 건, 기다란 사료 트레일러가 달린 대형 세미트럭이다.

나는 쌍안경으로 주변에 시체의 징후가 있는지부터 살폈다. 트랙터의 창문은 모두 닫힌 채였다. 덩치가 큰 덕에 놈들이 후드로 올라올 수 없을 뿐더러 운전석 뒤에는 침상도 있었다. 운전석 문에 '보아즈 운송'이라는 회사명이 페인트로 적혔고 타이어 두 개가 펑크 상태라 내쪽으로 약간 기울었다. 어쨌거나 무조건 달려드는 건 바보짓이다. 나는 그 지역을 철저히 살피기로 하고, 30분 이상 귀를 기울이고 신경을 곤두세웠다. 이윽고 배낭을 내려놓고 트랙터를 향해 움직였다. 아스팔트에 발을 디디자 도로 양쪽이 분명하게 보였다.

멀리 북쪽으로 앰뷸런스가 버려져 있었다. 남쪽으로는 녹색 이정표가 있었는데, 인근 마을까지의 거리가 표시되어 있을 것이다. 나는 디딤판 위에 올라서서 운전석을 살폈다. 이쪽 문은 잠겼고 조수석 문은 열려 있었다. 위험해 보이지는 않았다. 나는 바닥으로 뛰어내린 다음 다른 쪽으로 돌아가 문을 열었다. 낡은 트럭에서는 패스트푸드 냄새가 났다. 계기반으로 미루어 짐작컨대 오랫동안 이 차에 오른 사람은 없었다.

나는 안으로 들어가 좌석 뒤쪽의 침대를 들여다보았다. 깨끗하지는 않아도 쓸 만했다. 트럭 안은 모든 게 정상으로 보였다. 기껏 계기반 위의 색바랜 봉지들이 고작이었다. 나는 안전을 확신하고 가방을 가지러 돌아갔다. 트럭에 돌아올 때쯤엔 너무 어두워 표지판을 읽을 수가 없었다. 나는 그냥 취침 준비를 하기로 하고 운전석에 배낭을 놓고 커튼을 내렸다. 이렇게 하면 누구도 나를 보지 못할 것이다. 문을 잠근 후에는 귀중품을 찾기 시작했다. 휴대용 라이터와 비엔나소시지 캔, 고급 제도펜과 샤피 마커를 찾아 소시지는 그 자리에서 먹어치웠다. 플래시 배터리를 절약하기 위해 수색은 내일 아침 해가 뜬 다음에 재개하기로 했다. 문을 잠근 이상 창문이 열릴 일은 절대 없을 것이다.

10월 13일
08시 22분

잠들기 전에 어떤 소리를 듣기는 했는데 그럼에도 불구하고 숙면을 취했다. 너무 지쳤기 때문이었다. 숨을 죽이고 지켜본다고 생각했는데 그만 깊은 잠에 빠지고 만 것이다. 잠에서 깨니 벌써 6시 30분이었다. 커튼 사이로 햇빛이 들어왔다. 나는 커튼을 닫은 채 부츠를 신고 끈을 묶고 고양이세수를 했다. 그리고 조수석으로 넘어가 커튼 밖을 훔쳐보았는데, 멀리 남쪽으로 무언가 움직이는 것 같았다. 망원경을 집어 바깥을 확인했지만, 저 멀리 시체 한 구가 버려진 차들 주변을 헤매고 있을 뿐 특별한 위험은 없어 보였다. 나는 커튼을 좀 더 열어놓고 운전석을 철저히 수색했다.

글로브박스엔 6개월 전에 만료된 보험증서와 알라모 앞에서 찍은 사내의 가족사진이 전부였다. 지금 그곳은 핵공격을 받아 방사성 좀비의 천국이 되어 있었다. 머리 위에 A-130 폭격기 1000대가 뜬다 해도 절대 그곳으로 들어가지는 않을 것이다. 사진 뒤에 작년 12월 날짜가 적혀 있었다. 물론 그 시절이라면 어디든 돌아가겠다. 비극이 있기 전의 정상적인 삶을 하루라도 누릴 수 있다는데 뭔들 못하겠는가. 사내의 가족 뒤로 사람들이 웃으며 지나가는 모습이 보였다. 사진사가 셔터를 누르고 불과 30일 후 세상이 어떻게 돌아갈지 전혀 모르는 사람들.

보급작전

그동안 사건도 정보도 많아 어디서부터 시작해야 할지 모르겠
다. 오늘 아침 트랙터를 떠난 후에 어젯밤에 보았던 이정표를 확
인했다. 가까이 갈 필요는 없었다. 쌍안경이 또다시 시간과 노력을
절약해 주었다. 이정표에는 '마셜 10Km, 텍사스'라고 적혀 있었다.
마셜이라는 마을에 대해 전에 어딘가에서 들은 적이 있었다. 그러
니까 내가 들어봤을 정도면 수색 작전을 펼치기엔 너무 큰 도시가
분명하다는 뜻이다. 제 방향으로 되돌아가는 데 이번에도 윙윙 소
리가 들렸다. 하늘은 맑았다. 쌍안경을 꺼내 하늘을 살폈지만 역
시 허사였다. 나는 남동쪽 방향을 잡아 조금씩 도로와 멀어졌다.

마셜을 관통하지 않고 우회하기 위해서인데 덕분에 여행은 몇 킬로미터 더 걸릴 것이다. 한 시간쯤 걸었을까? 폭발 이후 가장 커다란 굉음이 들렸다.

비록 먼 거리이긴 했지만 분명 음향미끼였다. 좀비 감염이 시작되고, 놈들을 핵공격 타깃으로 끌어들이기 위해 활용한 적이 있기에 그 독특한 톤을 기억할 수 있다. 난 본능적으로 최악의 시나리오를 상상했다. 그럼 이제 나도 어둠 속에서 빛을 발하게 되는 건가?

물론 그렇지는 않았다. 그랬다면 지금 살아서 이 글을 쓰지도 못할 테니까. 방향은 동쪽이 분명했다. 사실 핵폭탄 투하작전 때의 음향처럼 귀가 얼얼하지 않은 걸 보면 훨씬 먼 거리일 것이다.

나는 초조하고 당혹스러운 마음으로 남동쪽을 향해 걸음을 이어갔다. 비행기 엔진 소리를 들은 건 바로 그때였다. 동쪽하늘을 보니 낮게 비행하는 비행기 그림자가 곧바로 나를 향해 날아오고 있었다. 나는 재빨리 막대 조명탄과 발사통을 꺼냈으나 장착도 하기 전에 비행기는 다시 급상승해 텅 빈 창공 속으로 돌아가 버렸다. 울음이라도 터뜨리고 싶은 심정이었다. 그리고 그때 녹색의 대형 낙하산에 매달려 낙하하는 대형 깔판에 하마터면 깔려 죽을 뻔했다. 깔판은 불과 5미터 거리에 떨어져 내 얼굴에 진흙과 지푸라기 더미를 잔뜩 뿌려주었다. 나는 재빨리 달려가 내려앉는 낙하산을 모아 궤짝에서 분리한 후 대충 접어 그 위에 커다란 돌을 올려놓았다. 들판의 좀비들이 몰려들기 전에 서둘러 처리해야 할 일이다. 깔판은 비닐랩으로 두텁게 감쌌고 크기는 120×120×90Cm 정도였다.

나는 나이프를 꺼내 비닐랩을 잘라나갔다. 비닐 위에 스프레이로 'OGA 보급품 2b'라고 적혀 있었다. 비닐을 제거한 후 고리를 열고 상자를 묶은 띠를 제거했다. 플라스틱 깔판 위에는 다양한 크기의 펠리컨 케이스들이 잔뜩 쌓여 있었다. 제일 위에 놓인 밝은 황색의 케이스엔 간단히 'No.1'이라고만 적혀 있었다. 나는 주변을 둘러본 후 플라스틱 케이스를 집어 걸쇠를 풀었다. 뚜껑을 열자 제일 먼저 눈에 띈 건 휴대폰이었다. 옆면에 접힌 대형 안테나만 보더라도 분명 보통 휴대폰은 아니었다. 전화기 앞면에 '이리듐'[16)]이라는 글씨가 보였다. 나는 케이스에서 전화기를 꺼내 메뉴 버튼을 눌렀다. 화면이 켜지며 완전충전 표시와 '위성 확인 중'이라는 지시어가 떴다. 나는 전화기를 옆으로 밀어놓고 상자를 좀 더 살펴보았다. 상자 뚜껑에 이번 달 이 지역의 이리듐 위성궤도를 보여주는 듯한 차트가 있었다. 차트에 따르면, 위성의 80퍼센트가 작동 불능 상태라 하루에 두 시간 정도만 위성 수신이 가능했다.

시간은 12시 00분에서 14시 00분까지이며 기후 상황에 따라 17분의 가감 요인이 발생할 수 있다. 별표의 주의사항도 하나 있었는데 현재의 위성 배치 상황에 따라 매년 정확히 2분 12초까지 줄어든다는 경고였다. 전화기가 놓여 있던 스티로폼 안에는 작은 태양열 충전지도 끼어 있었다. 그리고 막 다음 상자를 확인하려는데 전화가 울렸다.

나는 너무 놀라 잠시 머뭇거리다가 대화 버튼을 눌렀다. 디지털 모뎀의 잡음이 잦아들고 마침내 연결음이 들렸다. 나는 여보세요,

---

16) 모토롤라가 주도한 위성휴대전화 시스템

인사부터 했다. 느린 기계음이 스피커에서 흘러나왔다.

"원격 식스의 녹음 메시지입니다. 텍스트 화면을 확인하세요."

나는 지시대로 화면의 텍스트를 읽기 시작했다.

잔여 위성 범위 6분.

12일 전, 담당관이 무전으로 나다 미사일 기지 현장 지휘관의 실종을 보고. 이후 기지는 최대한의 항공 촬영 기능 & 글로벌호크 & UCAV 무인 전투기들을 활용해 수색에 나섰다. 수색이 실패를 거듭하던 중 조난 무전 신호 감지. 신호는 충분히 이어져 무인전투기 리퍼가 정확한 위치를 탐지하는 데 성공. 원격 식스는 *간섭* 곱 기지 *간섭* 임무의 일환으로 *간섭*…… 정부 *간섭* 산하 지휘 및 통제 *간섭*이다. 보급 *간섭*은 대부분의 공기주입 엔진형 비행기의 공수 작 *간섭* 좌절시켰다.

잔여 위성 범위 3분.

실험용 리퍼 무인전투기 *간섭* 지원시스템 자원 *간섭* 우리는 하루 12시간 동안 항공지원을 제공할 자원이 있다. 원격 식스 무인전투기들은 전자 광학 감지센서가 장착된 500파운드의 레이저 유도폭탄 2기 *간섭* 매일 지원된다. C-130 보급품 중, 대용량 조난신호기 외에 리퍼 유도폭탄의 조종기가 있으며, 안내서도 함께 동봉했다. 타깃을 지정하려면 리퍼의 작전 시간 내에 *간섭* 하며, 약 10초 정도 리퍼 타깃 *간섭* 유지해야 한다. 10초 미만의 레이저 공격은 불발로 이어질 수 있다. 에스코트를 위해 조난신호기를 의복 외부에 설치할 것. 좀비 감지를 피하기 위해 비행기는 각도 10 *간섭* 유지할 것임.

잔여 위성 범위 1분
수신기 입력패드를 이용해 다음 질문에 답하라.
고감도 음향이 들리는가?

나는 그렇다고 대답했다.
위성전화 화면이 모두 사라졌다. 멀리 음향미끼가 찾아들며 거
의 들리지 않게 되었다. 음향미끼는 이제 내 주변에서 음향을 발
산하는 것 같았다……. 간신히 들릴 정도의 크기로.
텍스트화면이 다시 물었다.

고감도 잡음이 들리는가?

YES.
이윽고 소리가 꺼지고 더 이상 들리지 않았다. 텍스트 화면이
다시 한 번 질문했다.

고감도 음향이 들리는가?

NO.

대답을 반복할 것.

NO.

그 즉시 텍스트 화면이 다시 스크롤되기 시작했다.

　이제 가변성 소음 제거 허리케인 프로젝트가 3차원으로 작동되었다. 감염된 변 *간섭* 중심에서 멀어질 것이다. 가변성 소음기의 배터리 수명은 24 *간섭*이며 이리듐 위성 감도 저하는 즉시

　말인즉슨 좀비를 핵 타깃으로 유인하는 장치가 동시에 안전지역을 만들어 좀비들을 중심의 정적 지점에서 멀어지도록 만드는 역할도 한다는 것이다. 허리케인 프로젝트라는 이름은, 혼란스러운 태풍벽에 비해 중심 눈이 상대적으로 고요하기 때문에 붙여졌을 것이다. 텍스트 데이터로 넘어가기 전의 목소리가 기계음처럼 들리기는 했으나 이 전 과정이 자동화되었을 가능성은 없다. 헬기가 귀환 시기를 넘기는 순간 존이 실종보고를 했을 것이다.

　몇 개월 전, 호텔23의 무전기가 루이지애나 국회의원이라고 주장하는 사내의 통신을 가로챘었는데, 그는 좀비들에 대한 방사선의 암울한 효과 외에도, 자신이 정부기지와 제한된 고주파통신을 하고 있으며 그 기지에 표준 무인정찰기와 여분의 폭약이 있다고 전했었다.

　보급품엔 상자들이 아직 많이 남았다. 어떻게든 해지기 전에 조사하고 연구해야 할 물건들이다.

　첫 번째 작은 케이스 뚜껑에 레이저 표시가 새겨 있었다. 걸쇠를 풀고 상자를 열자, 바닥에 평범한 레일형 마운트가 달린 검고

네모난 장치가 나왔다. 기계 옆에는 비닐지에 적힌 안내서 한 장과 CR123 리튬배터리 상자가 함께 들어 있었다. 위성 전화 통신을 위해 참조해야 할 내용들이 적힌 안내서였다. 자료가 담긴 작은 폴더와 텍사스의 위성지도도 들어 있었는데 지도엔 다양한 지역을 뜻하는 기이한 숫자들이 적혀 있었다. 나는 재빨리 MP5에 레이저 장치의 호환 여부를 확인했으나 그렇지는 않았다.

레이저 빔을 조절하는 소형 육각렌치가 있었지만, 지침서에는 T6 레일 마운트에 장착할 경우 2미터 내의 정확도에 조정해 두었다고 했다. 재조정을 시도한다 해도 500파운드의 레이저 폭탄이 뭔가를 날려버리기 전에 허락된 시간이라곤 한 번에 5초밖에 되지 않을 것이다. 플라스틱 미니 신호발생기가 케이스 뚜껑에 부착되어 있고 어떻게 부착할지에 대한 설명도 적혀 있다. 장치는 스키 재킷에 부착하는 눈사태 신호기와 흡사했다. 스키여행에 문제가 생겼을 경우 구조요원이 나를 찾아낼 수 있도록 전파신호를 발생하는 장치다. 리퍼 신호기의 배터리 수명은 6개월이며, 목적은 리퍼 보호 대상 추적과 대상의 자폭 방지라고 적혀 있다. 행군 도중 실수로 레이저빔을 자기 발에 겨눌 경우 폭격하지 않도록 막는다는 의미다.

안내서 뒷면엔 리퍼의 기본기능과 제약을 간단히 설명했다. 위성 텍스트는 대낮에 열두 시간 리퍼를 이용할 수 있다고 했는데, 그건 광고지에서 본 리퍼의 항속시간과 맞지 않았다. 때문에 원격식스는 상당히 멀리 떨어져 있을 거라는 생각이 들었다. 안내서에는 리퍼가 18시까지 내 머리 위에 있다가 아침 06시에 다시 나타난다고 했다.

다음 상자엔 M-4 공격라이플이 들어 있었다. 적색 광학조준경과 슈어파이어 LED 웨폰라이트가 부착되어 있고, 223구경 500발과 탄창 5개도 함께 동봉했다. LED조명 반대쪽엔 레이저 거리측정기를 부착할 수 있는 장치도 있었다. 라이플 아래의 스티로폼엔 9밀리 250발에 탄창 세 개, 그리고 소음기가 달린 글록19가 들어 있었다. 무기 케이스엔 파편 수류탄도 두 개가 있었다. 그야 말로 어떤 것을 버리고 어떤 걸 취해야 할지 고민해야 할 상자인 셈이다.

다음 상자는 진공 포장한 건량들이었다. 각각 세 가지 종류의 식량을 담은 봉지가 모두 스무 개였다. 건량과 함께 정수 알약 100알이 담긴 플라스틱 병도 있었다.

나는 건량 다발을 바닥에 내려놓고 무기들도 그 옆에 나란히 두었다. 상자 두 개가 남았다. 다음 상자에서 처음 나온 건 '실험용'이라는 경고가 붙은 작은 가솔린 첨가제 병이었다. 뒤에 사용법도 적혀 있었다. '10갤런 당 4분의 1병. 한 시간 후에 내연기관을 작동할 것. 용량 초과는 불안정한 가연성 액체를 초래할 위험이 있음.' 상자에는 휴대용 사이펀 펌프도 들어 있었는데 고려해 볼 가치는 있겠다. 이 보급품의 존재는 나로 하여금 여타의 운송수단을 징발하도록 권유하고 있었다.

마지막 상자는 산악용 침낭을 담은 압축 가방이다. 상표가 없는, 아주 기이한 패턴의 위장침낭으로, 디지털 패턴이기는 하나 직각무늬는 없다. 가방에는 고어텍스 마크가 붙어 있고 국가재고표시에 섭씨 0도와 방수라는 등급이 포함되었다. 캔버스천으로 제작한 총지갑이 침낭 외부의 히프 높이에 붙어 있는데, 취침 중에도 신속하게 대응할 수 있도록 한 배려였다.

주변을 둘러보았지만 좀비는 보이지 않았다. 나는 배낭을 벗고 물건들을 한쪽에 빼놓기 시작했다. 반드시 필요한 물건과 단순한 예비용 물건까지, 우선순위를 정할 필요가 있었다. 해는 벌써 수평선으로 기울고 있었다. 나는 두 시간 후에 경보음이 울리도록 타이머를 맞춰놓았다.

M-4에 보조무기로 글록 소음총까지 생긴 이상, MP5는 거의 의미가 없어졌다. M-4의 성능 실험 때까지라면 몰라도, 새로 획득한 장비들을 짊어지고 도보여행을 한다면 라이플 두 정은 아무래도 무리일 수밖에 없다. 구식 G-17까지 버리지는 않는다 해도, 그역시 소형인 데다 야간조준기에 분리형 소음기까지 있는 G-19가 보조무기로 합리적인 선택이다. 더군다나 17의 탄창은 19에도 맞았다. 의외의 행운이었다.

침낭은 반드시 필요하다. 가운데 구멍을 뚫어 판초우의처럼 뒤집어썼던 울담요를 대체할 수 있다. 223구경 500발은 무겁다. 내일 허리케인 프로젝트가 활성화될 때 일부를 소비하는 것도 고려해 봐야겠다. 출발하기 직전의 아침시간이면 안전에도 무리는 없을 것이다. 헬리콥터에서 확보한 9밀리 실탄이 210발이 남았는데, 새로 보급 받은 250발과 더하면 피스톨 탄환은 총 460발이 된다.

성능 실험시 19도 어느 정도 소비할 생각이다. 17까지 버릴 생각은 없다. 무게 대비 효용성이 너무도 크기 때문이다. 수류탄은 유용하다. 정수제와 건량도 마찬가지다. 조만간 새 양말을 구하게 되면 헌 양말로 수류탄을 묶어 안전핀이 빠져나오지 않게 해야겠다.

16시 10분
해질 무렵

장비목록
*= 신장비

무기
~~MP5 9밀리 (탄창4)~~
GT-19 9밀리 (탄창2)
9밀리 리어보드 (새 시판라 관한)
*M-4 223구경 (탄창5), 레이저 거리측정기, LED라이트 및 조준경
*223구경 50애드
*GT-19 9밀리 (탄창3) 및 소음기
*9밀리 2뉴보드 (총 460발)
*따연두규탄 2

구명장비
배낭
전투용 나이프
야간투시경 및 여분의 배터리
물통 (3리터)
정망단 / 나침반
~~녹색유광탄~~
방안연막
~~PRC-902무전기 (비상라비상정기)~~
비상배낭
버거이레 1

216

대형 라면 ~

AA 건전지 (야간투시경용) 3케이스

삼중항사 열료 1

라잠거 1록

돋보기

디저털시계

* 위성폰 및 태양충전기

* 렌샤스 작업자료

* 정수제 100알

* 산악용 침낭

* 사용한 가복견 청가제 (작업복)

** 청가제 경로용 챙길! **

6개 사이판 펌프

서강

전투서강 ~

화고팩 3 * 무거우므로 멍저 소비한것

야채 머리기 스틱캔 ~ 무거우니 먼저 저거

료 3러허

* 3종류 건량 20봉

PRC-90 무전기는 도랑에 버리기로 했다. 배터리도 없는데 무게
만 차지하기 때문이다. 울담요, 그리고 잠정적으로 MP5까지 버릴
항목으로 분류했다. 버릴 무기와 탄창은 안전한 곳에 숨기고 새
지도에 표시를 해둘 참이다. 배낭을 다시 정리했다. 실탄이 워낙에

무거운 탓에 배낭은 원래보다 몇 킬로그램 더 나갔다. MP5, 울담요, 무전기를 포기하면 조금 줄어들기는 하겠으나 큰 차이는 없다.

현 위치에서 가까운 지점에 주택이 하나 있다. 나는 배낭을 모두 챙기고 인근으로 이동해 오늘 밤 묵을 장소로 적합한지 조사할 것이다. 뒤에 남겨둔 건 울담요와 무용지물이 되어버린 무전기, 그리고 낙하산 일부였다. 만약의 경우 은신처 대용으로 쓰기 위해 낙하산 줄과 범포 부분은 챙겼다. 요즘엔 군용 줄 얻기가 하늘의 별따기다.

M-4는 어깨에 메고 (2급으로 증명된) MP5로 마지막 순찰업무를 마친 후 어딘가 은닉할 생각이다. 그 총은 이제 보물지도의 암호표시로만 남게 될 것이다.

21시 45분

텅 빈 보급품 상자들을 등지고 배낭을 짊어질 때쯤 하늘엔 해가 조금 남아 있었다. 어깨에 멘 여분의 라이플 때문에라도 배낭은 훨씬 더 무겁게 느껴졌다. 목표는 남서쪽의 주택 건물이었다. 이미 쌍안경으로 정찰도 끝냈다. 2층집은 창문들까지 상하지 않은 그대로였다. 널빤지를 덧대지도 않았지만 지상에서 꽤 높은 탓에 사람이든 시체든 오르기가 쉽지 않았다. 창턱은 내 키 정도인데, 블라인드를 올린 창문도, 내린 창문도 있었다. 너무도 전형적인 광경인지라 위험할 것 같지는 않았다. 나는 집을 한 바퀴 돌며, 침입 흔적이나 핏자국 따위를 찾아보았다.

차고엔 차가 없었다. 잔디는 물론 대책 없이 자랐으며 여기저기 토끼 똥과 발자국이 보였다. 나는 현관으로 올라가 배낭을 내려놓았다. M-4는 벽에 기대놓고, MP5의 장전상태를 재점검한 후 스크린도어부터 확인했다. 문은 잠겨 있었다. 나는 나이프를 꺼내 방충망을 끊어내고 안에 손을 넣어 문을 열었다. 순간 문 옆 창문에서 뭔가 움직이는 게 보였다. 나는 황급히 손을 빼내 현관에서 물러났다. 철망에 팔이 긁혔지만 비명을 지를 수는 없었다.

바람에 흩날린 커튼이었다. 단지 그뿐이었다.

나는 현관에 앉아 오늘 밤 따뜻한 실내가 아니라 지붕에서 잠을 잘 이유가 있는지 곰곰이 따져보았다. 집 안에서 그 어떤 기척도 없고 집 주변의 움직임도 바람에 살랑거리는 풀밭뿐이었다. 나는 진홍빛의 노을을 등지고 재도전에 나섰다. 이런 일을 할 때마다…… 그러니까 잠잘 곳을 고민하고 수배하고 수정할 때마다, 이렇게 큰 용기가 필요하게 되리라고는 상상도 못했었다.

나는 곧바로 스크린도어로 다가가 손을 넣고 첫 번째 장벽을 열었다. 스크린도어를 여는 데에는 약간의 힘이 필요했다. 문을 힘껏 당기자 이번엔 먼지와 흙이 머리 위로 쏟아졌다. 스크린 너머는 곧바로 현관문이다. 나는 청동 손잡이를 잡았다. 금속성의 차가운 감촉이 기분 좋았다. 그런데 어느 쪽으로 돌리는 거지? 1년 전만 해도 신경도 쓰지 않았을 문제이건만, 시간이 흐를수록 단순하고 익숙한 문명의 습관들이 점점 더 낯설어만 갔다. 나는 손잡이를 천천히 오른쪽으로 돌렸다가 발로 힘껏 밀었다. 방은 비어 있었다. 오랫동안 버려진 집. 몇 개월 동안 아무도 없었던 게 분명했다. 이곳에 살던 사람들도 창궐/발병/재앙 이전에 떠난 것으로 보였다.

　지상층을 샅샅이 뒤진 후에는, 커튼을 모두 젖혀 위험이 숨어 있을 법한 어둠을 모두 쓸어냈다. 그리고 2층으로 올라가는데 아마도 지구상에서 제일 심하게 삐걱거리는 계단이었을 것 같다. 다행히 내 판단이 옳았다. 옥상까지 확인했지만 집은 완전히 깨끗했다. 시끄러운 계단소리에 반응이 없을 때부터 확신은 했지만 그런 건 아무래도 소용없다. 놈들의 집요한 생명력(?)을 과소평가한 덕분에 어디 죽을 뻔한 적이 한두 번인가? 나는 지난 수개월간 체득한 두려움과 철저함을 바탕으로 2층을 샅샅이 수색했다. 머릿속이 복잡했으나, 어차피 오늘 밤 감염된다면 그 모든 게 무의미해질 일이다. 자살에 대한 생각도 해보았다. 머리에 한 방이면 모든 걸 끝낼 수 있다. 최소한 의미심장한 메시지 하나 정도는 남길 수도 있겠다. 오래 전 내게 죽은 젊은 창고 직원이 그랬었다. 그게 정확히 얼마 전이었더라?

　나는 병적인 몽상에서 벗어나 방마다 돌아다니고 벽장을 확인하고 욕실 싱크대 아래를 조사했다.

　침대 밑에 숨은 놈이 있는 건 아닐까? 그런데 어린놈이면 어쩌지?

　나는 우뚝 멈춰 섰다. 침대 밑을 다 확인하기는 했나? 맙소사, 이런 게 바로 강박증이로군! 위층을 다시 훑고 아래층까지 재점검한 다음에야 배낭을 안으로 들이고 집 안의 문과 창을 모두 닫고 걸어 잠갔다. 거실과 식당 구역에 서로 다른 장식 촛대 네 개가 서로 다른 위치에 놓여 있었다. 나는 배낭과 함께 촛대들도 2층으로 가져갔다. 안방 침실로 보이는 방을 취침 작전의 베이스캠프로 정했다. 침대 시트는 없었으나 그 아래 어린 좀비도 없었다.

나는 장식촛대 두 개에 불을 붙여 침대 발치의 경대에 세웠다. 배낭은 창문 근처에 놓았다. 행여 상황이 악화될 경우 탈출구로 이용할 창문이다. 그러고는 침실 문도 걸어 잠그고 다른 경대를 그 앞에 기대놓았다. 비상시 시간을 벌기 위한 조치다. 창문이 손쉽게 열리는지의 여부도 확인했다. 그때쯤 이미 상당히 어두워졌다. 야간투시경으로 창밖을 180도 둘러보았지만 아무도 없었다. 나는 어둠 속에 앉아 건물이 삐걱거리는 소리를 들으며 오늘의 사건들을 보다 구체적으로 생각하려 했으나 오히려 혼란만 가중되는 기분이었다.

도대체 인근의 공항이나 군용활주로에 C-130 수송기를 보내 실어가지 않는 이유가 뭐지?

원격 식스는 또 누구야?

나는 양떼 대신 해답 없는 의문들만 세다가 깊은 잠에 빠져들었다. 행운의 촛불이 깜빡거리며 나를 지켜주었다.

소원을 이뤄주고 악운을 물리치는 착한 촛불들……

바늘구멍

어젯밤 아무 방해 없이 숙면을 취했다. 꿈속에서 광대역 잡음 신호에 시달리기는 했지만 그것도 필경 바람소리 때문일 것이다. 동녘이 밝아오고 있었다. 시간은 충분했다. 보급품과 함께 제공된 다른 자료들도 확인해야 하고, M-4와 글록19의 타깃 연습도 해야 했다. 자료 중에는 예정된 허리케인 소음제거 세트들을 표시한 지도가 있다. 슈리브포트(루이지애나), 롱뷰(텍사스), 텍사캐나(텍사스, 아칸사스)에 각각 배치되었는데, 위성 정보에 따르면 각 장치는 유동적인 강도에 맞춰두었다.

현재는 마셜 북쪽으로 몇 킬로미터 지점이었다. 즉, 위험요소를 최대한 회피하기 위해 롱뷰와 슈리브포트 사이를 관통해야 한다는 얘기다. 지도상에 표기된 소음제거 기호는 제거 범위를 나타내는데, 위험지구이자 타깃지역을 둘러싼 적색 원들이 그것이다. 원들이 다소 이지러져 있는 건 아무래도 지형 등의 요인이 음성 전송을 방해하기 때문일 것이다. 지도는 컴퓨터로 제작된 것으로 보였다. 그밖에도 댈러스와 뉴올리언스 지역을 뒤덮은 오렌지색 표시와 그 위에 그려진 국제 방사능 기호도 관심 대상이다. 그 지역들은 도시 주변을 넓게 포진했지만 동쪽으로 갈수록 눈물방울만큼 작아졌다. 오렌지색은 바람을 고려한 방사선 낙진의 경계를 표시했을 것이다.

이유는 모르겠으나, 텍사캐나의 소음제거 범위는 다른 두 곳보다 30퍼센트 정도 컸다. 가능성이 큰 탈출로는 마셜 남동쪽을 우회해 80번 간선도로를 가로질렀다가 남동남으로 40킬로쯤 더 나아가는 것이다. 안전을 뜻하는 녹색지대는 카르타고 동쪽 25킬로미터 지점에서 끝난다. 이 장치들이 마지막으로 배치되었을 때만해도, 핵탄두에 모두 갈가리 찢기고, 좀비뿐 아니라 생존자들까지 수도 없이 희생되었다. 배터리가 방전되면 좀비들이 다시 먹을 것을 찾아 사방으로 흩어질 거라는 게 논리적인 추론이겠다. 이 배낭을 메고는 하루에 기껏 25킬로미터 행군이 고작이다. 간섭 투성이의 위성전화 전송에 따르면 약 열두 시간 후면 소음 위장도 소진하게 된다.

북미의 예상 감염치와 사망률도 포함되었는데 두 경우 모두 거의 99퍼센트에 달했다. 내가 기억하는 마지막 인구조사에서 미국 인구는 3억이 넘었다. 간단한 산술만으로도 내가 상대해야 할 좀비는 2억 9700만 이상이 된다. 그 수는 매일 증가하고 있으며, 더 군다나 엄청난 핸디캡까지 주어진다. 놈들은 벼랑에서 떨어지거나 벼락에 맞거나 가슴에 총을 맞아도 끄떡없다. 반면에 생존자에게 는 그런 사치가 허락되지 않는다. 약간의 실수만으로도 감염확률 은 100퍼센트에 달하니 말이다. 수치에는 내가 처리한 수많은 좀 비와, 올 초 핵폭발로 산화한 수백만의 좀비들이 포함되지 않는다.

동부 텍사스의 접이식 대형 지형 지도도 있었다. 방수소재의 지도엔 그 지역의 일반 식용식물뿐 아니라 물을 구하는 기술에 대한 도해가 포함되어 있다. GPS가 없는 상황에서, 내가 구해야 할 도로지도에 이 지도를 더하면 집으로 돌아가는 길도 찾아낼 법하다.

자료들을 다시 한 번 살펴본 후 나는 밖으로 나가 주변을 살펴 보았다. 이제 새로운 무기들을 시험해 볼 차례다. 주변은 깨끗했다. 나는 조립하고, 장전하고, 간단한 성능 테스트를 시작했다. 총의 조준경을 들여다보는 순간 이 총의 조준 능력을 느낄 수 있었다. 이 총으로 못 박을 일이야 없겠지만 적어도 못대가리를 맞출 정 도로 정확한 총이다. 50미터 거리에서 골프공 크기의 돌멩이를 산 산 조각낼 수도 있다. 나는 40발을 쏜 다음, 라이플을 분해해 부 속을 확인하고 다시 조립해 10발을 더 쐈다. 모든 것이 문제없이 돌아갔다. 223구경 실탄은 이제 450발로 줄고 배낭 무게도 조금은 가벼워졌다.

신호발신 장치는 조끼 왼쪽 어깨에 고정시켰다. 그 다음엔 레 이저 지시기를 켜고 핸드가드 쪽의 압력스위치를 눌렀다. 스위치 에서 손을 떼자마자 삐삐소리가 들렸는데 누르는 시간이 길어질

수록 주파수도 증가했다. 나는 미시시피 강을 세 번 센 다음 얼른 스위치를 놓았다. 장치가 작동하는지 확인하자는 거지 내 머리에 폭탄을 맞자는 건 아니다. M-4의 성능을 확인한 후엔 글록을 시험했다. 나는 어려움 없이 서른 발을 발사했고 마지막 열 발은 소음기를 씌워 무기의 성능에 어떤 영향이 있는지를 점검했다. 우려할 수준은 아니었다. 소음기를 비틀어 끼우는 시간도 길지 않았다. 이번의 성공이 요행일 수도 있기에 좀 더 연습해 볼 생각이다. 나삿니도 올곧아 처음에 제대로만 끼우면 소음기 장착이 크게 문제될 것 같지 않았다.

부엌 싱크대 밑에서 비닐쇼핑백 몇 개를 찾아냈다. 드디어 MP5와 작별을 고할 시간이었다. 나는 낡은 걸레를 이용해 총과 빈 탄창에 모터 오일을 바른 다음 쇼핑백으로 둘둘 감았다. 부엌의 냉장고는 오래 전에 깨끗이 비워둔 터라, 오래된 음식은커녕 악취 하나 없었다. 나는 냉장고의 선반을 모두 꺼내 식품저장고에 넣었다. 그리고 무기의 총기를 위로 향하도록 해서 냉장고에 넣은 후, 지도에 표시하고 간단한 메모를 추가했다.

"감자이 났어가다[17] 냉장고를 닫았네가."

---

17) 2차 세계대전 중 한 미국인이 적기 시작한 슬로건으로 병사들이 전쟁터마다 기록함으로써 유명해졌다.

메모는 부엌 식탁에 놓고 어젯밤 신세졌던 촛대로 눌러놓았다.

배낭의 장비를 재구성하며 문득 이리듐 위성전화 생각을 했다. 비록 시간대는 아니더라도 시도는 해볼 수 있지 않은가. 위성전화는 5분간 열심히 위성을 찾아봤지만 역시 실패였다. 나는 위성시간대에 알람을 맞춰놓았다. 통신창이 열리기 30분 전에 장애물이 없는 곳을 찾아 위성전화 스위치를 켜고 싶었다.

이 집을 나서면 롱뷰와 슈리브포트 사이의 허리케인 통로를 지날 생각이다. 그 전에 칠리캔과 쇠고기 스튜 캔으로 앞으로의 역경에 대비한 에너지부터 확보해야겠다.

13시 00분

배낭의 무게는 장난이 아니다. 아침부터 약 10~11킬로미터 정도 행군한 모양이다. 시속 2.5킬로미터의 속도인데도 벌써 물을 반이나 소비했다. 어쩌면 어깨의 무게를 떼어 뱃속에 넣고 싶었는지도 모르겠다. 보급품 투하 지점을 벗어난 후 놈들의 움직임은커녕 새 한 마리 보이지 않았다. 변화무쌍한 바람이 정적을 더욱 당혹스럽게 만들었다. 소음제거기는 죽었거나 죽기 직전이라, 결과를 장담하기가 어려웠다. 이따금 퍼뜩 놀라 라이플로 겨누었으나 결국 헛것에 불과했다. 조금 전에는 오래 된 빨랫줄에 남아 있는 셔츠 한 벌이었다. 정말로 좀비라고 생각했건만……

체르노빌…… 지금의 재앙이 있기 전의 일이다. 나는 체르노빌 기사를 읽고 그곳이 얼마나 고요하고 섬뜩했는지에 대한 어느 여성탐험가의 경험담도 읽었다. 그녀는 방사선 측정기를 가져가 죽음의 도시를 탐험했다. 참상을 직접 목격하기를 원하는 사람들도 여행에 합류했으나 유령도시 같은 적막감에 결국 여행을 중도 포기하고 돌려보내줄 것을 요구했다고 했다. 이제 대부분의 대륙이 죽음의 적막감에 휩싸였다.

전쟁에 열외는 없다네!

한 시간 전에 행군을 멈추고 이리듐 통신을 기다렸으나 텍스트는 뜨지 않았다. 수신 메시지를 검색해 재발송으로 원격 식스를 호출해 보았다…… 통화 중 신호. 나는 지금 도랑에 처박힌 낡은 장갑차 위에 앉아 있다. 운전석의 시체는 거의 뼈와 군복만 남았다. 필경 초기에 자살했을 것이다. 그 위치에서 360도를 둘러보았으나 아무도 보이지 않는다.

오늘 아침 먹은 캔 두 개가 잘못 되었는지 속이 영 거북하다. 당장이라도 안전한 곳을 찾아 푹 쉬고 싶지만, 그래도 두 시간은 더 움직일 생각이다. 토끼굴을 찾는 건 그 다음이다. 저 안의 시체처럼 차 안에서 잘 수는 없다. 장갑차를 가득 덮은 유혈 흔적들이 보여주고 있지 않는가. 이 불쌍한 친구는 며칠, 또는 몇 주일 동안 포위당해 있다가 결국 포기하고 자살을 택했을 것이다. 나는 이 지역이 밖으로 드러나도록 지도를 접었다. 최근에 인쇄된 지도가 아닌 탓에 묘사가 정확하지는 않지만 가치는 무한하다.

서쪽 지평선으로 먹구름이 몰려들고 있다. 오늘 저녁 별빛 아래 자게 된다면 밤새 비에 젖고 말 것이다. 지금도 감기에 걸린 기분이건만…… 아니 한 편으로는 그렇게 죽었으면 하는 마음도 없지 않다.

21시 34분

누군가 따라오고 있다. 오후 휴식을 끝내고 이동하는 동안 위성전화가 울렸다. 13시 55분쯤이었는데 하마터면 호출을 놓칠 뻔했다. 안테나를 오른쪽으로 빼내 배낭 꼭대기에 끼워두었기 때문이다. 무거운 배낭을 벗고 버클을 풀었을 땐 이미 벨이 세 번이나 울린 터였다. 나는 대화 버튼을 누르고, 압축 위성 텍스트를 송신 중이라는 낯익은 전자음을 들었다.

……상황 보고
허리케인 프로젝트: 성공적. 남서쪽 탈출 경로는 상대적으로 좀비 밀집도가 낮음.
리퍼: 작전 수행에 최적 상태. 레이저 유도탄 2기 배치 중
위험 요인: 북쪽에서 미확인 무장 남성이 뒤쫓고 있음. 리퍼 센서를 통해 현 위치 20킬로미터 지점에 방사성 2구를 포함한 좀비 30여 구 확인……

그리고 동기신호가 끊겼다. 황급히 쌍안경을 꺼내 북쪽을 살폈으나 미확인 무장 남성은 보이지 않았다. 위성 전화는 추가질문을 하거나 문자서신을 보낼 기회를 주지 않는다. 송신 팀과의 이런 관계는 어딘가 석연치 않다. 위성 네트워크에 문제가 있어 원격 중계 비슷한 기능만 가능하다고 생각한다면야 맘은 편하겠지만, 적어도 비행기를 조종하고 영상을 모니터하는 관제실과 리퍼간의 송신은 가능해야 하지 않는가 말이다. '방사성 2구를 포함한 좀비 30.' 이

228

건 한 가지 의미밖에 없다. 텍사스 댈러스. 이런 종류의 좀비에게 어떤 능력이 있는지는 경험한 바 있다. 이 지역에 방사성 괴물 두 구가 있다는 사실을 확인한 이상 어떻게든 놈들을 피해가야 했다.

지금은 비가 내리고 있고 나는 농장 트랙터 운전석에 피신해 있다. 망가진 소 울타리로 둘러싸인 넓은 들판 한가운데다. 트랙터의 뒤축이 가시철망에 온통 감겨 있었는데 울타리로 돌진한 결과일 것이다. 수개월 전의 참상이 남긴 또 하나의 흔적이다. 이따금 나는 눈을 돌려 바깥을 살펴보곤 한다. 솔직히 두려움 때문이다. 당장이라도 텍사스의 야음을 뚫고 저 멀리 달아나고 싶은 마음뿐이다.

두려움은 심술까지 부려 저 멀리 빠른 속도로 지나가는 야광의 방사성 좀비를 연이어 보여주었다. 무척이나 춥지만 두 다리를 침낭 안에 넣고 있는 덕에 그럭저럭 견딜 만은 하다. 트랙터는 녹색 존디어였다. 공포에 떠밀려 몇 분마다 빌어먹을 투시경으로 보는 주변의 색과 완전히 똑같다.

따라온다는 자도 나처럼 두려움을 느끼고 있을까? 내일은 남쪽 안전 지역을 통해 귀대 여행을 서둘러야겠다.

10월 15일
08시 00분

얼굴을 곧바로 찔러대는 동녘 햇살에 잠을 깨었다. 나는 어제의 수신 메시지를 다시 생각해 보았다. 오늘은 이동 중에 부단히 어께 너머를 돌아보고 신중에 신중을 기하는 피곤한 하루가 될 것이다. 위성전화의 상황 보고가 사실이라면 머지않아 적잖은 난관에 봉착하게 될 우려도 크다. 침낭으로 배낭을 감싸 추적 중인 사내에게 감지 당할 가능성을 최대한 줄여야 했다. 그 자는 도보라고 했으니, 자동차를 하나 찾아내, 태양열 충전지, 가솔린첨가제, 휴대용 사이펀을 이용해 시동을 거는 게 추적자를 따돌리는 최선의 대안이리라. 이 계획의 유일한 약점은, 배터리 충전지에서 시동시험까지 하루 종일 걸린다는 데 있다. 점화장치를 단락시키는 방법도 불가능하다. 지금은 열쇠가 꽂혀 있는 차를 찾아야겠지만 그 경우 이전 차주도 함께 있을 가능성이 크다.

09시 00분

나는 쥐덫 끄트머리로 잡풀 무성한 밭에 구멍을 하나 파고, 작은 땔감을 모아 간신히 불을 피웠다. 말이 모닥불이지 연기가 거의 절반이었다. 관목들과 나뭇잎은 연통처럼 비스듬히 세워 연기를 흩어지게 만들었다. 오늘은 칠리캔을 데우고 남은 물의 4분의 1을 소비했다. 음식을 줄이는 게 바람직하지 않다는 정도는 알고 있지만 배낭을 볼 때마다 캔과 전투식량을 모두 먹어버리고 건량만 남기고 싶은 심정이다. 무게를 줄여야겠다는 욕망의 한계는 언제나 실탄이다. 앞으로 있을 위험에 대비해 실탄은 최대한 확보해 두어야 한다. 불을 피우는 것도 좋은 생각은 아니지만 따뜻한 식사라도 해서 기운을 낼 필요가 있다.

10월 16일
21시 43분

이건 탈출이다. 좀비들을 피하려면 몇 가지 공식을 따라야 한다. 조용히 몸을 낮추고 동선을 미리 계획하라. 하지만 인간추적자를 피할 때라면 어림도 없는 규칙이다. 조용히 몸을 낮추는 건 상대에게 추적시간을 허락한다는 뜻이므로 그가 속도를 우선할 경우 백발백중 잡힐 수밖에 없다. 나는 두 방법 사이에서 적절한 균형을 유지함으로써 추적자의 감시선에서 벗어날 수 있었다. 지난 30여 시간 동안 원격 식스의 교신은 없었다. 저 위쪽이 위성시간대라고 해서 조직이 반드시 그 위성을 사용한다는 뜻은 아님을 이제는 깨달았다. 추적자를 보지는 못했으나 감시당하고 있는 느낌은 분명하다. 물론 그 느낌이 과대망상 때문인지, 정말로 이방인의 눈길을 감지해서인지는 모르겠다. 보초 교대를 할 동료가 없기 때문에 오늘은 기나긴 밤을 뜬눈으로 지새울 작정이다. 지금껏 밤이면 어떻게든 숙면을 취하려 애썼건만…… 이곳은 어느 농가의 잡풀 무성한 고미다락이다. 나무가 삐걱거리고 새가 푸드덕거릴 때마다, 나는 화들짝 놀라 투시경으로 주변을 살피거나, 광학조준경의 붉은 빛으로 있지도 않은 타깃을 잡으려고 난리를 부렸다. 내일의 공포는 모른다. 이 글을 쓰는 이유는 전날의 공포를 봤다고 확신했기 때문이나, 공포는 하루하루 새롭고 다변적인 의미를 띄기만 했다. 나와는 다른 길을 택한 군 동기가 하나 있었다. "쉬운 날은 오직 어제뿐이다."가 그의 개인적 모토는 아니나 이따금 그 말을 거론했는데, 그 어느 때보다 지금의 상황에 적절한 경구로 보인다.

등이 쑤시고 피로감도 미칠 지경이다. 아침에 깨어보니 한 놈이 마당에 서서 내가 있는 다락 창을 올려다보고 있었다. 나도 쌍안경을 내리고 놈을 보았다. 그러자 놈이 나를 확인했는지 곧바로 헛간을 향해 뛰어들었다. 초기의 좀비다……. 죽은 지 오래 된 놈이라 몸 여기저기 뼈가 다 드러나 보였다.

놈이 법석을 떨도록 방치할 수는 없었다. 나는 재빨리 피스톨을 꺼내고 소음기를 채웠다. 조용하고도 신속히 처리할 생각이었다. 다행히 한 놈뿐인 듯 보였다. 나는 소음기를 재차 확인하고 약실에 실탄을 먹이고 방아쇠를 당겼다. 놈을 쓰러뜨리는 데는 두 발이 필요했다. 첫 번째는 목, 두 번째는 콧등. 놈은 쓰러졌다. 나는 안전한 다락 위에서 놈에게 어떤 가치 있는 물건이 있는지 내려다보았다. 기껏 썩은 바지를 잡아맨 가죽벨트가 전부였다. 주머니에 뭐가 있는지는 모르겠지만 신경 쓰지 않기로 했다. 그 후 다 식은 칠리캔을 마저 처리했다. 이제 남은 캔은 단 하나, 쇠고기 스튜뿐이다. 그건 이틀 정도는 아껴둘 참이다.

캔 음식도 오래 묵은 터라 식으면 맛이 없다. 아무튼 식은 칠리를 먹는 동안 사다리를 내려가기 전 느긋하게 주변에 귀를 기울일 핑계를 얻기는 했다. 내가 미치지 않았음을 그런 식으로 증명할 생각은 없었다. 그저 조용히 귀를 기울이며, 떠나는 시간을 늦춰줄 소음을 찾고 싶을 뿐이었다.

오늘 아침은 허리케인 프로젝트의 효과가 소멸하고 있다는 사실을 아는 데서 시작했다. 놈들이 주변을 서성대기 시작했다는 얘긴데 그 때문에 기분은 우울하기가 짝이 없다. 나는 애써 따뜻한 칠리캔의 기억을 떠올리기도 했다. 맛난 음식은 내가 필사적으로 귀대를 원하는 이유이기도 하다. 옛날에 사막에 파견된 적이 있었다. 전투를 치르는 동안 늘 집을 그리워했는데 그때마다 현재의 역경을 이겨낼 뭔가를 만들어내곤 했다. 가족 캠핑. 새 라이플. 주말 휴가 등……

지금은 겨우 따뜻한 음식 생각뿐이다. 그건 오늘 나의 원기회복제가 되어줄 것이다. 내일은 불시착 헬기를 원망할 수도 있다. 최악의 입찰자가 제작해 정비공 하나 없이 수백 킬로미터, 수천 킬로미터 밖으로 내던져버린 정비 불량의 헬기. 내가 생존 불가의 지역에 추락한 건, 엔진 덮개 조각의 사소한 장애가 비행기를 땅바닥으로 끌어내렸기 때문이다. 살아서 걸어 나올 수만 있다면 착륙은 언제나 좋은 착륙이다. 오늘밤은 버려진 주유소에 숙소를 정했다. 종말이 찾아오기 훨씬 전에 문을 닫은 오아시스 같은 건물엔 생명의 흔적 대신 몇 개월, 또는 몇 년 전부터 쌓인 쥐의 배설물만 가득했다. 시설이나 가구는 하나도 없었다. 지은 지 수십 년은 되어 보였지만 그래도 전성기엔 꽤나 잘나가는 곳이었으리라. 주유 펌프의 계기판은 아날로그였고 지붕 위에도 보안 카메라 하나 보이지 않았다. 가게 안의 낡은 목재 카운터 아래 낡은 샷건 걸이 비슷한 것도 있었다. 아주 먼 옛날 샷건 소지가 아무런 문제 되지 않았을 때의 유물이겠다.

오늘날처럼.

낡은 스노체인 세트가 입구를 단단히 틀어막고 있었다. 인간 침입자의 공격을 둔화시키고 좀비 한둘의 침입 정도는 완전히 봉쇄할 정도였다. 나는 양쪽 입구가 잘 보이는 지역에 진지를 구축했다. 문밖 어느 쪽이든 15미터 거리에 수목한계선이 보였다. 다 깨진 아스팔트 주차장 너머 잡초가 무성했지만 시계를 크게 가리지는 않았다. 바람이 큰소리로 울부짖었다. 지붕 양철조각들이 찢어질 듯 달그락거렸다. 점점 추워지고 있다. 서두르지 않으면 이번 겨울은 말 그대로 지옥이 될 것이다.

10월 17일
08시 00분

악몽에 시달리다 잠에서 깨어났다. 수많은 꿈을 꾼 듯한데 기억나는 건 단 두 개뿐이다. 내가 정말로 기억하고 싶은 꿈은 아련하기만 했다. 나는 언덕 꼭대기에 서서 수백만의 좀비를 내려다보고 있다. 20밀리 포도 몇 대 있는데, 다양한 군복 차림의 미군들이 양옆에 포진해 있다. 나는 제3의 구경꾼이라도 되듯 내 자신의 눈을 들여다보고 있다. 내가 사격 명령을 내린다. 좀비 무리는 아직 2킬로미터 지점에 있지만 20밀리 포탄들은 빠른 속도로 날아가, 산산이 흩어진 좀비들 발밑 여기저기 웅덩이를 만들어놓는다. AC-130 전투헬기가 저공비행의 포화로 수천의 좀비를 날려버린다. 낡은 F-4와 A-4들도 네이팜탄으로 치명적인 피해를 가한다. 그래도 놈들은 전진을 멈추지 않는다. 나는 다음 꿈으로 넘어가 타라와 함께 호텔23에 있다. 그녀는 환경통제실에 혼자 앉아 내 소지품이 담긴 상자를 들여다보며 울고 있다. 그녀가 두 뺨에 눈물을 흘리며 이렇게 묻는다. "그건 어디 있죠?" 그리고 나는 무의식 세계를 빠져나와 현실로 돌아왔다. 추락 이후 애써 그녀의 생각을 피했다. 그래봐야 상황만 복잡해지기 때문이다.

잠에서 깨어나며 통조림이 야채 쇠고기 스튜캔 하나뿐이라는 생각을 했다. 배낭 무게가 줄어든다는 점에선 물론 좋은 소식이다. 그 때문에 전투식량들도 분해해 무거운 마분지를 던져버리지 않았던가. 나는 다시 촛불을 켜 쇠고기 스튜를 데웠다. 아침 컨디션이 좋지 않았는데, 선잠 때문인지 아니면 추위에 하도 많이 떨어서인지는 모르겠다. 몸에 힘이 하나도 없고 욱신거리기까지 했다. 나는 물을 반 정도 마시고 캔 음식을 처리한 후 오늘의 여행을 위해 다시 배낭을 꾸렸다.

12시 00분

몸 상태는 엉망이었으되 운은 좋은 편이다. 오렌지 주스가 있다면 이 자리에서 4리터는 마실 것 같다. 과거 세상에선 이럴 때 늘 도움이 되었건만. 오늘 아침 두 시간 가량의 행군 중 내가 지나온 길 쪽에서 작은 불빛을 보았다. 순간적으로 손거울에 반사된 듯한 불빛. 쌍안경으로는 아무것도 찾지 못했다. 낮이 되면서 바람은 더 차가워졌지만 1킬로미터 반경 내의 움직임이라고는 바람에 흩날리는 이파리들이 전부였다. 위성전화는 갑작스러운 호출에 대비해 태양열충전지에 걸어 배낭 밖에 매달아 두었다. 물론 불빛은 일상적인 일이 아니다.

지난 두 시간 동안 들판 여기저기 좀비들이 삼삼오오 모여 있었다. 내 존재를 느끼는 것 같지는 않았다. 나는 행로를 계속 조정해 가며 놈들과 어느 정도 거리를 유지해 나갔다. 바람의 방향과 놈들의 부패 상태에 따라 다르기는 해도, 100미터 이내라면 놈들과의 일전을 각오해야 할 것이다. 나는 피스톨과 소음기를 준비해 배낭 밖에 부착해 두었다. 피치 못할 경우 한두 놈 무력화해야겠지만 추적당하는 입장에 소란을 일으킬 수는 없다.

16시 00분

오늘은 전송이 없었다. 불안감 덕분에 시간을 낭비하기도 했다. 추적자의 그림자 꼬리라도 보지 않을까 싶어 연신 어깨 너머를 돌아봤기 때문이다. 감시당하는 느낌은 있으나, 그 느낌이 경고에 따른 기우인지, 아니면 진짜 육감이 작동해서인지는 모르겠다. 오늘 밤은 도로에서 벗어난 옛 선술집에 은신처를 정했다. 안가는 일찍 정했다. 몸 상태가 예사롭지 않았기 때문이다. 식욕도 없다. 억지로나마 남은 물을 모두 마시기는 했다. 지평선에서 천둥소리가 들린다. 비가 올 모양이다. 약탈당한 적이 없는지 선반 위엔 술병들이 그대로 남아 있다. 나는 먼지 낀 메이커스마크를 따서 병째로 들이켰다. 독하기는 했지만 목을 달래주고 또 몸도 따뜻하게 만들어주었다. 나는 모퉁이 부스에 앉았다. 리버 시티 주점 및 식당이라는 이름의 좁은 선술집이다. 이런 곳에 오면 늘 부스를 찾는 사람들이 있다. 나는 모퉁이 부스 타입이다.

어느 술이나 살균과 진통 효과라는 의학적 가치가 있다. 배낭에 넣어갈 힘이 있으면 좋으련만. 바람이 거세지더니 곧바로 비가 쏟아지기 시작한다.

10월 18일
09시 00분

어젯밤엔 폭우 덕분에 물통을 세 번이나 거듭 채웠다. 사무실 서랍을 뒤져보니 임산부용 비타민 병이 있었다. 검은색 라벨을 살펴본 결과 약을 먹는다고 가슴이 나올 것 같지는 않다. 나는 두 알을 먹었다. 시효가 다된 터라 약효는 별로일지 모르겠다. 현 상황에선 비타민C가 필요하다. 식욕이 없기에 물만 계속 섭취한다. 어젯밤부터 마신 양이 무려 6리터다. 지금은 문을 지키고 서서 한 손엔 라이플, 다른 손엔 총을 든 채 15분마다 소변을 보고 있다. 기운을 회복하기 위해 리버 시티 주점에서 하루 밤 더 묵는 게 좋겠다.

15시 00분

나는 지치고 떨리는 몸을 이끌고 밖으로 나갔다. 호출을 기다렸지만 소용이 없었다. 술집에서 조금 떨어진 도로의 도랑에 처박힌 차에 기대 있는데, 좀비 하나가 나타났다. 놈도 나를 보더니 성큼성큼 다가오기 시작했다. 소음총을 꺼낼 시간은 없었다. 나는 라이플의 붉은색 조준점를 놈의 이마에 박고 방아쇠를 당겼다. 그걸로 끝이었다. 문제는 소리가 너무 컸다. 이제 놈들이 몰려들 것이다. 위성창이 닫히고 나는 생각에 잠긴 채 조용히 술집으로 돌아왔다. 시간이 지날수록 생각하기가 더 어려워만 갔다. 열도 점점 오른다. 술집에 돌아와 보니 뒷마당에 거대한 아스피린 병 모양의 가스통이 눈에 띄었다. 어쩌면 요리를 위한 도구가 있겠다. 배낭에야 기껏 건량과 전투식량이 전부지만……

22시 00분

술집 프로판 시스템이 작동한다. 나는 빗물과 낡은 프라이팬을 이용해 마른 요리를 만들어 억지로 뱃속에 집어넣었다. 식욕을 느끼지는 못해도 맛은 매우 좋았다. 밖은 어두워졌다. 나는 야간투시경을 쓰고 M-4 광학조준경을 다루는 연습을 조금 더 하기로 했다. 붉은 점의 다이얼을 첫 번째 눈금에 맞추니 투시경과도 무리 없이 호응하는 것 같다. 제한적인 교전이라면 큰 도움이 될 듯하다. 총구의 섬광 때문에 한두 발 쏜 후 눈을 돌려야겠지만 적어도 야간 비상시에 사용할 능력은 갖추고 있다. 투시경을 쓰고 조준경을 들여다보는데 창밖에서 뭔가 움직였다. 주점 안이 칠흑처럼 어두운 터라 놈이 나를 볼 수는 없었을 것이다. 나는 무기를 들고 조준점에 집중했다. 누구든 무력화시킬 수 있다. 그리고…… 보았다. 열에서 열다섯. 겉으로 보기엔 목적 없이 도로를 헤매는 것 같았다. 나는 숨을 죽이고 그들을 감시했다. 방아쇠를 당기고 싶은 욕망을 억누른 게 적어도 서른 번은 되었을 것이다. 행여 내가 여기 있다는 사실을 들킬 경우 살아날 가능성은 거의 없다. 감기몸살로 몸이 허약해진데다 이런 협소한 공간에서의 야간 교전이라면 저쪽이 유리할 수밖에 없다. 오늘 밤 이곳에서 죽을 방법은 무궁무진하다. 조용히 몸을 낮추고 (불행히도) 부디 깨어 있으라.

10월 19일
06시 45분

오늘은 맑은 하루가 될 것 같다. 놈들은 2시경에 다른 곳으로 떠났고, 나는 3시까지 지켜보다 잠이 들었다. 세 시간 정도 잠을 잤는데 술이 덜 깬 기분이다. 나는 계속 물을 마셨다. 밀봉된 커피를 약간 찾아내기도 했다. 현재 상태로 최선은 아니지만 오늘 아침엔 아무래도 카페인이 필요할 것 같다. 하룻밤 더 묵을 생각은 없다. 오늘 떠나지 않으면 영원히 갇히게 될 것 같아서다. 하나가 있으면 둘이 있고 열다섯이 있으면 백이 있는 법이다. 오늘은 20킬로미터쯤 이동할 생각이다.

12시 00분

산마루의 감시 참호에서 쉬고 있다. 바위들이 뒤쪽을 가려주고 있다. 조금 전 다소 끔찍한 장면을 목격했다. 계곡 아래 약 1킬로미터 되는 지점에 오래된 방앗간 같은 곳이 있다. 방앗간 주변 주거지로 보이는 곳에서 연기가 솟아오르지 않았다면 아마도 못 보고 지나쳤을 것이다. 별관 건물도 하나 있는데, 가축이나 죄수들을 가두는 시설 같다. 나는 이곳에 침낭을 펴고 은닉처로 정했다. 방수 배낭은 나뭇가지를 덮어 가렸다. 지금은 그 지역을 자세히 관찰 중이다. 어떻게 할지는 그 다음에 결정할 일이다.

경비 1(석궁): 10시 30분과 11시 30분 사이에 불규칙하게 주거 지역을 이탈.

경비 2(뚱보여자): 10시 30분과 11시 30분 사이 15분마다 제분소를 점검.

경비 3(AK-47): 구조물 50미터 지점에서 경계근무. 초소를 떠나지 않음.

13시 00분

상황: 몇 시간에 걸친 정밀 감시 결과 무장팀은 최소 민간인 한 명을 구속하고 있다. 방앗간은 인력을 이용하도록 개조했으며, 좀비들이 제분기를 돌리고 있다. 제분기의 목적이 곡식 빻는 것인지 아니면 물을 퍼 올리기 위해서인지는 불분명하다. 그들은 마구를 이용해 좀비들을 제분기에 묶어놓았다. 재갈은 없으나 일종의 말 눈가리개를 개조해 앞을 보지 못하게 한 듯 보인다. 그들은 15분마다 등장하는 뚱보여인을 잡으려고 앞으로 움직였다.

13시 30분

군용 수송 트럭이 시설에 접근했는데 앞좌석에 운전사, 그리고 짐칸에 두 사람이 타고 있었다. 모두 이곳 시설의 임원으로 보인다. 쌍안경으로 보니 뚱보여자가 쩨지는 목소리로 사내들을 욕하는 것 같았다. 사내들이 (정말로 죽은) 시체 한 구를 트럭에서 끌어내렸다.

14시 00분

오늘은 이렇게 15킬로미터 정도 탐색으로 끝내야겠다. 그리고 500파운드의 레이저 폭탄을 무기로 저들과 외교적 접촉을 시도할 생각이다. 그렇게 결심한 이유는 살아있는 사람을 제분기 연자에 매다는 장면을 목격했기 때문이다. 좀비들의 활동을 좀 더 자극하겠다는 의도겠다. 우선 오늘 밤 묵을 장소를 수배하고, 저들의 새벽 활동을 관찰하고, 선제공격을 가하는 게 계획이다. 저런 식으로 산 자와 죽은 자의 비율을 1대 1로 해서 제분기에 묶으려는 모양인데 좀비들과 어찌나 가깝게 붙여놓았던지 좀비 한 놈이 앞에 있는 생존자의 등을 건드리는 것처럼 보일 정도다. 그들은 그런 식으로 끝도 없이 방아를 돌렸다.

마음으로는 당장 천벌을 내리고 싶었으나 오늘 밤 묵을 곳이 더 급했다. 그렇지 못할 경우 병이 악화되거나, 이곳 산마루에서 꼼짝없이 좀비들에게 당하고 말 것이다. 우선 라이플로 초소의 놈부터 잡을 생각이다. 현재로서는 놈이 유일한 위험요소인데, 그렇다고 그 한 놈한테 폭탄을 쓸 수는 없다. 레이저 폭탄으로는 적대적인 구조물을 부순다. 다만 생존자와 좀비들이 포함된 제분기에까지 여파가 미치지 않도록 해야 한다. 아무튼 이 시점에서는 단지 계획에 불과하다. 얼마 전 반대편 산마루에서 빛이 반짝였으나 쌍안경으로도 움직임을 잡아내지 못했다.

이 상황에서 불안하면서도 크게 기대되는 국면이 있다면 리퍼의 레이저 폭탄이 실제 타깃에 어느 정도 성능을 발휘할지 시험해볼 수 있다는 사실이다. 제대로 작동한다면 구조물 400미터 밖에 머물고도 놈들을 모조리 잡을 수 있다. 지금은 비가 내린다. 컨디션은 여전히 바닥이다. 나는 물을 계속 채워가며 구토할 때까지 마셔대고 있다. 수백 킬로미터 이내에 포도당이나 염수주사를 맞을 곳도 없겠지만 있다 해도 수천의 좀비가 지키고 있을 터이므로 선택의 여지는 없다. 오늘도 위성전화는 울리지 않았다. 그래도 방앗간 시설을 감시하는 동안 위성전화를 충전해 두기는 했다.

20시 00분

제분소 근처의 은신처에 약간의 장비를 남겨두고, 언덕 위로 올라가 버려진 차 한 대를 찾아냈다. 오늘 밤은 이 차에서 묵기로 했다. 80년대의 스틱형 폭스바겐 버그로 이 차를 고른 이유는 언덕 꼭대기의 옆길에서 살짝 벗어나 있기 때문이다. 차 안에 열쇠는 없었다. 나는 비상 브레이크를 풀고 재빨리 차를 50센티미터 정도로 굴린 다음 브레이크를 잡았다. 이 정도면 충분히 하룻밤을 잘수 있다. 행여 좀비들이 공격해 오더라도 브레이크를 풀고 언덕을 굴러 내려가면 그만이다. 폭스바겐 버그가 아니면 단선 시동도 시도했을 것이다. 그만큼 성능이 좋은 차지만 나로서는 주요 부품들이 어디에 붙어 있는지 알 길이 없다. 엔진이 트렁크에 있다는 정도는 알고 있다. 지난 번 마지막으로 단선 시동을 성공한 게 디트로이트 스틸이었다. 지금 당장 뷰익 리갈이 있으면 좋으련만. 그럼오늘 밤 주차 브레이크에 손을 얹고 잠들 텐데……

10월 20일
08시 00분

일찍 일어나 공격 계획을 세우고 리퍼 매뉴얼을 분석했다. 레이저 지시기를 재차 점검하고 리퍼 운용시간대도 분명하게 확인했다. 리퍼 시간만 맞았다면 밤에 공격했을 것이다. 방해자가 야생동물들뿐이었기에 잠은 충분히 잤다. 늙은 올빼미 한 마리 때문에 한참 깨어 있기는 했다. 저 지혜의 미네르바처럼 날아갈 수만있다면 원이 없으련만.

계획 수정. 초병을 쏐다가 리퍼가 계획대로 움직이지 않을 경우 난 죽은 목숨이다. 500미터 거리에서 M-4의 40센티미터 총신으로 5.56밀리를 발사할 경우 고도가 얼마나 낮아지는지 기억도나지 않았다.

리퍼는 현재 대기 상태에 있거나 곧 준비될 것이다. 레이저를

실험하자 삐 소리가 들렸다. 배터리 상태도 좋았다. 조준 포인트
도 양호했다. 1배율로는 의미가 없기에 나는 명중률을 높이기 위
해 초병의 400미터 반경 이내로 접근할 생각이다. 그 거리에서 그
자의 AK-47의 정확성이 더 높을 리 없기에 난 모험을 걸기로 했
다. 폭스바겐에서 멀지 않은 곳에 낡은 시보레 스테이션 왜건을 발
견했다. 대단한 횡재다. 나는 주변을 확인하고 후드를 열어 벨트와
호스를 확인했다. 일부는 깨져 있으나 전체적으로 괜찮아 보였다.
열쇠가 없어도 이 정도는 손볼 수 있다. 수개월 전 이와 똑같은 전
투마를 타고 월마트에 간 적도 있지 않은가. 전화기와 충전기는 갖
고 있지만 연료 첨가제는 산마루의 감시 참호에 두고 왔다. 우선
전선이 필요하다. 나는 나이프로 배터리를 분리해 낸 다음 아무도
없는 공터로 운반해 태양 충전기를 펼쳐 전지를 모두 노출시켰다.
전화를 충전하는 매뉴얼에는 전지 하나만 노출하라고 했으나 이
건 대형 배터리다. 태양열 충전지 장치에는 상표가 전혀 없었는데
확실히 기이한 일이기는 했다.

그리고 왜건 뒷좌석에서 찾아낸 비닐쇼핑백으로 배터리를 덮
고, 충전기만 아침 하늘에 노출시켰다. 몇 분 후에는 정찰을 조금
더 할 생각이다. 필요하다면 천벌을 내릴 수도 있다.

스나이퍼

12시 00분

적의 구조물은 붕괴되고 불길에 휩싸였다. 아침 8시 50분에 현장 500미터 이내로 접근해 습격을 준비했다. 인력 현황은 어제 관측과 같았다. 뚱보여자가 제분기에 묶어놓은 인간노예의 등을 베었다. 좀비를 자극해 기계를 더 빨리 돌리려는 심산이겠다. 제분기에는 인간 존재가 하나뿐이었다. 중년의 남자로 보였는데 등에 손톱자국이 있는 것으로 보아 벌써 감염으로 죽어가는 게 분명했다. 다시 한 번 확인했으나 더 이상의 생존 노예는 보이지 않았다.

9시 30분, 나는 제분기와 주택건물 사이의 한 지점을 향해 레이저를 쏘았다. 그리고 약 6초 후 신호음이 지속적으로 이어졌다. 나는 타깃에 레이저를 고정시켰다. 이윽고 레이저 폭탄이……

바닥에 바짝 엎드려 있었음에도 불구하고 폭발은 머리카락을 휘날리고 귀를 얼얼하게 만들 정도였다. 구조물은 완전히 박살났다. 연자방아는 원반처럼 30미터 이상 날아가고. 초소도 후폭풍에 옥외변소처럼 날아가 버렸다. 보초는 완전히 넋을 잃고 있다가 간신히 일어나서는 이리저리 뛰어다니며 마구 총을 쏴대기 시작했다.

나는 다섯 발만에 놈을 쓰러뜨렸다. 지금은 30분 전부터 그 외의 움직임이 있는지 감시 중이다. 아직 숨이 붙어 있다면 피를 흘리다 죽게 하는 게 최선이리라. 이제부터는 생존자들을 확인하고 죽은 놈들은 확실히 죽일 생각이다. 서둘러야겠다. 심장이 뛰든 않든, 그렇게 큰 폭음을 못 들을 수는 없을 것이다.

13시 50분

파손 정도가 심하지 않은 건물로 향하던 도중 불붙은 시체들을 보았다. 물론 여전히 걸어 다녔다. 나는 M-4를 어깨에 밀착한 채 50미터까지 기다렸다가 모두 쓰러뜨렸다. 총 일곱 구. 나는 건물로 다가가 빗장을 풀었다. 건물은 가벼운 손상을 입었고 또 한쪽으로 약간 기울어진 채였다. 문을 활짝 열자 파리 떼가 돌풍처럼 날아와 내 얼굴을 스치고 지나쳤다. 그때 위성전화가 터졌는데, 하필 그 순간에 좀비 열다섯 구가 쏟아져 나오는 바람에 우선 놈들을 이끌고 왔던 길로 부지런히 달아나야 했다. 오른손엔 M-4, 그리고 왼손엔 위성전화……

나는 열심히 사격을 하면서 화면을 읽어 내렸다. 문득 고속도로를 질주하며 전화통화를 하고, 면도하면서 커피를 마시는 습관의 세기말적 버전이 이렇지 않을까 하는 생각이 들었다.

읽을 수 있는 글은 많지 않았다.

상황 보고: 미확인 남성 접근 중. 무장.
리퍼 레이저 폭탄 전투 전황: 열 감지 장치에 따르면 주변에 직립 존재 둘 확인.
허리케인 프로젝트 실……

나머지는 온통 깨진 폰트였다.

나는 상당 시간 좀비들과 함께 춤을 추었다. 탄창을 교환하며 놈들을 이끌고 멍청이처럼 주변을 맴도는 식이었다. 문제가 발생한 건 바로 그때였다. 한 놈의 이마에 조준점을 겨누는데 미처 방아쇠를 당기기도 전에 머리가 날아가는 게 아닌가! 그리고 곧바로 총소리가 들려왔다. 좀비가 쓰러지는 데 놀라 미처 뒤쪽을 신경 쓸 틈이 없었건만 내 목을 물 정도로 가까운 위치였다. 언뜻 놈의 머리가 터지는 걸 보기는 했다. 그리고 썩은 뼛조각이 내 어깨를 때렸고, 이번에도 찰나의 시차를 두고 총소리가 들렸다. 이제 몇 놈 남지 않았다. 나는 어느 정도 거리를 유지하며 부지런히 은폐물을 찾았다.

잠시 후 나는 곰팡내 나는 건초더미 뒤에 숨어 머리가 하나씩 터져나가는 광경을 지켜보았다. 총성은 머리가 터지고 1초 후에 들렸다. 그것도 머리를 박살내는 게 아니라 치명적일 정도만 뜯어내는 식이었다. 나는 쌍안경을 꺼내 주변을 훑어보았다. 저격수는 보이지 않았다. 나는 가능한 한 멀리까지 기어갔다가 최대한 빨리 산마루 은신처로 달아났다.

올라가는 동안 놀랍게도 내 뒤통수를 때리는 총알은 없었다. 연기와 썩은 육포 냄새가 허공을 떠돌아 욕지기가 날 것만 같았다. 나는 산마루에 앉아 계곡 바닥과 주변 지역을 훑었다. 그러기를 45분쯤, 드디어 무언가 반짝였다. 계곡 반대편으로 500~600미터나 떨어진 터라 간신히 상체의 그림자만 볼 수 있었다. 사내는 작은 손거울이나 유리조각 같은 걸 들고 있었다. 이윽고 그가 걷기 시작했다. 위장복 바지를 입었고 웃옷은 라이플을 들지 않은 손에 걸쳤는데, 이따금 신호를 보내는 모양이었다. 이윽고 내 쪽을 쌍안경으로 확인하더니 다시 신호를 보내 내 위치를 목격했음을 알려주었다.

몇 분 후, 정말로 죽이려 했다면 나는 이미 죽은 목숨임을 인정하기로 했다. 나는 장비를 감춰둔 채 M-4와 보조무기만 들고 계곡 아래로 내려갔다. 우리는 200미터쯤에서 쌍안경을 거두었다. 그리고 거리를 좀 더 좁혀 피스톨 사정거리에 멈춰 서서는 서로를 마주보았다. 가벼운 삼베 길리수트 차림에 짙은 색 피부, 새까만 머리 그리고 턱수염을 기른 사내였다. 그가 무기와 신호 거울을 바닥에 내려놓고 몇 걸음 물러섰다. 나도 M-4를 내려놓고 물러났다. 피스톨은 그냥 허리춤에 남겨 두었다.

그가 심한 중동 억양으로 소리쳤다.

"내 이름은 사이엔. 해칠 생각은 없소. 며칠 동안 당신 뒤를 쫓았지."

사내의 무기는 AR 타입의 스나이퍼 라이플이었다.

그에게 왜 쫓아왔는지 물었다.

"샌안토니오에 가는 중이오. 우연히 당신과 같은 방향에 걸린 것뿐이외다."

나는 사이엔에게 앞으로 몇 백 년 동안은 샌안토니오에 가지 않는 게 좋다고 일러주었다. 그는 인상을 찌푸렸으나 이해하는 눈치였다.

"확신합니까?"

핵폭탄을 떨어뜨리기 직전 정월에 탈출해 나왔으니 물론 분명하다. 난 그렇게 대답해 주었다. 그도 내 말을 나름대로 해석하고는, 리스트에 오른 도시 중 파괴되지 않은 곳이 있다는 얘기를 들었다 했고 나는 도시 동쪽의 공항 관제탑에서 직접 폭발을 목격했다고 응수했다.

"이상한 놈들도 봤소? 몸놀림이 더 빠르던데?"

"예 봤죠. 멕시코만의 배에서였습니다. 치명적인 놈들이라 그냥 피하는 게 상책이겠더군요."

"맞는 말이오, 친구. 시카고에서 150킬로미터 떨어진 집에서 봤는데 상상도 못한 일을 하더군. 탈출 도중에 보니 아예 도로에 버려진 차문을 열고 심지어 쏜살같이 달리기까지 하더라고⋯⋯. 시카고에서 온 놈들이 분명했소. 지난 1월에 창 밖으로 폭발을 봤지. 2주 후 놈들이 나타났는데 식겁하겠더군. 식겁이라는 표현이 적절한 거요?"

나는 슬며시 미소 지으며 그런 것 같다고 대답했다.

"놈들이 집집마다 돌아다니는 것 같았소. 그 중 하나는 초인종을 누르고 문고리를 돌리기까지 했으니까. 놈들이 도착할 때쯤 하늘에서 죽인 새들이 더 많이 떨어졌지. 죽은 자들이야 기껏 얼간이 짐승이지만, 희한하게 놈들은 기억이 남아 있는 것 같더군……이유를 아시오?"

나는 한 단어로 대답했다.

방사선.

"캐나다의 AM 라디오에서 똑같은 얘기를 들었소. 한 번은 집 앞에 한 달 동안이나 서 있다가 움직이는 놈을 보았소. 그냥 잠을 자듯 서 있는 거지……. 그러다가 너구리 한 마리가 현관으로 뛰어들었는데, 말 그대로 순식간에 덮치더니 통째로 삼켜버리더군. 아무것도 안 남기고 말이요."

나는 샌안토니오에 무슨 볼 일인지 물었다. 그는 그곳에 형제들이 많았다고 대답했다. 그가 등 뒤로 손을 돌려 배낭에 매단 담요를 건드렸다. 그리고 내가 봤음을 확인한 후에야 손을 거두었는데 그의 설명은 이랬다.

"알라도 세상을 포기했소. 인류의 멸망 이후로 수도 없이 자문해 봤지만 대답은 하나밖에 없더군. 난 이제 신을 믿지 않소."

나는 마음속으로 사이엔이 좋은 사람이고 나를 해할 의지가 없다고 확신했다. 적어도 오늘은 아니다. 살아있는 사람과 얘기한다는 사실 자체가 비현실적으로 느껴졌다.

"장비가 더 있습니까?" 내가 물었다.

"물론. 감춰두었소. 저 언덕에 감춰 둔 당신 장비처럼 말이오." 그가 다시 덧붙였다. "이봐요, 며칠 전부터 당신을 쫓고 지켜봤소. 이해가 안 가는 건…… 도대체 어떻게 폭탄을 심은 거요? 당신이 침투하는 것도 못 봤는데? 밤에 한 거요?"

"오늘 아침 일찍 폭약을 운반했죠."

사실 기술적으로는 거짓말이 아니다. 아무튼 신뢰란 거저 얻는 게 아니라 시간이 흐르면서 쌓이는 법이다.

이제 내가 질문할 차례였다. 그가 1킬로미터 밖에서 머리 쏘는 기술을 어디에서 배웠는지 물었다.

"아프가니스탄."

"말 되는군. 여기는 왜 온 거죠?"

"난 자유전사요. 적어도 내 생각엔. 형제들을 돕기 위해 일리노이에 왔는데 몸도 풀기 전에 시체들이 먼저 설쳐대더군."

더 이상 묻지 않기로 했다. 폭약의 출처나 원격 식스에 관한 질문이 나와 봐야 나한테 좋을 건 없다.

함께 쓸 만한 물건을 찾아보자고 제안하자 그도 동의했다. 먼저 좀비들이 쏟아져 나온 곳으로 건너갔다. 여기저기 수족이 뜯긴 시체 몇이 정육점용 갈고리에 걸려 있었다. 마법사의 솥같이 거대한 요리기구가 한가운데 놓여 있었는데, 엉망진창으로 우그러지기는 했지만 이 자들이 좀비를 먹고 있던 것만큼은 분명해 보였다. 좀비들이 우리를 내려다보며 턱을 딸깍거렸다. 건물엔 가치 있을 만한 게 없었다. 그래서 사이엔과 나는 불을 지르고 각각 장비를 회수하러 떠났다.

그에게 전선이 있는지 물었다. 운송수단을 확보하기 위해서라고 하자 그가 당혹한 표정을 하더니, 그런 거야 버려진 차에서 얼마든지 구하지 않느냐며 되물었다. 옳은 말이긴 하나 후드 안으로 상체를 숙이는 일이 죽도록 무서웠다. 나를 둘로 쪼개려 한 손도끼 괴물 생각이 났기 때문이다. 우리는 장비를 되찾아 태양열 충전지를 세팅해 둔 곳으로 돌아갔다. 그는 열 걸음마다 걸음을 멈추고 귀를 기울이고 망원경으로 주변을 살폈는데, 그가 아직 살아 있는 것도 그 때문일 것이다. 사이엔한테는 특대형의 M-16이 있었다. 무기를 어디에서 구했는지 묻자, 그는 총을 건네 내가 확인하도록 해주고는, 시카고에서 남쪽으로 내려오는 길에 연방 재난 관리청 캠프타워에 들렀다고 고백했다. 자세히 살펴보니, 라이플은 308구경의 황소총신을 장착한 SR-25이었다. 조준경은 홀로사이트를 장착했다. 유리 타입은 100미터 이내에서 취약한 반면 홀로사이트는 근접전에 유용하다. 무기는 M-4에 비해 훨씬 무거웠다. 시카고에서 먼 곳이라 어떻게 여기까지 왔는지 쉽게 상상이 가지 않았다. 불시착 현장에서 150킬로미터밖에 되지 않는 거리에도 열 번은 죽을 고비를 겪었는데 말이다.

우리는 주변을 살피며 왜건이 있는 곳으로 돌아갔다. 벌써 수개월째 버려진 차였다. 배낭 없이 가볍게 움직일 때가 좋았건만 돌아가는 길엔 또다시 등짐의 무게에 주눅이 들고 말았다. 사이엔과 나는 신속하게 할 일을 나누었다. 그가 배터리를 분리하는 동안 나는 전선을 수배했다. 여기에 문제가 생겼다. 탱크에 연료가 있는지도 모르는 상태에서 첨가제를 넣을 수는 없었다. 그건 용액 낭비가 될 것이다. 배터리를 연결하고 계기반에 파워를 공급하고 매뉴얼을 참조해 연료가 얼마나 있는지 확인한 다음에야 적당한 양을 혼합할 수 있기 때문이다. 산수가 너무 복잡했다.

내가 작전 기지를 떠나려는데 사이엔이 배터리를 끌고 왔다. 나한테 만능공구와 소음 피스톨이 있다. 나는 전선을 얻기 위해 폭스바겐으로 향했다. 솔직히 폭음과 총성이 신경 쓰였다. 지금까지의 경험에 의하면, 소음은 어떤 식으로든 놈들의 관심을 끌었다. 폭스바겐 근처의 도로에서도 한 놈이 다른 방향을 보고 서 있었다. 무척 흐린 날이라 온몸이 가랑비에 젖은 기분이었다. 사지를 갉아먹는 끔찍한 날씨.

폭스바겐에 다다랐을 때 갑자가 커다란 천둥소리가 들렸다. 놈이 어리둥절 주변을 돌아보았다. 천둥소리가 어디에서 났는지 확인하려는 것이다. 멍청한 놈.

나는 엔진 구역의 전선을 따내기 위해 트렁크를 열었다. 천둥의 소음을 이용하기는 했지만 놈에게 들켰는지 확인하기 위해 5초마다 한 번씩은 고개를 든 모양이다. 놈이 하이웨이를 따라 걷기 시작했다. 사이엔이 있는 방향이다. 나는 전선을 잡아채 주머니에 아무렇게나 집어넣은 후 다시 피스톨을 꺼내 빠른 속도로 걷기 시작했다. 놈을 막아야 했다. 내가 도로 옆길에 올랐을 때 사이엔의 다급한 외침소리가 들렸다.

"어이 친구, 서두르라고!"

놈이 사이엔을 향해 천천히 달리기 시작했다. 나도 놈을 따라잡기 위해 달려야 했다. 놈은 지금까지 봤던 어떤 좀비보다 빨랐다. 질주 수준은 아니나 사이엔 말마따나 식겁할 정도였다. 달리면서 하는 사격이 얼마나 어려운지 안 것은 그때가 처음이었다. 소음총의 총알이 어깨를 때려 쓰러뜨릴 때까지 놈은 뻗정다리로 어기적어기적 달려갔다. 나는 놈이 쓰러지는 순간을 이용해 거리를 좁히고 머리를 쏠 생각이었다. 하지만 놈은 박살난 어깨에도 불구하고 태클 당한 쿼터백처럼 재빨리 일어나더니 으르렁거리며 비척비척 내 쪽으로 걸어왔다. 나는 놈의 머리에 세 발을 발사해 마무리 지었다.

나는 사이엔을 향해 뛰어갔다. 그에게 다다랐을 땐 어찌나 숨이 막히던지 별이 보일 정도였다. 그가 도로 아래를 가리키며 내게 라이플을 건넸다. 엄청난 무게다. 사이엔의 체력이 부러웠다. 이런 괴물을 들고 1500킬로미터를 걸어오다니! 나는 초대형 308구경 AR을 이각대를 이용해 후드에 받쳐놓고 조준경을 통해 그가 가리킨 방향을 내다보았다. 좀비 대부대가 간선도로를 따라 접근하고 있었다. 머지않아 수많은 손님들이 들이닥칠 모양이다. 나는 사이엔에게 거리가 얼마나 되는지 물었다. "2킬로미터." 그의 대답이었다. 기껏해야 30~40분. 사이엔은 잔뜩 긴장한 표정이다. 이런 상황에 방사성 좀비라면 적어도 5분 먼저 달려와 그의 엉덩이를 물어버릴 거라는 얘기까지 할 필요는 없겠다. 물론 500파운드급 레이저 유도탄을 실은 리퍼가 머리 위를 선회하고 있다는 사실을 잊은 건 아니다. 무리는 적어도 100구 정도 되어보였다. 나는 사이엔의 의견을 물었다.

그가 웃으며 대답했다.

"무슨 생각을 하겠소? 저승사자들이 100놈이나 달려드는 판에."

나는 재빨리 손을 놀리며 사이엔에게 작업 내용을 설명했다.

"······전선을 코일선과 연결하고 ······코일은 다시······"

"이런, 이런, 그런 건 아무래도 좋소, 친구······. 코일로 자동차를 자극하든, 내 불알을 자극하든······. 어쨌거나 어서 서두르기나

하쇼."

사이엔이 투덜댔다.

그는 투덜대는 와중에도 저승사자들의 거리를 중계해 주었다.

"1800미터."

"로저."

나는 사이엔에게 내 배낭에 가서 옆주머니의 첨가제를 가져다 달라고 부탁했다. 계기반에 전력을 공급하자 연료 게이지도 작동했다. 나는 전력을 아끼기 위해 재빨리 헤드라이트와 히터를 껐다. 그러곤 탱크가 절반이 차 있음을 확인하고 역시 전력 절약을 위해 회로를 분리했다. 매뉴얼을 확인해 보니 약 9갤런에 해당하는 양이었다. 따라서 탱크에 넣을 첨가제는 4분의 1보다 소량이어야 한다. 탱크 안의 연료는 최소 9개월에서 1년까지 정체된 상태지만 그 정도면 심각한 수준까지는 아니다. 나는 8분의 1만 투입하기로 했다. 첨가제를 넣은 다음엔 용액을 최대한 빨리 섞기 위해 차량을 앞뒤로 흔들었다.

"연소 전에 한 시간 정도 기다릴 것."이라는 경고문을 읽는 순간 사이엔이 소리쳤다.

"1500미터!"

우리한테 1시간이 있을 리 없었다. 상황이 어때 보이냐고 묻자 사이엔은 대답 대신 고개만 좌우로 저었다. 이제 맨눈으로도 놈들을 볼 수 있었다. 가랑비가 내린 터라 놈들이 일으키는 물보라까지 또렷했다. 300미터를 이동하는 데 걸리는 시간으로 보아 최초의 여파가 밀어닥치기까지 30분의 여유는 있을 듯싶었다. 나는 태양열 충전지를 재빨리 배터리에 연결한 다음 왜건 지붕에 올려두었다. 30분이 대단한 도움은 되지 않겠지만 없는 것보다는 나았다.

시동 모터의 위치를 확인할 때 다시 사이엔이 외쳤다.

"1200미터."

준비는 모두 끝났다. 이제 운명은 배터리 충전과 연료 첨가제에
달렸다. 나는 미친 듯이 배낭을 챙겼다. 자동차 시동이 실패할 경
우에 대비해 떠날 태세를 갖추어야 했다. 나는 왜건 지붕의 태양
열 충전지를 제외한 모든 물건을 정리했다. 차가 움직이지 않는다
면 배낭을 메고 최대한 빨리 이 지역을 탈출해야 한다. 사이엔의
스나이퍼 라이플도 별 도움은 되지 못했다. 308구경의 60센티미
터 총신에 19발 탄창으로 놈들을 어찌 하기엔 너무 느리다. 사실
GAU 발칸포가 아닌 한에는 무대책인 셈이다.

나는 사이엔의 물건을 정리해 차 뒤에 두려 했는데, 그는 알아
서 하겠다며 배낭을 자기 발밑에 두라고 부탁했다.

"1000미터."

놈들은 1킬로미터 거리에서 도로를 따라 곧바로 접근했다. 나
는 허공을 떠도는 기이한 에너지를 느꼈다. 놈들은 흡사 좀비 탱
크 부대 같았다. 파편과 쓰레기들을 닥치는 대로 짓밟고 깨부수며
돌진해 들어오는 소리까지 들은 듯했다. 나는 배낭에서 쌍안경을
꺼내 목에 걸고 티셔츠로 렌즈의 기름과 먼지를 닦아낸 후 눈에
갖다 댔다. 내가 본 건 말 그대로 5차원의 지옥이었다.

괴물들은 상대적으로 빠른 속도였다. 실제로 뭔가를 찾기라도
하듯 도로 위를 지그재그로 움직였는데, 그럴 리야 없겠지만 정말
로 목적의식을 갖고 움직이는 것처럼 보였다. 나는 쌍안경을 목에
늘어뜨린 다음, 태양열 충전지를 분리하고 계기반 회로를 연결했

다. 마침내 시동장치와 가솔린을 연결했으나 자동차는 두 번 정도 쿨럭거렸을 뿐 시동은 걸리지 않았다.

남은 시간은 20여분뿐이다. 나는 파워를 끊고 다시 전지판을 연결했다. 시동시도에서 소실된 양을 재충전해야 했다.

"750미터."

그의 목소리가 더 커졌다. 불안감도 더욱 진하게 묻어났다. 나는 쌍안경을 들어 다시 한 번 살펴보았다. 괴물들의 부패 정도는 거의 비슷했지만 생각보다 심하지는 않았다. 9~10개월 전에 죽은 놈들답지 않게 상대적으로 신선한 편이다. 일반 좀비들보다 몸놀림이 더 빠르다는 사실까지 더해지면, 조금 전에 무력화시킨 방사성 척후병까지도(정말일 수도 있다!) 새 발의 피에 불과했다. 말 그대로 치명적 좀비의 급류가 쇄도하고 있었다.

나는 M-4를 두 번, 세 번 점검하고 레이저 장치의 신호음도 확인했다. 사이엔의 다급한 목소리가 들렸다.

"500미터."

지금은 놈들의 괴성까지 들렸다. 울부짖는 듯한 신음소리……비현실적인 괴성이 대기를 채우기 시작했다. 도무지 놈들에게서 시선을 뗄 수가 없었다. 망원경을 통해 확인한 결과, 놈들은 버려진 차들마다 먹이를 확인하면서 이동 중이었다. 무리가 부딪치며 지나는 통에 도로의 차들이 심하게 들썩거렸다. 사이엔이 배낭 덮개를 열어 뭔가 꺼냈지만 그를 신경 쓸 여유는 없었다. 어차피 저 좀비들을 제압할 방법은 없다.

그런데 그가 사격을 시작했다.

나는 비명을 지르며, 도대체 무슨 짓이냐고 따졌다.

"빠른 놈들부터 잡으려고."

나는 당장 집어치우라고 했다. 그래봐야 우리 위치만 드러낼 뿐이다. 내 말이 옳을 것이다. 마지막 총성의 메아리가 잦아든 후 대기를 채운 소리의 톤까지 바뀌지 않았는가!

"350미터!"

나는 왜건을 흔들고 어깨로 부딪쳤다. 계속 흔들어대면 첨가제의 용해가 더 빠르게 진행될지도 모를 일이다. 놈들은 내 라이플로 맞출 정도로 가까워지고 있었다. 나는 리퍼를 배치하기로 결심했다. 첨가제가 효과를 발휘할 때까지 시간을 벌기 위해선 그 수밖에 없었다. 쌍안경으로 거리를 가늠하고, 사이엔의 측정치를 감안한 다음 광학조준기로 놈들을 겨누었다. 다시 쌍안경으로 보니, 놈들의 수에 대해서는 사이엔의 판단이 나보다 더 정확한 것 같았다.

나는 레이저 장치를 작동시켰다.

삐…… 삐…… 삐……

……지속적인 신호. 가랑비와 땀이 이마를 지나 눈으로 들어갔다. 눈이 따끔거렸다. 나는 좀비 부대의 앞줄에서 50미터 지점의 땅에 레이저를 고정시켰다.

순간 나는 탄두를 봤다고 생각했다. 탄두는 곧바로 무리 한가운데로 내리꽂혔다. 미사일이 왜건 200미터 앞의 대지를 흔들자 괴물들이 대부분 그대로 곤두박질쳤다.

나는 사이엔에게 나중에 설명하겠다고 소리쳤다. 그는 끄덕이며 배낭을 재확인하고 계속 조준경을 노려보았다. 나도 재시동을 시도했다. 놈들을 보니 최소 50구는 일어나 다시 우리 쪽으로 달려들고 있었다. 나는 모든 선과 접점이 제대로 연결되었는지 확인하고 재차 단락을 이용해 시동을 걸어보았다.

"150미터! 서둘러!"

사이엔은 무척이나 초조해 했다. 그 생경한 감정은 내게도 그대로 전해졌다. 나는 떨리는 두 손으로 전선을 확인하고 계기반에 전력을 넣었다. 사이엔이 라이플을 뒷자리에 던지고 배낭에서 소음기가 부착된 MP5를 끄집어냈다.

"차를 출발시켜, 킬로이!"

그가 중동 억양으로 외쳤다.

나는 계기반에 전력을 넣은 후 다시 시동을 걸었다. 모르긴 몰라도 배터리에 남은 에너지를 모조리 끌어냈을 것이다. 왜건은 한 번, 두 번, 쿨럭거리다가 드디어 세 번째 시동이 걸렸다. 지금껏 내가 들은 가장 아름다운 소리였다. 나는 가속기를 밟아 엔진에 잔뜩 기름을 먹였다. 왠지 배터리 충전 과정을 가속화해 줄 것 같아서다. 나는 차에서 뛰어내려 태양열 충전지를 거두어 재빨리 뒷자리의 사이엔 배낭 위로 집어던졌다.

내가 운전석에 자리를 잡는 순간, 사이엔이 접근하는 좀비들을 향해 사격을 시작했다. 나도 피스톨에 여분의 탄창까지 챙겨 무릎 위에 올려놓고는 기어를 후진으로 넣어 차를 뺀 다음 사이엔에게 차에 타라고 소리쳤다.

그는 내 말을 듣지 못한 듯 계속 좀비들에게 총질을 했다. 그래 봐야 선두를 잡으면 두 번째 놈이 그 자리를 대신할 뿐이었다. 놈들은 아주 가까이까지 접근했다. 지금 당장 타지 않으면 순식간에 놈들한테 뒤덮이고 말 것이다. 나는 혼자라도 달아나겠다며 울부짖었다.

그는 마지막으로 50미터 전방의 **빠른 놈** 하나를 쏘고 재빨리 조수석으로 뛰어들었다. 나는 백미러를 보면서 놈들과의 간격을 벌려놓았다. 심장이 미친 듯이 콩닥거렸다. 나는 저놈들이 얼마나 **빠른**지는 아느냐며 사이엔을 몰아붙였다.

"그렇게 빠른 건 아니요, 친구." 그가 담담하게 대꾸했다.

정교한 친구는 아니지만, 사실 그런 자는 나도 밥맛이다.

나는 차를 돌려 진입로에 올려놓고 좀비 군단으로부터 멀어지기 시작했다. 해가 많이 기운 터라 차를 주차할 곳부터 찾아야 했다. 내가 운전하는 동안, 사이엔은 C-130이 보급품을 투하하는 장면에, 내가 장비를 점검하고 빈 집으로 들어가는 모습까지 모조리 지켜봤다는 등의 얘기를 했다. 상당히 오랫동안 나를 추적했다는 얘기인데, 반면에 자신의 생존 경험과 아프가니스탄에서의 생활에 대해서는 대충 얼버무렸다. 레이저 폭격을 직접 거론하지는 않았으나 그런 엄청난 일을 눈치 못 챌 만큼 멍청이는 아니었다. 엔진과 연료 게이지도 계속 지켜봐야 했다. 어떻게든 이 낡은 왜건으로 여행을 마무리할 생각이다.

10~15킬로미터마다 한 번씩 차를 세워 도로의 방해물을 정리했다. 쉽게 피할 수 있는 잔해들도 있지만 어떤 곳은 길이 완전히 틀어 막혔다. 도로의 잔해를 끌어내리려면 대형 트럭에 크랭크와 견인 체인까지 있어야 한다. 세 번째와 네 번째 장애는 분명 의도적이었는데 오래 전에 죽은 노상강도들의 짓이겠다. 대형구경의 탄흔들이 차량을 뒤덮고, 그 반대편엔 살과 뼛조각들이 잔뜩 널브러져 있었다. 녹슨 AK-47 두 정이 바닥에 뒹굴었다. 우리는 차를 세워

어떻게 빠져나갈지 고민했다. 나는 AK 총 하나를 집어들었다. 다른 건 거의 박살난 수준이었으나 이 총은 개머리에 난 탄흔과 금속 부품의 녹이 전부였다. 볼트가 젖혀지지 않은 탓에 고장 난 차에 대고 힘껏 내리쳤다. 두 번의 시도에 볼트가 빠져나오고 신탄이 하나 배출되었다. 나는 망가진 오토바이트로 건너가 오일 게이지 화면을 깨고 옆으로 넘어뜨려 모터 오일을 뽑아냈다. 그러고는 손으로 오일을 받아 말 그대로 AK-47의 볼트 접합 부위에 뿌렸다.

나는 탄창을 꺼내 슬라이드를 열 번 정도 움직여준 다음 배출된 실탄을 다시 탄창에 넣고 왜건 뒷자리에 던져놓았다. 탄창은 가득했다. 고장 난 AK의 탄창도 빼내 역시 뒷자리에 넣었다. 이제 짊어질 필요가 없기에 여분의 무게 따위는 상관없다. 뒷문을 닫는데 사이엔이 돌아와 문제없이 통과할 수 있다고 얘기했다. 해가 저물고 있었다. 나는 다시 운전석에 들어가며 빈털터리가 된 무인 리퍼도 기지로 돌아가고 있겠다는 생각을 했다. 랜드로버는 천천히 최후의 항전 현장을 빠져나가기 시작했다. 몇몇 차에 좀비 시체들의 잔해가 남아 햇볕에 익어가고 썩어가고 있었다.

도로가에 신차대리점이 보였다. 도로를 따라 차들도 나란히 줄을 맞춘 채 서 있었다. 세상이 무너지기 전만 해도, 대리점 주차장들은 어디나 이렇게 깨끗하고 깔끔하고 획일적이었다. 지금은 그보다는 펑크 난 차들도 많고, 깔끔했던 줄도 폐차장에 세워놓은 듯 들쭉날쭉한 편이었다. 헤일 등의 자연현상에 굴복하고 만 결과다. 이제 30분 후면 어두워질 것이다. 사이엔과 나는 대리점 전시실에 주차할 준비를 했다. 이곳이라면 비교적 안전하게 휴식을 취할 수 있겠다. 지난 번 도로에서처럼 좀비 무리가 몰려든다 해도, 그냥 차를 몰고 건물을 빠져나가면 그만이다. 우리는 손도끼와 약간의 테이프를 이용해 여닫이문을 전시실 바닥에 고정시켰다. 경사판을 설치한 후엔 전시실을 살펴보기로 했다. 사이엔은 내가 버린 MP5를 챙겼다. 둘은 체계적으로 대리점 공간을 하나씩 살펴나갔으나 어디에도 기척은 없었다. 뒷문은 사무실의 잔해들을 모아 받쳐놓았다. 그 정도면 우리가 잠든 동안 그 누구도 침입할 수 없으리라.

중앙 뒷문은 폐점 후를 위한 보안으로 빗장을 걸도록 되어 있었다. 시건장치를 설치하기 전에 먼저 문을 열어 그 뒤에 뭐가 있는지 살펴보았다. 밖은 정비구역이었다. 어쨌든 지금 그곳까지 살피기엔 햇빛이 너무 부족했다. 나는 문을 닫고 빗장을 걸었다. 이제 공성망치가 아니면 문을 뚫을 수는 없다. 나는 왜건을 후진시켜 전시실에 주차하고 유리 여닫이문도 잠그고 고정시켰다. 마침내 사이엔과 나는 외부세계와 완전히 단절되었다. 저녁 휴식을 취하기 전 위성전화를 태양 충전기에 연결했다. 내일 아침에 다시 연락을 취해올 수도 있는 노릇이다.

그 다음엔 낙하산 줄을 말고 테이프를 이용해 탄창고리를 하나 만들었다. 달아나면서 총을 쏘게 될 경우, 고리를 이용해 M-4 탄창을 쉽게 빼낼 필요가 있다. 내일은 사이엔과 함께 차고를 뒤져 왜건 정비에 필요한 재료들을 확보할 것이다. 모퉁이 책장에서 도로 지도 다발도 찾아냈다. 신차 고객들에게 줄 선물이었으리라. 인쇄일은 지난해로 되어 있지만 그 이후로 도로가 많이 생겼을 리는 없다.

휴식을 이용해 보급품에 들어있던 지도 일부를 확인했다. 지도는 군사용 좌표로 덮여 있었다. 레이저 프린터로 인쇄된 터라 모호한 기계 명령어도 보였다. 나는 계속 지도를 뒤집어가며 연구했는데 뒷면에 범례가 적혀 있기 때문이었다. 그리고 순간 무언가 뇌리를 때리더니 머릿속이 환하게 밝아졌다.

보급품 투하가 일어난 지역에 S표시가 되어있는데 아마도 'supply'를 뜻하겠다. 그렇다면 사선이 그어진 S는 투하가 완료되었다는 표시다. 호텔23의 논리적 경로를 따라 남하하는 동안 S표시가 하나 더 있었다. 직선거리로 대략 30킬로미터 정도. 물론 직선거리가 있을 리 없으니 보급품은 우리가 도착하기 전에 투하될 것이다. 방사선 표시도 여럿 보였다. 댈러스도 그 중 하나로, 모두 우리 경로를 따라 이어져 있었다. 정부감지기에 걸릴 만큼 상당한 방사선을 발산하는 지역들일 테지만 이론적으로는 지역이 아니라 단순히 밀도가 높은 대형 물건일 수도 있다. 예를 들어 방사선을 충분히 흡수한 크레인이나 소방 트럭 무리는 잔류량을 품고 있다가 발산하기도 한다. 아니면, 오늘 목격했듯 좀비들의 군집일 가능성도 있다. 어쨌든 상대적으로 오래된 지도인지라, 좀비 군단의 위치를 정확히 파악하는데 도움이 될 것 같지는 않다.

확인 요망: 위성전화 충전. 왜건 배선 정비. 장비 재배치. 사이엔에게 9밀리 60발 전달.

권장소비자가

10월 21일
12시 00분

먼지가 두텁게 깔린 전시장 바닥 위로 햇살이 쏟아졌다. 눈을 비비며 돌아보니 사이엔은 드랙백[18]에 배를 깔고 누워 라이플로 대리점 앞 지역을 살피는 중이었다. 저 두꺼운 유리를 뚫고 머리를 노리는 건 어리석은 짓이므로, 주변에 아무 이상이 없음을 확인하기 위한 제스처일 것이다. 이곳까지 수백 킬로미터의 묵시론적 황무지를 헤쳐 나왔음에도 불구하고 그는 여전히 생기가 넘쳤다. 비결을 물을 자격도 없겠지만 사실 있다 해도 너무 지쳐 신경 쓸 겨

---

18) 스나이퍼 라이플 가방

를도 없었다.

나는 목청을 가다듬어 사이엔의 시선을 끌었다. 그는 몇 초 동안 꼼짝도 안 하다가 어깨 너머로 이렇게 되물었다.

"나한테 할 말 있소, 킬로이?"

킬로이가 내 이름이 아니라고 따지고 싶지도 않고, 사이엔에게 미국 역사 강의를 할 생각도 없었다. 마야 문명에 대한 강의만큼이나 무의미할 것이기 때문이다.

"사이엔, 차고 지역에 가서 전선을 구해야 해요. 계속 이동하려면 왜건도 제대로 손봐야 할 겁니다."

내가 대답했다.

사이엔은 나를 얼간이 보듯 했다.

"저기 주차장에 있는 차들 배터리 충전하고 연료 정화하는 게 낫지 않을까?"

당혹스럽기는 했지만 하루 종일 낡은 왜건과 단선 놀이하는 것보다 훨씬 합리적인 제안이었다. 공장용 점화 모듈을 이용하면 훨씬 더 안정적일뿐 아니라 또 새 차이기 때문에 무인지대에서 고장 날 가능성도 줄어들 것이다.

아무튼 대리점에서 징발할 차의 배터리를 충전할 필요는 여전히 남게 된다. 주차장에는 고급 차종도 많았으나 그런 차들은 대부분 소형이었다.

"질문 하나. 킬로이, 그 책에 뭘 쓰는 거지? 잠시 멈출 때마다 코를 박고 있던데 도대체 뭐가 그렇게 중요한 거요? 그러니까 그러다가 죽을 수도 있잖소, 응?"

어떻게 대답해야 할지 몰라 난 그냥 "도움이 됩니다."라고만 했는데 그도 이해하는 것 같았다.

차종을 논의한 결과 견인 패키지와 체인이 달린 SUV로 정해졌다. 연비야 하이브리드 차량이 좋겠지만 목적지까지 온갖 차량과 장애를 헤쳐 나가기엔 아무래도 역부족이다. 그가 돌돌 말아 배낭에 부착한 침낭은 동양식 카펫으로 무척이나 화려해 보였다. 사이엔을 잘 모르지만, 내 판단은 그가 회교도이며 따라서 기도용 깔개라는 정도였다. 그는 교전이 끝난 이후로 무척 혼란스러워 보였다. 두 눈엔 당혹감까지 엿보였다.

나는 차를 하나 골라 배터리와 연료 충전 작업을 개시하자고 제안했다. 물론 그 전에 차고와 정비소를 수색해 행여 있을 위협에 대비부터 해야 했다. 사이엔은 MP5에 새 탄창을 먹이고 나도 장비를 갖춘 후 문을 열었다. 그곳 역시 신경을 거슬릴 정도의 묵시론적 정적뿐이었다. 대리점 뒤쪽은 철망으로 막혀 있었다. 사이엔과 함께 울타리를 한 바퀴 돌았지만 정비소 밖에는 개의 시체뿐이었다. 울타리 지역을 빠져나가지 못한 탓에 굶어죽은 개들……. 그 참상에 울컥 감정이 북받쳐 올랐다. 먹지도 마시지도 못한 채 처참하게 바닥에 쓰러져 죽고 만 것이다.

울타리 밖에서 시체 한 구가 접근하는 걸 보지 못한 것도 우울한 심경 덕분이었다. 나는 놈의 째질 듯한 괴성 덕분에 상념에서 깨어나, 본능적으로 붉은 조준점을 놈의 이마에 겨누었다. 놈은 곧바로 울타리로 달려들다가 크게 부딪쳐 뒤로 벌렁 나자빠졌다. 나는 무기를 내리고 사이엔에게 MP5로 처리하라고 부탁했다. M-4는 너무 소음이 크기 때문이지만, 그가 총을 쏘기 직전에 마음을 바꾸기로 했다. 글록을 좀 더 연습하고 싶었다. 나는 소음기

266

를 끼우고 가슴에 두 발, 머리에 한 발을 쏘았다. 모잠비크식 처형. 사실 최초의 두 발을 낭비할 이유는 없었지만 정말로 연습이 필요했다. 놈의 가슴을 노린 실탄이 울타리를 건드렸으나 그래도 갈빗대를 관통할 힘은 충분했다.

나는 피스톨을 든 채로 다시 울타리 주변을 돌았다. 다른 시체는 보이지 않았다. 쌍안경으로 대리점 주변의 들판도 점검했다. 두 놈이 있었는데 둘 다 다른 방향으로 걷고 있었다. 소음 규칙을 엄격하게 준수한다면 앞으로도 문제는 없을 것 같다. 전처럼 떼거리로 몰려온다면 몰라도.

차고 건물의 관리실 문은 잠겨 있었다. 사이엔과 나는 창문으로 지켜보며 안에 아무것도 없다는 확신이 들 때까지 기다렸다. 얼굴을 너무 오래 댄 탓에 유리창에 김이 잔뜩 서려 그렇게 서 있는 게 무의미해지기는 했다. 어쨌든 뭐가 들어 있든, 움직이지 않거나 아니면 정말로 죽었을 것이다. 사이엔이 배낭에서 사각의 작은 가죽 지퍼백을 꺼냈다. 그 안에서 나온 건 만능열쇠와 텐션렌치였다. 그는 내게 엄호를 부탁하고는 이를 악물고 작업에 심취했다. 문을 따는 데에는 몇 초밖에 걸리지 않았다. 우리는 무기를 앞세워 안으로 들어갔다. 생명체가 없다는 건 분명했다. 움직이는 시체가 있다 해도 벌써 내 목소리에 반응해 뛰쳐나왔을 것이다.

사무실을 점령한 건 먼지, 곰팡이, 코르크 게시판이었다. 게시판에 손으로 쓴 쪽지들과 정월 첫 주 날짜로 된 메시지들이 보였다. 육필의 쪽지엔 "여기 종말이 왔노라." 그리고 "이미 참회의 시간도 떠나버렸다."라고 적혀 있었다. 세상이 붕괴되기 시작할 시점의 주요 인터넷 헤드라인을 인쇄한 종이들도 보였는데, "죽음이 어떻게 경제에 영향을 미칠 것인가?" 아니면 "누군가를 버려야 한다면 지금이 바로 그 때다." 같은 내용들이다.

후자의 뉴스는 『월스트리트 저널』 홈페이지에서 인쇄한 내용으로 읽을 만한 가치가 있겠기에 여기 첨부한다.

누군가를 버려야 한다면 지금이 바로 그 때다.

안녕, 여러분, 난…… 이런, 내가 누군지 신경 쓸 사람이 어디 있다고…… 《월스트리트 저널》과의 관계라면, 난 평론가도 작가도 기자도 아니다. 기껏 《월스트리트 저널》 시스템 관리자일 뿐이다. 이곳 발전기 연료 잔량이 37퍼센트밖에 남지 않았기에 이렇게라도 하지 않으면 이 이야기가 영원히 묻히겠다고 생각했다. 뉴욕 시는 창궐 초기에 이미 전력이 끊겼다. 우리 송전망도 너무 약해, 이 일이 일어나기 전에 작동했다는 게 기적이었다. 아무튼 그 얘기는 본론이 아니기에 생략한다.

내가 왜 아직 여기 있느냐고? 좋은 질문이다. 이 건물의 상황이 진정될 때까지 내가 서버팜과 네트워크를 지켜준다면 기막힌 보상을 하겠다는 회사의 약속 때문이다. 무장경호원을 보내 가족과 우리 집을 지켜주겠다는 얘기도 했다. 실제로 책임질 사람이 아무도 없다는 사실을 깨달았을 땐 이미 너무 늦어 빠져나갈 수가 없었다.

내 가족도 다른 사람들처럼 죽었을 것이다. 나는 이곳 서버팜에 안전하게 갇혀 있다. 솔직히 말하면 서버의 물리적 손상을 막기 위해 탄탄한 강철 문을 설치해 다행이다. 이렇게 단단한 철근이 아니라면, 지금쯤 이곳도 뚫렸을 것이다. 나는 저들이 체계적이고(정말?) 집요하게 두드리는 통에 거의 미칠 지경이다. 어제 물이 떨어졌지만 수냉식서버

한 대 가져다줄 위인은 없을 것이다. 오 냉각 튜브라도 빨 수 있으면 좋으련만. 냉각장치엔 정확히 1.25갤런의 폐쇄회로식 냉각수가 순환하고 있다. 맛이야 당연히 개떡 같아도 그래도 목숨은 부지해 줄 것이다. 나는 지금 발전기 열을 이용해 소변을 증발해 마실 물을 만들 방법을 고심 중이다. 이곳에 갇히기 전에 확보해 둔 망원 렌즈와 디지털카메라로 창밖의 뉴욕, 아니 능욕의 거리를 내다보기도 한다.

한 주 내내 지켜봤지만 살아있는 존재는 하나도 없다. 내가 본 최후의 생존자는 도망가는 경찰이었다. 나는 뉴욕 거리 최후의 생명체에 대한 존중의 표시로 그의 스냅사진을 찍어두었다.

해외 뉴스를 보면 유럽이 실제로 미국보다 훨씬 심각하다. 믿거나 말거나. 영국도 다르지 않다. 수십 년 전 시민들을 무장해제한 결정이 아무래도 변태들의 창궐 때 역효과를 낸 것이리라. 물론 기사라는 것이 편견도 없어야 되고 정치색도 배제해야겠지만, 지금 이 순간만큼은 손에 라이플이 들려 있으면 소원이 없겠다. 여러분들이 어딘가 안전한 곳에서 만반의 무장을 하고 이 글을 읽고 있다면, 솔직히 부럽다. 난이 아이보리타워에서 죽게 될 것이다. 거리로 나가려면 이 아래 십여 개의 층부터 뚫고 나가야 하는데, 그래 봐야 무슨 소용이겠는가? 거리에 닿는 순간 죽어라 내빼라고? 도대체 어디로 가라는 말인가?

정부의 정보 관리들이 정보를 감춘 걸까? 망할, 분명히 그렇다. 이두 눈으로 직접 목격했다. 해외의 아비규환이나 동해안 상황에 대한 함구령이 내린 것은 정월 3일이었다. 이 건물에도 나름대로의 '맨인블랙'들이 죽치고 앉아, 마치 스크래블 게임에서 헌법 제1조를 난도질하듯, 검은색 매직을 들고 송출하는 기사 모두를 검열했다.

다 쓸데없는 이야기다. 집에 있는 보통 가족들도 결국 재앙이 닥쳤음을 알았을 것이다. 기사를 검열할 수는 있지만 인터넷만큼은 만만치가 않다. 유튜브와 소셜네트워크 사이트들은 휴대폰 영상과 현장사진으로 아우성이었다. 나 또한 캔자스, 위치타의 미러 서버팜에 있는 서버 NYT2에 가능한 한 많은 정보를 모아두었다. 그 서버는 반도체를 이용한 종류라 중서부의 전력이 끊어진 후에도 오랫동안 데이터를 보호해 준다. 정말로 경악스러운 사진들도 있다. 이 일이 있기 전 미국이 기름값을 불평한 적이 있다. 내가 본 주유소의 휴대폰 사진은 갤런 당 12달러였지만 1주일 후엔 갤런당 100달러까지 올랐다는 소문이 돌았다. 시카고의 방송국 차에 갇혀있던 한 여자가 전화를 이용해 마지막 며칠간을 인터넷에 올렸다. 그녀는 포위되고 공격당했다고 했다. 결국 밴의 창문 하나가 박살나고 세 놈이 안으로 들어가려다가 창틀에 끼고 말았는데, 여자가 울면서 유언을 말하는 동안 놈들은 운전사부터 먹어치웠다. 여자는 탈출하겠다며 뒷문을 열고 무리 속으로 뛰어들었다.

이곳에 살아남은 건 나 혼자뿐이다. 방법도 없고 탈출구도 없다. 여러분 모두에게 축복 있기를. 누구든 이 글을 본다면 잠깐 들러 나를 끝내주기 바란다.

생존자,

G.R., 시스템매니저,

《월스트리트 저널》IT팀.

사이엔과 나는 정비사무실을 샅샅이 훑은 후 정비구역으로 이동했다. 그곳에서 가볍고 유용한 물건을 약간 약탈했다. 그러고는 차를 고르기 위해 대리점의 열쇠함으로 향했고, 다양한 차량의 장단점을 평가한 결과 운전석을 확장한 디젤 픽업트럭으로 결정했다. 외양도 새것인 데다 제대로 작동할 것 같았다. 문제라면 오른쪽 앞바퀴 바람이 조금 빠진 정도였다. 전기가 없기 때문에 차고의 컴프레서는 작동하지 않을 것이다. 결국 도중에 시거잭용 컴프레서를 구하거나 아니면 자전거 펌프라도 이용해야 한다는 얘기다.

신기하게도 점퍼케이블이 없지만, 사실 있다 해도 소음 때문에 충전은 어려울 것이다. 포드의 배터리를 빼내 충전 센터를 구축하는 동안 사이엔이 망을 보았다. 왜건에서 기름을 뽑아내고 싶었으나 디젤차에 쓸모가 있을 것 같지는 않다. 배터리 충전을 위해서라도 하루는 꼼짝 없이 이곳에 묶여 있어야 했다. 나는 태양열 충전지를 트럭 위에 두고 더러운 속옷을 하나 밑에 받쳐 남쪽을 향하게 했다. 충전 후엔 곧바로 출발할 생각이다. 「매드맥스」 스타일로 개조할 방법과 기술만 있다면, 여행의 안전도 높이고 사격도 자유롭겠지만 그 역시 춘몽에 불과하다. 차량을 점검해 본 결과 오일은 상대적으로 깨끗했고 열쇠함의 열쇠도 잘 맞았다. 트럭 배에 부착된 스페어타이어도 공기가 가득했다. 나는 계속해서 시간대를 확인했다. 오늘 위성전화 통신 시간대에 있을지 모를 메시지를 놓치고 싶지 않았다. 태양열 충전지를 트럭배터리에 사용 중이기 때문에 배터리를 절약하기 위해 윈도가 열릴 때까지는 위성전화를 꺼두어야 했다.

원격 식스…… 도무지 내 머리로는 이해가 가지 않았다. 기이한 연료 첨가제, 리퍼 추적기술, 그리고 상상을 초월한 속도로 배터리를 충전하는 태양열 충전지까지 모두……

트럭의 권장소비가는 44,995달러였다. 차량의 연비는 갤런당 30킬로미터이고 탱크 용량은 26.2갤런이었다. 대충 암산을 해보니 탱크 하나를 가득 채우면 650킬로미터를 가고 호텔23까지 멀어야 350킬로미터 정도이니 기지까지는 무난하다.

매뉴얼도 연구했다. 특히 타이어 교환이 문제다. 이따금, 제조사들이 스페어타이어 등을 분리하는 데 애를 먹이는 수가 있기 때문이다. 이 트럭 역시 당연하다는 듯, 몇몇 장치를 조합한 다음 트럭 뒤쪽을 통해 밑바닥 크랭크를 돌리도록 되어 있었다. 도대체 무슨 차를 이따위로 만드는 건지, 원. 아무튼 분명한 것은, 도로 어딘가에서 정비를 해야 할 경우 심각한 곤경에 처할 수 있다. 나는 스페어타이어를 분리해 트럭 바닥에 던져 넣었다. 공간이야 얼마든지 있지 않은가. 리프트잭의 포인트도 모두 확인했고 차고에서 견인 체인도 찾아내 역시 트럭 짐칸에 실었다. 장애물을 치우는 데 도움이 될 것이다. 점화 플러그를 가득 담아놓은 커피캔이 있기에 사이엔에게 플러그의 세라믹을 최대한 많이 모아줄 것을 부탁했다. 세라믹 조각들은 후에 가택 침입을 할 경우 유용하게 쓸 수 있다.

문득 생각이 난 김에 왜건의 충전된 배터리를 뜯어 트럭으로 가져왔다. 동일 모델은 아니나 시도야 해볼 수 있지 않겠는가. 사이엔이 바이스를 이용해 점화 플러그 세라믹을 박살내는 동안 나는 보잘 것 없는 과학지식을 실험하기로 했다. 그 일에 몰두하기 전 울타리를 한 번 더 순찰해 위험요인이 있는지부터 재점검했다. 트럭으로 돌아온 다음엔 왜건의 배터리를 죽은 트럭 배터리 대신 세팅하고 운전석으로 돌아왔다. 반시동으로 확인해 보니 운 좋게도 트럭의 연료 탱크는 거의 차 있었다. 디젤은 휘발유처럼 정유되는 게 아니라 저장수명이 훨씬 길다. 난 연료 첨가제 없이 트럭 시동을 걸 수 있는지 확인해 보기로 했다.

사이엔에게 의도를 설명하자 이곳에서 시동을 걸 경우 시선을 끌 수 있지 않겠냐며 걱정했다. 우리는 토론 끝에 그래도 시도 쪽으로 결론을 내렸다. 트럭 뒤쪽에 짐을 싣고 시동 준비를 한 시각은 11시쯤이었다. 좀비들이 소리에 반응하지 않는다면 조금 더 머물며 장비도 제대로 챙기고 다른 것들도 재차 점검할 생각이다.

시동키를 돌리자 트럭이 5초 정도 툴툴거리다가 돌아가기 시작했다. 나는 장갑 낀 손으로 새 배터리를 트럭에 연결했다. 이제 태양열 충전지가 아니라 교류기가 충전작업을 대신 해줄 것이다. 전지판의 효능이 아무리 좋다 해도 트럭 교류기의 성능을 따라갈 수는 없다.

다시 트럭 배터리를 연결하고 후드를 닫은 후 재순찰을 돌았다. 대리점 어느 방향에서도 기척은 없었다. 지도를 확인해 보니 호텔23까지 370킬로미터 정도였다. 어느 송신기를 사용하느냐에 따라 차이는 있겠지만 그래도 그 전에 무전연락이 가능해야 한다. 존이 항공 조난신호 주파수를 모니터하고 있을 것이므로 호텔23에 가장 빨리 도착하는 방법은 역시 무전 연락일 수밖에 없다. 문제는 VHF 무전기가 없기에 어떻게든 그 전에 확보해야 한다. 배터리 충전은 30분에서 45분 정도면 충분하지만 그래도 확실히 하기 위해 한 시간은 기다려줄 생각이다. 차문을 열어보니 몇 개월간 방치되었음에도 불구하고 새 차 냄새가 은은히 떠돌았다. 히터를 틀자 기분 좋은 온기가 내 손을 훑었다. 얼마나 오랜만의 감촉인가. 숨을 만한 곳만 있다면 차 안에서 잠을 청할 수도 있을 것이다. 우리는 다른 트럭의 커버를 가져와 장비에 비가 젖지 않게 하고 또 좀비들의 접근도 막았다. 다음 작업은 미등 전구와 반사판을 모두 제거하는 일이었다. 필요한 조명이라면 헤드라이트뿐이나 그것도 피치 못할 경우에만 사용할 것이다. 좀비가 유일한 적은 아니다. 나는 만약의 전기 단락에 대비해 박스테이프로 노출 부위를 모두 감쌌다. 전문 용접공의 도움 없이 트럭을 몰고나가는 건 무지한 소치이나 지금 그런 걸 따질 때가 아니다. 나는 라디오를 켜고 AM과 FM 주파수를 모두 확인했다.

아무것도 없었다.

한때 요란한 정보 매체였음을 보여주는 징후 따위는 없었다.

사이엔과 나는 천장에 붙은 지도를 참조해 남서쪽 경로를 확인했다. 카르타고까지는 불과 25킬로미터 거리인데 아무래도 그 길이 최선의 선택일 듯싶었다. 우선 79번 간선도로를 따라 곧바로 내려갔다가 도중에 남쪽의 59번으로 갈아탔다. 가능한 한 시골길을 고수하고 불가피할 경우에만 대로로 나오는 게 좋다. 내가 370킬로미터라고 했을 때 그건 직선거리 얘기다. 지형 사진에 실제도로의 경로를 덧씌운 결과 어느 정도의 시간과 거리가 더 필요하다는 계산이 나왔다. 여행 도중의 온갖 잔해와 위험을 고려해볼 때 1년 전의 속도 규정을 지키는 게 불가능하다는 사실 또한 고려해야 했다. 사슴은 기껏 70킬로그램밖에 되지 않는다. 90킬로그램짜리 좀비를 친다면 우리의 목숨도 위험할 수밖에 없다. 시체들은 달리는 차를 피하지 않는다. 놈들은 불을 쫓는 나방과도 같다. 그 빛이 어떤 의미인지 개의치 않고 무조건 달려들 것이다.

보급품에는 지형사진과 함께 오렌지색의 타원형 두 개가 그려진 투명 비닐용지가 들어 있었다. 오른쪽 하단 모퉁이에 또 다른

274

비대칭 타원형과 방사선 기호가 있었는데, 이제야 비로소 그 용도를 깨달았다. 나는 투명지를 지역 도로 위에 올려보았다. 그러자 댈러스, 샌안토니오, 뉴올리언스를 뒤덮은 낙진 지역이 드러났다. 댈러스와 샌안토니오는 피해지역이 광범위한 반면 뉴올리언스의 낙진 지역은 불과 10분의 1로, 루이지애나 남동부, 미시시피 남부, 남부 앨라배마 일부와 플로리다 팬핸들의 꼭대기가 해당되었다. 내가 1분 정도 멍한 표정을 짓자 사이엔이 무슨 문제인지 물었다. 나는 이들 지역에 친구들이 있는데 그들 모두 죽었을 거라고 생각하니 잠시 마음이 울적해졌을 뿐이라고 대답했다. 그는 유감을 표하고는 지도에서 투명지를 제거하고 어서 계획을 짜자고 재촉했다. 잘만 하면 24시간 후 카르타고 변경에 다다를 수도 있겠다.

계획을 논의하는 동안 사이엔은 계속해서 내 라이플을 힐끔거렸다. 물론 처음 만난 날의 폭발뿐 아니라 왜건의 시동 준비를 하면서 좀비들을 날려버린 폭발에 대해서도 알고 싶을 것이다. 나는 결국 비밀사항을 제외한 나머지를 아는 대로 설명해 주었다. 보급품은 정부가 보내준 것이다. 이전에 임시정부와 관련된 일을 했으며, 우리 머리 위에 무인 리퍼가 선회하면서 우리 동작을 감시하고 라이플에 장착된 장치로 레이저를 쏠 때를 기다리고 있다. 대충 그런 얘기들이었다. 조난신호 발생기나 만약의 경우에 대비한 비상책까지 알려줄 필요는 없었다.

나는 이리듐 전화를 보여주면서, 궤도 위성의 부족으로 12시 00분과 14시 00분 사이에만 사용이 가능하다고 말해주었다. 누구와 통화하는지 묻는 질문에는, 언제나 기계 음성이고 통신은 문자 상황 보고가 전부이기에 나도 모르기는 마찬가지라고 대답했다. 텍사스 나다의 모처에서 부대장 노릇을 한 적이 있어, 그가 원한다면 그곳에 도착했을 때 큰 환영을 받게 될 거라는 얘기도 했다. 원래 목적지였던 샌안토니오가 괴멸 상태이기 때문에 그의 침묵은 곧 달리 갈 곳이 없다는 뜻이기도 했다. 10월 하순의 한기가 뼛속까지 느껴졌다. 우리는 정비 구역에 불을 피우기로 했다. 어젯밤 몇 시간의 잠을 청할 때만 해도 너무도 편안했었다.

예전에는 하루 여덟 시간의 잠을 고수했건만 지금은 운이 좋아야 다섯 시간 정도다. 얼마 남지 않은 삶을 날려버린다 생각하니 사실 잠자는 시간도 아깝다. 지금은 위성전화를 켜고 송신을 기다리는 중이다.

21시 00분

메시지는 13시 50분에 도착했다. 차트에 기록된 보급품 위치로 이동하라는 지시였다. 현 위치에서는 남서쪽이며 보급품 투하는 내일 15시 00분에 시행된다. 사이엔이나 다른 사항에 대한 언급은 없었다. 나는 차트를 확인하고 남서쪽 통로를 따라 S가 표시된 지점에 원을 그렸다. 지형 지도에는 작은 공항으로 표시되어 있으며 투하는 카르타고 동쪽 79번 도로 근처로 보였다. 우리는 투하지점을 확보하기 위해 내일 오전에 떠나기로 하고 준비를 서둘렀다. 솔직히 투하의 정확한 지점/좌표도 없이 그 지역을 제대로 찾을 수 있을지조차 자신이 없었다.

몇 시간 후, 사이엔과 나는 다시 불을 피우기로 했다. 내가 울타리 밖에서 땔감을 모을 때쯤 해가 지기 시작했다. 우리는 나무를 쌓아놓고 사이엔이 배낭에서 책을 꺼내 찢기 시작했다. 『이정표』라는 간단한 표지의 책인데 전에도 경험이 있는지 절반이나 찢겨 나간 터였다. 우리는 무게가 나가는 식량을 모두 요리해 내일의 기나긴 여정을 위해 배를 든든히 채웠다.

"또 시작이군. 공책에 적는 것 말이요."

"최소한 찢지는 않아요."

"잘 자요, 킬로이."

"사이엔, 당신도요…… 한 눈은 뜨고 자요."

"두 눈 다 뜨고 잘 거라오, 친구."

샌드버기[19]

10월 22일
09시 00분

우리는 7시에 도로에 진입하여 잔해들을 헤쳐 나가기 시작했다. 도로를 가로막은 차를 끌어내기 위해 트럭에서 내린 것도 여섯 번이나 되고 그 중 절반은 그 안에 든 좀비도 죽였다. 특별할 만한 일이라면 구급차 들것에 허리를 묶인 채 누워 있는 시체였다. 위협이 되지는 않았지만, 난 견인 체인을 묶다가 기절하는 줄 알았다. 빌어먹을 시체놈이 드라큘라처럼 아가리를 벌리고 두 손을 내밀고 있었으니! 그 안에 있는 줄도 몰랐건만! 물론 끔찍하게

---

19) 모래언덕, 사막, 해변 등을 달리도록 특수 제작된 자동차

썩어가는 중이었다. 그 장면은 죽을 때까지 머릿속에 남아 있을 수백 장의 소름끼치는 스냅 사진 중 하나가 될 것이다.

나는 보조무기를 꺼내 머리에 구멍을 뚫고, 놈의 등이 침대에 닿기도 전에 문을 닫아버렸다. 소음 총소리에 사이엔이 달려와 무슨 일인지 물었다. 나는 별 일 아니라고 하고는 이번 도로 견인놀이에 그가 사슬을 맡지 않은 건 유감이라며 놀려주었다.

우리는 언덕 위 공터에 차를 세웠다. 내가 현 위치와 공항까지의 거리를 계산하는 동안 사이엔이 망을 보았다. 79번 도로가 최단의 루트이긴 하나 대로에 버려진 차들을 고려하면 오히려 시골길이 더 빠를 듯싶다. AM, FM 라디오에서 뭐든 나오는지 확인하는 동안 정성을 다해 AK-47을 청소했다. 무기를 분해하고, 대리점 정비고에서 가져온 기름걸레와 사포를 이용해 녹을 벗겨내는 작업이다. 무기 안에 정말로 철사뭉치라도 든 것 같았다. 나는 칼을 꺼내 개머리에 총알이 관통한 자리를 정성껏 깎고 사포로 문질렀다. 총상이 심각한 위치는 아니었다. 무기에 멜빵이 없기에 낙하산줄을 총알구멍에 통과하는 방식으로 임시 멜빵을 만들어주었다. 이제 쓸 만해졌다. 탄창 두 개엔 총알도 45발이나 들었다. 나는 기름걸레로 외부를 코팅한 다음, 약실에 실탄을 먹이고 안전장치를 걸고 차 뒤에 던져두었다.

망원경으로 주변을 훑었지만 어느 방향에도 위협적인 요소는 없었다. 아침 햇살이 눈부실 정도이나 가을의 한기를 몰아내지는 못했다. 왠지 내가 기억하는 과거의 10월보다 훨씬 춥게 느껴졌다. 카르타고 동쪽에서 보급품을 확보하고 나면 다음 인구밀집 지역은 러프킨, 내커도처스, 그리고 휴스턴이 될 것이다. 바람은 헬리콥터를 타고도 휴스톤 안으로는 들어가지 않으려 했다. 핵처방을 받지 않은 대도시이므로 수백만의 좀비들뿐 아니라 실제로 인간 생존자들도 있을 수 있다. 휴스턴 내에 불시착했다면 나는 죽었거나 부활했거나 둘 중 하나였을 것이다.

19시 00분

지금 활주로 남쪽 끝의 공항 본관 옥상에 있다. 몇 개월 전 존과 함께 있을 때 생각이 났지만 이 비행장엔 관제탑이 없다. 보급품은 약속대로 15시에 투하되었다. 변수가 하나 있기는 했다. 비행기가 균형을 잃고 북쪽 1.5킬로미터 밖의 활주로에 추락하고 만 것이다. 장비가 화물문을 떠나는 순간 비행기는 중심기압을 잡는 데 실패했는지 곧바로 활주로를 향해 곤두박질쳤다.

마지막 순간 비행기 앞쪽이 들리는 듯했으나 실속(失速)을 회복하기엔 때가 이미 늦었다. 비행기는 활주로를 때리고 미끄러지기 시작하더니 한쪽 날개 끝이 잘리며 사방으로 연료를 뿌려댔다. 그 바람에 동체가 크게 흔들리고 다른 쪽 날개가 콘크리트에 박히면서 비행기는 팽이처럼 돌기 시작했다. 비행기가 멈춰 설 때에는 두 날개 끝이 모두 끊긴 후였다. 양쪽 엔진이 모두 우리 쪽으로 300미터 이상 날아왔다.

사이엔과 나는 장비를 무시하고 먼저 추락한 비행기를 향해 달려갔다. 신기하게도 비행기는 불꽃에 휩싸이지 않았다. 누가 비행기를 몰았는지는 몰라도 행운의 사나이가 분명했다. 그리고 그 생각은 비행기 앞으로 가면서 바뀌고 말았다. 비행기에 창문이 하나도 없었다! 비행기는 창문 대신 고슴도치처럼 등이 온통 안테나로 뒤덮여 있었다. 후미의 화물문은 화물을 떨어뜨릴 때 그대로 열린 채였다. 나는 안을 살펴보기 위해 사이엔에게 올려줄 것을 부탁했다. 화물칸에 들어간 다음엔 비행기 연료의 연기를 손으로 저으며 (적어도 3일 간은 온몸에 악취가 남아 있으리라.) 비행기 앞쪽으로 이동했다. 가는 도중에 보니 C-130의 전형적인 커튼식 변기가 없었다. 이 비행기가 별종임을 보여주는 또 다른 증거인 셈이다.

동체가 기운 데다 연기까지 짙어 기내를 걷기가 쉽지 않았다. 흡사 유령의 집을 지나는 기분이었다. 조종석도 문대신 올리브색의 단조로운 커튼이 전부였다. 나는 오즈의 마법사라도 만날 각오를 하고 커튼을 젖혔으나 처음부터 의심했던 바를 확인하는 데 그쳤다. 조종사가 없었다.

비행기는 공기 흡입 엔진이 아니라 이 순간 우리 머리 위를 돌고 있을 리퍼와 같은 개조형 무인 C-130이었다. 조종석은 있으나 의자도 없고 밖을 내다볼 창도 없었다. 선반에는 컴퓨터들이 진열되어 있었는데 그곳에서 나온 광섬유들이 갖가지 항공장비와 연결되었다. 어느 장비에도 제조사 표시는 없었다. 압력 계기판과 보조 산소탱크도 보이지 않았다. 최대한의 무인 내구성을 위해 중량을 최소화한 것으로 보였다. 최적연소 조건에서 시간당 1800킬로그램을 소비한다고 가정할 경우 연료를 가득 채우면 미국 어느 곳에서든 날아올 수 있다. 동체 외부에도 소속 마크는커녕 고유번호조차 표기되지 않았었다. 전체적으로는 암청색의 도시형 위장색으로 관리도 잘 된 듯 보였다.

나는 사이엔에게 돌아가 그의 생각을 들어보기로 했다. 함께 조종석을 확인한 후, 그 역시 항공장비에 연결된 광섬유라는 개념을 듣도 보도 못했다는데 동의했다. 이때쯤 연기가 속을 긁기 시작해 정신이 하나도 없었다. 비행기 내부는 무척 어두웠다. 붉은 조명이 있기는 해도, 그건 착륙 후 정비팀이 적절한 점검 목록을 확인하기 위한 용도에 불과할 것이다.

나는 짐칸의 화물망으로 임시 사다리를 만들어 반쯤 닫힌 화물문을 빠져나갔다. 사다리를 내려가는데 오후의 신선한 바람이 머리를 식혀주었다. 조금씩 정신이 들기 시작했다.

사이엔도 뒤따라 내려왔다.

문득 추락 당시의 엄청난 굉음이 기억났다. 말인즉슨, 해질 무렵이면 관광객들이 떼를 지어 몰려올 거라는 사실이다. 우리는 트럭을 타고 시속 150킬로미터의 속도로 달아나기 시작했다. 다행히 1500미터 내에는 장애가 하나도 없었다. 보급품 투하지점으로 돌아가는 도중 무인비행기와 추락의 의미에 대해 얘기했다. 현장에 도착해 보니 짐이 두 개가 보였다. 작은 것과 큰 것.

대형 깔판은 차 한 대가 비닐로 감싸 있었다. 이번 보급품의 유일한 표시라면 금속 부분에 새긴 DARPA라는 글자뿐이었다. 나는 사이엔과 함께 나이프로 비닐포장을 자르고, 낙하산과 화물망 등 여타의 낙하산 용품들을 모으기 시작했다. 차량은 사막용 샌드버기였다. 육중한 롤 케이지[20]가 있고 운전석/조수석 위로 두꺼운 금속 골격들이 드리웠다. 뒤쪽 엔진 위에도 서 있는 공간이 있

---

20) 자동차가 전복 되었을 때 운전자를 보호해주는 철제 우리

는데 차체에 마구 타입의 마스트 구조물을 용접해 승차자가 떨어지지 않도록 보호했다. 뿐만 아니라 기관총을 장착할 수 있는 접점도 두 군데나 되었다. 버기는 세 사람을 태울 수 있고 필요하다면 약간의 장비도 챙길 수 있다. 엔진 위에는 '맥주통'처럼 생긴 원통형 탱크가 있으며 육중한 오프로드 타이어들이 사방을 에워쌌다. 나는 차에 올라타 시동을 걸고 공항 본관 뒤쪽의 진입 사다리까지 갔다가 돌아왔다. 내가 돌아왔을 때 사이엔이 벌써 작은 보급품을 뜯은 후 숨을 몰아쉬고 있었다. 시체들이 몰려올 때까지 시간이 별로 없었다. 총성보다도 훨씬 큰 굉음이라 분명 2킬로미터 밖에서도 들렸을 것이다. 비행기에서 튕겨 나온 엔진들도 어딘가에서 퍽퍽 소리를 내며 불타고 있었다.

소형 깔판에는 두 사람이 들어야 할 만큼 커다란 펠리컨 케이스 두 개와 '자동 G 탄환'이라고 적힌 나무상자 하나가 실려 있었다. 대형케이스에는 각각 자동 개틀링 A, 그리고 자동 개틀링 B라는 스텐실 인쇄가 박혀 있었다. 우리는 케이스 두 개를 트럭에 싣고 버기가 주차된 곳으로 돌아가 밤을 위한 계획을 짜기 시작했다. 나는 사이엔의 도움을 받아 자동 개틀링 A를 건물 옥상으로 올렸다. 케이스 B는 트럭에 그대로 두었다. 트럭은 버기 옆에 주차하지 않고, 좀비가 사다리 부근으로 몰려들 경우에 대비해 건물 뒤쪽으로 옮겨놓았다. 그로써 좁은 지붕에서 탈출할 방법 두 가지를 마련한 셈이다. 작은 케이스에 든 물건은 동봉된 서류에 장거리 가이거 계수기라고 되어 있었다. 가이거 수치를 원격으로 측정한다는 뜻이다.

버기는 사다리 바로 아래 도로가 훤히 보이는 지점에 주차했으나 트럭은 (대부분의 장비와 함께) 잘 보이지 않는 곳에 두었다. 우리는 식량, 물, 침낭, 무기 등 생필품을 모두 옥상으로 옮긴 후 펠리컨 케이스를 개봉했다. 안에는 한 번도 본 적이 없는 무기가 들어 있었다. 원격 식스가 어떻게든 나를 살리기 위해 대규모 투자를 하는 모양이다. 무기는 소구경 탄띠송탄식의 소형 개틀링건이었다. 동봉된 설명서는 리퍼 레이저 장치 설명서와 비슷했다. 보다 직접적이긴 했지만 결론은 같았다.

장치에는 저피탐지 레이더가 포함되어 있는데, 열상 감기지로 좀비의 접근을 억제하는 역할을 수행한다. 내구설계이며 몇 가지 배치 옵션이 가능했다. 설명서에는 그 총이 소음형이 아니라 차단형이라고 했는데 무슨 의미인지는 모르겠다.

옵션1은 케이스를 열고 화살표가 지시하는 방향으로 돌려놓은 후 스위치를 올리는 방식으로 클레이모어 비슷하다. 섭씨 30도 이하의 이동체는 적대적 대상으로 간주되어 100밀리초 연사에 맞춰진 분당 4000발의 총탄에 산화하고 말 것이다. 장착된 레이더는 0.5와트 미만의 최저전력으로 작동되고 200미터 거리 타깃 인식에 효과적이라고 적혀 있었다.

두 번째 작동 모드는 버기에 장착하는 것이다. 설명서에는 케이스의 나사를 풀어 장비를 빼내라고 적혀 있었는데, 레이더, 열상감지기, 배터리, 무기가 철근 하나에 부착되어 버기 포가(砲架)에 딱 들어맞도록 도어 있다. 세 번째 모드는 케이스에 포함된 자석과 흡착식 삼각거치대를 이용하는 방법이다. 매뉴얼의 1번 도해처럼 세미트레일러 꼭대기에 서로 반대 방향을 향하도록 장착하거나, 2번 도해처럼 건물 앞에서 포가(砲架)를 삼각대로 사용하게 되어 있다.

상세설명으로는 지속적 사격 상황 하에 한 시간 연사 후 충전이 필요하며, 레이더와 열상 감지 상황에서는 12시간 운용이 가능하다고 되어 있다. 매뉴얼에는 또한 시스템의 모호한 한계에 대해서도 기술해 두었다.

매뉴얼에는 흐르는 물, 바람에 흩날리는 나뭇가지, 그리고 날아가는 새들을 향해 발사된 예가 기록되어 있다. 마지막으로는 열상 감지기의 한계에 따른 작은 조류의 열신호 감지 실패였는데 그건 시스템의 레이더 반사단면적의 한계 때문이다. 그 다음 항목에는 주변 대기온도가 섭씨 35도를 상회할 경우 시스템의 사용이 바람직하지 않다는 내용이 적혀 있지만 그 이유에 대해서는 따로 언급하지 않았다. 그때쯤 해가 저물기 시작했다. 사이엔은 내 엄호를 받으며 사다리 아래의 실탄을 가지러 갔다. 오늘 밤은 1번 옵션이 어떻게 작동하는지 볼 수도 있겠다. 이 물건이 레이더와 열상 감지기를 동시에 활용해 타깃을 인식한다면 밤이라는 상황이 무기에 영향을 미치지는 못할 것이다. 마지막 경고문이 불길하게 뇌리를 찔렀다.

경고! 자동 개틀링 시스템은 프로토타입의 무기이므로 기본 방어용으로 사용하지 말 것.

매뉴얼을 케이스에 넣을 때쯤(장전 안내는 인쇄물로 덮개에 붙어 있다.), 사이엔이 실탄 두 케이스를 갖고 돌아왔다. 우리는 실탄을 장착하고 좀비 침입이 가장 유력한 방향, 즉 도로를 겨누었다.

스위치를 작동 위치로 올리자 무기가 윙윙거리며 호응하는 소리가 들렸다. 저피탐지 레이더는 카메라 촬영 때와 비슷한 소리를 냈다. 사거리와 고각(高角)의 초기 3D 지도 영상을 확보하는 과정이다. 시스템은 이내 조용해졌고 작동을 나타내는 지표는 총 뒤에 있는 녹색 LED의 은은한 불빛뿐이었다.

해가 거의 졌다. 우리는 커피 캔에 작은 불을 피워 건량을 위한 물을 데울 참이었다. 사이엔이 『이정표』 종이 한 장을 깡통 안에 넣어 불을 피웠다.

나는 야간 투시경을 쓰고 옥상 끝으로 건너가 도로를 내다보았다. 멀리 움직임이 보였다. 투시경의 가시거리 한계 근처였지만 분명 헛것은 아니었다. 또 하나 작은 불빛을 가리키는 자외선 지표도 나타났는데 추락 후 비행기 엔진이 떨어져나간 곳이리라. 불꽃은 엔진 내부에 갇혀 있기 때문에 투시경이 아니면 보이지도 않았을 것이다. 나는 사이엔에게 무기 방향을 좌측으로 몇 도 수정할 것을 지시했다. 아무래도 공격의 중심이 그쪽일 듯싶었다. 사이엔이 시스템을 이동하자 레이더가 즉시 재조정되고 총신이 한 바퀴 회전하고는 다시 조용해졌다. 조금 전의 기척 지점을 다시 확인했지만 아무것도 보이지 않았다.

사이엔이 내 반합에 물을 조금 따라주어 나도 투시경을 눈 위로 올린 채 책상다리를 하고 앉아 저녁식사를 했다.

"당신, 기록이 뭐가 좋은 거요? 어떻게 도움이 된다고? 이런 질문해서 미안하기는 하지만."

사이엔이 다시 물었다.

"괜찮아요, 사이엔. 혼자서 중얼거리는 것보다는 낫죠, 뭐."

그의 질문에 무슨 말을 어떻게 해야 할지 정말로 난감했다. 그래서 나는 최초의 은둔지를 포함해 기록이 어떻게 시작되었는지까지 모두 얘기해 주었다. 어린 나이에 죽게 된다는 생각에 일생의 기록을 남겨야겠다고 결심했었다. 지난 해 휴가 때 할머니를 찾아갔을 때의 일이다. 비록 노쇠하기는 해도 난 할머니에게 얘기하고 얘기 듣는 걸 좋아했다. 할머니는 사람들이 늙을수록 시간 관념을 잃는다고 했다. 세월을 늦추기 위해 뭐든지 하려는 이유가 바로 거기에 있다는 얘기다.

"얘야, 세상의 시간은 유한하단다." 할머니의 말이었다.

할머니는 죽어가고 있었다. 그래서 마음속으로는 이번이야 말로 마지막 만남일지도 모른다는 생각을 했었다. 우리의 마지막 대화는 증조할머니, 그러니까 할머니의 어머니에 대한 내 기억을 더듬는 것으로 끝이 났다. 증조할머니는 80대의 나이에도 정정해서, 포츠머스와 페이엣빌 사이의 산맥을 횡단하곤 했다. 엉덩이에 총을 찬 사내들이 말을 타고 마을로 들어오던 시대의 얘기도 들려주었는데, 개척시대의 아칸소 얘기를 들려준 바로 그해 여름에 숨을 거두었다.

사이엔은 조금 더 이해하는 듯했다.

할머니는 내가 여유를 갖고 생명과 삶을 관조하기를 바랐다. 이 모든 걸 기록하는 이유는 바로 과거의 나와 과거의 할머니를 이어주는 연결고리 때문일 것이다. 사이엔은 여동생을 제일 많이 보고 싶다고 했다. 마지막 소식은 재앙이 닥치기 한 달 전 보내온 이메일이었는데, 자신이 임신했으며 오빠도 드디어 삼촌이 될 거라는 내용이었다. 그는 그 얘기를 하면서 미소를 지었다. 나도 비관적인 얘기는 않기로 했다. 그가 가족의 기억을 온전히 향유하길 원했다. 사이엔은 식사 후 곧바로 잠들었다. 그가 사랑하는 사람들을 잊지 않기를 기도해 주었다.

셧다운

옥상은 탄피들로 어지럽다. 너무 지친 탓에 어젯밤의 굉음이 마치 꿈처럼 느껴졌다. 잠에서 깨어난 건 사이엔이 내 머리의 야간투시경을 낚아챘기 때문이었다. 미니 개틀링건 소리가 천지를 찢고 뜨거운 탄피들이 얼굴과 목을 때렸다. 새벽 3시. 개틀링이 약 5분 동안 미친 듯이 뿜어대더니 레이더 시스템이 자이로센서를 재조정하면서 다시 조용해졌다. 나는 사이엔에게 투시경을 돌려받아 전투상황을 확인했다. 옥상엔 수백 발의 탄피가 사방에 뿌려져 있었는데 그 정도는 탄피 보급량에 비하면 조족지혈이다. 옥상 가장자리로 가서 내려다보니 바닥에 쓰러져 있는 시체 수십 구가 보였다. 한 놈이 여전히 몸부림치기는 했으나 그건 목표도 논리도 없는 반사운동에 불과했다. 개틀링 B가 놈의 간헐적인 발작에 반응하려 해, 난 사격을 막기 위해 소음총을 꺼냈다. 놈을 무력화하는 데에는 세 발이 필요했다. 소규모의 좀비들이었으나 최첨단 초병은 그마저 순식간에 해치웠다.

무기는 중량을 상회하는 위력을 발휘했다. 다시 잠자리에 들기 전 사이엔과 나는 잠시 새 장비들을 효율적으로 다룰 방법을 논의했다. 우리는 버기를 선두에 배치하고 트럭을 뒤따르도록 하며, 무기의 약점을 파악할 때까지 자동 개틀링을 버기 위에 장착하기로 했다. 무기가 사이엔의 트럭을 노린다? 물론 트럭도 움직이기 때문에 열상/레이더 센서의 타깃이 될 수 있다. 복수의 차량으로 이동 중에는 버기를 작동할 수 없다. 자멸의 가능성이 너무 크기 때문이다. 또한 점퍼케이블과 트럭, 태양열 충전지 등을 이용한 무기 충전도 염두에 두어야 한다. 논의 끝에 내가 버기를 몰고 사이엔의 전방 500미터를 유지하며 도로 상의 잠재적 장애를 정찰하기로 결정했다. 사이엔은 MP5 또는 AK를 장전하고 내가 갇히거나 고장 날 경우에 대비할 것이다. 아침 날씨가 무척 쌀쌀한 탓에 네 바퀴가 달린 강철 울타리를 타고 간선도로를 누비려면 아무래도 옷을 단단히 챙겨 입어야겠다. 우리는 해가 떠오르기를 기다렸다가 장비를 챙겼다. 행여 개틀링이 놓친 시체가 있는지 확인해야 하기 때문이다. 어느 순간 일어나 은혜를 갚으려 들지 누가 알겠는가.

10월 27일
06시 30분

버기와 자동화기들을 확보하고 며칠간은 계속 도로를 따라 이동했다. 그동안 위성전화 접촉은 없었다. 잔해와 파편은 물론, 간선도로 주변을 서성대는 좀비들의 전형적인 공격으로 이동속도는 답답할 정도로 느리다. 잔해를 치울 때면 사이엔과 나, 둘 중 하나는 신경을 곤두세우고 주변을 경계해야 한다. 며칠 동안 서로를 죽음에서 구해준 것만 해도 여러 번이다. 며칠 전에는(아니 어제였던가?) 90도로 꺾인 세미트럭을 만났다. 트레일러엔 대구경의 총알과 유산탄 구멍들이 가득했는데 내 호기심을 끈 것도 바로 그 점이었다. 우리는 전복된 트럭 주변에 두 대의 개틀링으로 원형의 임시 경계선을 구축한 다음 그 안으로 접근했다. 우리는 모든 사각을 점검했다. 사료 트럭이었다. 물론 내부의 사료는 물과 여름 열기에 모두 썩어버렸다. 나는 사이엔의 엄호를 받으며 발판에 뛰어올라 운전석을 살폈다. 아무도 없었다. 갈등의 흔적도, 침대칸에 숨은 괴물도 없었다. 단거리용이므로 차주는 이곳에서 150킬로미터 이내에 살았을 것이다. 미국의 공룡 경제를 상징하는 미지의 블루칼라 노동자…… 지금도 어딘가 널빤지를 덧댄 집 안에서 최후의 저항을 하고 있는 건 아닐까?

차량용 생활무전기가 한 대 보였다. 흥미롭게도, 무전기가 어설프게 설치되어 있고 전선들은 계기반 아래와 기어 주변에 어지럽게 늘어져 있었다. 운전석 밖의 안테나선을 따라가 보니 안테나 역시 조잡하기가 짝이 없었다. 트럭 바닥으로 점화 플러그의 양철

조각이 버려져 있었다. 나는 운전석 안으로 들어가 무전기가 작동하는지 확인해 보기로 했다.

내가 문을 열려는데 사이엔이 휘슬을 불며 내 등 뒤를 가리켰다. 시체 한 구가 터벅터벅 접근하고 있었다. 놈은 먹이를 노리는 사자처럼 우리를 노려보았는데 두 손은 가볍게 감아쥐고 허리는 반쯤 굽힌 채였다. 내가 무기를 꺼내자, 놈이 순간적으로 방어 자세를 취하더니 더 빠른 속도로 접근했다. 나는 천천히 방아쇠를 당겨 오른쪽 뺨을 뜯어냈다. 그래도 놈은 걸음을 멈추지 않았다. 놈의 위세에 놀라 무의식적으로 뒷걸음질 쳤으나 이내 미니밴에 가로막히고 말았다. 나는 거듭 총을 쏘아 겨우 30센티미터 앞에서 쓰러뜨릴 수 있었다. 처참하게 뜯긴 수족에서 악의 기운이 빠져나가며 놈이 수 초간 경련을 일으켰다.

나는 마지막으로 확인 사살을 하고 세미트럭으로 돌아갔다. 점화 플러그 세라믹을 한 줌 집어 운전석 유리를 내리치자 유리는 거의 소리 없이 산산조각 났다. 대부분의 소음은 깨진 유리가 발판과 탱크를 때리면서 내는 소리였다. 트럭 안에서 매우 퀴퀴한 냄새가 났다. 수개월간의 곰팡이와 햇볕에 표백된 섬유 입자들이 차 내에서 공중제비를 돌았다. 나는 눈에 띄는 대로 세라믹 조각들을 주워 만능공구로 무전기를 조작하기 시작했다. 문을 열어둔 채 계기반 아래로 들어가 전선을 제거해야 하기 때문에 확실하게 엄호를 챙겨야 했다. 작업은 15분 정도 걸렸다. 무전기나 전선을 망가뜨리지 않기 위해 조심했기 때문이다. 무전기를 분리해 내는데 문득 좌석 아래 또 다른 무전기가 눈에 띄었다. 원래의 전선으로 돌돌 감아둔 무전기다. 원래 무전기가 고장 나는 바람에 운전사가 다른 무전기를 구해 비상수단을 강구한 모양이었다.

나는 무전기를 빼내 안테나와 함께 픽업트럭의 짐칸에 넣고, 이번에는 망원경을 들고 트럭으로 돌아가 트레일러 위에 올라갔다. 아무래도 좀비가 더 많아진 모양이었다. 나는 사이엔에게 큰 소리로 상황을 알리고 위치 교대를 했다. 사이엔도 좀비의 수가 더 많아졌다는 데 동의했다. 사이엔의 엄호 하에 차량용 무전기를 트럭에 연결하기 시작했다. 주변 차량들로부터 부품을 징발한 덕에 사료 트럭보다 더 안정적인 설치가 가능했다. 마지막으로 사료트럭의 연료 탱크를 확인하니 픽업을 가득 채울 만큼 충분한 기름이 들어있었다. 사이엔과 나는 끊임없이 주변을 확인하며 작업을 이어갔다. 사이펀으로 디젤을 옮긴 후에는 무전기를 실험했다. 수신기는 작동했으나 마구잡이로 보낸 송신에 아무 대답이 없기 때문에 성능에 대해선 알 도리가 없었다.

나는 무전기를 채널 18에 맞추고 여행 중에 언제든 사이엔이 들을 수 있게 해놓았다. 그날 늦게 우리는 어느 작은 마을에 도착했다. 노먼 록웰의 그림에 나올 법한 종류의 마을이다. 중앙로를 따라 내려가는 동안 미국 문명의 살아있는 증거는 보지 못했으나 대신 창밖으로 누군가/무언가 엿보고 있는 듯한 긴장감은 있었다. 무언가 아주 사악한 존재가……. 나는 천천히 차를 몰며 2층 창들을 살폈다. 지난 해 겨울 역병이 창궐한 이후로 창문은 모두 닫혀 있었다. 단 하나, 꽃가게 2층집 창문. 나는 버기를 세우고 뛰어내린 다음 사이엔에게 엄호를 부탁하고 주변 지역을 수색했다. 산들바람에 열린 창의 엷은 커튼이 흩날렸다. 차들이 거대한 폭풍에 휘말리기라도 한 듯 온통 찌그러지고 움푹 들어간 데다 유리 역시 모두 박살난 터였다. 일단 논리적으로 납득이 되지 않았다. 조금 더 돌아보니 건물 벽들 또한 거대한 갈고리들로 긁어놓기라도 한 듯 크게 망가져 있었다.

그건 대규모 좀비들이 휩쓸고 간 자리였다. 오래 전 이 소읍의 거리를 휩쓸며 원래의 마을 좀비들까지 데리고 떠난 게 분명했다. 대충 계산으로도 수천은 되는 듯했다. 대규모 군단이 한꺼번에 좁은 거리를 지나며 차에 오르고 벽면을 긁어놓은 것이다.

나는 방사성 좀비들을 생각하며 의도적으로 금속 덩어리들을 피해 다녔다. 불필요한 노출을 자초할 필요는 없다. 중앙도로 끝에 중형차들로 만든 임시 바리케이드도 보였는데, 놀랍게도 차 무덤의 정면이 바깥쪽, 그러니까 내 위치와 반대편으로 밀려나 있었다. 얼마나 대규모인지는 모르겠으나, 사이엔과 내가 가는 방향으로 몰려간 것만은 확실했다. 부디 몇 개월 전의 일이면 좋으련만. 이 정도면 죽은 꽃가게 2층집을 확인할 필요도 없었다. 우리는 폐차 바리케이드를 향해 차를 몰았다. 빗물 배수관 절반은 놈들의 잘린 상체로 막혀 있었다. 저 시체들이 썩고 또 썩으면 언젠가 빗물과 함께 영원히 씻겨나갈 것이다.

10월 28일
21시 00분

우리는 텍사스 내커도처스 서쪽의 낡은 발전소에 묵기로 했다. 지도에 따르면 내커도처스는 과거 인구가 적지도 많지도 않은 지역이었다. 공장은 키 큰 철망으로 막혀 있었다. 단지 앞뒤의 자재문(自在門)은 드나드는 자동차들을 검열하는 용도였을 것이다. 자재문은 다른 구조물보다 새것으로 보였는데 아무래도 9/11 보안 강화의 일환이겠다. 공항 옥상 이후로는 지금껏 개틀링을 배치할 필요를 느끼지 못했었다. 그 이후 대부분 궤도열차 지붕에서 잠을 청했기 때문이다. 우리 차 한 대는 근처에 그리고 다른 한 대는 궤도 아래로 몇 백 미터 떨어뜨려 비상탈출 수단으로 삼았었다. 발전소를 찾아낸 것도 열차 덕분이다. 비가 내리고 있었는데 문득 시계알람이 일몰까지 2시간 남았다며 비명을 질렀다. 하룻밤 신세질 열차를 찾는데 실패할 때쯤 거의 기적적으로 '아나콘다'를 만났다. 사이엔과 나는 열차에 뱀 이름을 따 붙이는 멍청한 놀이를 하는 참이었다. 정신줄을 놓지 않기 위한 발악인 셈이다. 주로 색깔과 객차의 수를 기반으로 했는데 지난 며칠간은 흑사와 누룩뱀 뿐이었다. 그밖에 버려진 자동차 번호판에 표시된 주를 누가 많이 찾아내느냐는 게임도 했다. 아나콘다는 엄청나게 거대한 열차였다. 녹색 화차 대부분이 석탄으로 가득했는데 그 길이가 수킬로미터는 될 것만 같았다.

우리는 열차를 따라 달리며 객차의 수를 세었다. 선로 주변은 온통 검은색이었다. 지난 몇 달 동안, 비가 석탄을 뚫고 바닥으로 흘러내렸기 때문이다. 선로 끝에 거대한 석탄산이 나타났고 그 너머가 발전소였다. 주변에는 과거 석탄을 나르던 녹슨 불도저들이 서 있었다. 전복된 불도저도 하나 있긴 했지만 나머지는 가지런히 열을 맞춘 채였다. 화차는 기관차를 빼고 모두 115칸이었다. 발전소 정문을 향해 가는데 안개가 밀려들기 시작했다. 나는 버기를 끌고 안으로 들어갔다. 사이엔도 트럭을 타고 따라 들어왔다. 나는 차에서 내려 문을 닫고 바닥의 구멍에 고리를 걸어 잠갔다. 사이엔이 개틀링을 꺼냈는데, 내가 원하는 바였다. 우리는 함께 접근 예상 방향에 개틀링을 설치했다. 설치엔 불과 3분밖에 걸리지 않았다. 나는 탈출이 용이한 곳에 버기를 세우고 사이엔의 트럭을 몰고 공장 뒤로 돌아가 두 번째 개틀링을 설치했다. 비가 내리는 통에 기분은 처참했지만 다행히 이 프로토타입의 장치들은 레이더와 열상 감지기를 통해 타깃을 선택한다. 이런 날씨에선 한치 앞도 분간하기가 어렵다.

해가 검은 구름 뒤로 저물었다. 나는 오래 전 밤과 똑같은 생각을 했다. 머리 위의 무인 리퍼는 500파운드의 레이저 유도탄과 함께 집으로 돌아갔을 것이다. 두 개의 문이 있는 안가를 찾아내는 데에는 시간이 오래 걸리지 않았다. 어두운 탓에 지역을 순찰할 여유는 없었다. 난 이 상황을 최대한 이용하기로 했다. 개틀링으로부터 삐 소리는 들리지 않았다. 계속 이런 식이면 좋으련만.

10월 29일
12시 00분

오늘 새벽 사이엔이 나를 깨웠다. 특별한 이유가 있어서가 아니라 그저 소변을 보기 위해서였다. 짜증이 나기는 했지만 절대 서로의 시야를 벗어나지 않기로 합의한 터였다. 나는 마지못해 그를 따라 차가운 10월 새벽으로 나아갔다. 이미 해가 솟은 후라 나 역시 자연의 부름에 답하기로 했다. 사이엔은 정문을 향하고 나는 뒷문을 보며 어젯밤의 비가 만들어놓은 웅덩이를 조금 더 채워 넣었다. 멀리 기관포를 보니 왼쪽으로 조금 기울어져 있었다. 어제 저녁에 곧바로 진입로를 겨냥하도록 설치해 두었건만…… 나는 권총을 치우고 라이플을 어깨에 멘 다음 입구 쪽으로 다가갔다. 몇 걸음 걷지 않았을 때 등 뒤에서 사이엔의 발소리가 들렸다. 가까이 다가가보니 시스템 주변에서 탄피들이 바람에 굴러다니고 있었다. 많지는 않았다. 거리에 죽은 새 두 마리가 보였다. 거위들. 순간 나는 개틀링의 사정권 내에 들어와 있음을 깨닫고 사이엔에게 무기를 꺼달라고 소리쳤다. 나는 죽은 오리들의 목을 잡고 안으로 들고 들어갔다. 물론 요리를 위해서다. 신선한 고기를 먹을 황금의 기회를 놓칠 수는 없지 않은가.

새들의 목을 치는 동안 사이엔이 검은 언덕으로 달려가 석탄을 약간 구해왔다. 45분 정도 공을 들이자 오리는 먹을 만큼 익은 듯 보였다. 우리는 석탄과 불쏘시개로 모닥불을 피우고 아침 겸 점심으로 오리구이를 먹었다. 식사 후에는 발전소를 뒤져 쓸 만한 물건들을 찾아보았다. 포만감에 식곤증까지 밀려들었지만 고기를 그냥 버릴 수는 없었다. 여기저기 뒤진 끝에 우리는 2층 주통제실로 이어진 계단을 찾아냈다. 계단 꼭대기에 시체가 하나 있었다. 너무 오래 묵은 탓에 시체는 뼈를 담은 잡낭처럼 보였다. 2층은 어두웠다. 나는 무기의 조명을 켜고 총구를 이용해 시체 잔해를 뒤집었다. 명찰이 잘 보이지는 않았으나 사내 이름은 빌이고 보일러 정비공 팀장이었다. 사이엔의 엄호를 받으며 계단을 오르니 피와 살점이 엉겨 붙은 육중한 철제문이 보였다. 문은 잠겨 있었다. 사이엔이 엄호를 부탁하고는 가느다란 송곳 세트를 꺼냈다. 그는 이런 문은 갈퀴로 불가능하다며 송곳으로 핀을 하나씩 따내기 시작했다. 10분쯤 후 잠금장치를 해체하는 데 성공했다. 그가 발을 기대 문이 열리지 못하도록 했다. 안쪽에서 뭔가 밀고 나올 때를 대비한 조치다. 내가 문을 노크하고 총구를 안으로 디밀었다. 무반응. 사이엔이 문을 비틀어 열자 우리의 밝은 조명이 어두운 통제실을 비추고 부유하는 먼지를 갈랐다. 한쪽 벽은 유리창으로 되어 있어 아래층 발전기실을 내려다볼 수 있게 했지만 너무 어두워 보이는 건 발전기의 둥근 윗부분들뿐이었다. 흡사 쇠로 만들어놓은 건초 더미처럼 보였다. 조명으로 아래쪽을 비추자 뭔가 움직이는 게 보였다. 발전실 층엔 좀비들이 있었다. 숫자는 모르겠지만 모두 작업복 차림이었다.

아래층은 몰라도 이곳은 상대적으로 안전했다. 두터운 먼지층이 컴퓨터와 스위치, 그밖에 다양한 장치들을 덮고 있었다. 통제실 중앙의 메인데스크에 녹색의 대형 업무일지가 재떨이, 스탠드 램프, 펜과 함께 놓여 있었다. 일지는 1985년 1월부터 시작되었다. 몇 주간의 마지막 기록은 '컴퓨터 업무 시스템 도입으로 업무 기록 중단. 소장 테리 오웬스.'

일지는 1985년 20여 페이지만 채우고 중단되었다. 그 뒤로 이어진 기록은 다음과 같았다.

업무기록 개개. 세상의 종말. 컴퓨터 시스템 불안 — 빌

1월 15일 — 석탄 잔여분은 60일 정도뿐이다. 기차가 발전소로 오는 중.

1월 16일 — 석탄 수송열차 도착. 차장 무승차 주차브레이크 작동

1월 17일 — 직원이 5.퍼센트로 축소. 에너지부 감염구역을 봉쇄하도록 요청. 곧 목록을 받게 될 것임.

1월 18일 — 폐쇄 구역 목록 접수.

1월 20일 — 과거 섭취량의 15퍼센트만 소비.

1월 21일 — 생존한 불도저 운전자는 단 한명. 그녀가 없으면 매너에 연료를 먹일 수도 경계를 만들어 낼 수도 없다. 우리는 자원자를 정해 그녀다 동숙 승계 한 후 도저에 오르려는 군중을 처리했다.

1월 31일 — 정부가 도시 파괴 계획을 발표하다. 해당 도시들은 1월 18일 미국에너지성 목록과 일치.

2월 1일 — 아직 이곳에 있음.

2월 5일 — 석탄은 있는데, 더 이상 할 수 없는 일이 없다.

2월 6일 — 발전소 전력을 공급하는 배너와 발전기는 이제 한 대뿐.

1월 2일 — 놈들이 문 앞까지 접근. 제어판 아래 판기구를 향해
        빠져나갈 예정. 발전소 ~~████~~ 셧다운 예정
        하나밖에 없지만.

셧다운 — 빌

10월 30일
07시 00분

자동화기가 밤새도록 콩을 볶았다. 어둠 속에서 기이한 소음이
들린 걸 보면 발전소 앞쪽에 좀비 무리가 있다는 얘기다. 해가 밝
았다. 다시 인근을 수색할 생각이다.

09시 00분

자동화기가 넘어져 있다. 사이엔의 망원경으로 보니 탄창은 비
고 무기 주변에 십여 구의 시체가 쓰러져 있다. 몇몇 괴물은 여전
히 경련을 일으키고 있었다. 개틀링이 완전히 무기력화하지 못한
덕분이다. 우리는 무기를 안전한 곳에 숨기기로 했다. 약탈자들 손
에 들어가지 못하게 하려는 것이다. 곧 발전소를 빠져나갈 것이다.

돌아올 수 없는 다리

11월 9일
10시 43분

발전소 이후로도 무수한 시간과 도전이 있었으나, 드디어 큰 장애와 맞닥뜨리고 말았다. 지도를 살펴본 결과 우리한테는 두 가지 선택만이 가능했다.

1. 북쪽으로 올라가며 강을 건널 방법을 찾아본다.
2. 리빙스턴 다리를 건넌다.

차트에 보면 다리는 2차선 넓이고 기본적으로 간선도로에 속했다.

호수를 에둘러 북쪽으로 갈 경우 어쩔 수 없이 중형급 도시 가까이 접근하게 된다. 2번 조건에 단점이 있다면 교각의 상황을 전혀 짐작할 수 없다는 것이다. 우리는 논의를 거친 끝에 교각이 보다 합리적 선택이라는 결론을 내렸다. 어제 오전, 우리는 다리를 건너기 위해 남쪽의 행로를 조금 더 서쪽으로 수정했었다. 나와 버기가 선두에 서고 사이엔이 바로 뒤에서 쫓아왔다. 풍경은 너무도 단조로워 묘사할 것도 없었다. 버려진 잔해들, 쌓아둔 SUV들, 여기저기 흩어진 응급차량, 그리고 좀비 무리까지. 눈 딱 감고 놈들을 제거해 버릴까 하는 생각도 여러 번 들었으나, 물론 위험한 장난이겠다.

태양이 중천에 떴을 때 내가 잠시 정차하겠다는 신호를 보냈다. 우리는 버려진 궤도열차들 사이에 위치를 정했다. 이런 식의 엄폐 체계에 실망한 적이 없기에 지금껏 가능할 때마다 이 방식에 의존해 왔다. 우리는 '북부철도'라고 적힌 유개화차 지붕에 올라가 일광욕을 즐겼다. 차의 외부는 과거의 그래피티로 잔뜩 어지러웠는데 갱단의 기호와 떠돌이들의 은밀한 표시가 대부분이다. 차량 한 면의 조사가 끝났을 때 사이엔이 지붕으로 올라올 것을 주문했다. 사다리를 올라가보니 사이엔이 드랙백에 엎드려 동쪽을 내다보고 있었다. 나는 무슨 일인지 물었다.

그는 이각대를 펼치고 라이플 개머리를 재킷 위에 내려놓았다.

"저기."

일제 초강력 망원경 안에는 사이엔의 불안감이 그대로 담겨 있었다. 지평선 부근의 거대한 먼지구름. 사이엔이 라이플 조준경으로 확인하지 않았더라면 작은 비구름으로 여길 수도 있었겠지만,

저 장면은 분명 좀비들의 대규모 준동이었다. 사이엔을 처음 만났을 때의 무리 따위는 전혀 비할 바가 못 되었다. 15킬로미터 거리의 먼지구름만으로는, 놈들이 어느 쪽으로 움직이는지 판단하기가 어려웠다. 아무래도 남서쪽으로 움직였다가 강가에 닿은 후에 위나 아래쪽으로 이동할 것이다. 우리 방향이 아니면 상류라는 얘기다. 식사를 마친 다음 무리의 방향과 속도를 계산하려 했으나 실패했다.

잠시 후//

우리는 최대한 신속하게 교각 부근의 야산 위로 올라가 주변을 조금 수색했다. 녹슨 에이브럼스 탱크가 다리 바로 앞 도로 양차선을 가로지르고 있었다. 페인트까지 벗겨질 정도는 아니지만 두터운 강철 장갑 여기저기 녹 자국이 어지럽게 번져 있었다. 가이거의 방사선 수치는 중간 정도였다. 당장 치명적이지는 않아도 그 안에서 며칠 밤을 지내기엔 부적합했다. 탱크 여기저기 유혈 흔적이 남아 있고, 며칠 전 옛 마을 중앙도로와 같이 부근의 자동차들도 크게 손상되어 있었다.

언덕을 내려오기 전 다시 한 번 먼지구름을 확인했다. 구름은 확연히 커가고 있었고 바람에 희미한 소음까지 실려 왔다. 아무래도 정신 똑바로 챙겨야겠다. 다리도 만만치는 않았다. 난 무엇보다 다리의 규모에 맥이 빠지고 말았다. 어쩌나 긴지 멀리 반대편 차량들이 숫제 점으로 보이지 않는가!

녹슨 에이브럼스에 접근해 보니 해치가 살짝 열려 있었다. 나는 탱크 위로 올라가 있는 힘껏 해치를 잡아당겼다. 가이거 수치는 변함없었다. 안쪽으로 조명을 비추는 순간 겁먹은 새가 달아나는 통에 하마터면 심장이 멎을 뻔 했다. 탱크엔 아무도 없었다.

다리를 지나려면 탱크를 움직이는 수밖엔 없었다. 견인은 처음부터 불가능했다. 제어판 옆의 저장칸에 작동 매뉴얼이 끼어 있었다. 나는 설명에 따라 세 번의 시도 끝에 터빈을 움직일 수 있었다. 탱크는 작동이 가능했으나 제트 연료가 오염되었는지 매뉴얼에 쓰인 만큼 터빈의 속도를 최적의 작동온도까지 끌어올릴 수는 없었다. 덕분에 움직임은 더딜 수밖에 없었다. 제어판에는 조이스틱 닮은 조종간이 있고, 그 위로 해치 개방조명, 주경고등, 패널조명, 재시동 및 경고등이 장착되어 있으며, 바로 아래로 R, N, D, L 형의 변속기어가 보였다.

나는 잠시 탱크를 웜업한 후 기어를 D위치에 넣고 속도를 올렸다. 탱크가 들썩거리며 앞으로 움직였다. 제트 연료 타는 냄새가 탱크 안으로 스며들었다. 나는 시동을 끄지 않은 채 탱크를 세우고 사이엔과 함께 우리 차량들을 다리 위로 옮겨 놓았다.

버기와 트럭을 안전하게 올려놓은 후, 나는 탱크를 되돌려 놓기 위해 달려갔다. 포탑 쪽에 누군가 스프레이로 '트롤'이라는 글자를 적어놓았다. 나는 안으로 들어가 탱크를 움직이다가 하마터면 다리 가드레일을 부술 뻔 하고는, 포기하고 그냥 나올 수밖에 없었다. 어쨌든 한쪽으로 자동차가 비집고 들어갈 만한 공간은 남겨두었다. 나는 탱크에서 나오기 전 무전기 스위치를 올리고 헤드셋을 썼다. SINCGARS, 즉 지상 공중 단일 채널 무선 시스템의 전채널에서 전파 방해 신호 비슷한 잡음만 들려왔다. 고주파 에너지가 들리긴 해도 돌아오는 응답은 없었다. 나는 282.8MHz와 243.0MHz를 통해 호텔23에 조난신호를 보내 내 상황과 위치를 알려주었다. 이 지역에 전파 방해가 있다고 해서 호텔23까지 그렇다는 의미는 아니다. 송신기를 방해해 봐야 수신자 편에선 아무 영향이 없기 때문에 전파 방해를 효과적으로 하려면 교란기는 반드시 수신기를 향해야 한다.

나는 송신을 세 번 반복한 후, 가스터빈을 닫고 우리 차량으로 돌아갔다. 먼지구름은 여전히 지평선에 걸려 있다. 탱크는 연비 문제에 가공할 무게까지 겹쳐 우리에겐 쓸모없는 장애일 수밖에 없다. 다리가 그 무게를 견딜 것 같지도 않았다. 다리를 반쯤 건널 때쯤 처음으로 좀비 무리를 육안으로 볼 수 있었다. 소음이 거대한 튜바처럼 가슴을 두드렸다.

놈들은 3킬로미터 상류에 모습을 드러냈다. 마타고르다 섬의 조선소에 있을 때 놈들이 물가에 서서 머뭇거리는 것을 본 적이 있다. 이제 강변에 다다르면 횡단점이 나올 때까지 물가를 따라 움직일 것이다. 사이엔과 나는 계속 도로의 장애물을 치우거나 왼쪽이나 오른쪽으로 비껴나갔다. 그건 마치 조각을 움직일 공간은 하나만 남겨놓은 채 열다섯 조각 모두를 순서대로 재배치해야 하는 퍼즐 게임을 하는 기분이었다.

다리를 4분의 3쯤 건넜을 때 좀비들도 강변에 닿았다. 신음과 포효에 머리가 지끈거리고 두 다리의 맥이 풀렸다. 수천의 무리였다. 후에 위성 전화 텍스트 메시지로 알게 된 바에 따르면, 저 무리는 원격 식스의 암호메시지에 '무리 T-5.1'이라고 기록될 좀비 무리의 일부가 될 것이다.

길고도 끔찍한 구렁이 머리가 강물에 닿는 순간 하얀 물보라가 일며, 원초적 좌절과 증오의 포효는 더욱 더 커졌다. 사이엔과 나는 소음을 조심하며 작업을 서둘렀다. 나는 만능공구를 써서 트럭의 경적을 고장 냈다. 전처럼 청소작업 중에 실수로라도 울릴까 봐 불안했다.

런플랫타이어[21] 네 개가 모두 파손된 장갑차가 제일 문제였다. 온전히 무게 때문이다. 30분 가까이 대책없이 진땀만 빼는 동안에도 좀비 군단은 상류 해안가에 두텁게 쌓이고 있었다. 무리의 직경이 늘어나며 이젠 멀리서도 하나 하나의 모습이 또렷이 구분될 정도였다. 장갑차 옆의 낡은 포드에 견인 체인을 거는데 갑작스러운 비명소리에, 나는 가슴에 늘어뜨린 M-4에 본능적으로 손을 가져갔다. 폴리머 탄창의 플라스틱 뷰포트로 확인해 보니 아무래도 각오를 단단히 해야 하겠다는 생각부터 들었다.

나는 주변을 둘러보고 좀비들의 시끄러운 신음소리들도 들었다. 일부는 기이하게도 가글링 소리처럼 들렸다. 가드레일로 건너가 강물을 내려다보니, 깊고 차가운 강물을 따라 수십 구의 좀비들이 허우적거리며 비명을 질러댔다. 죽은 폐 속으로 강물이 마구 빨려 들어가는 통에 포효는 훨씬 더 끔찍하게 들렸다. 내가 서 있는 다리 밑으로 죽은 무리가 가득 찬 강물이 흘러내리고 있었다.

일부 좀비는 급류에 떠내려가는 와중에도 나를 목격하고는 다리 위를 향해 승냥이 같은 손을 내밀기도 했다. 장갑차가 반대편

---

21) 타이어가 펑크나도 달릴 수 있는 타이어

차선에 너무 깊이 끼인 탓에 아무리 수를 써도 꿈쩍도 하지 않았다. 뒤쪽의 자동차들은 이미 재배치해 둔 터라 퇴로길이 열려 있기는 하나 그렇게 하기엔 좀비의 수가 너무나 많았다. 좀비 무리의 수와 규모는 점점 더 우리 쪽으로 팽창하고 있었다. 결국 언제든 우리의 존재를 감지하게 될 것이다. 당장이라도 결정을 내려야 했다. 그래서 사이엔에게 우리 차량을 차량들 앞에 일렬종대로 정렬해, 장갑차까지 길을 터달라고 부탁했다. 이제 와서 차를 포기한다면 좀비들한테 쉽게 따라잡히고 말 것이다.

나는 M-4와 여분의 탄창 몇 개를 챙겨 다리 반대편으로 달려갔다. 그리고 탱크 안으로 뛰어 들어가 대형 터빈엔진의 시동을 걸었다. 해치는 열어두었다. 크리스마스트리에 매달린 경고등이 깜빡였다. '터빈 온도 부족. 해치 개방.' 나는 탱크를 다리에서 떼어내기 시작했다. 철제 가드레일을 긁는 소리가 좀비들의 비명소리보다 크게 들렸다.

그로 인해 아래쪽 괴물들의 기류에도 변화가 생겼다. 그렇다고 무리의 반응을 확인할 시간 따위는 없다. 나는 탱크를 다리 위로 올려놓고 속도를 높여 추진력을 얻었다. 탱크의 속도가 50킬로미터에 육박하면서 다리가 흔들리는 걸 느낄 수 있었다. 탱크는 고장 난 차 한 대를 깔아뭉개고 곧바로 사이엔을 지나 장갑차로 돌진했다.

나는 부상을 피하기 위해 속도를 시속 15킬로미터 수준으로 낮추면서, 거인 탱크와 난쟁이 장갑차 사이의 물리력과 응차(應差)를 떠올렸다. 전투기계는 너무도 손쉽게 장갑차를 가드레일 너머 물속으로 밀어내버렸다.

속도를 줄이려 했으나 터빈의 회전속도는 자동차나 트럭엔진처럼 즉각 반응하지 않았다. 내가 생각한 건, 브레이크를 밟으면 탱크의 각도가 틀어져 문제만 더 복잡하게 된다는 사실이었다.

　　탱크는 장갑차를 따라 깊은 물속으로 떨어졌다.

　　탱크가 가드레일을 넘어 시소처럼 기울어지는 동안 시간은 거의 멎은 듯 보였다. 수면으로 낙하하는 동안에는 해치 밖으로 뛰쳐나오려 했으나 반쯤 빠져나왔을 때 차가운 강물이 쇄도하며 나를 탱크와 함께 음산한 강물 속으로 끌고 들어갔다.

　　탱크 안 얼음물의 충격이 지난 후, 나는 공기방울을 따라 수면으로 헤엄쳐 올라왔다. 물 밖으로 시체들의 모습도 보였다. 놈들은 강을 따라 떠내려가며 마치 걷기라도 하듯 다리를 움직였다. 라이플이 등을 때렸다. 나는 모재비 헤엄으로 표면 밖으로 나왔다. 그리고 공기를 들이켜고 눈에서 물을 씻어내자 마자 라이플을 꺼내 주변의 좀비 몇 놈부터 청소했다. 나는 사이엔에게 차량들을 다리 밖으로 빼내라고 고함쳤다. 그러곤 내 총에 죽은 시체들을 걷어차거나 옆으로 밀면서 강변으로 헤엄쳐 나아갔다.

　　강변에 닿자 다리를 향해 접근하는 무리들이 보였다. 탱크의 충돌, 총성, 트럭의 소음 따위가 놈들을 잔뜩 닳아 오르게 만든 것이다. 사이엔은 트럭을 세우고 다시 버기를 운전하기 위해 달려가고 있었다. 시간이 없었다. 나는 휘슬로 그를 불러 버기를 포기하고 나를 엄호하게 했다. 버기는 전투 중 소실로 여기면 그만이다.

　　나는 제방에 쓰러진 나무 뒤에 숨어 다리를 관찰한 다음, 좀비쪽 교각 사이에 한 점을 정하고 레이저를 겨냥했다. 추위에 온몸이 떨렸지만 나는 간신히 참고 지시기가 흔들리지 않도록 단단히 고정했다. 신호음 주파수가 커지며 꾸준히 이어졌다. 그리고 4초 후 500파운드의 폭탄이 다리를 흔들고 일부를 날려버렸다. 그 자리에 앉아 위력을 감상하는데 3미터쯤 뒤에 있는 바위 위로 시체 하나가 쓰러졌다. 나는 깜짝 놀랐지만 바로 직전 사이엔의 총성을 들었었다. 그가 손을 저어 제방 위로 올라오라는 신호를 보냈다.

강은 시체들로 가득했다. 나는 쌍안경으로 반대편 제방을 뛰어다니는 놈들을 확인했다. 신체 외부에 심각한 방사선 화상을 입은 놈들이다. 가이거도 놈들에게 반응을 보였다.

접선

11월 15일
07시 30분

오늘은 호텔23 인력과 첫 대면하는 날이 될 것이다. 무려 45일 만이다. 다리에서 떠난 후 1주일이 흘렀다. 지금은 텍사스 휴스턴 북서쪽에 앉아 있다. 잡음이 줄었음을 깨달은 후부터 밤마다 생활무전기를 모니터하기 시작했다. 어젯밤엔 높은 철망에 둘러싸인 전화회사 건물을 찾아내기도 했다. 우리는 타이어장비로 맹꽁이자물쇠를 뜯어내고, 그 안에 트럭을 세우고 운전석에서 잠을 잤다. 새벽 1시쯤 신호음이 잡혔으나 목소리는 들리지 않았다. 우리는 즉시 조난 응답신호를 보냈다. 한 시간 내내 반응이 없었다. 그래도 우리는 송신을 멈추지 않았다.

310

신호는 02시 15분쯤에 끊겼다. 그리고……

"……여기는 악어2, 텍사스 서니사이드에서 수색과 구조 임무……"

드디어 연결이 된 것이다!

내가 드래곤플라이 호출신호로 답하자 미해병 라미레즈 상병이 환영인사를 했다.

"대위님 목소리를 들으니 반갑습니다. 9일째 되는 날 구조신호를 잡고 다음 날 구조팀을 보냈죠. 적들의 수가 많은 데다 도로 장애 덕분에 늦었습니다. 지금 위치가 어디십니까?"

라미레즈에게 위치를 일러주자 그는 구조 계획을 세울 테니 꼼짝 말고 있으라고 지시했다. 호텔23의 최근 상황에 대해 묻자, 그는 무전기로 상황 보고를 하는 건 좋은 생각이 아니며, 또 내게 직접 보고해야 할 일도 있다는 말로 거절했다.

약간의 무전 침묵 후, 라미레즈 상병이 다시 무전기로 돌아왔다.

"대위님, 작전시간입니다. 장교님을 구출한다고 생각하니 세상이 개판이 되기 전 기분이 나는군요. 접선 지점으로는 샌펠리페가 좋겠습니다. 현 위치에서 가까운 마을인데 마을 북단의 다리 앞 1458 지점에서 접선할까 합니다. 교각 남동쪽으로 300미터 거리의 들판으로, 작은 마을이라 적들의 규모도 크지 않습니다."

나는 지도를 보고 접선 지점에 동의했다.

12시 00분

우리는 10시 00분에 라미레즈 상병과 접선했다. 좀비 십여 구와 약간의 총싸움을 벌인 후 작은 경계를 구축하고 장륜장갑차의 보호를 받으며 짧은 브리핑도 받았다. 공용화기에 인력을 배치하는 동안 라미레즈는 기지에서 발생한 기이한 사건들에 대해 얘기해 주었다. 그는 장갑차에서 보고서와 사진 몇 장이 담긴 바인더를 가져왔다. 보고서는 존의 필체로 되어 있었다. 라미레즈는 몇 주 전, 호텔23 상공에 비행기 한 대가 등장했다고 했다. 글로벌호크 무인기일 것이다. 사진에는 휴대용 디지털카메라에 18-200밀리미터 렌즈로 찍었다는 표시가 되어 있는데, 동체 아래 커다란 장치가 장착되어 있는 게 보였다. 사진이 흐린 탓에 식별은 불가능했지만, 글로벌호크가 무장했다는 얘기는 들어본 적이 없다.

일반적인 브리핑을 마친 후 나는 사이엔에게 해병들을 소개하고, 해병들한테는 여러 번 그의 목숨을 살려준 은인이라고 얘기해 주었다. 해병들도 사이엔에게 친근하게 대했다. 사이엔이 눈에 띄게 초조한 모습을 보였으나 이유를 물어볼 시간은 없었다. 나는 또한 해병들에게 이곳에서 130킬로미터 지점에, 그들이 지금껏 본 것과 차원이 다른 규모의 좀비 군단이 있다고 경고해 주었다. 다리 일부를 폭파하고, 차량들을 재배치해 도로장벽을 만들어놓기는 했으나, 완전히 막을 수는 없을 것이다. C-130 수송기는 물론, 원격 식스라는 암호명의 단체로부터 받은 특별한 장비들에 대해서도 얘기했다.

내 보고에 병사들이 바삐 움직이기 시작했다. 우리는 우선 버려진 차들로 1458 다리를 봉쇄하기로 했다. 그렇게 하면 좀비 군단의 진행을 늦추고 간격을 벌릴 수 있을 것이다. 다리를 부수기엔 호텔23과 너무 가까웠다. 호텔 23은 향후 병참기지로서의 잠재적 가치가 너무도 크다. 몇 백 미터 앞에 광고판이 보였다. 나는 사이엔에게 쌍안경을 던져주며 그 위에 올라가 주변을 살펴보라고 부탁했다. 해병 하나가 엄호를 위해 동행했다.

나는 병사들에게 남쪽으로 몇 백 미터 물러나라고 지시했다. 사이엔이 돌아와 지평선 끝으로 아련한 먼지구름이 보인다고 보고했다. 좀비 무리일 수도, 단순한 비구름일 수도 있다. 장갑차의 지도에 따르면 우리 위치는 이글레이크 비행장에서 25킬로미터 지점이었다. 우연히 10번 주간도로와도 가까웠다. 해가 지기 전, I-10에 진입해 남쪽으로 몇 킬로미터 더 간 다음 주간도로로부터의 완충지를 추가하기로 했다.

21시 00분

이글레이크를 밟아본 건 7개월 만이다. 변한 것은 거의 없었다. 달빛이 도로와 버려진 차들과 공항 타워와 어둠 속의 괴물들을 비춰주었다. 멀리 I-10의 입체로가 보이기 시작하면서 부대는 잔해들을 피하며 속도를 올렸다. 장갑차는 100킬로미터의 속도로 선두를 지키고 우리가 그 뒤를 쫓았다. 입체로 밑을 통과하는데 갑자기 트럭에서 쾅 하는 소리가 들렸다. 뒤를 돌아보니, 괴물 한 놈이 입체로 아래로 뛰어내려 트럭 뒷문에 부딪치고는 도랑으로 굴러 떨어지고 있었다. 그 후에도 입체로에서 놈들이 연이어 떨어져 내렸는데, 다시 일어나는 놈도 있고 그렇지 못한 놈도 있었다.

I-10을 한참 벗어난 후엔 상황도 다소 느긋해졌다. 이글레이크 인근에 다다를 때까지는 3013 지방도로를 고수했다. 드디어 비행장 근처에 다다랐다. 나는 지역에 대한 메시지를 참조하고는 기지 안으로 들어가 두 시간 정도 경계를 구축한 다음 얼마 남지 않은 귀가를 이어가기로 했다. 공항 격납고 내엔, 수개월 전 내 손으로 처리한 놈들의 흔적이 여전히 모퉁이 청색 타프 아래 남아 있었다. 여름의 열기가 잔해를 크게 손상시킨 터였다. 플래시를 비춰보니 내가 쏜 납탄들이 시체가 썩어 생긴 찐득한 액체 속에 놓여 있었다. 나는 일기를 보며 이 지역이 살아있는 인간 적들도 주의해야 하는 곳임을 되새겼다. 당시 이 부근에서 거대한 십자가들을 본 적이 있는데 좀비들이 못 박혀 있었다. 우리는 붉은 필터의 M-4 조명 아래 앉아 귀대 루트를 계획했다.

귀대

11월 16일
04시 30분

우리는 야음에 이글레이크를 빠져나와 호텔23으로 돌아갔다. 콘크리트 장벽이 완성된 후라 무척이나 생소해 보였다. 민간인들과 군인들의 확고한 협력으로 콘크리트 가로대를 확보해 난공불락의 장벽을 건조한 것이다. 탱크부대가 쳐들어와도 이곳을 뚫을 수는 없겠다. 존, 그리고 타라와 얘기한 후 좀 더 설명하겠다.

11월 17일
05시 00분

잠을 깨운 건 달라진 주변환경이다. 타라는 내 옆에 잠들어 있다. 기계 오작동으로 인한 추방 기간 내내 그녀의 생각을 애써 외면한 게 미안하지만, 그건 백전노장들만이 이해할 수 있을 것이다. 파견 전이나 파견 근무 중 사랑하는 사람을 의식에서 몰아내는 건 상황을 악화시키지 않기 위한 고육책이다.

나는 하루 종일 쉬고 수분을 섭취하며, 존, 해병, 타라 등, 궁금해 하는 사람들 모두에게 일기를 참조해 가며 얘기를 해주었다. 사이엔은 조용했으나, 내 얘기를 귀담아듣는 것만큼은 분명했다. 내가 없는 동안 존은 가만있지 않고 몇몇 군용 네트워크를 해킹했다. 그가 접선 지점에서 해병들에게 보고 받은 내용을 확인해 주었다. 라미레즈로부터 대충의 얘기만 들었지만 누군가 지속적으로 내 수신을 방해했었다. 존은 내 송신을 잡았다고 대답했다. 10월 11뿐 아니라 11월 9일의 조난호출까지 크고 명료하게 들렸단다.

여전히 전쟁 피로증 상태였다. 친구들을 다시 만난 건 당연히 더할 나위 없는 기쁨이다. 휴가가 어땠느냐는 로라의 질문에, 아주 즐거웠으며 물어봐주어 고맙다고 대답했다. 선물을 달라고 할 때는 이번엔 휴가여행이 아니라 사업여행이었다며 둘러댔다. 물론 로라도 내게 어떤 일이 있었는지는 알고 있다. 부모님이 어떻게든 귀에 들어가지 않게 하려 했겠지만 어쩔 수 없는 일이었으리라. 대니가 다가와 내 팔을 툭 건드리며 "아저씨 잘 왔어요!"라고 인사하고는 꼭 끌어안았다. 애너벨리조차 컹 하고 한 번 짖고 내 코를 핥는 식으로 돌아와 기쁘다는 뜻을 표했다. 딘은 내가 홀쭉해졌다며 어떻게든 먹이려고 달려들었다. 아마도 맞는 말일 것이다. 거울 속의 사내는 야생에서 2주를 보낸 리얼리티 서바이벌쇼에 나온 게스트처럼 보였다. 물론 TV 쇼를 열 배로 곱했을 때의 얘기다. 번들거리는 눈의 털북숭이 야만인.

11시 00분

샤워와 면도를 하자(한 달여 만에 처음 진짜 목욕을 했다.) 훨씬 기분이 좋아졌다. 오랫동안 옷을 입은 채로 잔 덕에 허리와 다리에 끔찍한 뾰루지까지 나 있었다. 마지막 세탁도 천 년 전쯤 돛배에서의 일이었다. 타라는 내가 존과 얘기를 끝낸 후 얘기 좀 하고 싶다고 했다. 뭔가 잘못된 모양이었다. 오늘 아침까지도 눈치 채지 못한 일. 새벽 6시 30분, 딘이 다짜고짜 머리를 깎아준 덕에 지금은 꽤나 그럴 듯해 보였다. 그간의 외출을 증명해 주는 증거들이라고는 가벼운 칼자국, 흉터, 타박상, 체중 감소, 정강이뼈 골절로 인한 가벼운 절룩거림 정도였다.

오늘 아침은 존, 사이엔, 고참 해병들과 보냈다. 나는 일기를 이리저리 넘기며 외유 중의 주요한 사건들을 복기해 주었다. 최초의 충돌지역에서, 사이엔과 내가 호텔23으로 돌아온 대충의 경로까지 모두.

그리고 곧바로 원격 식스에 대한 토론으로 들어갔다. 나는 이 조직에 노출된 이후로 얻은 하드웨어 장비뿐 아니라 제공된 정보까지 모두 돌려보게 했다. 보급품 투하지점과 각종 기호들이 기록된 텍사스 동부 지도, M-4와 부속장치, 자동 개틀링 매뉴얼, 이리듐 위성 전화, 실험용 연료 첨가제, 그 밖의 사소한 물건들. 우리는 오전 내내 장비는 물론, 원격 식스가 위성전화를 통해 보내온 통신내용들과 자료들을 연구했다.

가장 개연성 있는 가설은, 원격 식스가 일종의 임시정부이며 주정부가 붕괴될 경우에 대비해 사전 조직되었다는 쪽이다. '5항'이라는 용어 또한 획득한 데이터와 관련해 논의되어졌다. 존은 비밀정보 안전 작업실(SCIF)의 평판 디스플레이에 컴퓨터 화면을 띄우고 얼마 전 해킹했다는 네트워크 파일 시스템을 불러들였다. 화면의 지도 위에 수많은 정부시설들이 '녹색 상태'로 표시되어 있었다. 시설 목록 중 내가 아는 건 네바다 라스베이거스 교외의 녹색 불빛뿐이었다.

한 시간 정도 논쟁에 몰두하고 있는데 누군가 내 어깨를 건드렸다. 나는 깜짝 놀라 일어나며 본능적으로 가슴의 무기를 찾았다. 물론 지금은 만능조끼를 벗은 채였다.

타라였다. 손이 미친 듯이 떨렸다. 사실 나로서도 이해 못할 상황이었다. 내 마음은 여전히 저 지옥 한가운데 길을 잃은 채 버려져 있건만 아무리 애를 써도 피스톨이 손에 닿지 않는 기분이다. 타라는 사람들 앞에 커피를 내려놓는 중이었다. 나는 타라에게 사과하고, 오랫동안 야전에서 지낸 덕에 신경이 과민해 있다고 설명해 주었다. 물론 그녀는 이해한다며 내 뺨에 입을 맞추고 회의실을 나섰다.

나는 서둘러 모임의 주요 주제들을 요약한 후 그녀를 쫓아갔다.

복도에서 만나자 그녀는 무조건 끌어안기부터 했다.

"정말로 당신을 잃은 줄 알았어요."

"나도 마찬가지요. 때로는……"

"그만! 얘기하지 말아요. 그냥, 이 순간을 즐겨요. 하늘이 우리를 위해 돌려준 시간이잖아요."

"그 말이 맞을 것 같군. 그래, 노력해 봅시다."

그때 존이 모퉁이를 돌아 나오며 "하나만 더!"를 외쳤다. 타라는 웃으며, 빌려가는 건 좋지만 이번엔 제발 무사히 돌려달라고 부탁했다.

존이 웃으며 노력은 해보겠다고 응수했다.

존은 과거에 찾아낸 위성 영상 시스템에서 네트워크 프로그램 하나를 찾아냈다. 비록 많은 위성이 기능하지 않고 대부분 대기권 내로 재진입 했지만, 몇몇 다목적 위성은 지금도 작동 중이다. 방사선 센서들도 미국 지도를 뒤덮은 방사선 지역을 보여주었다. 이 시스템은 (모두는 아니더라도) 대부분의 낙진 지역은 물론, (직접 방사선에 노출되었는지, 아니면 노출된 지역에서 비롯되었는지의 구분 없이) 방사성 좀비의 군집 가능 지역까지 보여주었다.

존은 지난 몇 주 동안 핫존을 범주화하고 유동의심 지역의 유동성을 추적했으며, 시스템 오작동에 대비해 예전처럼 기록까지 해두었다. 시스템의 이름은 '황무지'였다. 아마도 세상이 무너지기 전, 전략사령부(USSTRACOM)/북부사령부(NORTHCOM)/국토안보부(DHS)의 냉소적인 친구들이 재난 평가 시설로 쓰면서 붙인 이름일 것이다. 존은 지난 이틀 동안 시스템이 전혀 작동하지 않았다고 덧붙였다.

우리는 이 순간 기지 위를 선회하고 있을 리퍼를 염려했다. 우리에게 대공 능력이 없는 한 그 애물단지는 속수무책일 수밖에 없다. 어쨌든 리퍼가 나와 사이엔을 공격한 적은 한 번도 없다고 얘기해 주었다. 그 비행기가 일종의 통제 센터에 데이터 링크되어 있으므로, 분명 현재 호텔23의 실시간 영상을 전송하고 있을 것이다. 존의 말에 의하면, 항공모함에 사고가 생겨 위성 통신 무전기들을 모두 잃었다. 2개월 전 잠시 우리와 연락이 두절된 것도 그 때문이라고 했다. 부대 간의 상황 보고는 현존의 광역통신망(WAN)을 통한 보안 네트워크로 이루어졌다. 바로 현재 운영 중인 국제이동위성기구(IMMARSAT)의 네트워크다. 오래 전 수색작업으로 위성전화 몇 개를 수습해, 메인시스템이 다운될 때를 대비한 모선과의 통신네트워크를 구축해 둔 바 있었다.

통신 소실에 대한 상황 보고는 이런 식이었다. "위성 통신 시스템 손상. 원인은 방사성 좀비의 구금 시도에 따른 실패." 내가 어찌나 큰 소리로 욕을 했던지 사람들이 모두 펄쩍 뛰었다.

"저 얼간이들한테 분명히 경고했잖아!"

모함으로부터 마지막 현황 보고를 받은 게 언제인지 묻자, 내가 귀대한 후부터 IMMARSAT 연결이 여의치 않다고 대답했다. 그의 대답에 모든 사람들이 동의하기라도 한 듯 머리 위의 전구까지 더 밝아졌다.

전파 방해 신호가 이곳까지 쫓아왔다는 뜻이다. 그러니까 원격 식스가 나를 찾아낸 이후부터겠다. 기지 전체가 외부세계와 철저히 단절되었건만 이곳엔 조기경보 체계도 없고 네트워크 접속도 불가능했다.

11월 18일
05시 00분

어제 위성전화 송신을 접수했다. 귀대한 이후 또 다른 접속 시
도에 대비해 12시에서 14시까지 지상 경비원을 배치해 두었었다.
수신자로 하여금 텍스트 화면을 확인하라는 기존의 기계음이 들
렸다. 내가 만능접속카드(CAC)를 이용 네트워크에 접속해 지휘권
51을 발동하여 미사일 발사 공정을 진행하라는 지시였다. 미사일
발사를 위한 일련의 좌표뿐 아니라 제2통제실의 위치까지 적혀 있
었다. 전화가 끊긴 후 어제 오후 내내 정보를 연구하고 분석했다.

19시경. 우리는 놀라운 사실 하나를 알아냈다. 지금껏 이 기지
내에 대륙간 탄도 미사일이 한 기뿐인 줄 알고 있었다. 그런데 지
시를 면밀히 분석하고 세부 명령을 시행한 결과 그 외에도 두 기
의 핵미사일이 발진 과정을 기다리고 있다는 사실을 확인했다. 격
납고는 기지 서쪽 1킬로미터 지점이었다. 물론 탄두 발진은 내 카
드를 리더기에 넣고 적절한 암호화 과정을 밟는 방법뿐이었다. 카
드에는 시스템 열쇠로 기능하는 암호 칩이 내장되어 있다. 내 기억
으로는 모함의 보급품 투하가 있기 수개월 전에 기록된 것이다. 이
리듐을 통해 발진 코드와 좌표를 받았기 때문에 이론적으로는 탄
두 발사가 가능했다.

존은 지체 없이 차트에 좌표를 기록했다. 좌표는 모두 최신 상황
보고에 기록된 바, 10킬로미터 밖의 기함 이동 위치와 일치했다. 현
재는 플로리다 서쪽 멕시코만에서 작전 중에 있었다. 원격 식스는
모종의 이유로 인해 항모전투단을 파괴하려 했다. 나는 텍스트 지

시가 지속되는 동안에는 거부하지 않았다. 스크린은 계속해서 지시를 반복하다가 텍스트 질문으로 끝을 맺었다.

"발진에 착수했나?"

질문이 네 번 깜빡일 때쯤 전화를 끊어버렸다. 그 후에는 제2통제실을 찾으러 떠났다. 해병대원들이 먼저 제2의 제어장치와 이어진 문을 찾아냈다.

문은 지하실 바닥문과 흡사했으며, 낙엽과 위장망으로 가려 있었다. 입구가 철문인 탓에 우리는 절단기를 이용해 안으로 진입해야 했다. 해병들이 제2통제실을 장악한 후엔 내가 머물 필요는 없었다. 나는 곧바로 해병들을 떠나 호텔23의 원거주자들이 아직 남아 있는지의 여부를 확인하기 시작했다.

11월 18일
19시 00분

텍스트는 어제와 오늘 다시 미사일 발진에 착수할 것을 지시했다. 차이가 있다면 좌표가 2해리 정도 달라졌다. 함대의 이동에 맞추고 있기 때문이다. 나는 통신병에게 지시해 모함에 계속 메시지를 보내 경고하게 했다. 내가 지시를 거둘 때까지 그는 매 시간 메시지를 반복할 것이다.

제2통제실에 파견한 팀이 문을 부수고 그곳이 호텔23 제1통제 센터의 완벽한 복제라는 사실을 확인했다. 주거공간까지 모두. 문제가 있다면, 두 통제실 사이를 연결한 지하터널이 없다는 사실이다. 제2통제실에 보고된 통로가 있기는 했다. 제1통제센터와 비슷한 설계의 출구터널인데, 제2통제실의 출구 터널이 주 출구 터널과 관련해 어느 지점에서 끝이 나는지는 알려진 바가 없다. 그들은 또 제2통제실에 내가 봐야 할 사항들이 있으며, 통제실은 충분히 안전하다고 알려왔다.

복도에서 마주친 자넷이 안부를 물어왔다. 나는 좋다고 대답하고 잠시 앉아 호텔23의 의료상황에 대해 얘기할 수 있는지 물었다. 나는 그녀가 함께 일하고 있는 군인력들에 대해 물었다. 다들 훈련이 잘된 병사들이며 지난 몇 달간 수많은 전투를 경험했다는 게 그녀의 설명이었다. 그녀도 위생병들로부터 몇 가지 기술을 배웠고 그들 역시 그녀의 도움을 받고 있었다.

그들은 몇 회의 수색 작전을 통해 가축병원을 포함 그 지역의 병원들을 확보했다. 수 킬로미터 거리에 있는 한 작은 가축병원의 일화를 들려주기도 했다. 그녀는 책임의사로서 수색대와 함께 약탈 작전에 자원했다. 그녀에게 필요한 물품들을 확인해 주기 위해서다. 해병들이 '행복한 동물병원'을 청소하고 몇 분 후 자넷이 윌리엄과 함께 들어갔다. 윌리엄이 자넷을 에스코트하기를 원했기 때문인데 사실 남편이 다 그렇지 않은가. 악취에 죽은 시신까지 병사들도 긴장을 늦출 수 없는 상황이었다. 그들은 소음 기관단총을 어깨에 밀착했다. 기관단총엔 100루멘으로 세팅된 플래시가 장착되어 있었다. 병사 둘이 자넷과 윌리엄의 앞뒤를 지켰다. 이른바 전형적인 샌드위치 경호 대형이다. 그들은 개장 구역으로 들어섰다. 그런데 끔찍하게도 개장마다 오래 전에 죽은 개들로 가득했다.

고통 받는 동물에 특별히 민감한 사람들이 있다. 나도 다르지 않다. 그녀의 얘기를 듣노라니 위장이 들끓었다. 얘기하는 그녀도 마찬가지였다. 썩어가는 개 시체들, 그리고 철제울타리를 빠져나가기 위해 물고 할퀴느라 부러진 이와 피로 얼룩진 앞발들…… 현장을 묘사하는 동안 그녀의 시선은 마치 무한한 우주공간을 들여다보기라도 하듯 초점이 없었다. 개집들 모두 주인이 있는 건 아니었다. 40퍼센트 정도. 철망 벽과 바닥에 놓인 차트에도 비슷한 내용이 적혀 있었다. 휴가를 떠난 주인들이 모일 모시에 돌아온다. 날짜는 모두 정월이었다. 그녀의 얘기를 들으며 나는 울타리에 누워 있었을 동물들을 떠올려야 했다. 이를 잔뜩 드러낸 채 고통스러운 시선으로 철제문 밖을 노려보는 미물들.

허리케인

우리는 공격당했다.

지금 밖은 무척이나 어둡다. 전투 함대에 무선을 보내 원격 식스의 음모에 대해 경고해 주었으나 모함이 송신을 수신했는지는 알 방법이 없었다. 전파 방해 신호는 그날 아침에도 집요하게 울렸다.

폭탄이 떨어진 아침 우리는 십여 명을 잃었다. 미사일에 대한 보복? 아니, 우리가 미사일을 발사했다 해도 저들은 어차피 우리를 쳤을 것이다. 살려둘 이유가 어디 있겠는가? 어쨌거나 말이 안 된다.

지상의 관찰자들이 화이트보드에 목격담을 기록해 두었다. 어느 순간 휘파람소리(그보다 고음이기는 했다.)가 들리더니 허리케인이 마치 창처럼 지상에 내리꽂혔다. 그 와중에 민간인 한 명이 어깨에서 엉덩이까지 갈라지기도 했다.

허리케인 장치는 즉시 치명적인 폭발력을 전송하기 시작했다. 지상의 인력 모두의 고막을 터뜨릴 정도로 고음의 음파였다.

장치는 거대한 벌침을 닮았다. 침을 꿈틀거리며 지상에 엄청난 독을 뿜어내는 엄청난 크기의 독침. 독침은 한쪽으로 살짝 기울어진 채 지구 깊이 박혔다. 음파는 형언할 수 없을 정도로 컸다.

호텔23 내에서도 소리의 파동을 똑똑히 느꼈다. 두꺼운 철강과 콘크리트가 울렸다. 존은 즉시 회전식 카메라들을 돌려 장치를 향하게 했고 다른 카메라들은 지평선을 지켜보게 했다. 그 소리가 수백 킬로미터 밖 좀비들의 딱딱한 속귀를 울려 이곳으로 고개를 돌리게 하기까지는, 수 초, 길어야 수 분이면 충분하다.

놈들은 해적 방송국을 추적하는 통신위원회 사냥꾼들처럼 우리 기지를 찾아낼 것이다. 존은 도움을 요청하는 메시지와 간략한 상황 보고를 전방위로 송신했다.

나는 지휘자급의 인력을 모두 소환해 대안을 논의했다. 그리고 귀마개를 하지 않은 자는, 특별한 용무가 없는 한 지상에 오르지 못하게 했다. 귀를 단단히 막았을 때조차 소음은 록콘서트 스피커 바로 옆에 있는 것보다 크게 들렸다. 비디오 화면을 보니 지독한 음파에 땅이 찢기고 뭉개지기까지 했다. 인근에 세워둔 가벼운 민간 승용차들도 흡사 커피테이블 위에서 진동하는 휴대폰처럼 들썩거렸다. 공격 무기는 지하 6미터 이상 박힌 것으로 보였다.

허리케인을 파괴하려는 시도는 모두 무위로 끝났다. 아무래도 단단한 강철이나 특수합금으로 제작된 모양이다. 허리케인 꼭대기는 밀폐된 공간이었다. 고막이 터진 해병 하나가 연장주머니와 수류탄을 들고 올라가 파괴하겠다며 자원했다. 그는 장비를 끌어안고 사다리를 올라갔지만 지상으로 나가지는 못했다. 반향이 어찌나 강하던지 음파에 닿은 맨살이 한 겹 한 겹 벗겨져 나갔기 때문이다. 그곳을 향해 무수히 사격을 가하고 장갑차들이 계속해서 들이받았지만 모두 허사였다.

그 어느 것도 소용이 없었다.

나는 장갑차 안에 있었다. 두꺼운 장갑조차 음파를 막은 데는 역부족이었다. 그 엄청난 굉음에 숨을 쉴 수조차 없었다. 우리는 장치를 등진 채로 에워싸고 좀비들이 나타나기를 기다렸다. 처음엔 아무 기척도 없었다. 장갑차의 두꺼운 겹유리로 밖을 내다보는데 또 다른 물체가 바로 옆 200미터 거리에 떨어져 장갑차 하나와 충돌할 뻔 했다. 충돌 직후, 머리 위로 초음속기들의 엔진 소리가 뚜렷이 들려왔다. F/A-18 슈퍼호넷의 반짝이는 날개도 언뜻 보였다. 추락한 비행기의 잔해로 보아 무인 리퍼가 거의 확실했다. 호텔23으로 귀대할 때까지 나를 따라다녔던 바로 그 비행기 말이다.

그때 장갑차 내의 무선조명이 반짝였다. 유효 신호. 헤드셋을 쓰자 경고 목소리가 반복적으로 들려왔다. A-10 썬더볼트가 겔버스턴의 스콜스 국제공항에서 현 위치로 이동 중이며, 호그 와일드가 뒤 이어 대포 30기로 적 장비를 공격할 것이니 이에 아군 전력은 모두 타깃 동쪽으로 이동해 탄두의 피해를 최소화하라는 내용이었다.

남은 시간, 앞으로 21분.

호그 조종사가 전송을 끝내자 다시 희미한 신호와 목소리가 들렸다. 이번 목소리는 자신을 항공참모장이라고 소개하며, F-18 편대로 하여금 우리 위치에 재래식 폭탄을 투하하여 향후 와트호그 30밀리 대포가 보다 정교한 광학적 타격을 가할 수 있도록 지원하라는 명령을 내렸다. 리퍼의 전파 방해가 완전히 제거된 터라, 보안 채널을 통해 존과 통신이 가능해졌다. 나는 지금까지의 상황을 설명하고 현재 몇 백 미터 동쪽으로 이동 중이라고 보고했다. 그 다음엔 무전기를 통제센터와 동기화시킨 후 시동을 걸고 계속 동쪽으로 이동했다. 우리는 야산에 앉아 기지를 내려다보았다. 좀비 10여 구가 벌써부터 기지의 강철문 근처에서 허리케인 장치 쪽으로 이동하고 있었다.

잠시 후 F-18 편대가 기지 주변의 좀비 부대 위로 재래식 폭탄을 마구 쏟아 붓기 시작했다. F-18 한 대는 비행기 본체를 공격무기로 활용해 좀비 무리 머리 바로 위를 훑는 식으로 놈들을 갈기갈기 찢거나 충격으로 무력화시켰다. 폭발력에 장갑차들이 심하게 흔들리기 시작할 때 존이 무전기로 지하 조명이 모두 번쩍 거린다고 알려왔다. 10여 분의 폭격 후, 나는 무전을 통해 암호 '윈체스터'를 엿들었다. 전투기들이 성찬을 마치고 모함으로 돌아간다는 뜻이다. 음파 장치는 융단 폭격에도 불구하고 끄떡없이 살아남아서는, 수 킬로미터 내의 좀비들에게 우리 위치를 알려주고 있었다.

장갑차가 허리케인 동쪽에 편대를 이루고 있는 동안 최초의 호그기가 들어와 텅스텐과 열화우라늄으로 이루어진 30밀리 포탄들로 허리케인 주변을 때렸다. A-10을 보고 난 후라 저 비행기들이 어떻게 저렇게 느리게 날 수 있는지 탄복하지 않을 수가 없었다.

발칸포가 울부짖기 시작했다. 그리고 생각도 못했던 일이……

호그는 등대 모양의 음파 장치를 종잇장처럼 찢어놓았다. 무기는 산산 조각나고, 지금은 땅밖으로 삐죽 삐져나온 1미터 높이의 합금조각만 남았다. 그런데 그에 따른 순간적인 정적이 전면적인 공습보다 훨씬 더 충격적이었다! 나는 참다못해 해치를 활짝 열어젖히고 헤드셋을 벗은 다음 장갑차 위로 뛰어 올라갔다. 사이엔도 오른쪽 10미터 거리의 장갑차 밖으로 몸을 내밀고 있었다. 라이플을 포대에 내려놓고 먼 곳을 살피는 중인데 그쪽 수평선으로 먼지 폭풍이 일고 있었다.

나는 장갑차 안으로 들어가 광학 망원경을 그 방향으로 돌렸다. 먼지 구름은 얼마 전 사이엔과 내가 보았던 것과 똑같은 형세였다. 저들을 막을 방법은 없다. 곧 살상무기를 장착한 A-10기 1000대가 와도 불가능하다. 나는 즉시 존에게 무전을 걸어 서둘러 철수 준비를 할 것을 지시했다.

철수 인원만 해도 수백이다. 헬리콥터 연료를 줄이기 위해 모함도 전속력으로 해변으로 달려왔다. 여자들, 아이들, 그리고 부상자들만 다목적 헬기로 수송될 것이다. 호그기들은 몇 킬로미터 밖에서 무리를 차단하라는 지시를 받았다. 좀비들을 다른 방향으로 회유하는 전략이다. 그 전략이 먹힐지는 모르겠다. 회유작전에 투여될 만큼의 연료를 확보한 비행기가 불과 3대에 불과하기 때문이다. 무전기를 통해 A-10기 조종사의 목소리가 흘러나왔는데, 유압장치가 오작동을 일으켜 수동으로 복귀한다는 하소연이었다. 그는 비상상황임을 보고하고 우리 머리 위로 쏜살같이 날아갔다. 기지로 복귀하는 모양인데 부디 성공하기를…….

나는 2.5톤 트럭 뒤에 타고 있다. 모함 헬기들이 고가의 장비들을 실어가고 있다. 우리가 떠나는 건 그 다음이다. 현재 계획은 남동쪽 멕시코만으로 이동했다가 소형보트를 타고 항공모함 조지 워싱턴에 승선하는 것이다. 나는 모함에서 분석해야 할 정보들을 모두 하드케이스에 담아왔다. 호텔23을 셧다운하고 문을 용접하고 빠져나오기 전 존이 컴퓨터 본체를 모두 백업했는데, 정보는 검토라는 딱지를 붙여 첫 번째 헬기에 실어 보냈다.

항공모함

11월 23일
08시 00분: USS 조지워싱턴 호

모함은 엉망이었다. 사방이 붉은 녹이라 기대했던 회색 무광의
깔끔한 전함과는 거리가 멀었다. 쓸 만한 정박항들이 모두 좀비들
에게 정복당했을 가능성이 크기 때문에 유지 보수가 만만치가 않
다. 모함으로의 수송 작전 역시 뼈저린 대가가 없지는 않았다. 우
리는 십여 명의 무고한 생명을 잃었다. 낡은 도로 장벽과 잔해들
을 치울 때에도 사방에서 공격을 받았지만 대부분의 재앙은 우리
를 모함으로 데려다줄 소형 선박을 기다리는 동안에 일어났다. 항
모가 정박할 수 없기 때문에 대신 소형 선박 두 척을 보내 우리를
실어가기로 했다.

작전은 거친 파도로 한 시간이나 지체되었고, 덕분에 우리는 멕시코만을 배수진으로 수백의 좀비와 싸워야 했다. 놈들한테 먹히느니 차가운 바다에 뛰어드는 쪽을 택한 사람도 적지 않았다. 우리는 장갑차를 앞바다에 띄워 장벽을 구축한 후 항모로부터 공용화기를 지원받았다. 그리고 선박들이 도착할 때까지 미친 듯이 싸웠다. 우리를 공격하는 놈들은 분명 "무리 T-5.1"의 선두 그룹이었다. 원격 식스가 제공한 정보에 따르면, 놈들은 미국 내의 무리들을 닥치는 대로 끌어들인 후 생존자들을 추적하는 것으로 보였다. 호그기들이 교대로 출격하며 한 번에 0.0001퍼센트씩 솎아내는 식으로 백사장에 경계선을 만들어주었다. 결국 여분의 시간을 벌어줌으로써 우리 목숨을 구해준 것도 호그기였으리라. 조종사들은 좀비 무리가 수십 킬로미터까지 이어져 있다고 보고했다.

우리는 쉬지 않고 소형화기와 중형화기의 실탄들을 소비했다. 등 뒤에서 소형 선박의 강력한 디젤엔진 소리를 들었을 때는 좀비들이 50미터에 달하는 장벽을 뚫었고, 배가 도착했을 때쯤엔 전선 수비병들을 향해 손을 내밀기까지 했다. 우리는 재빨리 배에 올라탔다. 일부는 총검을 휘두르며 좀비와 육박전을 치르기까지 했다. 나는 한 해병에게 나이프를 던져주었다. 그는 아슬아슬하게 칼집을 벗기고 그를 할퀴려는 나신의 해골바가지 좀비 둘의 머리를 따버렸다. 그가 큰 소리로 고맙다고 외치며 배에 오르더니, 칼날을 바지에 닦아 돌려주었다.

모함을 향해 이동하는 중에는 몇 백 미터마다 배를 세워 물에 빠진 생존자들을 구해주었다. 숨이 붙어 있는 사람들은 쇼크 상태였으며, 일부는 이미 변이해 구조대원들을 향해 손을 내밀었다.

승선을 마치자 군의관들과 국가봉사단 소속 의사들이 달려 나와 우리 몸을 점검했다. 민간인들은 본토를 탈출해 모함에 승선했다는 사실만으로도 크게들 기뻐하고 있었다. 의사들의 얘기에 따르면, 본토 일부 지역의 기대 수명은 기껏 한 시간에 불과했다. 수병 한 명은 이따금 병기와 주요 부품을 확보하기 위해 내륙 수백 킬로미터 안쪽의 레드스톤과 파인블러프 병기창까지 침투를 감행한다는 얘기를 들려주었다.

타라와 나는 함께 03레벨의 특별실을 배당받았다. 그녀가 문제없이 승선했다는 사실이 너무도 기뻤다. 그녀는 특별실 번호는 물론, 호텔23 가족들의 층 및 늑골번호까지 모두 적어 전해주었다. 나는 틈이 나는 대로 그들 모두를 만나겠다는 생각을 했다. 작전 정보 보고서를 작성하지 않을 때면 내내 그녀와 시간을 보냈다. 그녀는 최근에 훨씬 더 감정적으로 되었는데, 그동안 겪은 스트레스를 감안한다면 지극히 정상적인 변화겠다.

그동안 정말로 그녀가 보고 싶었다. 이제 마침내 긴장을 내려놓고 추락에서 귀향까지 어떤 일이 있었는지에 대해 진솔한 대화를 나눌 여유가 생겼다.

난 그녀의 말을 절대 잊지 못할 것이다.

"당신이 여기 내 앞에 있다는 게 믿기지 않아요. 너무 보고 싶었어요. 당신은 놈들이 나한테서 빼앗아간 보물을 되돌려준 거예요."

점점 더 깊은 대화에 빠져드는 참에 전령이 문을 노크하더니 내게 따라오라고 했다.

항공모함 정보센터(CVIC)에서의 브리핑은 하루 반나절이 걸렸다. 항모의 임시 정보 장교가 갑판에 나타났을 때 나는 존, 사이엔과 자료를 검토 중이었다. 그는 자신을 중앙정보부 출신의 조라고 소개했다. 사진사 특유의 우중충한 올리브빛 조끼와 회색 티셔츠, 사막용 전투화, 그리고 카고바지 차림이었다. 나는 일기를 참조해 가며 중요하다고 생각되는 사항들을 세세히 일러주었다. 그는 현 해군 참모총장이 곧 사무실로 소환할 거라고 했다. 직접 본토 상황을 확인하고 새 작전에 대한 조언을 듣기 위해서다.

그는 곧바로 원격 식스에 대해 이것저것 묻기 시작했고, 나는 그동안 경험한 테크놀로지의 특징을 설명했다. 레이저 지시기에서 버튼 신호기(지금도 지니고 있다.), 그리고 무인 C-130까지 모두. 나는 C-130 장치에 연결된 광섬유 상자가 창궐 이전 시대에 상용화된 일반 테크놀로지들보다 몇 년 앞선 느낌이었다는 논평도 덧붙였다. 그는 지상의 좀비보다 원격 식스의 통신수단과 기술에 훨씬 더 많은 관심을 보였다.

그 밖의 흥미로운 주제는 우리가 호텔23을 떠날 때의 상황이었다. 나는 소개 전, 중요한 정보를 모두 빼냈으며 접근로도 모두 용접해 그 누구도 건드리지 못하도록 조처했음을 확인해 주었다. 그는 어깨 너머로 정보요원을 부르더니, 누군가 내부 시스템을 건드릴지 모르니 호텔23을 '상시 감시'하라고 지시했다. 최소한 당분간은 정보요원을 배치할 가치가 있다는 소리다.

존이 호텔23 내의 컴퓨터 시스템을 통해 알아낸 기지 목록에 대해서도 얘기해 주었다. 데이터베이스에서 내가 아는 지역은 네바다의 그룸 호수뿐이었다. 나는 조에게 그 지역에 어떤 의미가 있는지, 왜 여전히 녹색지역이고 인력까지 주둔해 있는지 등에 대해 물었다. 그는 모른다고 대답했지만 내가 느끼기엔 분명 거짓말이었다. 허리케인 프로젝트에 대해 설명하는 동안 그에게 전화가 걸려왔다.

그는 몇 번이나 고개를 끄덕이다가 "예, 총장님."하고 전화를 끊었다.

"부르십니다." 그가 간단히 말했다.

나는 지난 이틀간 작성한 보고서를 내려놓고 조를 따라 총장 선실로 따라갔다. 바닥 장애물에 발가락을 세 번 찧고 김이 새어나오는 저압 스팀파이프에 머리를 부딪칠 뻔한 후에야 간신히 총장실에 도착했다. 선실문 앞에 해병 보초 둘이 조를 보고는 옆으로 물러섰다. 그는 단 한 번 노크했다. 이윽고 안에서 "들어와."라는 퉁명스러운 목소리가 들렸다. 제독은 마호가니 책상에 앉아 있고 그 위에는 시바스 스카치와 잔 세 개가 놓여 있었다. 나는 제독의 책상 앞 50센티미터 앞에 멈춰 서서 차렷 자세를 취했다. 처음 보는 사람이었다. 나는 소개를 하고 명령대로 대령했다고 보고했다.

그가 웃으며 인사를 받았다.

"거기 앉게나. 1년 전만 해도 기껏 선임 대령에 불과했네. 이 별들? 어떻게 말해야 하나? 전쟁의 영광?"

내가 자리에 앉자 그가 세 잔에 스카치를 따라 두 잔은 나와 조에게 건넸다. 그는 자신을 고틀먼 제독이라고 소개했다.

그는 계속해서 지난해의 일화들을 소개하기 시작했다. 초기 몇 주 동안 소형 구축함대와 좀비들과의 해안 전투 얘기가 주였다. 몇몇 주요 도시가 전술핵에 파괴된 후, 그의 함대는 청소 작전에 투입되었다. 좀비들을 인근의 해안으로 끌어내 한 번에 몇 시간씩 쉬지 않고 학살하는 게 일이었다. 구축함과 순양함들이 며칠씩 닻을 내리고 뱃고동으로 좀비들을 유인한 다음 몰살시킨 적도 많았다. 50구경 포수들은 시뻘겋게 달아오른 포신을 바닷물에 처박고 미국 전역의 다양한 병기창에서 구해온 신형무기로 간단히 대체했다. 이윽고 그가 멍한 눈을 했는데, 시선은 내가 아니라 저 멀리 아득한 곳에 가 있었다.

"정보 분석에 의하면, 우리 부대가 청소한 게 1퍼센트도 안 된다더군. 적어도 50만은 잡았는데 말이야. 소비한 실탄이 100만을 넘기 때문에 그건 분명해. 결국 해안전은 핵 투하만큼의 가치도 없었다네."

그리고 그가 내 얘기를 물었다.

내가 지난해의 경험에 대해 지휘관급 수준의 설명을 마쳤다. 그는 한참을 가만히 있다가 스카치를 비우고 다시 손가락 세 마디 정도를 따르고는 본토에서 그렇게 오랫동안 생존하고, 그렇게 많은 사람들을 구할 수 있는 인물이 흔치 않다는 말로 내 자부심을 키워주었다. 잠시 후 그가 자리에서 일어나 주류 캐비닛으로 건너가더니 한쪽으로 밀어냈다. 캐비닛 뒤에 안전 금고가 숨어 있었다. 그는 다이얼을 앞뒤로 비튼 끝에 두꺼운 파일을 하나 꺼내 책상 위에 내려놓았다. 그러고는 폴더의 줄을 풀어내며 특수팀을 하나 조직했는데, 국가적으로 매우 중요한 작전을 수행하게 될 거라고 덧붙였다.

"버지니아 핵잠이 현재 바자에서 파나마 운하 태평양 쪽으로 항해 중이네. 운하야 버려진 지 오래지만, 그래도 놈들의 수가 제일 적은 곳이야. 단도직입적으로 말하지. 우린 중국에 잠입팀을 보낼 생각이야. 믿을 만한 정보에 따르면, 북경 변경의 국방연구소에서 이상 기후가 감지되고 있네. 우리 과학자들 말로는, 최초의 발병자나 관련 연구 자료를 빼낼 수만 있다면 치료약까지는 몰라도, 최소한 백신은 가능성이 있다더군.

자네가 이끈 민간인들은 본토에서 거의 1년을 생존했네. 이 팀에 차출한 특전사 땅개들이나 특공요원들도 지금껏 그런 전과를 보이지는 못했어. 물론 원치도 않을 테지. 아무튼 불행하게도 중국은 좀비 비중이 우리보다 몇 배나 되고, 또 그중 3분의 2가 동부 해안을 어슬렁거리네. 조심스러운 판단이긴 해도, 중국 내에 그만큼의 핵무기를 배치하지 않았기 때문일 거야. 그나마 북경이 소멸된 건 아닐세. 대만은 운이 안 좋았어. 공산당들한테 완전히 청소된 덕에 향후 몇 년간은 방사선을 씻어내지 못할 거야.

계획을 설명하자면 이렇네. 모함을 운하의 대서양 쪽으로 이동한 후 잠입팀을 비행기에 실어 파나마 내륙 건너 대기 중인 버지니아 핵잠으로 수송하는 거야. 버지니아는 상대적으로 새것이라 이 배보다 형편이 훨씬 좋다네. 원자로를 재충전하려면 아직 15년 이상 남은 데다 식량도 6개월 동안은 버틸 만 하다더군."

이즈음에서 제독의 의도를 눈치 채곤 난 경악하고 말았다.

"버지니아 호는 3주 후 발해만(Bohai)에 도달할 거야. 북경 인근에 쓸 만한 중국 군용헬기를 보유한 소공항을 세 곳 확보해 두었지. 버지니아 호가 아직 잠망경 아래로 달아날 일이 없기에, 본토에서 하와이 진주만, 그리고 발해만까지 이동하는 동안 계속 연락을 취할 수 있을 걸세. 발해만에 도착하면 버지니아는 우리가 보아둔 활주로 접근을 위해 상류로 올라가고, 북경 인근에 도착한 후엔 버지니아 승무원들이 스캔이글 무인정찰기를 띄워 비행장들을 점검하게 되지. 그 중에서 헬리콥터 수리와 배치를 위한 최적지를 결정하게 될 걸세."

"잠입팀의 기술고문으로 버지니아 호에 승선하는 것이라면 좋습니다."

나는 제독의 요청(명령?)을 10초 정도 묵살한 다음 내가 특수요원이 아니라는 분명한 사실도 확인해 주었다. 나는 해군 장교이지 특전사도 특공대도 아니다. 이런 유형의 작전에 경험이 있을 리가 만무했다.

그는 담담하게 대답했다.

"자네 배경 보고를 받았네. 자네가 버지니아 호를 타고 중국으로 가서 이 작전을 수행할 거라고 확신한 것도 그 때문이야. 아, 텍사스에서 뭘 하고 지냈는지 정도는 우리도 알고 있네. 북경의 이상 징후를 발견하게 된 건 모든 종류의 군사통신을 감청한 결과였어. 그래, 자네 이름도 나오더군. 그러니까…… 실종?"

제독의 이마에 주름살이 그려졌다.

"자네를 비난하지는 않네. 당시엔 이길 방법이 없었으니까. 하지만 지금은 있네. 헬리콥터는 물론 모함에도 공간은 충분하다니, 그러니 자네가 원한다면 누구든 데려가도 좋아. 그 문제는 전적으로 자네한테 맡기지. 여유는, 3일. 이제 가보게나, 중령."

내가 할 수 있는 말은 "제독님, 그건……" 뿐이었다.

……그리고 나는 밖으로 빠져나왔다.

나는 당혹감에 빠진 채 총장실을 빠져나왔다. 내가 두 계급이나 특진했다는 사실을 깨달은 것도, 조가 진급 축하인사를 했기 때문이었다. 그는 그 자리에서 계급장과 견장까지 건네며, 먼젓번에 이 오크 잎사귀를 받은 인물보다 운이 좋기를 빌어주었다. 나는 계급장 등속을 주머니에 밀어 넣고 숙소를 향해 걸음을 옮겼다. 이런 걸 매달 생각은 추호도 없다.

BT

TS[22] //SI[23]//SAP HORIZON

BT

주요 현황 보고/1+274/

BT

완결된 정보 보고가 아님에 유의. 주제와 관련된 수차례의 중국 도청으로 이상 징후의 근원 확인

BT

1년 전 보텍스(VORTEX)는. 운남 명영의 고대 빙하에서 기술적 가치가 지대한 물건이 발견되었음을 보여주는 정보를 확인했다. 대형 버스 크기의 계란형 물체(별첨 01: 오로라 항공촬영 참조)가 지역주민의 신고로 지역당국에 보고되었다. 중국 웹이 이 상황을 사전 인지 했다는 사실은 이번 감청을 뒷받침해 준다.

BT

우선 중국이 방사분석으로 분석한 결과 미확인합금의 기원은 60억 년 이상으로 거슬러 올라간다(지질학적 불가능). 또한 장비를 개조해 합금의 실제 부패비율을 측정한 결과 물체는 거의 2만 년이나 얼음 속에 있었던 것으로 밝혀졌다.

BT

비행체로 밝혀진 물체는 외부 차체의 손상을 보여주었다. 영상 분석 결과 드러난, 비행체 상부의 2미터 크기의 구멍은 그 비행체가 빙산 매장 중 여러 가지 이물질에 침투 당했음을 반증한다. 빙벽의 추축과 팽창에서 비롯된 엄청난 압력 및 충돌에서 회수까지의

---

22) Transport Stream(전송규격)
23) Service Information(서비스정보)

장구한 세월이야 말로 외부 차체의 왜곡과 비틀림의 직접적인 원인으로 보인다. 몇 주 동안의 신중한 발굴 이후 중국은 비행체의 조종석으로 접근했다(별첨 2: 첩보 영상 참조). 중국이 발굴 방향을 조종석으로 선택한 이유와 첨단으로 보이는 추진 장치에 대해서는 첩보 보고에 포함되지 않았다. 보고서에는 발굴자들이 조종석에서 피조물을 발견했으며, 중국 당국은 피조물에 암호명 '창'이라는 호칭을 붙여주었다고 쓰고 있다.

BT

창은 발견 당시, 조종석 의자에 묶여 있었다. 미지의 기술로 제작한 얇은 외골격 슈트를 착용한 바, 중국 과학자들은 슈트에 재래식 우주복(243B2 참조) 기능이 있는 것으로 판단하고 있다. 창은 여전히 기동력이 있었으며, 골격 헬멧 안에서 고개를 좌우로 돌림으로써 발굴자의 존재에 반응했다. 창은 또한 대형 얼음상자에 갇혀 있었는데, 창의 움직임에 크게 당혹한 과학자들과 보안요원들은 모든 수단을 다해 현재의 감금 상태를 유지할 것을 지시했다. 명령엔 창의 외골격 헬멧을 벗기지 말라는 특별지시까지 포함된다.

BT

특이사항: 중앙군사위원회 사이버 보안 요원들은 과학자들의 PC에 PGP 암호키를 설치한 후, 중국 외부에 거주하는 미지의 중국인들과 간헐적인 통신을 교환한 일부 과학자들을 처형한 바 있다. [통신은 별개의 요원 통신으로 위장했다.]

BT

초기의 자기공명영상(MRI)을 도청한 결과 존재는 두 발 동물로 크기와 부속기관에 있어서 인간의 청년과 비슷한 외모를 지녔다.

BT

창을 확보하고 발굴한 후(이 시점에서도 어느 정도 얼음에 갇혀 있는 상태다.), 중국은 비행 물체를 발굴하기 시작했다. 그로써 다수의 가공품을 확보한 바, 일부는 세월과 빙벽의 엄청난 압력에 파괴되었으나 일부는 여전히 깨끗한 수준이었다. 가장 흥미로운 항목은 첨단 추진 시스템으로, 중국인들은 창을 실험하는 동일 실험실(북경 추정)로 비행물체를 이송했다. 처음에, 중국인들은 자기부상의 역설계, 추진력, 관성 제동 시스템은 물론, 기이한 발전기능 등에 관심을 집중했다. 비행체는 중국 과학자들이 소위 '공간 축소 추진 모듈'이라고 명명한 추진 시스템을 운용하는 것으로 보인다. 요컨대, 비행체가 바로 앞의 공간을 20미터까지 왜곡, 축소하는 게 가능하다는 뜻이다(첩보보고서 참조). 그밖에도 다양한 종류의 휴대용 빔 무기도 회수하였다. 중국과학자들은 2분의 1 옹스트롬 해상도의 투과 전자현미경을 이용, 가공품의 내부를 대충이나마 실험할 수 있었다. 소형가공물의 내부 부속 대부분은 진보된 서브 나노 회로를 보여주었다. 중국은 역설계 공학의 기술적 한계에 부딪치자 관심을 곧바로 창에게 돌렸다.

BT

창은 기지 내의 생물학 실험실(북경으로 추정)에 구금된 상태다. 현재 지속적인 감시와 관찰을 받고 있으나, 거의 지성을 드러내지 않으며 과학자들과 장교들의 어떠한 신문과 연구에도 반응을 보이지 않았다. 중앙당 당국의 협의 끝에 창을 얼음 케이스에서 꺼내 관찰하기로 결정.

BT

마지막 통신 감청은 창을 감금 중인 실험 시설(현재 북경에 위치한 것으로 확인)의 구조 신호를 포함한다. 시설 내의 첩보원은 모두 불통 상태다.

BT

각각의 독립된 보고 채널을 통해 원격 시각정보 확인 가능.

BT

평가: 첩보원의 판단에 따르면, 창은 소속 혹성계에서 지구로 이송되는 동안, 이른바 명양 증후군에 감염된 것으로 보인다. 빙산 지대에서 촬영한 사진으로 보아, 비행체는 얼음 속에 비정상적인 각도로 갇혀 있었다. 즉, 비정상적 불시착을 뜻한다. 동체 훼손은 융해와 모서리 왜곡 징후를 보인 바, 이는 미지의 거대한 폭발사고 및 별도의 에너지 무기 사용 등을 전제한다.

BT

정보가치: 이상 징후의 추이와 서브나노 회로의 극단적 복잡성으로 보아, 중국인들은 비행체 추진시스템의 역설계를 효과적으로 분석하거나, 시스템 작동의 이론을 정립하는데 실패한 것으로 보인다. 북경은 좀비에 의해 정복된 최초의 도시이며, 따라서 첨단 시스템들에 대한 연구개발도 중단되었다. 사령부와 유타 기지 84-026 또한 이 평가에 동의함

BT

북경 잠입팀에게 작전 정보 지원을 제공하기 위해 모래시계 팀 대기 중

BT

TS//SI//SAP HORISON

BT

비밀등급 해제: 서류 편람

BT

AR

옮긴이 | 조영학

한양대에서 영문학 박사 과정을 마치고 현재 영문학 및 영어 관련 강의를 하고 있다. 스릴러, 호러 소설을 전문으로 번역하고 있으며, 주요 번역 소설로는 『링컨 차를 타는 변호사』, 『이니그마』, 『아크엔젤』, 『고스트라이터』, 『나는 전설이다』, 『히스토리언』, 『스켈레톤 크루』, 『듀마 키』, 『가빈, 아이야, 가빈』, 『머더리스 브루클린』 등이 있다.

하루하루가 세상의 종말 2

1판 1쇄 펴냄 2011년 6월 3일
1판 7쇄 펴냄 2022년 2월 1일

지은이 | J. L. 본
옮긴이 | 조영학
발행인 | 박근섭
편집인 | 김준혁
펴낸곳 | 황금가지

출판등록 | 2009. 10. 8 (제2009-000273호)
주소 | 06027 서울 강남구 도산대로 1길 62 강남출판문화센터 5층
전화 | 영업부 515-2000 **편집부** 3446-8774 **팩시밀리** 515-2007
홈페이지 | www.goldenbough.co.kr

도서 파본 등의 이유로 반송이 필요할 경우에는 구매처에서 교환하시고
출판사 교환이 필요할 경우에는 아래 주소로 반송 사유를 적어 도서와 함께 보내주세요.
06027 서울 강남구 도산대로 1길 62 강남출판문화센터 6층 민음인 마케팅부

한국어판 © ㈜민음인, 2011. Printed in Seoul, Korea
ISBN 978-89-94210-95-7 03840

㈜민음인은 민음사 출판 그룹의 자회사입니다.
황금가지는 ㈜민음인의 픽션 전문 출간 브랜드입니다.